Adolf Bastian

Die heilige Sage der Polynesier

Salzwasser

Adolf Bastian

Die heilige Sage der Polynesier

1. Auflage | ISBN: 978-3-84608-324-6

Erscheinungsort: Paderborn, Deutschland

Erscheinungsjahr: 2015

Salzwasser Verlag GmbH, Paderborn.

Nachdruck des Originals von 1881.

DIE

HEILIGE SAGE DER POLYNESIER.

KOSMOGONIE UND THEOGONIE.

VON

ADOLF BASTIAN.

LEIPZIG:
F. A. BROCKHAUS.

1881.

Als Vorrede

mögen hier diejenigen Worte wiederholt werden, die es mir vergönnt war an den Anthropologischen Congress zu richten, als ich kurz vor Schluss seiner Sitzungen während des Monats August in Berlin eintraf:

„Meine Herren, gestatten Sie mir, ein paar Worte an Sie zu richten, am Schlusse einer im ethnologischen Interesse unternommenen Reise, die in ihren materiellen Resultaten als im ganzen befriedigend betrachtet werden kann, die mir aber auf der andern Seite leider eine schon früher aufgedrängte Ueberzeugung neu bestätigt hat, dass nämlich der Gedanke aufgegeben werden muss, in unserer Zeit bereits für die Ethnologie, wie sie uns als Ideal vorschwebt, einen fasslichen Abschluss zu gewinnen. In dem jungen Studiumszweige der Ethnologie war uns ein glänzender Hoffnungsstern aufgegangen, um in dem Wirrsal einer unstet zerrissenen Weltanschauung das neue Wort einer Lösung zu gewinnen. Sie schien zu versprechen, auch die Wissenschaft vom Menschen, die als die höchste und letzte Blüte der übrigen aufgefasst wurde, auf eine aus thatsächlichen Beweisstücken festgemauerte Basis zu stellen, auch sie mit Hülfe der Induction emporzubauen und so auch ihren Entscheidungen in socialen und religiösen Fragen dieselbe Sicherheit und Bestimmtheit zu gewähren, wie sie unsere heutige Cultur in den übrigen Naturwissenschaften, und damit in diesen eine, so weit sie reicht, unerschütterliche Stütze gefunden hat. Es war ein lockendes Zauberbild, was zu ethnologischen Forschungen anfeuerte, und anfangs schien auch alles einfach und glatt genug. Damals, als vor nicht vielen Decennien das Studium der Völkerkunde zuerst ernstlich in die Hand genommen wurde, hatten wir seit dem Entdeckungszeitalter angefangen, in weit entlegenen Fernen fremder Erdtheile abgegrenzt gruppirte Völkermassen zu erkennen, wir konnten ihren Umherbewegungen einigermassen folgen, wir vermochten gleichsam durch das Teleskop hier und da eigenthümliche Charakterzüge zu unterscheiden, die sich in den allgemeinsten Umrissen abzeichneten und die deshalb in ethnologischen Hand- oder Lehrbüchern ganz bequem auf ein paar Seiten oder Kapiteln sich erledigen liessen. So machte man sich wohlgemuth ans Werk, die Geister wurden gerufen, und nur zu bald drängten sie sich allzu dicht. Denn als sich nun beim Nähertreten die Einzelheiten der Detailaufgaben schärfer zu markiren begannen, da häuften sich Arbeiten ohne Zahl, sie thürmten sich Berge hoch empor, und wenn mit aller Kraftanspannung vielleicht der erste Rücken erklommen war, dann sah man jenseits höher und höher ansteigend neue Reihen von Hochgebirgen streichen mit himmelragenden Gipfeln. Ein Blick darauf und der Gedanke, dass, um der comparativen Verhältnisswerthe für die Berechnungen gewiss zu sein, jedes Thal hier durchschritten, jeder Kamm zu messen, jeder Organismus in seine mikroskopischen Gewebe zu zersetzen sein würde, musste die kühnsten Vorsätze entmuthigt niederschlagen. Ob es uns noch gelingen wird, von einer der Höhen einen Fernblick auf das verheissene Land zu werfen, es an den Grenzen des Horizontes, wenn auch nur als Fata-Morgana, zu erschauen? Seinen Boden betreten wird von den Mitlebenden jedenfalls keiner. Wenn wir nun darauf verzichten müssen, diesen durch eine vergleichende Psychologie zu krönenden Tempel des Kosmos selbst zur Vollendung zu bringen, wenn wir die Last des Fortbaues auf die Schultern der kommenden Generationen zu wälzen haben, dann tritt damit desto gebieterischer die dringende Pflicht an uns heran, solcher Nachwelt vor allem die Rohmaterialien zu bewahren und zu überliefern, ohne welche das Ganze sich wieder in einen Luftbau philosophischer Deductionen auflösen würde. Und hier, meine Herren, wird sich einst, wie ich fürchte, eine schwere und bittere Anklage gegen uns erheben, weil wir in der heutigen Epoche des Contactes mit den Naturvölkern noch vieles hätten sammeln und retten können, was durch Unbedacht und Sorglosigkeit vor unsern Augen zu Grunde gegangen ist, was noch jetzt in jedem Jahre, an jedem Tage, möchte ich sagen, und jeder Stunde, während wir unthätig zuschauen, dahinschwindet. Jede solcher Lücken aber wird auf das schmerzlichste empfunden werden, wenn es gilt, in kommenden Tagen für die Inductionsformeln einen statistischen Ueberblick zu gewinnen von der ganzen Mannichfaltigkeit der Variationen, unter denen das Menschengeschlecht auf der Erde in die Erscheinung getreten ist. Der Vorwurf wird dann auf die jetzt lebende Generation fallen für Verluste, die später unersetzlich sind.

Ueberall auf meiner jetzigen Reise, mehr noch als auf den frühern, bin ich unter Trümmern und Ruinen gewandert. Nicht nur den monumentalen, die als schweigende Zeugen dastehen versunkener Culturen, deren Räthselwort noch nicht gesprochen ist, sondern auch leichter ephemerer Gebilde, die, wenn einmal zerfallen, für immer dahingegangen und uns unwiederbringlich verloren sind. Dass in diesen Sachen nichts a priori als unscheinbar verworfen werden darf, dass es hier kein Kleines und kein Grosses gibt, brauche ich Ihnen als Männern der Naturforschung nicht zu sagen. Wie der roh angeschliffene Stein unter Umständen von weit höherer Bedeutung sein kann, als die aus solchem Stein gefertigte Figur, wie die mit den Füssen getretene Flechte vielleicht für die Pflanzenphysiologie reichere Erläuterungen einschliesst, als die duftige Blume, so auch mag mancher Brauch, mancher Gedanke des einfachen Naturvolkes, gerade weil in dieser Einfachheit um so durchsichtiger, für die vergleichende Psychologie der Zukunft von höherer Bedeutung werden, als die complicirten Ornamente fortgeschrittener Culturen. Da sich nun im voraus die Tragweite nicht abwägen lässt, so muss zunächst der Grundsatz gelten, um nicht etwa in dem Unscheinbaren das qualitativ Kostbarste zu übersehen, zunächst Alles zu sammeln, anthropologisch und prähistorisch sowol wie ethnologisch. Dass es indessen mit solchem Sammeln wieder seine Bedenklichkeiten hat, ist bekannt. Die von einem Laien zurückgebrachten Steine und Pflanzen bieten für den Botaniker oder Geologen selten viel Brauchbares, und so werden auch wir allmählich daran zu denken haben, ethnologisch geschulte Reisende auszusenden. Es ist mir das besonders klar geworden durch ein paar eclatante Beispiele meiner letzten Reise, und nicht am wenigsten, als ich auf meiner Rückkehr kurz an einigen Punkten Polynesiens verweilen konnte.

Der polynesische Gedankenkreis ist nächst oder neben dem buddhistischen der ausgedehnteste, den wir auf der Erde besitzen. Es handelt sich hier nicht um amerikanische oder afrikanische Zersplitterung, sondern eine überraschende Gleichartigkeit dehnt sich durch die Weite und Breite des Stillen Oceans, und wenn wir Oceanien in der vollen Auffassung nehmen mit Einschluss Mikro- und Melanesiens (bis Malaya), selbst weiter. Es lässt sich sagen, dass ein einheitlicher Gedankenbau, in etwa 120 Längen- und 70 Breitengraden, $1/4$ unsers Erdglobus überwölbt. Eine solch imposante Erscheinung dürfte gerade nicht von vornherein zu ignoriren sein, selbst wenn wir es hier, wie viele meinen, nur mit wilden Menschenfressern zu thun haben sollten.

Ich möchte nun die Frage an Sie richten, meine Herren, was wir von dieser gewaltigen Gedankenschöpfung, die, wie gesagt, etwa ein Viertel unsers kleinen Erdplaneten deckt, eigentlich wissen? Wir haben allerdings in Reisebeschreibungen und Abhandlungen über Polynesien mancherlei mythologische Erzählungen aus verschiedenen Inselgruppen, aber alle diese sind, leicht erkenntlich, die populären Entstellungen der religiösen Ideen, und nur zu oft ganz offenkundig die reinen Tagesproductionen des Volkswitzes. Man hat alles dieses promiscue aufgerafft und hat daraus ein Gemisch zusammengerührt, das ein ebenso unverdauliches Gericht bildet, als wenn ein Fremdling an unsern Küsten aus Brocken der Religionsvorstellungen, aus entstellten Heiligenlegenden, aus Sagen des Volksaberglaubens u. s. w. eine Mengung herstellen und diese seinen Landsleuten auftischen würde als eine Geschmacksprobe europäischer Weltanschauung. Unsere Volkssagen erhalten ihre Bedeutung erst durch den Rückblick auf die Eddas; die verworrene Mythologie Indiens ist uns erst klar geworden seit Auffindung der Veda, und auch bei den Griechen lag der Kern der Religion nicht in den mythologischen Götterfiguren, die ungestraft auf der Bühne verspottet werden durften, sondern in jenem heiligen Liede, das uns aus hesiodeischen Theogonien wiederklingt, aus orphischen oder dionysischen Gesängen oder in den Mysterien verborgen lag. Ein gleiches Verhältniss wiederholt sich überall auf der Erde, in Asien, in Amerika, in Afrika, und ebenso in Polynesien. Die Berichte über die Mythologien der Naturvölker bieten im allgemeinen Zerrbilder ohne Sinn, solange wir nicht den religiösen Hintergrund kennen, auf dem sie spielen. Diesen kennen zu lernen, ist aber nicht leicht, da die Priester, die bei den Naturvölkern zugleich die Gelehrten repräsentiren, ihre Lehren in mystische Symbole zu hüllen pflegen, die nur den Eingeweihten verständlich sind. Es ist das ein Sachverhältniss, das noch nicht genugsam hervorgehoben worden ist. Wir treffen nur selten Reisende, die etwa durch die eine oder andere Besonderheit darauf aufmerksam geworden sind. Selbst dann aber konnten sie gewöhnlich wenig daran ändern, denn bei flüchtigem Durchreisen gelingt es schwer, in das tiefere Wesen religiöser Vorstellungen einzudringen, da es erst eines längern Aufenthaltes im Lande bedarf, um genügende Vertrautheit zu gewinnen zur Mittheilung solcher unter dem Siegel der Verschwiegenheit vererbten Ueberlieferungen.

Um speciell bei Polynesien zu bleiben, so kann man sagen, dass in der ganzen Literatur, die wir seit der Entdeckung besitzen, etwa seit 100 Jahren, sich diesen Kern der Religionsanschauung betreffend nur ein paar zusammenhangslose Fragmente zerstreut finden bei einem halben Dutzend Schriftstellern, und jetzt hallt uns auch dort, auf allen Seiten ein ‚zu spät' entgegen, da die Träger der unverfälschten Traditionen bereits im raschen Aussterben begriffen sind und das, was sie durch lange Ueberlieferungen bei sich fortgepflanzt hatten, eine Art in der Erinnerung aufbewahrte Bibliothek, mit dem letzten des Stammes begraben wird. Es ist mir deshalb lieb, mittheilen zu können, dass ich, durch ein Zusammentreffen glücklicher Umstände begünstigt, wenigstens ein paar dieser Documente noch gesichert habe, aus denen ich hoffe, mit der Zeit den Gedankenkreis Polynesiens, einen der wunderbarsten, der von dem Menschengeist auf der Erde geschaffen ist, einigermassen wieder reconstruiren zu können.

Zum Schluss, meine Herren, möchte ich die Gesellschaft um ihren ganzen Einfluss bitten, damit der Ethnologie diejenige Förderung werde, die ihr hohes Ziel verlangt. Es ist allerdings in der letzten Zeit vieles, besonders im Vergleich zu früher, und viel Dankenswerthes geschehen, aber es bedarf in der That aussergewöhnlicher Anstrengungen, denn wir haben doppelt zu arbeiten, einmal um das Vernachlässigte der Vergangenheit nachzuholen, und dann, für die Zukunft aufzuspeichern. Es ist dabei in dieser späten Arbeitsstunde im Gedächtniss zu halten, dass, was geschehen kann, jetzt geschehen muss. Wenn es jetzt nicht geschieht, dann ist die Möglichkeit einer Ethnologie für immer annullirt.

Wir stehen hier an der Wiege einer kaum geborenen Wissenschaft, über welche noch viele Jahrhunderte dahinrollen werden, bis sie zur Mannheit herangewachsen ist, die aber dann auch ganz und voll das darstellen wird, was man die Wissenschaft des Menschen vom Menschen genannt hat, die tiefsten Geheimnisse des Daseins wenn nicht erschliessend, so doch berührend. Wir können in der Mitwirkung an diesem grossen Werke, an dem Bau der Ewigkeiten, wie der Dichter singt, zwar nur die bescheidene Rolle von Handlangern und Kärrnern spielen, um die ersten Baustoffe herbeizuschaffen, aber wir fühlen uns getragen von den Wogen der grossen Völkergedanken, die unter fest normirten Gesetzen zu ihrer Bestimmung heranreifen, jeder Einzelne als integrirender Theil der Gesellschaft. In diesem Sinne, meine Herren, lassen Sie uns zusammen wirken, dass der Ethnologie ihr volles Recht werde."

Ueber das Buch selbst ist an dieser Stelle nichts hinzuzufügen, da das darauf Bezügliche sich aus dem Inhalt ergibt. Mitunter habe ich dem Text in den Anmerkungen einige Parallelen beigesetzt, wie sie sich hier und da von selbst ergaben, doch nur als gelegentliche Weiser der Wege, die nach den verschiedenen Richtungen hin in diesen Untersuchungen weiter zu verfolgen sein werden. Das Material dafür zu suchen darf indess nicht verzögert werden, denn vielleicht sind es bereits letzte Klänge aus einer versinkenden Welt, die wir hier hören.

Berlin, im November 1880.

Der Verfasser.

INHALT.

EINLEITUNG.

Für die Ethnologie liegt die Hauptaufgabe darin, die Völker in den verschiedenen Wandlungen ihrer Weltanschauung zu studiren, um aus dem allgemeinen Ueberblick derselben ein Facit für die Weltanschauung der Menschheit, als solcher, zu ziehen, und eine Weltgeschichte, die „Realisirung der Idee des Geistes“ (bei Hegel), auf dem Gesammtumfange des Globus anzubahnen.

Ein jeder Gesellschaftskreis projicirt seine im wechselsweisen Gedankenaustausch erweckte und geförderte Geistesthätigkeit an den psychischen Horizont, der ihn umzieht, und dort, in vergrösserten Reflexbildern, können die Wachsthumsgesetze der Gedankenschöpfungen, die sich in den dunkeln Tiefen der Individualität dem Einblick entziehen, vergleichenden Betrachtungen unterzogen werden.

Das System der Weltauffassung reconstruirt sich vorzugsweise aus den socialen Institutionen, als nothwendigen Vorbedingungen gesellschaftlicher Existenz überhaupt, sowie den dadurch geforderten Moralgeboten, aus künstlerischen Regungen, die, das Leben verschönend, seine Ideale adeln, und dann aus dem religiösen Sehnen, um auf die in den Räthseln des Daseins gestellten Fragen eine Antwort zu finden.

Der erste dieser Factoren wird aus den praktischen Bedürfnissen des Verkehrs dem Reisenden gewöhnlich schon bald mehr oder weniger eingehend bekannt, der zweite kann bei richtig angestellten Sammlungen später mit Musse genauerer Inspection in den Museen unterworfen werden, der dritte dagegen erhält nur selten seine richtige Aufklärung und täuscht unter falscher Beleuchtung durch unrichtige Proportionen, die es dann schwierig bleibt, wenn bei Discussionen darüber eine Frage sich zur brennenden erhitzt, im Gebote des Augenblicks sogleich schon wieder richtig ins Gleis zu setzen.

Die meisten derjenigen Darstellungen, die als Religion der Naturvölker vorgeführt werden, bieten groteske Zerrbilder, denen Sinn und Verstand abgeht. Das Warum ist nicht weit zu suchen. Der Reisende, der ein fremdes Land betritt, bewegt sich dort unter fremden Verhältnissen, ein Fremder mit Fremden in fremder Sprache redend. Seine Erkundigungen auf religiösem Gebiete locken also nur die populären Versionen der im Tagesgeschwätz umhergeworfenen Figuren hervor, während der religiöse Hintergrund, auf dem sie spielen, verhüllt bleibt, und sich auch für den durch längern Aufenthalt Vertrautern nur ausnahmsweise lüftet.

In gewisser Hinsicht liesse sich sagen, dass der Naturmensch sich um so fester durch religiösen Bann gefesselt fühlt, je enger und beschränkter der Gesichtskreis ist, in dem er lebt, wogegen mit dessen Lockerung durch neue Einflüsse, damit auch Zweifel und Freiheitsbestrebungen eindringen. Im letztern Falle wird der Reisende leicht durch widersprechende Mittheilungen, für deren Anordnung die Controle fehlt, verwirrt, im erstern wird er sich meist dunkler Verschlossenheit gegenüber finden. Und wenn es ihm auch vielleicht gelingt, durch längeres Zusammensein mit einem Anhänglichkeit gewinnenden Begleiter, in dessen Geistesnatur Einblicke zu erhaschen, so hätte er damit immer nur die individuelle Auffassung in Auslegung des religiösen Vorstellungskreises erlangt, noch nicht seine Gesammtspiegelung. Als solche ist erst die im Process geschichtlicher Entwickelung hervorgewachsene Weltanschauung zu betrachten, die mikrokosmische Wiederschöpfung des Makrokosmos. Wo aber sie suchen, sofern sich nicht, wie bei den Culturvölkern, in schriftlichen Aufzeichnungen der Literatur deutlich fixirbare Materialien für den Aufbau bieten? Die in der geistigen Zeitatmosphäre flutenden Gedanken gehören jedem, der sie athmet, aber unbewusst, solange nicht zum Bewusstsein gebracht, und dieses Bewusstwerden derselben markirt stets den kritischen Umschwung einer Culturepoche.

Wenn als das geheiligte Gefäss der Gottheit, worin ihre Offenbarung niedergestiegen ist, ein Prophet das die Zeit bewegende Schlagwort ausspricht, und wenn er damit, als ein Zoroaster oder Mohammed, den Geschichtslauf der kommenden Culturperiode, an deren Spitze er steht, mit seinem gefeierten Namen überschatten wird, dann hat er nicht den Gedanken seines individuell beengten Selbst verkündet, sondern eben diese in psychischer Atmosphäre wogenden Ideen, die, zur Blüte gereift, bereits zum Abschluss drängten, und die jetzt in einem aufmerksamer ihren Fernklängen lauschenden, ihren befruchtenden Einflüssen ganz und rein hingegebenen Geiste den geeigneten Boden fanden, um darauf zu keimen. Wenn dann das, was eine feiner angelegte Organisation aus dem Flügelschlage der heranrauschenden Zeit bereits herausgehört hat, in ein heiliges Buch niedergelegt ist, dann mögen die in ihm bewahrten Lehren für Jahrhunderte und Jahrtausende hinaus als Angelpunkt dienen, um den sich das Schicksalsrad zu drehen hat, den gesunden Fortschritt anfangs regelnd, fördernd, beschleunigend, dann, durch mehr und mehr hervortretende Anachronismen, ihn hemmend oder störend.

Bei den schriftlosen Völkern tritt an die Stelle des Buches die mündliche Ueberlieferung, die sich, durch rhythmische Versmaasse in Erhaltung der Ausdrücke gesichert, erblich durch Generationen hin unverändert fortpflanzt. Diese heilige Sage wird von den Priestern, die in primitiven Zuständen zugleich die Gelehrten repräsentiren, als ihr kostbarstes Palladium gehütet, dessen Symbole (zu erhaben für die δοξα des Volkes) nur den durch ceremonielle Riten Eingeweihten verständlich sind, und das Vorhandensein solcher Religionsmysterien bleibt Reisenden und Ansiedlern, selbst bei längerm Verweilen im Lande, um so leichter verborgen, weil sie in den Deutungen dessen, was bei den Cultushandlungen im Tempel daraus hervortritt, bereits den Schleier der Isis gelüftet zu haben meinen. Sich mit dem somit hier und da Erblickten zu begnügen, pflegen sie gewöhnlich desto rascher bereit zu sein, als ihnen der ganze Gedankengang so fremdartig gegenübersteht, dass in den aufgerafften Bruchstücken weder Kopf noch Schwanz auszumachen gelingt.

Es liesse sich allerdings nun fragen, ob das von einer mehr oder weniger geschlossenen Kaste aristokratisch monopolisirte Eigenthum als Gesammtbesitz [1] der Gesellschaft und somit als Aequivalent ihrer Weltauffassung betrachtet werden dürfte?

Das allerdings insofern, als man hier die Quintessenz des nationalen Denkens vor sich hat, diejenigen Resultate desselben, die sich ergeben, wenn der Geist, vom zerstreuenden Tagesleben zurückgezogen, aus den Tiefen einsamer Versenkung Schöpfungen heraufruft, die dann unter dem Fortarbeiten der folgenden Generationen höher und höher emporwachsen.

Obwol (in Analogie mit den Upper-ten-thousand) nur

einem Minimalsatz der Bevölkerung angehörig, wird doch die Gesammtmasse derselben von diesem durch qualitative Schwere überwiegenden Vorstellungskreis, infolge des in den Cultushandlungen fortgehenden Durchsickerns, dauernd influencirt; und in der liedgeflügelten Märe der Volkssage erhält sich sein Echo, die grossen Massen, bis an die äusserste Peripherie mit volltönenden Schallwellen durchklingend.

Der wesentliche Kern liegt im Centrum, und ohne vorherige Orientirung würde es ein ziemlich unlohnendes Vorhaben sein, bei Durchwanderung des Terrains aufs Gerathewohl die Begegnenden auszufragen, da dann die individuell[1] gefärbten Meinungen zu Markte getragen und eingekauft werden. Nur wer auf der Höhe der Zeit steht, überschaut dieselbe und gewinnt dadurch die Befähigung, ihr Bild in richtigen Proportionen aus seinem Geist zurückzuspiegeln. Nach Niederlegung eines allgemeinen Planes kann dann auch das, was aus dem Volksmunde herausgehört war, an den jedesmal dafür bestimmten Stellen des Entwurfes eingetragen werden, und wie die Albernheiten unsers Volksaberglaubens als Ammenmärchen in die leere Luft hinausgesungen worden sind, solange sie sich nicht auf dem Hintergrunde einer nordisch-germanischen Mythologie mit Fleisch und Blut belebt hatten (auf wohlgestaltete Urformen zurückgreifend), so wurde auch den Indologen in den Vedas erst ein Ariadnefaden geboten, um zwischen den labyrinthischen Verschlingungen puranischer Legenden dem zum Endziel führenden Pfad zu folgen. Die verschiedenen Elemente nun, die sich hier durcheinanderschieben, werden in einer Analyse der jedesmaligen Volksreligion thunlichst getrennt zu halten sein.

Um ein nächstliegendes Beispiel an den Griechen zu wählen, so war für diese die „Schönheit eines maassvollen, klaren und friedlichen Lebensgenusses“ (s. Lotze) in ihrer

Lebensanschauung maassgebend, und beim Bedürfniss religiöser Uebung boten οἱ δώδεκα ὀνομαζούμενοι ϑεοί im bunten Kreis der Zwölfgötter Auswahl für jeden nach seiner Geschmacksrichtung, fehlte es natürlich auch nicht an Priestern, um berathend zur Seite zu stehen und vor Fehlgriffen zu hüten, die bei der Doppelschneidigkeit der Magie überall gefährlich werden können. Religiöse Dinge indessen lernte man nicht von ihnen, sondern, wie Plutarch bemerkt, von den Dichtern, Gesetzgebern und Philosophen, wie die Druiden (bei Diodor) Philosophen und Theologen heissen. Auch waren es ja Homer und Hesiod, die nach der götterlosen, oder doch bild- und namenlosen Zeit der Pelasger auf den Boden Griechenlands (wie Herodot es weiss) die Göttergeschlechter einführten, und für die Herkunft wird auf das Zurücktreten des Pelasgos vor Danaos hingewiesen, sowie auf die Folgereihe fernerer Einströmungen aus Phönizien und Aegypten, durchkreuzt mit karischen Seezügen in ihren Beziehungen zu Kreta, wo auf dem waldigen Aegaeon der Kronide grossgezogen wurde. Ein bewegendes Moment hierbei ist bereits mehrfach in der ägyptischen Hyksoszeit gesucht, und wird die Umstellungen derselben, die seit Philitis' Vertreibung von den Pyramiden ins Rollen gekommen sind, mit zu tragen haben.

Die ägyptische Priesterweisheit hat freilich lange den Entzifferungen getrotzt, da sie sich trotz ihrer hieroglyphischen Verhüllungen (bei Vermeidung selbst hieratischer Schrift) kaum überall auf den Monumenten[1] zur Schau gestellt haben wird. Wie aber die aus Heliopolis durch eidbrüchige Jünger fortgetragenen Schätze in Kanaan und Hedjaz prächtige Tempel erbaut haben sollen, so mögen auch in Thrazien jene Apostel (oder in Reformzeiten ausgesandte Missionäre) gelandet sein, deren Erinnerung sich in den Namen der Musäus, Linus, Orpheus u. s. w. erhielt.

Wenn dort vielleicht aufs neue eine Kastenwissenschaft zusammengezimmert wurde, so träufelte doch manches über in die Lieder der Aeoden, und wie in Indien die Vedas bei den Hirtenstämmen gesungen wurden, so war es der mit pierischen Priestergeschlechtern genealogisch verknüpfte Hirte des Helikon, der (bereits in akarnanischen [1] μαντικα, und also wol mantischer Begeisterung, wie Koretas, geübt) jene ägyptisch-phönizischen Melodien auffasste, die in seiner Theogonie wiederklingen. Eine sacerdotale Gilde konnte indess unter dem frei aufschwellenden Staatsleben der Hellenen ihre hierarchischen Prätensionen nicht aufrecht erhalten. Die letzten Reste verbargen sich flüchtend in den Mysterien [2], wenn ein Orpheus (zum Heil der Athener) μυστηρίων ἀποῤῥήτας φάνας gestiftet, und die jetzt jeder Leitung entbehrende Volksreligion verlief in jene buntscheckige Mythologie, die bald den Komikern (einem Theophilus und Aristophanes oder Epicharm) zur Beute fiel, da die, seit Aegyptens Eröffnung unter Psammetich, in Milet, wohin sich die durch Minos vertriebenen Karer gewendet, gegründeten Philosophenschulen [3] bereits die Trennung von Wissenschaft und Glauben anerkannten und so auf den letztern ohne Einfluss blieben, auch wenn mit Plato oder Pythagoras Gleichgesinnte ägyptische Hochschulen (wie später Hekatäus von Abdera zur Zeit Ptolemäus' I.), für eingehende Studien bezogen. So wandern in indo-chinesischen Erzählungen die Wissbegierigen nach dem fernen Taxila, und in Rom zog man nach Etrurien, wie Attius, Nävius, und (wie K. O. Müller zusetzt) „es gab hiernach in Etrurien Schulen, den gallischen Druiden- und den jüdischen Prophetenschulen nicht unähnlich, von den Vornehmen geleitet, aber auch andern zugänglich, in denen die Disciplin gründlich erlernt werden konnte“. So auch bei den Druiden mit den Unterstufen der Barden und

Ovaten. Uebrigens hatte Numa dem Collegium der Pontifices bereits *sacra omnia exscripta exsignataque* (s. Livius) übergeben, und solange diese *sacerdotes publici* (b. Varro) dem Staatscultus (wie in der kaiserlichen Religion Chinas) zur Stütze dienten, fanden theologische Fieberphantasien keinen Boden, denn „à Rome la société était si fortement pénétrée par les idées religieuses, que pendant des siècles, elle ne vit dans l'autorité, la loi, le droit, le devoir, que la volonté permanente des dieux“ (Bouché-Leclerq). Im Orient dagegen wurden die Magier bei ihrer Opposition gegen den Mazdeismus umgestaltet, das chaldäische Religionssystem Babylons ist (nach Lenormant) „le résultat d'une grande évolution sacerdotale“, und in Indien ist die Isolirung der Brahmanen von den Wogen des Buddhismus vielfach erschüttert worden. Dann wurde der Inhalt heiliger Schriften, auf die bis dahin nur die Wiedergeborenen ihre Augen hatten heften dürfen, zum populären Allgemeingut, wie bei Onomakritos' Veröffentlichungen zu Pisistratos' Zeit; auch in Rom konnten die Sibyllinischen Bücher, obwol die *fata romana* bewahrend, vor profaner Neugier nicht gehütet werden, und als Cn. Flavius, Schreiber des Appius Claudius Coecus, die Fasten und Nefasten „in albo proposuit“, ging der Profit des Kalendermachens in die Brüche.

Die in priesterlichen Operationen begründeten Geheimbünde[1] Afrikas verfolgen meist politische Zwecke, wie der Bund der Semo und Purra, oder commerzielle, gleich freimaurerischen Egbo[2], und die Weihen sind gewöhnlich, dem Gang der Natur folgend, an die Pubertätsperiode angeschlossen. In Amerika mögen die in den Ischtohollo (s. Adair) erblichen Priestergenossenschaften die Geheimnisse des Feuerdienstes bewahren, wie der Wabeno-Bund bei den Odjibwä, oder Orakelmysterien gleich den Dienern Huchas bei den Tapuya, doch verläuft vieles, im Metai und Medu, ins Zauberwesen (dort, wie immer, im Gegensatz weisser und schwarzer Magie, mit der Heilkunde im Contact). Ihren Jahresfesten (gleich den auf Nu-mokh-muk-a-nah zurückgeführten der Okipa) haben mehrfach Zuschauer beigewohnt, doch ist das über die Bedeutung Mitgetheilte meist zusammenhangslos, weil hier ebenfalls der Profane in der Vorhalle (des Verständnisses wenigstens) zu verweilen hat, wo er zwar, gleich Catlin, lebendige Schilderungen malen mag, aber vom belebenden Wort nur wenig hören wird.

Eine belehrende, wenn auch betrauernswerthe Bestätigung hierfür erhielt ich während meines diesmaligen Aufenthaltes in Oregon, wo ich infolge meiner Nachforschungen an einen der alten Pioniere als besten Kenner der Indianer verwiesen wurde. Derselbe hatte in seiner Jugend ein halbes Menschenalter mit den Indianern verlebt, indem er als Händler mit ihnen umhergezogen war oder in ihren Ansiedelungen bei ihnen gewohnt hatte. Auch konnte er mir in der That (soweit das Gedächtniss treu blieb) mancherlei interessante Einzelheiten über das tägliche Leben und Treiben geben, sobald ich aber mit meinen Fragen das religiöse Gebiet berührte, war sein Wissen zu Ende. Wenn immer er darüber, entgegnete er mir, Erkundigungen [1] angestellt, habe man ihn ausgelacht, dass er als Handelsmann Derartiges wissen wolle; das sei nichts für ihn, sowenig wie für Frauen und Kinder; unter den Weissen liesse sich vielleicht nur mit dem Padre darüber reden.

Leider konnten die Missionare [2] ihre sonst für Auskunft günstige Stellung in diesem Falle wenig ausnutzen, da sie sich, gerade den Priestern gegenüber, auf einen feindlichen Parteistandpunkt gestellt fanden und (was besonders oft von ihnen selbst bedauert ist) auch bei den Neubekehrten die hier nahe gelegten Informationen selten ausgiebiger sammelten, um nicht die heidnischen Erinnerungen im Gedächtniss aufzufrischen oder indiscrete Fragen (wie sie dem Bischof im Kafferlande gestellt wurden) zu vermeiden. So sind in den meisten dieser dem Untergange geweihten Naturvölker die Träger der vererbten Ueberlieferungen [1] ausgestorben, ehe man ihre Wissensschätze gehoben hat, und mit dem letzten des Stammes wurde dann stets, sozusagen, eine Bibliothek [2] begraben. Es liesse sich dieses systematische Auswischen der einheimischen Traditionen, wie es einige Sendlinge (z. B. Dibbel) geradezu als ihr angestrebtes Ziel [3] aussprechen, mit den Bücherverbrennungen durch die Dominicaner in Mexico und Yucatan auf gleiche Linie stellen, weil gleicher oder doch ähnlicher Wirkung.

So ist vieles bereits, bereits das meiste rettungslos dahingegangen, besonders in Polynesien, dessen fast ein Viertel der Erdoberfläche deckender Ideenkreis doch in der That ein würdiges Object ernstlichen Studiums gewesen sein würde. Und was ist es, das wir eigentlich von ihm wissen? Ein paar hier und da auf den verschiedenen Inselgruppen unterscheidungslos aufgeraffte und willkürlich durcheinandergewürfelte Mythen, einiges davon mit dem Gepräge ächter Volkssage, anderes, und wol das meiste, als leichte Tagesproductionen des Volkswitzes.

Von dem tiefern Gehalt des eigentlich religiösen Kerns findet sich in der ganzen Literatur seit der Entdeckung fast nichts als einige zusammenhangslos abgerissene und daher wenig verständliche Fragmente bei etwa einem halben Dutzend Schriftstellern.

Am bekanntesten darunter ist Moerenhout's Citat, dessen jahrelang umsonst gesuchte Auffindung ihn, wie er selbst beschreibt, in solche Aufregung versetzte, dass er mitten in der Nacht sein Canoe fertig machen liess, um den Priester, von dem er die Mittheilung empfangen, in seinem auf einer andern Insel gelegenen Wohnsitz anzutreffen. Die Sprache ist mitunter mit der der Vedas verglichen, und die Form Taaroa's, als Toivi (Ewiger) mit Brahm oder Brahma, dem er auch in seiner Tempellosigkeit auf Tahiti gleichen würde. Häufig wird er dargestellt, den Atua angehörig [1], als ein persönlicher Demiurg oder Architekt (in anthropomorphisirender Auffassung, wie Zeus bei Plato), als der Himmelsherr, der einen Stein herabwirft ins Meer, um den sich die Inseln bilden, wie um die ins Meer heruntergestiegene Himmelsfrau [2] der Indianer (bei Arnold), oder als Schöpfer [3], der (gleich dem ägyptischen Schöpfer Noum oder Cneph) aus Araea oder rother [4] Lehmerde Menschen knetet, während das heilige Lied dieses Fragments in der Sprache des Aeschylus singt:

Ζευς εἰσιν αἰϑηρ-Ζευς τε γη-Ζευς δε οὐρανος-Ζευς τα παντα,

(Ζευς ην, Ζευς ἐστι, Ζευς ἐσσεται, ὡ μεγαλε Ζευ im dodonäischen Distichon bei Pausanias) [5] oder:

Es weilet Er, Taaroa sein Name,
In des Raumes unendlicher Leere,
Keine Erde noch, kein Himmel noch,
Keine See war da, keine Menschen.
Von oben herab Taaroa ruft,
In Neugestaltungen wandelnd,
Taaroa, Er, als Wurzelgrund,
Als Unterbau der Felsen,
Taaroa als der Meeressand,
Taaroa in weitester Breitung.
Taaroa bricht hervor als Licht,
Taaroa waltet im Innern,
Taaroa im Umkreis;
Taaroa hienieden.
Taaroa die Weisheit.
Geboren das Land Hawaii.
Hawaii gross und heilig . . .
Als Schale Taaora's.
u. s. w.

Dann nach dem Erwachen der Gemüthsbewegungen, nach Ausschüttung der Leidenschaften [1] (gleichsam aus einer Pandorabüchse), nach dem Aufspringen von Hoffnung, Freude, Ueberfluss, Zufriedenheit, wird die Vermählung Taaroa's mit der Personification seiner weiblichen [2] Energie in *Ohinatua tai* (der Aussengöttin) gefeiert, die Wolken, Regen u. s. w. zeugend [3], darauf mit *Ohinatua outai* (der Innengöttin) die Keime der Bewegung, mit *Tuania* (der Luft), den Regenbogen und Meteore, mit *Tuararo* (dem Erdinnern) [4] das Centralfeuer hervorzubringen.

In seinem weit durch Polynesien verbreiteten Cultus erscheint dieser Tangaroa (Taaroa oder Kanaloa) unter allerlei Verkleidungen in wechselnden Masken. Auf Raiatea weilt seine Schöpferkraft in einer Muschel, die mit der Vergrösserung periodisch abgeworfen [5] wird, und sonst erneuert [6] er sich durch Abstreifen seiner Schale in der auch von Vishnu in seinen *Avataren* angenommenen Form der Schildkröte, die bis zu den Mandan als Stütze der Erde bekannt ist, zum Tragen dieser Last ihren weiten Rücken bietend. Dann wieder schwebt Tangaroa in einem vom Winde umhergetriebenen Ei (zum unten erblickten Seesand für Zeugungen herabkommend), oder er zerschlägt dieses Ei [7], wenn vom Himmel herabhängend, um aus seinen Stücken die Inseln zu formen.

Als Schutzgott der Zimmerleute in Tonga, und von diesen Canoebildern den Schiffern übertragen, verdankt er deren Fahrten seinen an allen Küsten bekannten Dienst, den sich auch die Fischer angeeignet haben. Wenn so die Rolle des Poseidon spielend, steht häufig neben ihm noch ein Aegeus als der (statt im Wogenpalaste Aegae) im geschnitzten Hause lebende Tonganui, in dessen Locken, oder in dessen Dachsparren, sich *Maui's* [8] Angelhaken verwickelt, als er das von Rangi und Tawhiri mit Wasser bedeckte Land wieder an die Oberfläche zog. Als Spukgespenst über die Wogen schreitend, entspricht er ferner, in der südlichen Form des neuseeländischen Mythus, der Form des indischen Varuna, soweit sie sich in der des Meergottes[1] mit der himmlischen eines Uranos deckt.

In Mangaia stellt sich Tangaroa, dem die Blonden und Hellen[2] geweiht sind, dem unterweltlichen Rongo gegenüber, wogegen er auf Aitutaki als Todesgott, gleich Hades dem Jäger (in Ζαγρευς) Netz und Lanze (wie Jama in Indien Netz[3] und Keule) trägt, und noch düsterer verschleiert er sich in Hawaii's Kanaloa, als ein Gott der Geheimnisse, welche Bezeichnung Taylor, selbst unter den Maori für Tanaroa oder Tangaroa findet. Den ältesten Vorgöttern angeschlossen, zeigt sich seine Form des Feuergottes Tangaroa tui-mata, der, von Maui getödtet, seine Knochen neu belebt, und wenn Tangaroa auf Raratonga Sonne und Mond in Eclipsen verschlingt, so könnte er sich, in Bezug auf den Sonnengott Ra, in den Antagonismus eines Rahu verkehren.

Auf der Freundschaftsgruppe vermittelt Tangaroa die himmlische Abstammung der Fürsten nach dem japanischen Vorbild des Mikado in seinem Reflex auf Tui-Tonga (neben einer ältern Gestaltung im Tui-Peleagi).

Dem Rev. Mr. Baker, dem Tonga eine zweite Heimat geworden ist, verdanke ich, aus einem Zusammentreffen mit ihm in Auckland, einige interessante Notizen, die, besonders in Betreff des Stammbaums, Mariner's Nachrichten ergänzen.

Ein Seitenstück zu dem tahitischen Schöpfungsgang ist neuerdings bekannt geworden durch Fornander's kürzlich veröffentlichtes Buch, worin es, nach der Mittheilung Herrn Lawson's (auf den Marquesas) an Prof. Alexander, aufgenommen wurde:

Im Anfang der Raum und Gefährte,
Der Raum in des Himmels Höhe

Tanaoa erfüllte, durchwaltet den Himmel
Und Mutuhei schlingt drüber sich hin.
Keine Stimme damals, kein Laut noch war,
Nichts Lebendes in Bewegung.
Noch Tag war nicht, noch war kein Licht,
Eine finstere, schwarzdunkelnde Nacht.
Tanaoa war's, der die Nacht beherrscht
Und Mutuhei's Geist die Weite durchdringt
Aus Tanaoa hervor Atea entsprang,
In Lebenskraft schwellend, mächtig und stark,
Atea war's nun, der den Tag beherrscht,
Und Tanaoa ihn trieb er fort u. s. w.

Nach der Hervorbringung *Ono's* (des Lauts), wodurch die *Mutuhei* (Schweigen) beseitigt wurde, vermählt sich dann *Atea* (das Licht), im Gegensatz zu *Tanaoa* (oder Dunkel), mit *Atanua*, der Morgendämmerung (Uschas der Veda).

In Polynesien ist der Anfang der Kosmogonien stets durch die Urnacht überschattet, und liegt in dem Begriffe der *Po* Räumliches und Zeitliches (wie im pythagoräischen) verbunden. Aus den Kreisen unendlicher *Po* [1] oder Nachtperioden treten die Welten ins Dasein und aus dem Dunkel der *Po* auch die Götter hervor, also aus der Nyx (Homer's): δμήτρεια ϑεῶν καὶ ἄνδρων, einer Mödrenech (angelsächsich), als *mater nox* (bei Beda) oder *nox primaeva*.

Aus diesem *Po*, gleichsam einem unsichtbaren (ἀειδης) Hades *(Aidoneus')* treten die ältern Urgötter (*quos superiores et involutos vocant* bei Seneca) hervor, die *Atua fanau po* oder nachtgeborenen Götter, im Gegensatz zu den niedern und jüngern Göttergeschlechtern, die dann (wie bei den Aegyptern und Griechen) durch Heroen (*Semones* oder *Semi-homines*) in die Menschen übergehen.

Indem dergestalt in den polynesischen Schöpfungstheorien *Po* nicht nur zeitlich, sondern auch räumlich, eben zeiträumlich, gedacht wird, so liegt darin dann schon das Ganze, der Keime nicht nur (wie in Anaximander's Unendlichem), sondern der gesetzlichen Vorbedingungen für die künftige Schöpfung nothwendig eingeschlossen, ähnlich wie in Aegypten die Gottheit des dunkeln Raumes *(Pascht)*, wenn mit Sevek, dem Zeitstrom, verbunden, als Schicksalsgöttin (eine *Anangke* oder *Adrastea*) waltet, oder (bei Sanchuniathon) *Sydyk*, als Gerechtigkeit oder Gesetz (im Anschluss an buddhaistisches Dharma), und so wird, in der Folgerichtigkeit mathematischer Methode, eine *causa absoluta prima* (Spinoza's) zu Wege gebracht. Bei Parmenides begrenzt *Dike* als Fessel das Sein, das als „zeitliche Unendlichkeit oder Ewigkeit" (s. Steinhart) aufgefassst wird, das Schrankenlose einer räumlichen Unendlichkeit ausschliessend, gegenüber dem ἄπειρον der Ionier oder (gnostischem) Pleroma. Der *Logos*, als Zertheiler (τομεὺς) des Universums, ist (bei Philo) zugleich das Band (δεσμὸς) desselben in Aisa, als ἀεὶ οὖσα bei Aristoteles, und die grenzenlose Zeit (ἀτερμονος) läuft in *Zeruane akerene* aus.

In Heraklit's (εἱμαρμένη) liegt die Weltordnung ausgedrückt, in den Clementinen, als Schicksal gefasst, und wie diese (heisst es dort) haben andere die *Genesis* (die von der Geburtsstunde abhängige Prädestination) eingeführt (s. Baur) als Vorherbestimmung (später dann in astrologischer Magie verwerthet). Der ordinäre Menschenverstand hat sich solchem Fatum fatalistisch zu ergeben, „*sed sciendum secundum aruspicinae libros et sacra Acherontia, quos Tages composuisse dicitur, fata decem annis quadam ratione differri*" (Servius). Dann wird Fors zu Fortuna, und in der Praenestinischen Religion war Fortuna als Mutter des Jupiter und der Juno gedacht (s. Ambrosch), wie das Würfelspiel ägyptischer Götter die Würfelzahl indischer Yuga (s. Roth) bedingen könnte.

Wo immer wir den Gedankengang in ungestörter Fortbildung der kosmogonischen Theorien antreffen, gelangen wir, seiner Leitung folgend, früher oder später zu solch allumfassend Zeit und Raum durchwaltender Nacht, in deren Dunkel nichts weiter unterschieden werden kann, als letzten Abschluss, in phönizischen, assyrischen, indischen, hellenischen Theogonien, den milesischen und pythagoräischen Philosophien, und so in Polynesien.

Im molukkischen Archipel setzen die Mythen mit der Zeitperiode ein, wo noch wenig Licht (oder nur erst Zwielicht) war, und auch in der Vorzeit der Quiché ertönen Klagen über die Dunkelheit, ehe die Sonne emporgestiegen war. So steht im ägyptischen Todtenbuche *Tmu* oder *Atoum* (die Nachtsonne oder Finsterniss) an der Spitze der Schöpfung, bis der Sonnengott des Tages in *Ra* (personificirt als *Phré*) hervortritt, und *Ra*[1] oder *La* ist der Name der Sonne durch ganz Polynesien (wie, chaldäischem *Sin* entsprechend, *Hina* oder *Sina* der des Mondes). Im Gegensatz zu der Unterwelt[2], als Fiji's *Lalo fonua* oder (aus einem Tartarus aufquellenden) *Avaiki*[3], aus deren Nachtdunkel[4] die Marquesas aufgestiegen[5] waren, bezeichnen sich diese als *Ao-mama* (*Ao* oder Licht[6]) und *Ao-terata* bildet den einheimischen Namen Neuseelands mit dem Specialnamen *Te Ika-a-Maui*[7] für die nördliche und *Pounamu* für die südliche Insel.

I.

NEUSEELAND.

Neuseeland ist verhältnissmässig am besten bekannt unter den polynesischen Inselgruppen, da infolge der geregelten und zahlreichen Colonisation auf seinem, eine solche des gemässigten Klimas wegen gestattenden, Boden dieser vertrauter und vielfach beschrieben ist. Die Literatur Neuseelands soll (nach Trollope) sich bereits auf einige tausend Bände belaufen; aber obwol so Buch auf Buch geschrieben wurde, ist der speculative Inhalt der Glaubenslehre bis dahin ein verschlossenes Buch geblieben. Mythen freilich erzählt fast jeder; hier und da bei einem schärfern oder durch lebenslangen Verkehr mit den Maori vertrauten Beobachter, wie Taylor, Shortland, Nicholas, Swainson u. s. w., stösst man gelegentlich auf eine überraschende, aber gewöhnlich dem Gewährsmann selbst nur halbverständliche Bemerkung, und bei Grey vor allem ist eine Zahl werthvoller Ueberlieferungen aus dem Munde der Häuptlinge mitgetheilt, aber ein tieferer Eindruck in die Weltanschauung ist nirgends gewährt. Wenn es mir möglich ist, einen solchen hier zu gewähren, obwol ich mich kaum einen Monat im Lande befand und ausserdem noch mehr als die Hälfte dieser Zeit auf allerlei Reisetouren zu verwenden hatte, so verdanke ich dies der Begünstigung durch ein glückliches Geschick, das mich gerade mit den richtigen Persönlichkeiten zusammenführte und diese zu freundlichsten und freigebigsten Mittheilungen stimmte. Die Schätze, welche sie so rückhaltslos gespendet, werden deshalb auch in ihrem Namen übergeben, abgesehen von meinen eigenen Zuthaten, wofür ich selbst die Verantwortung zu übernehmen haben werde.

Ich habe hier vor allen zu nennen Herrn John White (gegenwärtig in Wellington), Herrn Locke in Napier, Herrn Manning in Auckland, Herrn Davis in Ohinemuta, dann Herrn Travers in Wellington (wo Dr. Hector leider abwesend war), Herrn Stannard in Wanganui, u. a. m.[1] Jeder, der Neuseeland und seine Bewohner eingehender kennt, wird mir bezeugen, dass (neben einigen andern Namen, die mir genannt wurden) bessere Autoritäten nicht hätten gefunden werden können. Der Nestor der genannten Pioniere ist Judge Manning, den es genügt als den Verfasser des „Pakeha Maori" aufzuführen. Herr Davis ist den Besuchern der pittoresken Seeregionen wohl bekannt und Herr Locke über seinen Wohnsitz hinaus. Herr White hat von Kind auf mit den Maori gelebt und längst schon einen bedeutenden Einfluss über dieselben erworben, weil als ein in die Geheimnisse der Priesterorden Eingeweihter betrachtet; er fungirte zugleich als Secretär und Uebersetzer bei Gouverneur Sir George Grey, als derselbe sein wohlbekanntes Werk abfasste, das zuerst die Tiefe und den Reichthum polynesischer Mythologie erahnen liess, obwol mehr die romantische Seite berücksichtigend. Seitdem hat Herr White seine Studien ununterbrochen fortgesetzt und ist jetzt von der Regierung Neuseelands mit der Herausgabe seiner Forschungsergebnisse beauftragt. Dieser verständige Beschluss ist freudigst zu begrüssen und wird die dadurch dem Studium der ursprünglichen Landeskinder zugewandte Protection hoffentlich eine dauernde sein.

Herr White war gerade von Tauranga nach Wellington herübergekommen, und als ich seine Bekanntschaft machte, traf ich ihn im Regierungshause damit beschäftigt, sich ein Arbeitszimmer herzustellen. Es war an dem für meine Abreise bestimmten Tage, aber schon die ersten Worte, die wir wechselten, überzeugten mich, dass vorläufig an keine Abreise zu denken war, und die vier Tage, die ich im Verkehr mit ihm, soweit es seine durch die Neueinrichtung beanspruchte Zeit erlaubte, verbringen konnte, gehören zu den genussreichsten meines dortigen Aufenthalts. Was ich im Folgenden gebe, bezieht sich auf eine Art Prospect, der als Vorausläufer des in der Herausgabe begriffenen Werkes gedruckt wurde. Wenn dieses erscheint, wird sich, wie ich nicht zweifle, ein neues Licht über unsere Kenntniss von Polynesien verbreiten, und dann werden die vorläufig hier ausgestreuten Lichtfünkchen von selbst wieder erbleichen, mögen aber in der Zwischenzeit ihre Dienste thun, soviel sie es vermögen.

Die Schöpfung beginnt in Neuseeland, wie sonst in Polynesien, mit dem *Po* [1] als Urnacht, mit cyklischen Kreisungen von Nachtperioden, Kreise in Kreisen kreisend. Das wissen wir bereits von andern Gewährsmännern (obwol bei Taylor die Nacht auf zweite Linie verschoben ist), und das Gleiche wiederholt sich auf den übrigen Inselgruppen. Im Dunkel der Nacht vollziehen sich die dem Denken unzugänglichen Schöpfungsprocesse des Werdens, und im Nachklang dieser Vorstellung erzählt dann später die Volkssage, dass die Götter bei Nacht die Inseln (der Marquesas-Gruppe) aufgebaut, dass sie aber, vom Tageslicht überrascht, die Felsen hätten unfruchtbar lassen müssen. Die Analogien sind von überall her, und auch aus nächster Umgebung des Volksaberglaubens, geläufig genug.

Die Schöpfungsgeschichte der Maori gestaltet sich nun in folgender Form: Unter dem Rollen der Urnächte oder

Po (die den Uebergang von der vergangenen Weltperiode zur künftigen deckt) manifestirt sich in der bis dahin ungetheilten Finsterniss zuerst das *Kore*, das Nicht oder Nichtsein, und damit scheidet sich die Nacht, *Te-Po*, als bestimmter Zeitraum ab. Darauf im Umlauf ungezählter Perioden erwacht als erste Ablenkung zur Bewegung *te Rapunga* (das Sehnen), das sich in *Waia* oder Fortdauer (dieser ersten Sehnsuchtsregungen) ausbreitet zur Sehnsucht, und dann macht sich *Te-Kukune* (Empfindung) bemerkbar, die in *Te-Pupuke* (Ausbreitung) erstarkt. Als Folgewirkung beginnt ein erstes Pulsiren des Lebens, *Te-Hihiri* oder Luftschnappen (wie das des Neugeborenen), und hieraus emanirt *Te-Mahara*, der Gedanke, fortentwickelt zum *Te-Hinangara* (Geisteswirken). Jetzt entspringt *Te-Manako* oder Wunsch (als der Wille zum Leben), hingerichtet zuerst auf *Wananga* (heiliges Geheimniss), das grosse Lebensräthsel. In verzückter Anschauung des Versenkens über die umgebenden Wunder entfaltet sich *Te-Ahua*, der Glanz der Glorie, und damit als schöpferischer Liebesgott *Te-Atamai*, die Zeugungskraft (der Liebe), in materielle Schöpfungen niedersinkend, sodass *Te-Whiwhia*, das Festhalten (am Dasein) oder das Kleben an der Existenz hergestellt ist, durchdrungen von *Ravea* oder (freudenvoller) Wollust, und somit ist dann eine bestimmte Gestaltung (der Form) gegeben in *Hoputu* (dem Aufrichten), belebt durch *Hau-Ora* (Lebensathem), und jetzt flutet *Atea* (das Weltall) im Raume, durch Geschlechtsdifferenz gespalten in *Rangi* und *Papa* (Himmel und Erde).

Was haben wir hier vor uns? Solche Frage wird sich beim Durchblicken dieses merkwürdigen Documents sogleich hervordrängen. Ein philosophisches Product? Doch kannibalischer Wilden? und dann orphisch-chaldäische buddhisch-vedische Anklänge[1] auf allen Seiten. Ist ein verkleideter Anaximander oder Pythagoras hierher gewandert, wenn nicht etwa Anaximenes, der Vorgänger der Spiritualisten, mit der Luft als Urstoff, in der Seele ἀερώδη? (Οἷον ἡ ψυχή, φησίν, ἡ ἡμετέρα ἀὴρ οὖσα, συγκρατεῖ ἡμᾶς καὶ ὅλον τὸν κόσμον πνεῦμα καὶ ἀὴρ περιέχει.)

Die ganze Entwickelung des Schöpfungsbegriffs vom μὴ ὄν (in seiner platonischen Unterscheidung[1] vom οὐκ ὄν, als die Materie in valentinianischer Gnosis) an, ist hier eine rein psychologische oder (an Sanchuniathon's Pneuma, als *Ruach*, angeschlossen) eine pneumatische (im gnostischen Sinne), wozu man vielleicht die nächste Analogie in der *Paticha-samuppada* des Abhidharma finden würde.

Wir stehen hier vor einer neuen Welt (im Geisterreich), vor der Welt eines Ideenkreises, der, es sei nochmals nachdrücklich wiederholt, fast ein Viertel unsers Globus (räumlich gerechnet) umfasst, und von dem wir dennoch so gut als nichts wissen. Das Complement wird sich später aus der von mir in Hawaii aufgefundenen Kosmogonie ergeben, also am andern Ende der oceanischen Inselwelt (etwa in der Entfernung wie Rom von Capstadt zu reden).

Ich will indess zunächst, um objectivem Urtheil das unverfälschte Rohmaterial zu unterbreiten, das trockene Gerüst des Systems, wie es sich ohne meine obigen Zuthaten der Verknüpfung in White's Veröffentlichung[2] findet, dem Leser für unabhängige Bearbeitung hinstellen. Es heisst dort:

1) Te Kore	(on from the first to	Nothing
2) Te Po	the 1000th and to	Darkness
3) Te Rapunga	unlimited years),	Asking or Seeking
4) Whaia	„	Following on
5) Te Kukuna	„	Conception of thought
6) Te Pupuke	„	Enlarging

7) Te Hihiri	(on from the first to the 1000th and to unlimited years),	Breathing power, spell or godly power
8) Te Mahara		Thought
9) Te Hinengaro		Spirit life
10) Te Manako	„	Desire
11) Te Wananga	„	Holy, Medium or abode of deity, Supreme power
12) Te Ahua	„	Glory, beauty of form in spirits
13) Te Atamai	„	Coming into form, love in action, making good
14) Te Whiwhia	„	Possessing
15) Rawea	„	Delightful
16) Hopu Tu	„	Becoming erect, Possessing power
17) Hau Ora	„	Breath of life
18) Atea	„	Space, vacuum.

Te Ao e teretere noa ana, the world floating in space, gleich der Weltkugel, des σφαῖρα oder σφαιροειδὲς κύτος (bei Clem.), und wie chaldäische *Omorka* (bei Berosus) in die Hälften des Oben und Unten gespalten. Mit *Ao* (Licht) ist der Tag eingetreten, der die dunkle Nacht vertreibt.

Vor genauerer Betrachtung der Einzelheiten scheint es angezeigt, die Kette im buddhistischen Cyklus der Existenzreihen für Vergleichung beizufügen, und werde ich der dem Milinda-prasna entnommenen (s. Hardy) folgen, die von meiner Veröffentlichung in der „Zeitschrift der Deutschen Morgenländischen Gesellschaft“ (1875) in einigen Punkten abweicht:

1) Awidya (nam-moha)
2) Chitta (29)
3) Pratisandhi-winyana (19)

4) Nama-rupa (der 5 Khanda)
5) Ayatana (6)
6) Phassa (6)
7) Wedana (3)
8) Trisnawa (108)
9) Upadana (4)
10) Bhawa (3)
11) Jati-ipadima,

worauf Verfall (und Tod) eintritt.

In Awidya [1], Unwissenheit, liegt ebenfalls die Verneinung eines μὴ und durch Moha wird das umschattende Dunkel des Wissens oder das Nichtwissen ausgedrückt (die Finsterniss). Obwol also Dunkel im Dunkel, ist damit doch die erste Differenzirung zur Bewegung gegeben (wie im Mazdeismus mit dem in Zeruana akarana aufsteigendem Zweifel oder in der Gnosis mit der durch Aletheia geweckten Begierde); dieser erste Anstoss ist aber genügend, denn jetzt gelangt die ganze Maschinerie des Schöpfungsprocesses in den Fluss der Entwickelung durch αΐδιον κίνησιν (bei Anaximander) nach erstem Anstoss durch den νοῦς, während im Buddhismus das Bewegende in der Karma [2] liegt und die Schuld (gleich einer Anangke) im Schicksal die Gesetze der Natur dictirt.

Nach Markirung der Nacht *Te-Po* [3] als Zeitabschnitt (der gewöhnlich gleich im naheliegenden Gegensatz zum Licht [4] gefasst wird) regt sich (nach obiger Aufzählung) *Rapunga*, ein Suchen und Fragen, also ein unbestimmt ahnendes Sehnen [5], das sich in der nächsten Rubrik *(Whaia)* erstarkend ausweitet, und so, in allseitige Berührung kommend, *Kukuna* mit der Steigerung in *Pupuke* empfinden lässt, wodurch unter den hervorgerufenen Reflexbewegungen die ersten Lebensregungen zu pulsiren [6] beginnen.

Hiermit sind wir auf denjenigem Punkt angelangt, der in den Rubriken des „Milinda-prasna" der vierten *Nama-*

Rupa, oder (bei Goldstücker) „Substantialität" als der Entstehung der fünf *Khanda* entsprechen würde, und ist der Weg dahin kürzer, aber demselben Ideengang entsprechend, denn in der *Chitta* sind die Voranlagen der zu *Winyana* führenden Empfindung ausgedrückt.

Wenn in den von Hodgson aus dem Karmika-System gelieferten Mittheilungen die zweite Rubrik, als auf die *Awidya* folgende Emanation, mit *„delusive impression"* übersetzt wird, so entspricht dies noch genauer dem unbestimmt fragenden Sehnen, das sich selbst seines Zieles noch nicht klar bewusst ist und so Täuschungen unterliegt. Hodgson's Text lässt dann auf *„delusive impression"* die Schöpfung der *„particulars"* folgen, dann die der *„six seats of senses"* und dies würde wieder zusammenfallen mit der fünften Rubrik des *Abhidarma*, der *Ayatana*, sowie der in der *Karmika* dann gesetzte Contact, mit der sechsten, als *Phassa*. Ebenso bietet das in der brahmanischen Version auf *Awidya* folgende und von Colebrooke als *„passion"* übersetzte, wenn als leidenschaftlich sehnende Aufregung gefasst, ein Aequivalent zu *Te-Rapunga*, und bei genauerm Eingehen auf den Originaltext könnte sich ein solches auch in tibetisch, durch Csoma Körösi, und chinesisch, durch Klaproth, vorliegenden Reihen finden, mit den Uebersetzungen *„composition" (or notion)* oder *„connaissance"*, als nächster Ausfluss der *Awidya*.

Soweit sind die Coincidenzen zwischen Tohunga und den Phungie so schlagend, als es unter den Umständen rein zufällig gegebener Lesungen nur erwartet werden kann. In beiden Fällen markirt sich, in dem Uranfänglichen (in dem Αρχὴ τῶν ὄντων τὸ ἄπειρον nach Anaximander's Sinne) als Erstes (im Anderssein) eine Negation[1], als deren nächster Erfolg das Streben nach Ausgleichung in Bewegung kommt, und so ein Antasten (in der Empfindung) hervorruft, in der Wechselwirkung (wie es im

Buddhismus ausgedrückt sein würde) der *Arom* oder *Aromana* mit den *Ayatana*, wodurch dann diese letztern, und damit ihre sinnlichen Verkörperungen, ins Leben treten. Von hier ab dagegen scheiden sich die Wege dieser zwei Darstellungen oder laufen wenigstens nicht mehr so dicht nebeneinander her, indem zwar bei beiden die Identität der Correlationen zwischen Mikrokosmos und Makrokosmos festgehalten wird, die *Patichcha samuppada* aber (weil für den Zweck einer Morallehre verfasst), nachdem das Körperlich-Materielle in Existenz gerufen ist, jetzt nur seine mikrokosmische Wandlung im Menschen ausfolgt (durch *Wedana*, *Trisnawa*[1], *Upadana*, *Bhawa* zur *Jatiipadima* oder Geburt und damit rückläufig zum Untergang gelangend), wogegen der ἱερος λογος[2] der Maori die Schöpfung eines Makrokosmos entfalten will, und deshalb noch von individueller Psychologie absieht. Doch kann auch für den fernern Weg, der nach dem Anlangen bei den zum Körperlich-Materiellen tendirenden Lebensregungen weiter eingeschlagen wird, ein Complement aus dem Abhidarma geboten werden, und zwar in richtiger Consequenz, in dem die Meditationen[3] betreffenden Theil, indem diese auf den Megga, den Pfaden zum Nirwana, wandeln, in welcher Negation[4] der, im täuschenden Schein vergehenden, Maya die moralischen Kräfte der, sterblichen Augen entschwundenen, Buddha die Schöpfungen neuer Welten (wenn die frühern mit dem Verfall des Gesetzes untergegangen sind) neu vorbereiten.

Wir haben gleich darauf zurückzukommen nach vorheriger Betrachtung der auf Hihiri (Rubrik 7) folgenden Entwickelung. Die nächste Emanation[5], Mahara, drückt eine Denkthätigkeit, eine geistige[6] Regung aus, die in dem Folgenden (Hinengaro) zur vollen Kraft und Entfaltung gelangt. Es soll also gesagt sein, dass, nachdem die in dem Contact hervorgerufene Empfindung, durch die zwischen dem Innern und Aussen hin- und herwogenden Wellenbewegungen des Reflexes, die ersten Lebenäusserungen eingeleitet hat, sich diese in einer geistigen Thätigkeit zu manifestiren beginnen, und das nächste Resultat ist Manako, der Wunsch, ein Streben und Sehnen, wie es in Te-Rapunga vorgedeutet lag, aber nicht mehr, wie dort, ein unbestimmt suchendes, sondern bereits mit festem Entschluss auf ein bestimmtes Ziel hingerichtetes, und zwar auf das höchste und zwingendste, auf das Lebensräthsel hin, seine Geheimnisse zu lösen, und der darin versenkte Geist wird dann mit der Macht des schöpferischen[1] Princips erfüllt, sodass er Zaruam's Schöpferwort im Honover sprechen könnte oder in Parmenides' Identität des Denkens und des Gedachten (τὸ γὰρ αὐτὸ νοεῖν ἔστι τε καὶ εἶναι), in Gedanken schaffen, das Wort als Gottes That (bei Philo), ὁ λογος.

Wananga spielt noch jetzt im Cultus der Tohunga, als ein (wie Amun) verborgenes Allerheiligstes, ein Unbegreifliches[2] (gleich Wakon im Gottesbegriff der Dacota) oder auch ein mysteriöses Palladium für die gewöhnlichen Bedürfnisse des Tageslebens.

Diesem in das Allerheiligste versenkten, dadurch gefesselten Geist, ihm, dem mit der Grundursache eigenen Seins durch sehnendes Anstreben wieder Vereinigten, bricht nun die Glorie (Ahua) hervor, er wird durchstrahlt von dem Glanz sphärischer Harmonien, durchleuchtet[3] von der Allgottheit, gleich dem unter dem Bodhibaum Erwachten, in der Lichtregion gewissermassen jenes Dhyana, „die nebst den Keimen der Natur auch die Intelligenz in der Vielheit enthält.“

Bei den Buddhisten geht die Meditation aus von Mano, als Arom des Nam-Dhamma (s. Bigandet), und dieser Mano würde in gewisser Beziehung dem maorischen Manako entsprechen, um so mehr, weil von den zu durchlaufenden Stadien das erste (Witteka) die Hinrichtung geistiger Betrachtung auf das Object, das zweite (Witzara) die Fixirung desselben in Aufmerksamkeit ausdrückt, beide also solche Modalitäten, die auch in Manako involvirt liegen.

Auf Witzara folgt dieser aufmerksam angestrengten Betrachtung, die Frucht derselben mit Piti, in der Selbstzufriedenheit des Erfolges, und dann verbreitet sich Souka, als Freudensseligkeit, worin Ekatta das Verharren ermöglicht.

Das Fernere gehört nicht hierher, da die Parallelen mit der Folgereihe der Tohunga bereits wieder aufgehört haben, indem sich die Coincidenzen diesmal auf drei Rubriken (10, 11, 12) beschränken. Darüber hinaus theilen sich die Wege aufs neue, wie es bei der Verschiedenheit der in den beiden Fällen beabsichtigten Zwecke nicht anders sein kann. In der Meditation steigt der Geist, nach den für ihn niedergelegten Vorschriften, von Stufe zu Stufe höher empor, bis er sich schliesslich in dem Allsein verliert oder (nach brahmanischem Ausdruck) von der Gottheit absorbirt wird (vom Kreislauf der Sansara befreit).

Das aus dem Ideenkreis der Maori vorliegende Stück ist dagegen, wie bereits bemerkt, ein Schöpfungssang, der also eine solche Vernichtung in der Absorption nicht zulassen darf und deshalb von dem Pfade, den er eine Zeit lang gemeinsam mit dem Rahan gewandelt, wieder ablenkt, um seinen Pflichten materieller Productionen nachzukommen.

Es liegt in der Natur der Sache, dass dieses Weitergehen, da es sich eben von dem in der Meditation angestrebten Ziele abwendet, nicht länger ein Ansteigen sein kann. Mit der in Ahua hervorgeleuchteten Verklärung ist für das Irdische bereits die höchste und äusserste

Grenze erreicht, sodass, wenn hier statt des Finale eine Fortsetzung statthat, in dieser eine sinkende Retrogression (ein Derimiren und Insichzurückgehen) markirt sein muss. Es ist das der in den Religionen unter so verschiedenen Verkleidungen durch die ληϑη κοσμικη (der Ophiten) oder *mundialis oblivio,* einer im Herabsinken vergessenden Seele, eingeführte „Fall", mit der Verbitterung des Lebens durch das Uebel [1], auch moralisch im Bösen (und stets der Sinnlichkeit eingepflanzt).

So folgt auf *Ahua* die Emanation *Atamai*, worin der (in Aegypten als *Phtah-Thore* [2] unter den drei Eroten schöpferisch thätige) Liebesgott in seine Herrschaft eintritt, indem gewissermaassen der durch die Majestät des vollen Glanzes berauschte Geist im Freudensgenusse zu Ueberschreitungen geführt wird. Als natürliche Consequenz erhält nun das Körperliche [3], das bereits früher durch *Hihiri* vorangedeutet war, seine voll substantielle Verwirklichung in *Te Whiwhia* (als das Haften und Kleben an der Existenz, dem buddhistischen *Upadana* entsprechend), und an Stelle der soweit geistigen [4] Schöpferkräfte [5] beginnt jetzt, mit der Wollust sinnlicher Zeugungen, wie in *Ravea* ausgedrückt, die materielle [6] Welt zu treten, die, in *Hopu-Tu* aufgerichtet, auch äusserlich Form und Gestaltung gewinnt. In dem Athmen des Lebensodems *(Hau-Ora)* gestaltet sich der Raum (im *Kenon* oder *Bohu,* als μίγμα oder μίξις τῶν ἀπαντων [7], das materielle Substrat liefernd) zum kugligen Weltenball, und diese (dem aus Kneph's Munde hervorgegangenen Ei [8] vergleichbar) flutet dann im All.

Nach der Scheidung [9] in zwei Hälften werden *Rangi* und *Papa* [10] durch die Liebe wieder geeinigt, und ihre Kinder empören sich dann gegen die Aeltern, gleich der von Uranos und Gäa gezeugten Brut.

Ich werde diese bereits von Sir George Grey mitgetheilten, und gewöhnlich als der Beginn der maorischen Schöpfung (obwol der Process, wie sich hier ergibt, viel weiter zurückgeht) betrachteten Mythen[1] nach einem, einige Abweichungen zeigenden Pamphlet erzählen, das ich der Güte des Judge Manning verdanke.

DIE SCHÖPFUNGSSAGE DER MAORI

oder nach einheimischer Bezeichnung

Die Geschichte „der Söhne des Himmels und der Erde."

(Diese Sage ist von höchstem Alter und seit Jahrtausenden wörtlich von Priester auf Priester überliefert worden. Sie ist allegorisch; doch ist die Bedeutung der Allegorie dem gemeinen Volke nie mitgetheilt worden und, wie ich glaube, heute zum grossen Theil auch unter den Priestern verloren gegangen; sie ist indessen nicht sehr dunkel. *M.*)

Die Himmel, die über uns sind, und die Erde, die unter uns liegt, sind die Erzeuger der Menschen und der Ursprung aller Dinge.

Denn früher lagen die Himmel auf der Erde, und alles war Finsterniss. Nie waren sie getrennt gewesen.

Und die Kinder des Himmels und der Erde suchten den Unterschied zwischen Licht und Finsterniss zu entdecken — zwischen Tag und Nacht; denn die Menschen waren zahlreich geworden; aber die Finsterniss währte noch fort.

Im Andenken an diese Zeit sagt man: „während der Nacht", „die erste Nacht", „von der ersten bis zur zehnten Nacht, von der zehnten bis zur hundertsten, von der hundertsten bis zur tausendsten" —, was bedeuten soll, dass die Finsterniss ohne Grenzen und das Licht noch nicht vorhanden gewesen war.

So rathschlagten die Söhne Rangi's (des Himmels) und Papa's (der Erde) miteinander und sprachen: „Lasset uns Mittel suchen, um Himmel und Erde zu vernichten oder sie voneinander zu scheiden." Da sprach Tumatauenga: „Lasset uns die beiden vernichten."

Darauf sprach Tane-Mahuta: „Nicht also; sie mögen voneinander geschieden werden. Lasset den einen emporsteigen und für uns ein Fremder werden; den andern lasset unten bleiben und uns eine Mutter (Verwandte) sein."

So beschlossen die Kinder des Himmels und der Erde, ihre Aeltern voneinander zu reissen; Tawhiri-Matea allein hatte Mitleid mit ihnen. Fünf beschlossen, sie zu trennen; nur einer hatte Mitleid.

So suchten sie durch die Vernichtung ihrer Aeltern die Menschen zu vermehren und gedeihen zu machen, und im Andenken an diese Dinge sagt man: „Die Nacht! die Nacht! der Tag! der Tag! das Suchen, das Ringen nach dem Licht! nach dem Licht!!"

Nun erhob sich Rongo-Matana, um den Himmel von der Erde zu trennen, aber es gelang ihm nicht.

Dann versuchte Haumia-Tikitiki seine Kraft, aber es gelang auch ihm nicht.

Dann erhob sich Tangaroa, um seine Aeltern auseinander zu reissen, aber er konnte es nicht thun.

Tumatauenga versuchte es dann, doch auch sein Bemühen war ebenfalls erfolglos.

Zuletzt erhob sich Tane-Mahuta, der Waldgott, um gegen Himmel und Erde zu kämpfen. Seine Arme erwiesen sich als zu schwach, so beugte er sein Haupt nieder, stiess mit den Füssen nach oben und riss sie auseinander. Da wehklagte der Himmel und rief die Erde:

„Weshalb dieser Mord? Warum diese grosse Sünde? Warum willst du uns vernichten? Warum willst du uns trennen?“ Aber was kümmerte dies Tane? Aufwärts sandte er den Einen, abwärts die Andere; und daher sagt man: „Tane stiess, und Himmel und Erde wurden geschieden.“ Er ist es, der die Nacht vom Tage getrennt hat.

Sogleich bei der Trennung des Himmels von der Erde wurde das Volk sichtbar, welches bis dahin in den Höhlungen an ihrer Aeltern Brüsten verborgen gewesen war.

So gedachte nun Tawhiri-Matea (der Wind), seine Brüder zu bekriegen, weil sie ihre Aeltern getrennt hatten; denn nur er hatte nicht eingewilligt, das Weib von dem Gatten zu scheiden. Seine Brüder waren es, die beschlossen hatten, sie zu trennen, und nur eine, die Erde, als Mutter zu lassen.

So beschloss der Sturmgott, dass kein Frieden sein sollte, und er erhob sich und folgte seinem Vater, dem Himmel, und blieb bei ihm in den offenen Räumen des Himmelsgewölbes; und da sie dort waren, berathschlagten sie miteinander. Der Himmel gab Rath und der Wind gab Acht, und als er Belehrung empfangen hatte, zog er seine Kinder gross, und sie wurden zahlreich und stark; und er sandte sie aus, einige nach Westen, einige nach dem Süden, einige nach dem Osten und andere nach dem Norden, und diese auch sind ihre Namen.

Darauf sandte er den Wirbelwind und den Sturm aus und trübe, dunkele Tage, und triefende, frostige Himmel und dürre, sengende Windstösse und das ganze Heer des Himmels; in Wolken Staubes führt der Sturmgott sie an! Jetzt stürzen sie vorwärts, dahin, wo der Waldgott sich kühn erhebt und dem Sturme zu trotzen scheint. Ein Windstoss genügt. Tief unten am Boden liegt er, mit all seinen Zweigen Frass für Moder und Wurm.

Jetzt wenden sie sich gegen die Gewässer. Ha! Tangaroa verlässt die wellenzernagte Klippe und flieht in die Tiefen des Oceans. Aber Tangaroa's Kinder trennen sich. Der Sohn Tangaroa's war Punga, und Punga hatte zwei Söhne: „Schwimmender Fisch“ und „Schrecken“, das grosse Reptil. Dessen anderer Name war „Bestürzung.“ Als nun Tangaroa zum Ocean floh, stritt sein Geschlecht, und einige sprachen: „Lasset uns in das Wasser“, andere riefen: „Lasset uns auf das Land“; so schieden sie sich nach ihren Familien, die Familie des Schreckens, des Reptils, blieb auf dem Lande; aber die Familie Punga's suchte den Ocean auf.

So wurden sie durch den Zorn des Sturmes zerstreut, und von daher stammt das Wort: „Lasset uns auf das Land“, „lasset uns in das Meer“; denn „Schwimmender Fisch“ hatte zu „Schrecken“ gesprochen: „Lass uns in das Wasser“, aber „Schrecken“ antwortete: „Nein, auf das Land.“ Darauf sagte der Fisch: „So gehe denn auf das Land, geh zu dem flammenden Farrnkrauthaufen.“ Da antwortete die Eidechse: „Wenn ich auch auf angehäuftem Farrnkraut gebraten werde, doch sollen Schrecken und Bestürzung über die Menschen kommen, wenn ich mit emporgerichteten Stacheln und zerreissenden Klauen aus meiner Höhle hervorkomme; aber du gehe in das Wasser; geh, und lasse dich als Speise in Körben aufhängen.“ Da sagte der Fisch: „Wenn ich auch in den Körben mit gekochter Speise hänge, nur grosse Verrätherei kann mich aus meiner Zuflucht in der Tiefe hervorlocken.“

So trennten sich diese beiden, der eine (ging) zum Meere, der andere auf das Land; und seit jener Zeit ist unaufhörlicher Krieg zwischen dem Meere, oder den Wassern, und dem Lande gewesen, weil einige Kinder der Wasser sich auf das Land geflüchtet hatten.

Und die Kinder Tangaroa's werden fortwährend durch

den Waldgott vernichtet, nämlich durch Canoes und Netze und Speere und Haken, und die Kinder des Waldes werden ihrerseits von dem Ocean verschlungen; die Canoes werden von den Wellen begraben, und Fluten unterhöhlen die Erde und spülen Bäume und Häuser hinaus in das Meer.

So plündern die Wasser immer das Land und trachten danach, das Land gänzlich zu zerstören, auf dass die grossen Bäume des Waldes in das Meer hinausgetragen und ein Raub des Oceans werden mögen.

Nun wandte sich der Sturm gegen Rongo-Matane und Haumia; aber die Erde riss sie hinweg und verbarg sie in ihrem Busen, und der Sturm suchte sie vergebens; denn die Erde verbarg ihre Kinder.

Jetzt endlich wendet der Sturm sich gegen Tu; aber seine Wuth und sein Kämpfen sind nutzlos. Tu achtet ihrer nicht. Er allein unter den Kindern des Himmels und der Erde hatte seine Stimme für die Vernichtung seiner beiden Aeltern erhoben, und er allein ist stark im Kampfe. Alle seine Brüder waren vor dem schneidenden Sturme gefallen. Tane ward umgebrochen und daniedergeworfen; Tangaroa floh in den Ocean, Rongo und Haumia flüchteten in die Erde; aber Tu stand aufrecht auf den offenen Ebenen seiner Mutter Erde, bis die Wuth der Himmel und die Winde nachliessen.

Hiernach reihete sich Geschlecht an Geschlecht, aber der Tod kam nicht zu Tu. Nicht eher, als mit der Geburt Maui's, des Sohnes von Taranga, kam der Tod in die Welt. Er war es, der durch sein Vergehen gegen Hine-Nui-te-Po dem Menschengeschlechte den Tod gebracht hat, und ohne dieses würden die Menschen ewig gelebt haben.

Tu war entschlossen, seine ältern Brüder zu bekriegen, weil sie zu unentschlossen gewesen waren, um ihm in dem

Kampfe gegen den Sturm beizustehen, als dieser seine Aeltern zu rächen versuchte. So wandte er sich zuerst gegen Tane. Er gedachte auch, dass Tane's Geschlecht jetzt zahlreich und stark wurde und ihn deshalb bald selber bekämpfen würde. So macht er nun Schlingen und Fallstricke; er hängt sie in die Bäume. Ha! Tane's Kinder werden gefangen und getödtet.

Dann suchte er die Söhne Tangaroa's und fand sie im Meere schwimmend. Er schneidet den Flachs, er knotet das Netz, er zieht es durch das Wasser. Ha! die Söhne Tangaroa's sterben auf dem Strande.

Nun sucht er seine Brüder Rongo und Haumia, welche die Erde vor dem Sturme verborgen hatte; aber ihr Haar, das sich über dem Boden zeigte, verrieth sie. Nun spaltet er den Hartholzbaum mit steinernem Keil und verfertigt das spitze Ko (den hölzernen Spaten der Maori). Nun flechtet er Körbe und nun gräbt er die Erde. Rongo und Haumia werden aufgedeckt und liegen trocknend in der Sonne.

So verschlang Tu seine Brüder und verzehrte sie, weil sie ihn in dem Kampfe gegen die Himmel und den Sturm allein gelassen hatten; denn er war der einzige Tapfere im Kriege.

Als nun Tu alle seine Brüder überwunden hatte, theilte er seine Namen und nannte sich: Tu der Zornige, Tu der Grimmige, Tu der Verschlinger von Heeren, Tu des Handgemenges, Tu des feinmaschigen Netzes, Tu, der Störer der Erde. Diese Namen wiesen auf seine besiegten Brüder und auf ihn selber hin. Vier von ihnen verschlang er, aber einer blieb geheiligt. Dies war der Sturm, und er bleibt ewig als ein Widersacher des Menschen, und seine Kraft ist der seines jüngern Bruders (Tu) gleich.

Nun suchte Tu Gebete und Zaubersprüche, durch die er seine Brüder niederdrücken und sie zu der Beschaffenheit gewöhnlicher Nahrung für sich umformen könnte. Er hatte auch Zaubersprüche für die Winde, um eine Stille herbeizuführen, Gebete, um Kinder und Reichthum und reichliche Ernten und gutes Wetter zu erflehen, und auch (Gebete) für die Seelen der Menschen.

Es trug sich während des Kampfes zwischen dem Sturme und seinen Brüdern zu, dass ein Theil der Erde verschwand. Die Namen der Alten, durch welche der grössere Theil der Erde vernichtet wurde, waren aber: „Heftiger-Regen, Langanhaltender-Regen, Lautschallender-Regen und Hagel.“ Ihre Kinder waren Nebel, und Triefende-Winde und Thau. So ward der grössere Theil der Erde von den Wassern überschwemmt, und nur ein kleiner Theil blieb trocken.

Das Licht fuhr nun fort, sich zu vermehren, und wie das Licht zunahm, so vermehrte sich auch das Volk, das zwischen Himmel und Erde verborgen gewesen war. Tumatauenga und seine Brüder, sie, die während der ersten grossen Finsterniss, während des Suchens und Ringens, als das alte Erdbeben herrschte, dagewesen waren. Und so reihete sich Geschlecht an Geschlecht, bis hinab zu der Zeit Maui-Potiki's, der den Tod in die Welt brachte.

Nun bleibt in diesen letztern Tagen der Himmel weit von seinem Weibe, der Erde, entfernt; aber die Liebe des Weibes wird in Seufzern zu dem Gatten emporgetragen. Dies sind die Nebel, die von den Gipfeln der Berge aufwärts schweben; und die Thränen des Himmels fallen auf sein Weib nieder. Siehe, die Thautropfen!

This tradition is of the greatest antiquity—it has been transmitted *verbatim* from priest to priest for thousands of years. It is allegorical and the meaning of the allegory has not been ever committed to the vulgar people and is I think now lost in a great degree by the priests. It is however not very obscure.

MAORI TRADITION OF CREATION.

Called by them the history of "The sons of the Heaven and Earth".

The Heavens which are above us, and the Earth which lies beneath us, are the progenitors of men, and the origin of all things.

For formerly the Heavens lay upon the Earth, and all was darkness. They had never been separated.

And the children of Heaven and Earth sought to discover the difference between light and darkness—between day and night; for men[1] had become numerous; but still the darkness continued.

With reference to this period are the sayings, "during the night"[2], "the first night", "from the first to the tenth night, from the tenth to the hundredth, from the hundredth to the thousandth"—the meaning of which is, that the darkness had been without limit, and light had not yet existed.

So the Sons of Rangi (the Heavens) and of Papa (the Earth) consulted together, and said, "Let us seek means whereby to destroy Heaven and Earth, or to separate

[1] "Men" — not to be understood literally as human beings, but as conscious intelligences.

[2] The word translated "night" — means also a long duration or space of time, also a *Season*. For instance "The hot *Season*", "The cold *Season*".

them from each other." Then said Tumatauenga [1], "Let us destroy them both."

Then said Tane-Mahuta [2], "Not so; let them be separated; let one go upwards and become a stranger to us; let the other remain below and be a parent for us."

So the children of Heaven and Earth agreed to rend their parents asunder. Tawhiri-Matea [3] alone had pity on them. Five agreed to separate them; one only had pity.

Thus by the destruction of their parents they sought to make men increase and flourish, and in commemoration of these things are the sayings, "The night! the night! the day! the day! the searching, the struggling for the light! for the light!!" [4]

So now Rongo-Matane [5] arose to separate Heaven from Earth, but failed.

Then Haumia-Tikitiki [6] tried his strength, but failed also.

Then arose Tangaroa to rend his parents asunder, but was unable to do so. [7]

---

[1] "Tumatauenga" — the God of War, the Father of Men; he has a hundred names or epithets descriptive of his attributes.

[2] "Tane-Mahuta" — the Forest God, father and protector of birds, symbolised by a tree.

[3] "Tawhiri-Matea" — the wind; also the deity presiding over winds and storms, the Maori Æolus.

[4] "The Searching, etc. — This seems to be a mystical intimation of the struggles of Nature for organization, and to escape from "Chaos and old Night."

[5] "Rongo-Matane" — the God of the *cultivated* fruits of the earth, symbolised by a kumara.

[6] "Haumia-tikitiki" — God of the *spontaneous* fruits of the earth, represented by a fern root.

[7] "Tangaroa" — the ocean, also the God or impersonation of the Sea — father of fish and reptiles.

Tumatauenga then tried, but was equally unsuccessful.[1]

At last arose Tane-Mahuta, the Forest God, to battle against Heaven and Earth. His arms proved too weak, so bending down his head, and pushing upwards with his feet, he tore them asunder. Then wailed the Heavens and exclaimed the Earth—"Wherefore this murder? Why this great sin? Why destroy us? Why separate us?" But what cared Tane? Upwards he sent one and downwards the other; and thence comes the saying, "Tane pushed, and Heaven and Earth were divided." He it is who separated night from day.

Immediately on the separation of Heaven from Earth, the people[2] became visible, who had hitherto been concealed between the hollows of their parents' breasts.

So now Tawhiri-Matea (the wind) thought he would make war against his brethren, because they had separated their parents; for he only had not consented to divide the wife from the husband. It was his brothers who resolved to separate them, and to leave but one—Earth—as a parent.

So the Storm-God resolved that there should be no peace, and he arose and followed his father, the Heavens, and remained with him in the open spaces of the skies; and being there, these two consulted together. The Heavens gave council, and the Winds gave heed, and being instructed, he reared his children, and they became numerous and strong; and he sent them forth, some to the West,

---

[1] The war God, the field — shaker in this case; in the incantations he is called upon by a hundred names, such as: the fierce, the passionate, the man eater, the battle fighter, the enterer of fortresses, climber of high places, the flunderer, climber of waves, land shaker.

[2] This is the beginning of first animal life.

some to the South, some to the East, and others to the North, and these also are their names.

Then sent he forth the Whirlwind and the Storm, and dismal dusky days, and dripping chilly skies, and arid scorching blasts, and all the host of Heaven; in clouds of dust the Storm-God leads them on! Now, on they rush to where the Forest-God stands boldly up, and seems to dare the storm. A blast suffices. Low on earth he lies, with all his branches food for moth and worm.

Now turn they against the waters. Ha! Tangaroa deserts the wave-worn cliff, and flies to the depths of the ocean. But the children of Tangaroa separate.[1] The son of Tangaroa was Punga, and Punga had two sons, "Swimming Fish" and "Terror", the great reptile. His other name was "Consternation". So when Tangaroa fled to the ocean, his family disputed, some saying, "Let us to the water"; others cried, "Let us to the land"; so they separated according to their families, the family of Terror, the reptile, remained upon the land; but the family of Punga sought the ocean.

Thus were they scattered by the anger of the Storm, and from thence is the saying, "Let us to the land", "let us to the sea"; for "Swimming Fish" had cried to "Terror", "Let us to the water"; but "Terror" answered, "No, to the land! to the land!" Then said the fish, "Go then to the land, to the flaming fern-pile go!" Then answered the lizard, "What though I be roasted on heaped up fern[2];

---

[1] It is worthy of remark that the first organisations actually described by the Maori priests are *fish* and *reptiles*, "Children of Tangaroa," the Ocean God, and of water generally.

[2] "What though I be roasted on heaped up fern." Formerly large lizards were plentiful in New Zealand, and were used by the natives for food. The common way of cooking them was to roast them on heaps of dry fern. The natives have traditions of reptiles

yet when with spines erect, and tearing claws, I come forth from my cave, "Terror" and "Consternation" shall come upon men; but go you to the waters; go, and be hung up in baskets for food." Then said the fish, "What though I hang up in the baskets of cooked food, great treachery alone can draw me from my refuge in the deep."

So these two separated, one to the sea, and the other to the land; and from that time there has been unceasing war between Tangaroa and Tane, because some of the children of the waters had taken refuge on the land.

And the children of Tangaroa are continually destroyed by the Forest-God, that is, by canoes, and nets, and spears, and hooks, and the children of the forest are in turn devoured by the ocean; the canoes are overwhelmed by the waves, and floods wear away the earth, and sweep trees and houses outward to the sea. Thus the waters ever prey upon the land, endeavouring to destroy entirely the land, so that the great trees of the forest may be taken out to sea, and become a prey to the ocean.

Now the Storm turned against Rongo-Matane and Haumia; but Earth snatched them away, and hid them in her bosom, and the Storm sought them in vain, for Earth concealed her children.

Now at last the Storm turns against Tu[1]; but his rage and his wrestling are of no avail. Tu values them not. He only of the children of Heaven and Earth had given his voice for the destruction of both his parents, and he alone is strong in war. All his brethren had fallen before

---

of a larger size, like crocodiles which existed in the country from which they emigrated, or were driven, and which no doubt deserved the name "Terrible".

[1] "Tu" — the Maori War God. This sometimes represents man, being the God most resembling and father of the war.

the biting storm. Tane was broken and overthrown, Tangaroa fled to the ocean, Rongo and Haumia fled into the Earth; but Tu stood upright on the open plains of his Mother Earth[4], until the fury of the Heavens and the winds were abated.

After this, generation was added to generation, but death came not to Tu. Not until the birth of Maui[1], the son of Tangara, came death into the world. He it was who by his misconduct to Hine-Nui-te-Po brought death to man, and but for this, men would have lived for ever.

Tu was determined to make war against his brethren for their irresolution in not having assisted him to resist the Storm, when he sought to revenge his parents. So he turned first against Tane. He also remembered that the family of Tane were now becoming numerous and strong, and would therefore soon make war against himself. So now he makes gins and snares; he hangs them in the trees. Ha! the children of Tane are entrapped and slain.[2]

Then he sought the sons of Tangaroa, and found them swimming in the sea. He cuts the flax, he knots the net, he draws it in the water. Ha! the sons of Tangaroa are dying on the shore.

Now he seeks his brethren Rongo and Haumia, whom the Earth had concealed from the Storm; but their hair appearing above ground betrayed them. Now with stone wedge he bursts the hardwood tree, and forms the pointed ko, (the Maori spade of wood). Now he weaves baskets, and now he digs the earth. Rongo and Haumia are uncovered, and lie drying in the sun.

---

[1] Maui was the last of a long race of Maui-demigods, he seems to have been the great leader of the Maori race in their first great exodus, the Maori Moses.

[2] "The children of Tane" — the birds of the forest.

Thus Tu devoured his brethren [1] and consumed them for having allowed him singly to fight against the Heavens and the Storm, for he only was the brave one in the war.

Tu now having overcome his brethren, divided his names, calling himself Tu the angry, Tu the fierce, Tu the devourer of armies, Tu of the close fight, Tu of the narrow mesh, Tu disturber of the Earth. These names had reference to his conquered brethren and to himself. Four of them he devoured, but one remained sacred. This was the Storm; and he remains for ever as an antagonist for man, and of his strength is equal to that of his Younger brother (Tu).

Now, Tu sought prayers and incantations by which to depress his brethren and reduce them to the condition of common food for himself. He had also incantations for the winds to cause a calm, prayers for children and for wealth, and for abundant crops, for fair weather, and also for the souls of men.

It was during the warfare of the Storm against his brethren that a portion of the earth disappeared. The names of the ancients by whom the greater part of the earth was destroyed were—Heavy Rain, Long-continued Rain, Loud-resounding Rain, and Hail. Their children were Damp, and Dripping-Winds, and Dew. So the greater part of the earth was overwhelmed by the waters, and but a small portion remained dry.

The light now continued to increase, and as the light [2]

---

[1] It is worthy of notice that all the "brethren" of Tu the man —that is, the organised forms of *plants*, *fish*, and *reptiles*, also the elements (air, fire, water) are called either elder brothers or "ancestors", and this is in accordance with Scripture, and also with the deductions of geological science. The *wind* also is an *elder* brother.

[2] "During the first great darkness and the seeking and commotion when old Earthquake reigned," *i. e.* before the Heavens were

increased so also the people who had been hidden between Heaven and Earth increased. Tumatauenga and his brethren, they who had existed during the first great darkness, during the seeking and struggling, when old Earthquake reigned.[1] And so generation was added to generation down to the time of Maui-Potiki[2], he who brought death into the world.

Now in these latter days Heaven remains far removed from his wife the Earth; but the love of the wife is wafted in sighs towards her husband. These are the mists which fly upwards from the mountain-tops; and the tears of Heaven fall downwards on his wife. Behold the dewdrops!

---

separated from the Earth, before there was light, and when the great commotion, the seeking, the struggle, took place. "The call for light," — these expressions fall short of the force of the Maori original, they are intended to convey the extraordinary idea that matter had existed without form for immeasurable time, but that at last the inherent properties, of matter, causing each atom to seek its fellow, and fitting place, gave birth to a "struggle, a turmoil, a commotion, and a *seeking*;" (figured by an Earthquake, a continuous earthquake, "when old Earthquake reigned,") which ended in the production of order, organisation, and all the forms of nature, in a word—Creation. These are not the ideas of "savages," but the remains of the philosophy and religion of a remote age, when far from New Zealand the ancestors of the Maori were a great and civilised people.

[1] Denotes the geological epoch when the earth still continued to be convulsed by great earthquakes.

[2] "Maui-Potiki" — Maui the younger. There were several Mauis, but Maui-Potiki, who has also several other names, is the favourite demigod of Maori romance. His last exploit brought death to himself and all men. It is the subject of a separate tradition. His character, as it is delineated in the history of his acts, was capricious, mischievous, adventurous, and treacherous above all things.

Diese primordiale Trennung von Himmel und Erde oder (wie Gerhard in Hesiod's Theogonie es ausdrückt) des Himmels von der Erde, geht nun durch alle Inselgruppen (worauf bei einer zusammenhängenden Bearbeitung der polynesischen Mythologie zurückzukommen sein wird) unter einer Verschiedenheit mythischer Einkleidungen und oft durch Pfeiler gestützt, die sich dann später als heiliges Säulenpaar in geheimnissvollen Symbolen verbergen.

Um diesmal innerhalb des Rahmens der Maori stehen zu bleiben, sei erwähnt, dass nach Taylor anfangs nur schwache Gräser und Farren unter der engen Umfassung des Himmels und der Erde aufzuwachsen vermochten.

Als deshalb unter der fortgehenden Zeugung[1] die sechs Kinder geboren wurden, fehlte es ihnen an Raum und musste der Drang nach Befreiung kommen. Tangaroa, als Fischgott (wie sonst Tinirau), doch auch als weitreichender Meeresgott, steht in einer Reihe mit seinen Brüdern, heisst aber in einer andern Version nicht der Sohn, sondern der Onkel des Himmels, den er bei Rückkehr von einer Reise, da er ihn bei seiner Frau findet, durch Speerwurf verwundet, sodass er auf die Erde herabfällt (s. Wöhler). Hier bewahrt also Tangaroa die ältere Form. Auf der Insel Maui lag der Himmel früher so niedrig, dass er von der *Lani Kaahaa* (niedriger Himmel) genannten Stelle auf dem Hügel Kauwiki mit einem Speerwurf zu erreichen war; und dass dann Blutstropfen herabfallen mögen, wussten auch die Chaldäer. In einer mir freundlichst von Herrn Locke mitgetheilten Version heissen alle diese Kinder (Papa's und Rangi's) gleichmässig Tane, mit ähnlichen Namenszufügungen, wie sie sich auch bei Taylor finden, und werden sie dadurch als männlich charakterisirt (indem das Weib erst später, aus himmlischer Schöpfung Rehua's, zutritt). Der Aelteste dieser Tane brachte in den Umherbewegungen, um in der erstickenden und beengenden Finsterniss sich Luft zu schaffen, seinen Kopf unter die Achselhöhle[1] seiner Mutter, und ihn dort hervorstreckend, sieht er in dem mit strahlendem Lichtglanz erfüllten Raum der Unermesslichkeit die 70-Glorreichen[2] in der Höhe thronen. Ich bin Tane, ruft er ihnen zu, und in dem eingeleiteten Gespräch wird er aufgefordert, die Aeltern zu trennen, wie er es, nach Zurückziehen des Kopfes in die Dunkelheit, seinen Brüdern vorschlägt. Das Folgende verläuft dann in der Hauptsache wie oben.

Der Grundzug liegt darin, dass, nachdem die Schwächeren ihre Kräfte vergeblich erprobt, der mächtige Waldgott die Trennung erzwang und dafür der Erde selbst eine Stütze bot (ähnlich wie die gegen Uranos kämpfenden Kinder mit ihrer Mutter Gaea befreundet bleiben und von ihr sogar zum Streite angeregt werden). Der Windgott dagegen verbleibt naturgemäss bei seinem Vater oben, zu dem er sich zurückzog, wie anderswo Ruach oder Kol-piach geradezu an die Stelle des Himmels treten mag und wie im zweiten Götterkampf Japetos als seelische Potenz des Windes (s. v. Schmidt) den gewaltigsten Bundesgenossen des Himmelsgottes abgibt. Als dann der Sturmwind gleich einem cyclonischen *Taifun* oder *Typhon* (ein böser Hiisi bei den Finnen) herabfährt, um ihre Unthat an den Brüdern zu rächen, verwandeln sich die widerstandslosen Götter in Pflanzen[3] (wie die in Aegypten vor Typhon fliehenden in Thiere), Rongo-Matane in den Kumara und Haumia Tikitiki in die Farrnwurzel, um unter dieser Form sich im Schose der Mutter[4] zu verbergen. Der Wald wird niedergeworfen, Tangaroa[5] flieht zum Meere[6], und nur Tu, als Prototyp des Menschen, widersteht siegreich.

Daraus[7] wird die berechtigte Herrschaft des Menschen über die Natur hergeleitet und es ist dies ein sehr bedeutsamer Zug für den ethnologischen Einblick in den Spruch: „wie der Mensch, so seine Götter"[1] bis zu der von Xenophanes, der in dem Olymp nur einen nach oben geworfenen Reflex der Menschenwelt sah, gezogenen Consequenz (für Vierfüssler). Anderswo, wo ringsum Gefahren drohen aus der Natur, fühlt sich der Mensch (in Gottesangst oder Deisidämonie) sklavisch unterworfen, er naht ihr nur zitternd, im Bitten oder Flehen, und ihr Eigenthum wagt er erst nach selbstauferlegtem Gelübde (wie der Mokisso in Loango) sich zum Niessbrauch anzueignen. Der Maori dagegen, der ringsum keinen Mächtigern als sich selbst kennt, fühlt in sich den Herrn[2] der Schöpfung, der nimmt, was ihm beliebt, und seine Incantantionen sind nicht etwa flehende Gebete, auch nicht Beschwörungen, gleich denen des Schamanen, der seine Ahnengeister[3] oder Hauskobolde zu Hülfe ruft, sondern es sind Befehle an die Natur, denn er, das Abbild Tu's, in dem die ganze Wesenheit dieses Gottes sich abgedrückt hat, er besitzt damit, durch das Recht des Siegers, die Autorität zu gebieten. Mehrfach habe ich ältere Colonisten in Neuseeland erzählen hören, wie sie bei gefährlicher Seefahrt in gebrechlichem Canoe oft gestaunt hätten, wenn sich unter Sturmesgebraus und Wogenschwall die Gestalt des alten Tohunga erhoben, um so laut es seine Stimme erlaubte dem Meere und dem Winde ein Schweigen zuzurufen. Der aus seinen Kriegen gegen die englische Besitznahme des Landes berühmte Häuptling Te Heuheu fand seinen Tod, da er bei einem sein Dorf bedrohenden Bergsturz statt zu fliehen der Gefahr entgegenging, mit Zauberformeln gewaffnet, wodurch er sich befähigt zu fühlen glaubte, die Katastrophe zu hemmen.

Die Religion des Maori liegt in seiner Selbstachtung und in der dadurch bedingten Verehrung seiner Atua, unter einem als naturgemäss empfundenen Zusammenhang.

Fühlt er sich inmitten fremder[1] Verhältnisse gestellt, vor deren stärkerer Macht er sich zu beugen hat, so geht ihm mit dem stolzen Selbstgefühl auch sein Gott verloren, und rasch bricht er nun hoffnungslos zusammen, in jenem Hinschwinden, wie es, infolge unvermittelt einbrechender Culturgewalt, Spratt unter den Aht beschreibt.

Von einer Priesterschaft[2] konnte nur in bedingter Weise die Rede sein, da der Cultus auf der magischen Vorstufe seiner religiösen Grundlage verblieben war. In den Karakia oder Zaubersprüchen (kräftig, wie die, selbst feindliche Gottheiten evocirenden *carmina* der Römer) besass der Mensch die Obergewalt[3] über alle Naturereignisse nicht nur, sondern auch die sämmtlichen Verhältnisse des menschlichen Lebens, sie beruhigten die Wogen, zogen Fische herbei, brachten gutes Wetter für die Ernte, schadeten dem Feinde, heilten Krankheiten, brachten Sieg im Kampf, gewannen die Liebe der Frauen u. s. w., und wer sie alle kannte, wurde dadurch allmächtig, und selbst ein Gott, sodass er keines andern bedurfte. Jeder hatte das Recht, sie zu gebrauchen und die Vortheile aus ihnen zu ziehen, vorausgesetzt, dass er sie kannte. Darin freilich lag der Haken, und naturgemäss konnte diese Mana oder Autorität[4] nach der ursprünglichen Auffassung nur in den alten Ariki[5] inhäriren, bei denen sie sich durch Piolani oder Himmelsehen in ununterbrochener Descendenz der Tradition vererbt hatte. Im übrigen finden sich stets in jedem Gesellschaftskreis gewisse Individuen, die sich eingehender — *deorum assidua insidens cura* (s. Livius) — damit beschäftigt hatten, als es den durch die gewöhnlichen Ereignisse des Tageslebens beanspruchten möglich war, und diese meist in Einsamkeit, zu ungestörterer Meditation[6], lebenden Gelehrten erhielten dann oft durch den Ruhm ihrer Kenntnisse priesterlichen Einfluss oder wurden, von der schwarzen Seite betrachtet, als Zauberer (die krankmachen statt heilen) gefürchtet. Schreckbare Erzählungen vergrössern sich in der Phantasie der vom Heiligthum ausgeschlossenen *Profanen* und *arcanus hinc terror sanctaque ignorantia*. Hierbei konnte es vorkommen, dass für bestimmte Fälle die Verehrung sich vorzugsweise Einem[1] Gotte zuwandte, der darüber besonderen Einfluss auszuüben im Stande schien, wie Rongo oder Rongamai, in seiner mythischen Verknüpfung mit der Kumara, auf die Ernte[2], und die sich dafür hauptsächlich der Kenntniss der auf ihn bezüglichen Karakia widmenden Priester mochten dann für die von ihnen aufgerichteten und bedienten Tempel eine dauernde Gemeinde gewinnen. So besassen die mit dem Kriegsgott vertrauten Tohunga leicht zu erklärenden Einfluss, und in dem für Kamehamea's Schutzgott, der ihm seine Siege erkämpft hatte, aufgerichteten Heiau oder Morai (Hawaii's) würde mit der Zeit ein Centralgott für die Inselgruppe seinen Sitz haben nehmen können, oder die dem Zwillingspaar (gleich den Alces im Haine der Naharvalen) unter den hawaiischen Göttern bewiesene Gunst hätte von einem speculativen Kopfe ausgebeutet werden können, sich als Priester ϑεῶν μεγάλων Διοσκόρων Καβείρων zu erklären (wie Cajus im augusteischen Zeitalter), oder gleich einem ägyptischen ἀρχιερευς unter allgemeiner Organisation (zur Ptolemäer-Zeit). Locale Verhältnisse wieder begünstigten den Anspruch auf einen permanenten Sitz der Gottheit, wie er für die dem Krater des Vulcans nahe wohnende Orakelfrau Pele's (ehe als feindlich gestürzt, wie Zohak im Demawend) zugegeben wurde. Taylor erzählt von einem Häuptling von Waitotara, der als mit den an die Sterne gerichteten Karakia bestbekannt, unter seinem Stamme eine Art Astral-Verehrung hervorrief, die unter begünstigenden Umständen hätte permanent werden können (wie vielfach anderswo), und mitunter mochte Einer oder der Andere, aus den im Hain des Wahi-tapu[3] (neben dem Pa[4] oder Dorf) vor dem Abgang zum Reinga versammelten Seelengeistern, sich durch einzelne aus seinen Ahnen besonders begünstigt zu fühlen glauben, und gelang es ihm dann vielleicht, sie zu längerm Verweilen festzubannen, so besass er in seiner Hand ein mächtiges Drohmittel gegen solche, die ihm priesterliche Anerkennung, wenn er danach etwa strebte, hätten versagen wollen. *Religiosum locum unusquisque sua voluntate facit.* Im übrigen lag die Folgewirkung der Karakia in der psychischen Kosmogonie der Maori begründet, weil — indem (ähnlich wie bei Philo auf eine Gottpersönlichkeit bezogen) der Κόσμος φαινόμενος oder σωματικός ein Nachbild (μίμημα) des (im Κοςμος νοητός) zum Muster gelieferten Vorbildes (παραδείγμα) darstellte, — die schöpferischen Kräfte, die ursprünglich bei der Gestaltung thätig gewesen waren, jetzt aufs neue aus dem Geist selbst wieder in Bewegung gesetzt werden konnten. Da ich das Kapitel der in sympathischen Verknüpfungen wirkenden Magie als Triebfeder der Cultushandlungen schon mehrfach bei den aus den verschiedenen Continenten gebotenen Gelegenheiten zum Gegenstand verschiedentlicher Abhandlungen gemacht habe, gehe ich hier nicht weiter darauf ein.

Als solche Einkörperung Tu-mata-uenga's, in einem Abbild, oder als directer, obwol irdisch abgeschwächter, Reflex desselben, erscheint im mythologischen System der Maori der Mensch als Tiki[1], der (in der Abstammung von Tiki-ahua) als Aitanga-a-Tiki, der Erste Mensch[2], das Urbild des Menschengeschlechts abgibt (den Tod nicht kennend, bis die Urfrau Hine-nui-te-po durch Maui-tikitiki betrogen wurde), und als weibliche Hälfte tritt zu ihm Kau-ata-ata aus Himmelshöhen[3] (den Sohn Tahu, mit Taharanga vermählt, zu zeugen). Obgleich Tu-mata-uenga als Beherrscher der Natur dasteht, und dies bekundet, indem er Tane-mahuta's Bäume umhaut, Tangaroa's Fische fängt, die Kumara und Farrnwurzel ausgräbt, so entbrennt doch noch mannichfacher Krieg unter den Brüdern. Als Tangoroa zum Meere floh, wandte sich ein Theil seiner Kinder (in den Reptilien) zum Lande zurück, bei Tane-mahuta Schutz findend, und so entsteht Feindschaft zwischen diesem und dem Meere, Tangaroa's Reich, das Tumatauenga wieder mit Hülfe Tane-mahuta's, der das Holz für die Canoes liefert, bekämpft. Tawhirimatea steht allen gleichmässig feindlich gegenüber und weilt mit seinem Vater in den Himmelshöhen. Die stürmischen Küsten Neuseelands malen den Windgott wild und ungestüm, gleich Rudra (oder Marut) in den die Schneegipfel des Himalaja umfahrenden Wettern, gefürchtet wie Typhon aus dem Samum der Wüste, wogegen unter den milden Lüften des Mittelmeeres ein ταμιης ἀνεμων in Aeolus auf glücklicher Insel weilte, und nur etwa die Harpyien hier und da hervorfuhren.

Der Himmel nun ist in zehn Abtheilungen oder Terrassen[1] (worunter Rangi-i-runga bei Taylor aufgeführt wird) aufgebaut, und auf der höchsten derselben thront in dem Naherangi oder Tuwarea genannten Tempel, unter den dort vereinigten Göttern Rehua[2] als der höchste, ein nebeliger Feuergott[3], der mit Atatuhi, seiner ersten Frau, den Mond (Marama), die Sterne (Whetu), die Dämmerung (Atarapa) und den Tag (Atahikurangi) zeugt, mit seiner zweiten Frau (Wero wero) dagegen die Sonne oder Ra, und diesem wird von seiner Frau (Riko riko oder Arohi rohi) die Tochter Kau-ata-ata geboren, die auf Erden zu Tiki herabgesandt wird. Die Söhne der Götter und die Töchter der Erde haben hier also das Geschlecht gewandelt, wie auch in Aegypten der Himmel durch die niedergebeugte Frau Nout oder (in männlicher Fassung) Kronos (als. gekrümmt) oft in verschiedenen Wiederholungen übereinander symbolisirt wird, die Erde dagegen durch den mit Gras bedeckten Mann Seb (ithyphallisch als Gans das Weltei brütend).

Die nächst niedrige (neunte Terrasse) ist von den Wairua oder Geistergöttern bewohnt, welche, Deificationen bevorzugter Seelen (Wairua) unter sich aufnehmend, den oberen Göttern nahe stehen. Die achte Terrasse (Aukumea) bildet den Aufenthalt der Geisterseelen, und in der siebenten (Autola) werden die Seelen, unter Erwachen des Geisteslebens, zum Niedergang in Menschenleiber vorbereitet (wie bei den Buddhisten in Tuschita für Könige und Helden oder Weisen). In der sechsten Terrasse weilen die Untergötter (Atua, oder plural Nga-atua) und hier herrscht Tawhaki[1], der, von der Erde zum Himmel[2] emporgestiegen, die Lehre der Erlösung gepredigt. In der fünften Terrasse (Nga-Tauira) finden sich Halbgötter, als Gehülfen der Untergötter (eine Art δαίμονες πρόπολοι wenn diese von den Göttern zum Dienst im Tempel Naherangi berufen werden). In der vierten Terrasse sprudelt, als Lebensquell, (gleich dem Okeanos als Quell der Schöpfung) der Quell verjüngender Lebenswasser[3] oder Hauora (Wai-ora-o-Tane oder Tane-te-wai-ori) und hier belebt sich die Seele des Embryo für irdische Geburt.[4] Die dritte Terrasse (Nga-Roto) unter der Herrschaft Maru's (buddhistisch Mara) enthält in den Seen die Wasser über dem Firmament, und wenn die aufgewühlten Tiefen über den Rand spritzen, erscheint der niederfallende Schaum als Regen oder Hagel auf der Erde. Die zweite Terrasse (Waka-moru) bildet den Himmel meteorologischer Processe (Regens und Sonnenscheins), und dann folgt die erste (oder letzte) Terrasse, als Kiko-Rangi materieller Himmel (Kiko oder körperlich) von Toi-mau beherrscht, in der Luft-Atmosphäre, dem Reich Tawhiri-matea's (des Windgottes). Die drei untersten Terrassen (1—3) stehen unter Maru, die drei folgenden (4—6) unter Tawhaki und die vier höchsten (7—10) unter Rehua.

Auf nähere Besprechung der grossen Zahl interessanter Einzelheiten, die sich hier bieten würden, kann für den Augenblick nicht eingegangen werden, und haben wir uns jetzt zu der Erde oder vielmehr zu der untern Welt zu wenden, ebenfalls, gleich der obern Welt oder dem Himmel, in zehn Abtheilungen, die übereinanderliegen, geschieden, und neun [1] davon gehören der von der Erde geschiedenen Unterwelt an.

Als erste oder oberste Schichtung, in diesem dem Oben oder Himmel in Papa entgegengesetzten, findet sich die Erdoberfläche, mit Gras und Bäumen bedeckt, unter die Herrschaft des Gottes Tane-mahuta gestellt.

Darauf folgt, als zweite, die Region der Götter Rongo-ma-Tane oder Haumia-tike-tike, also diejenigen Tiefe, aus welcher die essbaren Knollen ausgegraben werden, und weiter hinab war dann mit Reinga in dritter Schichtung (als *descensio Averni*) der Eingang in die Unterwelt des Hades erreicht, am wildzerrissenen Felsgestade des Nordcap, wo im Sturm- und Wogengetose das Rauschen der vorüberstreichenden Seelen gehört wurde, gleich denen Galliens, wenn sie sich auf dem Einschiffungsplatz zur Ueberfahrt nach Britannien drängten.

Vorwiegend lag in Polynesien das Todtenreich im Westen [2], so in Tahiti, Hawaii, Tonga, Samoa, auch auf Fiji, wo jede Insel der Gruppe ihren besondern Springstein hatte (einen acarnanischen Leukasfelsen), um nach dem gemeinsamen Versammlungsort auf Viti-levu zu schwimmen, und auf dieser Insel waren die auf dem Geisterwege liegenden Häuser alle in einer Reihe gebaut, damit sich die durchstreichenden Seelen [3] an keine Hindernisse stiessen. Fernerhin war dann zwar die Reise noch lang, mancher Leukasfelsen (in Homer's Routenweiser) war zu passiren (oder auch stygische Flüsse, wie der Wai ora tane) und manche Gefahren drohten von cerberischen Ungeheuern in allerlei Gestalt, wie es die Mythologen Fiji's breit und ausführlich zu erzählen wissen (sowie von Höllenmächten, gleich den Milu und Meru).[1]

Dem Maori bot der modrig alte Baumstamm, der am Reinga wurzelte, seine niederhängenden Schlinggewinde, um sich daran in das Schattenreich niederzulassen.

Nächst unter dieser Schichtung Te Reinga, wo die greise Urahnin Hine-nui-te-po im nächtlichen Dunkel weilte, folgte die Schichtung Au Toia unter der Herrschaft Whiro's. Der bei der Ankunft am Reinga noch die frühere Lebenskraft nachempfindende Seelengeist, der deshalb, wenn etwa statt hinabzusteigen auf die Erde zurückkehrend, manch gefährlichen Schaden anzurichten vermochte (sofern nicht im Hain des Wahi-tapu gesühnt), fühlte seine Kräfte sinken, wenn bis hierher gelangend, und war manchmal schon, wenn die nächstuntere Schichtung Uranga-o-te-ra erreichend, zu einem bleichen Schatten[2] dahingeschwunden.[3] In solchem Falle war es dann um ihn geschehen, da die rachsüchtige Göttin Rohe, die, als Maui's Gattin, dort herrschte, alle Seelen tödtete, die sie zu überwältigen vermochte. Die übrigen entkamen in die darunterliegende Schicht Hiku-Toia, wo der Rest der Kräfte reissend abnahm und mehr noch in der nächstfolgenden oder Pou-Turi, sodass sie durchschnittlich völlig abgeschwächt in die in der Tiefe sich öffnende Region des Gottes Meru[4] niedertaumelten, und diesem dann erlagen. Nur wenigen war genügende Resistenzfähigkeit geblieben, sich bis in die nächste, neunte Schicht, Toke, zu retten, und von dort ging es dann in den Schlund der letzten oder zehnten Schicht nieder, Meto oder Verwesungsgestank[5] genannt, wo in diesem alles endete, nachdem nur zuweilen noch die Seele in letzter verzweifelter Anstrengung sich unter der Gestalt eines Wurmes[1], aus den Verwesungsresten des begrabenen Leichnams hervor, für einen Augenblick geregt hatte. Das waren die Aussichten nach dem Tode, also noch trauriger, als sie Odysseus bei seinen Waffengefährten im Hades fand.

Und dennoch ging der Maori ohne Scheu, voll trotzigen Kriegermuthes solchem Tode froh entgegen, denn es blinkte ihm der Nachruhm in den Liedern, in den Reden, in der Bewunderung seines Stammes,

> und von des Lebens Gütern allen
> ist der Ruhm das höchste doch

wie der Dichter singt. „Amore laudis" (s. Augustus) war Rom gross und mächtig geworden.

So, in einem von Manning mitgetheilten Heldengedicht[2], das an die Episode von Rustam's Kampf mit seinem Sohne im Schah-nameh erinnert[3], scheidet ein hochberühmter Heldenkönig aus dem Leben ab und ihm folgt ein ebenbürtiger Sohn, dessen Kriegsthaten bald gleichfalls die Bewunderung der Welt auf sich ziehen. Als er nun einst, mit seiner Waffenschar von neu erkämpften Siegen heimkehrend, am sturmgepeitschten Strande des dunkelstarrenden Nordcap einherzog, da brauste es rauschend in den Wogen, und mit ihrer Zertheilung stieg eine riesige Spukgestalt, mit Speer und Keule gerüstet, aus dem Meere auf, der Küste zuschreitend. Der junge Fürst erkennt den Geist seines Vaters, der, aus dem Reinga zurückkehrend, ihm ein Halt gebietet. Sohn, ruft er ihm zu, bereite dich zum Kampfe. Bis in die Unterwelt ist der Ruhm deiner Thaten gedrungen, du verdunkelst den meinigen, Neid[4] fühl' ich im Herzen, wir müssen unsere Kräfte messen, wer der Grössere sei. So kämpfen[5] sie denn u. s. w.

In solchem Nachruhm[6] schwelgten[7] die Jungen und Thatendurstigen, den andern blieb nur die düstere Verwesung im Hause Hel's. Doch, *me nemo de immortalitate depellet* (bei Cicero) und so, wie überall, gab es auch unter den Maori, sei es praktischer angelegte, sei es tiefer sinnende Gemüther, die sich nach einem bessern[1] Lose sehnten, und wie überall und immer erzeugte auch bei den Maori das Angebot die Nachfrage. Auch hier wurden privilegirte Plätze (die sich durch mysteriöse[2] Weihen der Geheimbünde, gleich denen der Areois, erkaufen liessen) geschaffen, theils in der Sonne[3] (in deren Lichtkreis auch in Mexico Waffentänze schwangen), theils unter Benutzung des von Tawhaki[4]. zum Himmel[5] eröffneten Weges, und, wie auf Tahiti, verbunden mit jener poetischen Auffassung der Sterne als Augen (wie Pythagoras in den Gestirnen die Inseln der Seligen sah).

Da soeben von Neid die Rede war, fürchte ich, solchen zu erregen, wenn unsere Archäologen hören, dass es mir vergönnt war, in Hawaii aus dem Privatbesitz des Königs noch den Steinnapf zu sehen, in welchem in früherer Zeit (noch zu der Cook's auf Tahiti) das rechte Auge des erschlagenen Feindes dem Landesfürsten vom Hohenpriester zum Verschlingen angeboten wurde. Hoffentlich findet dieses Prachtstück schliesslich seinen Ruheplatz in einem seines historischen Werthes würdigen Museum.

Es ist eine natürliche Folge des Gedankenganges, dass, sobald die Idee des Fortlebens, die Scheidung des zum Lichte Gehen *(aere ki te ao)* und des zum Dunkel Gehen *(aere ki te po)* bei einem kriegerischen Volke entspringt, sie besonders die in der Schlacht Gefallenen oder sonst dem Leben gewaltsam Entrissenen[6] begünstigt, da dann die (nicht durch Siechthum geschwächte[7]) Seele in voller Jugendkraft in Walhalla's[8] Hallen emporsteige.[9] So bei Battah, Azteken, Dayak u. s. w. und so auch bei den Maori, während bei verfeinerten Zuständen sich gegen dies Monopol eine Opposition erhebt, und deshalb Heraklit von Theodoret getadelt wird, weil er die im Kampfe

Gefallenen[1] (ἀρηΐφατους) vor allen, oder allein, der Seligkeit gewürdigt. Furchtsame Stämme dagegen schliessen solch wilde Geister in ein (auch für Titanen gebautes) Gefängniss[2] (Chaysi's auf den Mariannen) ein. Ich habe dieses Thema mit zugehörigen Belegen und naheliegenden Weiterschlüssen bereits so häufig in meinen frühern Publicationen behandelt, dass ich nicht nochmals darauf eingehen will, und anderes auf die polynesischen Vorstellungen vom Fortleben Bezügliches wird sich bei dem hawaiischen Weltsystem[3], zu dem wir jetzt übergehen, erörtern lassen.

Zwischengefügt, weil Mangaia (halbwegs, sozusagen, zwischen Neuseeland und Hawaii) betreffend, seien einige Worte über Gill's Werk (Myths and Songs from the South Pacific), das ganz neuerdings, vor einigen Jahren erst, veröffentlicht ist, aber mehr Aufklärungen über den polynesischen Ideenkreis enthält als drei Viertel der übrigen Literatur zusammen.

Die Schöpfung beginnt mit *Te-aka-ia-Roe* (der Wurzel alles Seins) und entwickelt sich logisch (in ihrer Art) dem Weltgebäude gemäss, von dem ein Umriss beigegeben ist, wie sich auch die Genealogien und Functionen der Götter in übereinstimmender Weise mit den aus andern Theilen Polynesiens erklären lassen. Eins fehlt indess auch hier, nämlich eine Eschatologie. So genau und umständlich die polynesischen Mythen in Beschreibung der Entstehung[4] und Fortentwickelung des Schöpfungsprocesses[5] verweilen mögen, so bleiben sie doch immer nur beim Anfang, von einem Ende wird nirgends gesprochen. Ich machte dies zu einem besondern Punkte der Nachfrage bei meinen neuseeländischen Autoritäten, konnte jedoch keine bestimmte Auskunft erlangen. Indess versprach mir Herr White, dass er der Sache weiter nachspüren wolle. Herr Manning brachte mir nach längerm Gespräche über diesen Punkt ein unter seinen Papieren gefundenes Gedicht[6], das, im Reden vom Fortgerissenwerden durch Feuer, Hindeutungen auf einen schliesslichen Weltenbrand (im Zend, gleich dem Surtá-logi der Edda), als eine stoische ἐκπυρωσις (oder das am Ende hervorbrechende Weltenfeuer Valentinian's) zu enthalten scheint. Immerhin würde, der ganzen Tendenz des Systems nach, jedes Ende nur als relatives gelten können (ähnlich den partiellen Weltzerstörungen der Buddhisten, im Feuer zu höhern Terrassen reichend, als im Wasser), da wie der Anfang ein Nichts oder nicht ist, so auch das Ende sein muss, oder, in der Antithese, Alles im All. „Nichts geht verloren und nichts kommt hinzu" (Empedokles). In der Nacht des Nichts jedoch realisirt sich das Nirwana in dem Ding an sich, das, hinter dem Täuschenden der Erscheinungen stehend, sich dort verbirgt.

Das Nirwana, das man stets noch als ein Nichts (oder Vernichtung) erklärt findet, bedeutet (wie ich bereits zu verschiedenen malen ausgeführt habe) für denjenigen, der sich in den buddhistischen Gedankengang hineingefunden hat, den geraden Gegensatz des eigentlichen Seins, denn das Nichtige liegt in der täuschenden Maya des Kreislaufs im Sansara, und die Befreiung aus demselben führt in die eigentliche Realität ein, die hinter den Dingen des Scheins ruht, durch ihr Truggeflimmer verdeckt. Nachdem bei der Entstehung einer neuen Welt die aus dem Reflex früherer Zerstörungen in der primären Lotus aufgesprosste Buddha-Idee, zur Wiederbefreiung von der im Contact mit der Materie zugezogenen Trübung, alle Phasen der Existenzmöglichkeiten in Thieren (oder Pflanzen), Menschen und Göttern (in ihren dreissig Himmeln oder mehr) durchlaufen, und nachdem sie sich in der Meditation bis zu den Rupa-Welten geläutert (oder selbst bis in die Arupa-Regionen überfeinert hat), zerbricht sie mit der unter dem Bodhi-Baum erlangten Erleuchtung die Fesseln des körperlichen Cyklus, und tritt hinaus ins jenseitige Nirwana, durch moralische Kräfte im *Dharma* zur Erhaltung der bestehenden Weltperiode, bis zu ihrem natürlichen Ende, fortwirkend (mittels der irdischen Vertretung in dem geheiligten Conclave der Sangha). So bietet sich jedem das Vorbild, dem nachzustreben, und das er durch eigene Kraft, wenn ernstlich gewillt, zu erreichen vermag (s. Weiteres: „Zeitschrift der morgenländ. Gesellschaft" 1875; „Zeitschrift für Ethnogr." 1871; „Völker des östlichen Asien", passim u. A. m).

In der Gliederung der Götterfamilie[1] (nach dem von White aufgestellten Schema) ergeben sich folgende Abstammungen.

Von *Rangi* (nach seiner Trennung von *Papa*) in erster Ehe mit *Atatuhi* (Dämmerungsstrahlen) entspringen *Marama* (Mond), *Whetu* (Sterne), *Atarapa* (Tagesgrauen) und *Atahikurangi* (Volltag); in der zweiten Ehe mit *Werowero* (Hitzgezitter) wird *Ra* (die Sonne) geboren, die sich mit *Rikoriko* (Hitzgeflimmer) als erste, mit *Arohirohi* (Lichtschimmer) als zweite Frau vermählt, und mit der letztern die Tochter *Kau-ata-ata* (in Morgensschöne schwimmend) zeugt, als Gemahlin für *Tiki*.

Von *Rehua*[2] (Sohn *Maru's* mit *Whatitiri*) kommen *Pekehawani* (das Luftbild einer Fata-morgana), *Ruhi*, *Ngahuru*, *Tene*, *Poutu*, *Kumera* zur Erntezeit (der 10 Monate in *Ngahuru*), indem durch die verschiedenen Namen auf die Einflüsse der Wärme zum Zeitigen der emporwachsenden Pflanzen angespielt wird.

Von *Rongo-ma-tane*, in *Kumara* verwandelt, werden hergeleitet *Pani* (god of crops in store), *Ihinge* (spirit of Kumara, that part, which gods receive in offering), *Rakiora* (god of crops when being taken in store), *Pahaka* (god superintending crops, when being taken into store), *Matiti* (guardian god of the door of the Kumara store).

Von Haumia tiketike kommen Tuna-rangi (god of fern-root, also koromiko, Nikau and flax), Ponga (god of hard tree ferns), Koran (god of edible ferns).

Tawhiri-matea's Nachkommenschaft begreift Ru (Erdbeben), Uenuku (Regenbogen), Whatu (Hagel), Ua (Regen), Nganga (Reif), Tomairangi (Thau), Haupapa (Eis), Hauhungo (Kälte), Apuhau (Stürme) u. s. w.

Tane-mahuta vermählt sich mit Awhi-Papa (awhi-Umarmung), also eine andere Form für Mutter der Erde (auf welche er unter den Brüdern das meiste Anrecht hat), und aus dieser Ehe gehen hervor die Vögel Haere-awa-awa, Weka, Kiwi, Pahiko, Kaka, Parauri, Tui (und schwarze Vögel), Takapotiri, Kakapo (mit den grünen Papageien), Tane (Baumhölzer), Wini-Wini (Gott der Spinnen). Die Nachkommenschaft Tane's begreift neben den Insecten [1] (Huhu, Raupen, Pepe, Schmetterlinge u. s. w.) die Musikgöttinnen Raukatauri und Wheke (a voice heard in the forest, a female, who sings [2] to the world).

Papa in ihrer vollen Form vermählt sich (nach der Trennung vom Himmel) mit Ru [3] (Tawhiri-matea's Sohn) in erster Ehe und gebiert ihm Kanapu (Blitzesglanz) und Whatitiri (Donnergeroll), sowie Hine-nui-te-po und Hukere, dann in zweiter mit Whiwhia-te-Rangi oa, die Kinder Tawhare-riku, Kukupara, Hawaiki, (Hawaii), Wawau-atea (Vavau), Tapora pora (Bora-Bora). In Vermählung mit Whiro (Bruder Tahu's in der Zeugung Tiki's mit Kau-ata-ata) gebiert Hine-nui-te-po die Kinder Tarahanga, Ouhoka, Rautapu, Ngai, Tahatiti, Raurue, Tumarakeiora, Owa oder Irawaru (als Gott der Hunde, mit Ihiihi, Schwester Maui's vermählt), Marama-o-Hotu, Tainui-o-aitu und Monoa.

Aus Tangaroa's Vermählung mit Mata-kerepo entspringen die Söhne Tu-te Wanawana, Ikatere, Ruahne (Aalgott), Oka, Wheke (Muschelgott), sowie die Töchter

Mai-Rangi (Thau) und Tu-pari. Als erste Frau Maru's gebiert Tu-pari die Kinder Moko-i-Kuwharu, Tuatara, Kaweau, Mokomoko, Paapaa, und Mai-Rangi (Maru's zweite Frau) die Eidechsengötter (Tutangatakino, Uatai, Marongorongo, Koronaki, Pouatehuri, Hura, Rimurapa, Paouru, Paroro Ariki, Whiti, Matipou, Karukaru, Rehua, Taungapiki, Rino-o-Takaka), während Tu-te-Wanawana, als erstem Gatten, Whatitiri (Tochter Ru's) die Kinder Urutira (Hai), Muma-te-Awha (Walfisch), Punga (mit Muriwhakaroto vermählt) und Karihi gebiert, sowie Maru, als zweiten, den Sohn Tawhaki, (Vater Pihanga's durch Hapai) in der Erhebung zum Dach den Himmelsaufgang vorandeutend). Karihi zeugt mit Kahu-Tara die Kinder Torea, Tara, Tuaka (and all sea birds, which fly in flocks) und Hema, von dem, neben Taranga, die Tochter Maewa stammt, Mutter Whaka maru's, worauf Atinguku folgt und dann Tumuwhenua (Gott der Ratten).

Tumata-uenga, in Tiki, als Mensch, reproducirt, erhielt Kau-ata-ata (Rangi's Tochter) zur Frau, von der Tahu und Whiro geboren werden. Tahu zeugt mit Tarahanga (Tochter Whiro's mit Hine-nui-te-po) den Sohn Kikiwai, und dieser mit seiner Tochter Kahuitara den Sohn Tama-a-Rangi (Himmelskind). In erster Ehe vermählt sich Tama-a-Rangi mit Makea tutara, von welcher Muri-Rangi-Whenua, Kahui-whata, Kapua und Uremanu geboren werden. Mit Muri-Rangi-Whenua vermählt sich Mahuika (Vater des Feuers) und zeugt Ware-ware, worauf nacheinander Kauika, Mairangi (als Thau in Tangoroa's Nachkommenschaft), Uenuka (Tawhiri-matea's Sohn im Regenbogen), Poutama, Torea, Kairanga, Poutiti, Poutaha, Pepe, Mui-mui (Fliegengott) folgen. Von Kahui-whata kommt Whatanui und dann Atua. Nach Kapua folgen Niu, Roa, Rotu und Toi-mau, mit Monoa weiter Waitu-rourou zeugend, von dem Hurihanga abgeleitet wird, und dann

Rakei-pingao (in die Abstammung Maru's übergehend). Von Uremanu entspringt Tikitiki und in Toi-mau's zweiter Ehe mit Tikitiki werden die Töchter Ritowara und Ritomaupoho neben dem Sohne Whakataupotiki geboren. So weit die Nachkommenschaft aus Tama-a-Rangi's erster Ehe. In seine zweite Eheschliessung mit Taranga fällt die Geburt von Maui-mua oder Rupe, Maui-Roto, Maui-Pare, Maui-Taha, Maui-tikitiki-o-Taranga neben der Tochter Ihiihi, die ihrem Gatten Owa oder Irawaru den Hund (Pero) gebiert. Maui-tikitiki-o-Taranga vermählt sich mit Rohe und zeugt Rangihore (Gott der Felssteine), als Vater Maru's, Wächters des zweiten Himmels (Waka-Maru).

Der menschliche Körper Tiki's steht unter dem besondern Schutze Rongo's, als Hüter der linken Seite, sowie Rehua's und Tu's, als Hüter der rechten Seite. Ueber das Kopfhaar wacht der Gott Rauru, über die Stirn Tonga, über die Augen Tonga-meha, über den Mund Purakau (Gott des Hexenzaubers), über die Lungen Rongomai, über die Brust Mokotiti, über die Leber Tupari (als maewa und tupua), über den Magen Tutangata-kino, über die Eingeweide Taitai (Hungergott), über die Waden Tupe, über die Knöchel Titihai. Im Haupte residiren Tunuiaran als Himmelsaal (in Visionen), Parekewa (Göttin der Träume), Korokoiewe, der Geburtsgott (über die Genitalien präsidirend) und Tote, als Gott plötzlichen Todes (in Apoplexien).

Eine von White zugefügte Figur zeigt die menschlichen Glieder mit ihren verschiedenen Schutzgeistern, in den so vielfach astrologisch weiter gebildeten Beziehungen, wodurch die Magie ihre Macht erlangt (in sympathischer Verknüpfung). Nach den Ihwan-as-safa treten bei der Schöpfung des Embryo die geistigen Kräfte der Gestirne hinzu (s. Dieterici) und bei den Peruanen lagen die

Mustergestaltungen der organischen Schöpfungen bereits in den Constellationen (zum Thierkreis durchgebildet).

Im übrigen ist Tiki als das ideale Urbild des Menschen zu betrachten, denn das Menschenvolk war während der dichten Umschlingung von Himmel und Erde in den dunkeln Tiefen dieser (gleich den von Uranos verborgenen Kindern) gezeugt, um nach der Trennung an das Licht zu treten.

Auf Mangaia (bei Gill) erscheint aus Vari geboren Vatea oder Avatea (der Erste Mensch), halb Mensch, halb Fisch, im Anschluss an den Ursprung der Menschen aus Fischen (bei Anaximander) oder den Uebergang der Wasser- in Landthiere (sowie an die dem Meere entstiegenen Anodoten der Chaldäer). Bei der Geburt der Zwillingssöhne stritten sie im Mutterleibe (wie Akrisios und Proitos, als Discordiae statt Discoridae oder Διόσκυροι), bis Tangaroa, der Aelteste, vor Rongo zurücktrat, und dieser zeugt mit Taka die Tochter Tavaké, die weibliche Wandlung Tawhaki's (bei Maori), in Avaiki (dem unsichtbaren und unterirdischen Auau). Die früher von dort (aus dem Tartarus) durch ein μεγα χασμα auf die Oberwelt (im Mundus) führende Strasse der Geister wurde an ihrer Oeffnung[1] durch das Hinabrollen Tiki's (weiblich gedacht) geschlossen (als Te Rua ia Tiki) im Selbstopfer (gleich dem eines Mettius Curtius), und die Genealogien der Götter gehen allmählich in irdische über, wie ebenso auf Hawaii.

II.

HAWAII.

Bei diesem Uebergang zu den Sandwich-Inseln würde sich ein lehrreiches Beispiel bieten, um die Folgewirkungen zu erörtern, die sich bei dem unvermittelt accumulirenden Eindringen der europäischen Civilisation mit allen ihren Complicationen auf den einfachen Zustand der Naturvölker nothwendigerweise zu ergeben haben. Indess muss ich mich bei dieser Gelegenheit kurz fassen, ohne der Neigung, ausführlicher darauf einzugehen, nachgeben zu dürfen. Nächst Neuseeland (und dem Continent Neu-Holland) hat in Oceanien die hawaiische Inselgruppe die durchgreifendste Umwandlung erfahren (obwol in anderer Weise als jenes).

Das Dahingehen der Naturvölker liegt tief in geschichtlichen Gesetzen begründet, die sich weder hemmen noch ablenken lassen, und unser Eingreifen darin kann nur in der Aufgabe liegen, die letzten Reste der rasch verschwindenden Originalitäten in die Literatur und in die Museen zu retten, um künftigen Generationen das Forschungsmaterial, das sie selbst nicht mehr sammeln können, (aber für das inductive Studium der Menschheitsgeschichte nothwendig bedürfen werden), bewahrt zu haben.

Mit Ausnahme des afrikanischen Continents, dessen unbehülflich plumpe Masse auch in seiner Bevölkerung aus geographisch-ethnologischen Gründen eine zähere Resistenz entgegensetzt, verschwinden die Naturstämme wie der Schnee vor der Mittagssonne. Dieser bereits vor funfzig Jahren in den östlichen Staaten der Union geläufige Ausdruck gilt in hundertfach verstärktem Maasstabe heutzutage, wo infolge der durch Dampfboote, Eisenbahnen und Telegraphen gesteigerten Communication in einem Jahre mehr zerstört werden mag, wie früher in Jahrzehnten. Sie verwehen jetzt wie die Flocken vor dem Sturm. Zur Illustration mag Oregon dienen. Dieses, mit Ausnahme von vorübergehenden Küstenberührungen am Ende des vorigen Jahrhunderts erst im Jahre 1805, als Lewis und Clarke die Mündung des Columbia erreichten, durchzogene Land, das, von der localisirten Gründung Astorias abgesehen, sich etwa erst 1830 (oder vielmehr in nachhaltigerm Maasse erst in den vierziger Jahren) der Colonisation öffnete, dieses Land, das damals in einer Vielfachheit verschiedenartig gefärbter Stämme schillerte (im Gesammtüberblick der sich kreuzenden Eigenthümlichkeiten ein buntes und anziehendes Bild entrollend), dieses Land zeigt jetzt bereits, als ich es im laufenden Jahre betrat, nur todte Oede, ein schwermuthsvolles Bild der Zerstörung und Verwüstung (d. h. dem ethnologischen Auge, denn dass, was die europäische Colonisation betrifft, Oregon zu ihren blühendsten Schöpfungen gehört, bedarf keiner Erwähnung). Von Indianern keine Spur mehr im westlichen Theil, mit Ausnahme derjenigen Ueberreste, die auf entlegenen Reservationen zusammengedrängt sind. Den jetzigen Bewohnern Oregons und Californiens liegt die Erinnerung an die Eingeborenen fast schon so fern (die schnelllebige Zeit unserer Gegenwart in Rechnung gezogen), als uns die der Germanen, die Tacitus beschreibt. Und solche Beschreibungen werden leider für später mangeln, da, wenn man mit den alten Pionieren über die Vergangenheit, in der sie zu den Mitlebenden zählten, redet, die nur im Gedächtniss bewahrten Nachrichten meist unbestimmt und verworren hervorkommen, da man in den wilden Tagen der ersten Ansiedelung an andere Dinge zu denken hatte, als an ethnische Beobachtungen. Glücklicherweise ist gerade soeben über die californischen Indianerstämme das werthvolle Werk Power's erschienen, neben dem von Gibbs für Oregon gelieferten Beitrag; aber das sind immer nur einzelne Steine zu einem Bau, der zu seiner Vollendung deren tausende bedürfen würde. Und an so vielen Punkten der Erde ist es dafür ohnedies schon zu spät, wird für immer eine Lücke klaffen, die der Natur der Sache nach eine unausfüllbare bleibt. Tritt ein Geschichtsvolk von der Bühne der Geschichte ab, ehe es noch vollkommen durchblickt war, so bleibt wenigstens die Hoffnung, später in Ausgrabungen seiner substantiellen Schöpfungen die Materialien zur Reconstruction des frühern Organismus zu gewinnen (wie etwa aus Zähnen und Knochenüberbleibseln fossiler Wirbelthiere von diesen). Die Naturvölker dagegen sind ephemere Schöpfungen, Eintagsfliegen oder Schmetterlinge, die im Fluge gehascht werden müssen, wenn sie vorbeihuschen, und die, wenn einmal dahingegangen, uns durch keine Macht der Welt zurückgebracht werden können.

Welch kostbares Juwel besitzen wir an Tacitus' schon genanntem Nachlass, und wie hoch würden wir es schätzen. ähnliche Kleinodien mehr in derartigen Monographien über Iberer, Siculer, Ligurer, Umbrer u. s. w. zu besitzen, wie anders würde sich dadurch die Gesammtvorstellung von dem Alterthum gestalten, und somit von den Grundlagen unserer eigenen Cultur, zum tiefern und richtigern Verständniss derselben. Das, was wir hier vermissen, dessen Verlust wird einst auf das bitterste in allzu vielen Forschungsgebieten der Ethnologie beklagt werden, und auf unsere Generation, der sich gerade in dem jetzigen Contact mit den Naturvölkern manche der geeignetsten Gelegenheiten zum Studium boten, muss der schwere Vorwurf fallen, diese durch sorglosen Unbedacht versäumt zu haben. In den ersten Tagen der Entdeckung stand sich noch alles zu fremd gegenüber, um fruchtbringenden Austausch einzuleiten, erst allmählich öffneten sich in Vermehrung der Berührungspunkte die Wege geistigen Verkehrs, damit war der Eintritt gegeben, und seit in unserer Gegenwart das Verständniss ethnologischer Forschung und ihrer weittragenden Bedeutung für die Wissenschaft vom Menschen ins Bewusstsein eingetreten ist, können wir die Verantwortlichkeit, die uns damit zugeschoben ist, nicht ablehnen. Es liegt uns hier eine heilige Pflicht auf, deren Nichterfüllung die höchsten Ideale der Menschheit beeinträchtigen, den auf deren Lösung gerichteten Fragen jede Möglichkeit einer Beantwortung entziehen würde.

„Alle Schlüssel zu einem der wichtigsten Räthsel, welche die Geschichte des Menschengeschlechts an seinen Wanderungen auf der Erde darbietet, werden von uns selbst, in der Stunde, wo sie in unsere Hände gegeben sind, in das Meer der Vergessenheit versenkt", bemerkt Chamisso bei seinem Aufenthalt in Hawaii (1837).

Mehr noch, als damals entschwindet die alte Zeit, wie sie Cook dort beschreibt, rasch den Blicken, die jetzt durch ganz andere, stürmisch heranrauschende Tagesinteressen gefesselt werden. Eine ethnologische Sammlung, wie sie z. B. das königliche Museum von dieser Inselgruppe besitzt, würde auf derselben jetzt als eine fast ebenso fremdartige Seltenheit angeschaut werden, wie bei uns. Und das ursprüngliche Geistesleben ist (von jenen versprengten Resten, wie sie sich auch in unserm Volksleben aus der Vorzeit erhalten haben, abgesehen) bereits ganz in den neuen und mächtigern Ideenkreis verschwommen. Hier und da hört man noch von einem alten Kahuna reden, der die Traditionen der Vorfahren bewahrt habe, aber ihre Vertreter müssen, der Natur der Sache nach, im raschen Aussterben[1] begriffen sein, da mit dem grossen Tabubruch[2] im Jahre 1819 auch die Kette der Ueberlieferungen abbrach. Ich hatte deshalb auch nicht viel Hoffnung, dass ich in der kurzen Zeit meines Aufenthaltes (ungefähr einen Monat) Erhebliches in dieser Richtung würde thun können. Da ich mich indess des Rathes und der Beihülfe Herrn Dr. Alexander's, Herrn Gibson's, Herrn W. Smith (Secretary of the Board of education), Herrn Denon u. s. w. — (Herr Fornander, der den zweiten Band seines Werkes[3] hoffentlich bald den ungeduldig darauf Harrenden spenden wird, habe ich, als in Maui lebend, leider nicht persönlich aufsuchen können) — und anderer alten Eingesessenen zu erfreuen hatte (sowie unsers Consuls und anderer Landsleute), gelangte ich schliesslich auf richtige Fährten, die mich zu unerwartet reichen Entdeckungen führten. Die eine derselben war das von David Malo (unter den ersten der von den Missionären Bekehrten und damit auch im Schreiben Unterrichteten) hinterlassene Manuscript über das alte Hawaii, aus dem sich von der über die Sandwich-Inseln vorliegenden Literatur mehrfach Auszüge benutzt finden (mit Personalnachrichten über den Verfasser), ohne dass indess die Bedeutung des Ganzen in seinem Zusammenhang erkannt zu sein scheint. Es wurde auf dem Cultusministerium aufbewahrt und mir von dem Archivar desselben in zuvorkommender Weise zur Benutzung überlassen, sowol im hawaiischen Text, wie in der auf Veranlassung des Missionärs Andrews (Verfasser des hawaiisch-englischen Dictionärs mit Grammatik) theilweis angefertigten Uebersetzung. Eine vollständige Abschrift erlaubte mir meine Zeit freilich nicht, doch konnte ich alle Kapitel durcharbeiten und einige unverkürzt copiren lassen. Ein gut unterrichteter

Eingeborener leistete mir dabei gelegentlich die Dienste eines Moonshee und so kam ich allmählich mit einigen andern in Berührung, die noch aus einem ursprünglichen Sagenschatze schöpfen konnten. Der eigentliche Schatz aber sollte sich, wie ich bald merkte, dort finden, wo er hingehörte, nämlich beim Höchsten im Lande, beim König selbst, Sr. Maj. Kalakaua. Da der König, wie er mir sagte, sich den Riten priesterlicher Weihe unterzogen hatte, um ungehinderten Zutritt zu den Geheimlehren zu erhalten, so eröffnete sich in den Stunden, die mir wiederholt für längere Gespräche gewährt wurden, eine Reihe neuer Einblicke in das polynesische Geistesleben. Bei diesen Gesprächen dienten Manuscripte zur Grundlage, in denen die früher mündlich vererbten Stammestraditionen bei Einführung der Schreibekunst schriftlich niedergelegt waren. Solchen Manuscripten begegnet man mehrfach in Honolulu, da sie die Genealogien bewahren, die bei rechtlichen Fragen von Entscheidung sein können (wie auch unter den Maori die Gerichtsverhandlungen eine wichtige Geschichtsquelle bilden würden, wenn in solchem Hinblick benutzt). Da das praktische Interesse in den jüngern Linien am nächsten liegt, gehen die Register selten viel über die historische Zeit, bis etwa an die Anfänge der halbhistorischen hinaus, ursprünglich aber verknüpften sich die (von Barden oder Skalden [1] im Gefolge des Fürsten bewahrten) Genealogien [2] in Hawaii (wie bei Hesiod, dessen Theogonie [3] von Plato eine γενεαλογία genannt wird) durch Heroen und Götter mit den bei der Schöpfung waltenden Urwesen. Zu meiner freudigen Ueberraschung fand ich in der Bibliothek des Königs eine dieser alten Theogonien ganz und intact, im ἱερὸς λόγος der Priester, einem jener Tempelgedichte, das bei hohen Festen recitirt zu werden pflegte. Nach Ansicht des Königs sollte es früh im Anfang dieses Jahrhunderts niedergeschrieben sein, und jetzt war es bereits den meisten, denen ich es zeigte, unverständlich [1], des alterthümlichen Stiles wegen. Ich musste mich deshalb selbst, so gut es ging, ans Werk machen, als mir der König mit gütigster Bereitwilligkeit dieses Unicum für einige Tage zur Benutzung überliess. Meine Zeit reichte eben aus, um genug davon zu übersetzen, dass ein Umriss des Ganzen gewonnen werden kann, doch hoffe ich, dass mir die vom König, auf meine Bitte, gemachte Zusage, später eine Abschrift des Ganzen an die königliche Bibliothek in Berlin zu senden, zur Ausführung kommen wird.

Ohne mich indess mit weiterm Gerede aufzuhalten, wird dem Leser am besten gleich ein Abriss von dem gegeben, um was es sich handelt, und dann der Originaltext, soweit in meinen Händen.

Wie die meisten der Naturreligionen (auch die chaldäische bei Diodor) vermeidet die hier in Rede stehende ebenfalls, den mit den Anthromorphosirungen der Gottheit zusammenfallenden Anstoss, im Ewig-Unendlichen einen Anfang zu setzen, die ἀσέβεια zu begehen, wie Xenophanes es nennt (s. Aristoteles), der Gottheit ein Beginnen und ein Ende beizulegen. Wie im Buddhismus wird auch hier der Standpunkt im Fluss des Werdens genommen, und so beginnt die Schöpfung mit der Entstehung einer neuen Welt aus dem Schattenreflex einer vergangenen, das Ganze (wie stets in Polynesien) vom Po umhüllt, im Dunkel der Urnacht. Solche Urnacht deckt dort freilich jenes den Sinnen unzugängliche Jenseits, das, im Gegensatz zu Parmenides' unbewegt starrem und einzigem Sein, für den Buddhisten nur durch die Negation erreicht wird, während in Polynesien auch darüber dunkles Schweigen [2] lagert. Aber aus dunkel [3] schweigender Urnacht treten dann die Erscheinungen hervor. Demgemäss heisst es im ersten Vers:

O keau i kahuli wela ka honua etc.
Hin dreht der Zeitumschwung zum Ausgebrannten der Welt;
Zurück der Zeitumschwung nach aufwärts wieder,
Noch sonnenlos die Zeit verhüllten Lichtes,
Und schwankend nur im matten Mondgeschimmer
Aus Makalii's nächt'gem Wolkenschleier
Durchzittert schattenhaft das Grundbild künft'ger Welt.
Des Dunkels Beginn aus den Tiefen (Wurzeln) des Abgrunds,
Der Uranfang von Nacht in Nacht,
Von weitesten Fernen her, von weitesten Fernen,
Weit aus den Fernen der Sonne, weit aus den Fernen der Nacht
Po—wale—ho—i (Noch Nacht ringsumher).

Nach diesem Anschluss an den frühern Weltuntergang, aus dessen Trümmern sich das Vorbild der künftigen reflectirt [1], beginnen nun die Emanationen der Schöpfungsperiode[2] auseinander (gleichsam in einer Ogdoas wie bei Basilides), und zwar zunächst mit dem bereits in den Versen angedeuteten *Kumulipo* oder Wurzel *(Kumu)* des Abgrundes [3] *(lipo)*, also einem Abyssus oder (gnostischen) Bythos, ein dunkler unerforschlicher[4] Urgrund [5], wie Schömann das Chaos [6] bezeichnet. Die erste Schöpfungsperiode steht unter ihm und seiner weiblichen Energie, *velut affectio ejus* (bei Irenäus), *Po-ele* (dunkle Nacht) und sie beginnt (nach seiner eigenen Entstehung: *Hanau* [7] *Kumulipo i ka po ke kane*) mit der Entstehung der Zoophyten, Korallen *(akoakoa*, s. Andrews*)*, Würmer *(enuhe)*, Muschelarten u. s. w.; dann höher organisirter Thiere, unter Scheidung der Geschlechtsdifferenz, sowie gleichzeitiger Entstehung der Pflanzen, von denen die des Landes und die des Meeres stets paarweise genannt werden. Die fortschreitende Entwickelung [8] wird durch den (auch in der Mythologie Samoa's bekannten) Ausdruck bezeichnet, dass das Frühere dem Spätern zur Speise [9] dienend von ihm bekämpft sei, als das Schwächere durch das Stärkere. Während dieser mit den einfachsten und niedrigsten Thieren oder Pflanzen (Algen, Tange, Binsen

u. s. w.) beginnenden Schöpfungen wird der Kraken (Cephalopod oder Octopus) als Zuschauer des Processes beschrieben, gleichsam aus einer frühern Weltperiode herüberragend (wie auch seiner Organisation nach): „der Kraken als Pfeiler im Gebrause". Nachdem eine Reihe verschiedener thierischer und pflanzlicher Schöpfungen ins Leben getreten sind, wird gesagt, dass mit der Anhäufung des Schlammes [1], aus den Würzelchen der Schlammpflanzen, das Land sich mehr und mehr gehoben habe, und damit sei Kumulipo's Walten im Luftkreise verschwunden.

Po-no, Nacht überall (als schliessender Refrain).

Die zweite Schöpfungsperiode stellt die Urwesen — (τὰς ἀρχὰς) einer νύξ μέλαινα oder ὀλόη — als *Pole ele* (schwarzdunkle Nacht) und *Pohaka* (weitgebreitete Nacht) an die Spitze (syzygischer [2]) Paarung des Männlichen und Weiblichen (wie in den Aeonen), und in ihr gliedern sich die Blätterpflanzen. [3] Es entsteht *Kahaka* der Wunderbare [4] *(Kupra)*, nämlich die (buntfarbige) Insektenwelt, aus der Schmetterlinge, Heuschrecken, Ameisen u. s. w. genannt werden. Die Vögel treten ins Dasein (Reiher, Falken, Möven u. s. w.) und die Wandervögel werden in ihren Zügen besonders erwähnt. Erste Anzeichen der Dämmerung in der Nacht bemerklich.

O ke kua ke komo, aoe komo kanaka
(Eingetreten die Götter allein, noch keine Menschen).
Po-no als Refrain.

Ueber die dritte Schöpfungsperiode walten Powehiwehi und Poleliuli, deren Namen verschiedene Modificationen des Nachtdunkels bezeichnen, im geschlechtlichen Gegensatz — gleich dem Urnebel Erebos und der Urfinsterniss Nyx (s. Flach) — als undurchdringliches und allmählich theilbares Dunkel.

Unter dem Aufwallen von Liebesregungen für neue Schöpfungen beginnt das Wasser — (anderswo Kypris gebärend, als Liebesgöttin) — weiter zu zeugen, die Fische entstehen und auch im Meere wird der Wunderbare geboren (im Farbengeschiller der Medusen). Der Walfisch naht heran — (gleichsam anderswo entstanden durch vom Himmel gefallene Samen, wie Anaxagoras' Thierseelen) —, blasende Tritonen schwimmen umher, der bisher unbewegt zuschauende Kraken wird jetzt in das Getümmel der Reptilien hineingezogen und mit fortgerissen.

Po-no (als Refrain).

Unter Po-pano-pano und Po-lalo-wehi öffnet die vierte Schöpfungsperiode mit einer undeutlich trüb-matt durchschimmernden Sonne. In diesem dämmerigen Zwielicht kriechen Ungethüme im Gewimmel, „auf Antlitz kriechen sie, auf Rücken, hierhin und dorthin". Die Schildkröten kommen ins Leben, dann die Nutzpflanzen u. s. w., und dann infolge der gewaltigen Geburtswehen [1], um solch complicirte Organisationen hervorzurufen, bricht wilder Aufruhr in der Natur aus (gleich wie im vulkanischen Wüthen eines Typhons).

Po-no.

In der fünften Schöpfungsperiode unter Po-kano-kano und Polaluli dauern die heftigen Brunstausbrüche fort. Die Schweine [2] kommen hervor (das höchste Säugethier [3] der Insel, und für länger fast das einzige). Die Nacht scheidet sich jetzt ab als besonderer Zeitabschnitt (da unter Zunahme des Lichts Tag und Nacht Sonderung zulassen). Entstehen der Voranlagen für Verstand und Unverstand (wie Rede und Gegenrede aus Eris, durch Nyx geboren). Entstehen der Geschicklichkeiten und

Kunstfertigkeiten (Flechten von Fischkörben, Bootbau, Gefässe und Calabassen u. s. w.).

Po-no.

In die sechste Schöpfungsperiode unter Po-hiolo und Po-hee-weaka fällt die Entstehung der Mäuse und der Tümmler in der See.

Po-no.

Die siebente Periode unter Po-niaku ist mit psychischen Schöpfungen gefüllt, die, im Sinne buddhistischer Wechselwirkung zwischen Aromana und Ayatana, dem menschlichen Träger, für seine eigene Existenz vorauszuhegen hatten, und so werden, wie es heisst, die Seh- und Hörbilder geboren, die Gedanken, die Betsprüche, Zauberformeln u. s. w.

Po-no.

Achte Schöpfungsperiode, durchwaltet von Po-kini-kini und Po-mano-mano (die 40000 Nächte und die 4000 Nächte).

Geboren der Mensch wie ein Blatt [1],
geboren die verborgenen Götter. [2]
Hanau kanaka e mehe lau
Hanau ka pee akua
„Graubärtig, grauhaarig der Mensch [3],
roth erglänzt die Stirn der Götter" (in ewiger Jugend).

Die ungestüm und ruhelos bis dahin die Natur durchtobenden Schöpfungskräfte beginnen sich ins Gleichgewicht zu stellen und werden besänftigt. Es verbreitet sich freudige Friedensstille [4] (Lailai) und in dem damit den Weltraum durchstrahlenden Glanz wird das Weib [5] geboren, deshalb Lailai genannt, mit Kii (dem Mann), Kane [6] (dem Gott) und Kanaloa (dem Kraken), als schwarzer Wandlung Tangaroa's.

Ao, Licht (worin der bisherige Refrain Po-no, noch Nacht ringsum, sich hiermit ändert).

Es beginnt jetzt die Herrschaft von Po-hi-mano-mano (Po-mano-mano) und Po-kini-kini, also die Umkehrung der vorhergehenden Potenzen, sodass jetzt das Weibliche vorangeht (ein bekanntlich mythologisch bedeutsamer Zug, der vielfach wiederkehrt). Die Schöpfungsperiode hier kann entweder als neunte oder (mit Zuzählung der ersten) als zehnte betrachtet werden (sodass acht im Dunkel verlaufen sind).

Die Säulenpfeiler erheben sich, und damit ist der Weltenbau gefestigt.

Lailai, in der Form von Pó-hi-mano-mano, verbindet sich mit Po-kini-kini und es erfolgt eine grössere Zahl von Zeugungen elementarer Art, sowie weiter von Hirngeburten aus dem Verstande (wie die Tritogoneia's).

Mit den Kindern wird fortgezeugt, und die jetzt zuerst hervortretende Sonne befruchtet die Natur.

Ua-ao, fortdauerndes Licht (als Refrain).

Während das Land unter aufthürmenden Erdbeben sich emporrichtet, ruft die Zenithsonne, als Owa-ka-lani oder Himmelsspalter, aus dem voneinanderklaffenden Firmamente auf die Schönheit strahlende Lailai herniederleuchtend, diese zu sich herauf, im Gewande der Morgendämmerung geschmückt (auf der Erde das Feuer in das Aunaki genannte Reibholz [1] einschliessend).

Ua-Ao.

Dunkle Zeugungen Lailai's (die jetzt den Beischlaf gelernt hat) mit Po-kini-kini in Kanaloa's Form als Drachen, im Lande Ka-Pa-pa (der Papua).

Pu-ka (Geschlechtslinie [2], an Stelle des Refrains)

Nach Nu-mealani zurückgekehrt, feiert Lailai die Vermählung mit Kane und gebiert ihrem Gatten Kane die Tochter Halia, aber durch Sinnenlust zum Ehebruch mit

Kii verführt, veranlasst sie die Verwundung Kane's (mit Kain's Stirnzeichen) und dem Menschen den Taro mitbringend, senkt sie sich wieder zur Erde hinab, wo der Sohn Kumahaina geboren wird, mit Halia vermählt, als Stammvater[1] der Fürstenfamilie.

Bis Papio folgen 400 Generationen,
„ Puanue „ 420 „
„ Opaiokalani „ 84 „
„ Kumuhonua „ 67 „ (sonst meist als Erster Mensch betrachtet)
„ Wakea „ 31 Generationen,
„ Hamalaiiki „ 44 „
„ Ih „ 24 „

und dann weiter 7 Generationen bis zur Gegenwart und dem jetzt regierenden König[2], Sr. Maj. Kalakaua (während andere Linien auf Kamahamea führen, dessen Geschlecht mit seinem Vorgänger erlosch).

In einer Ueberlieferung, die ich während meiner Anwesenheit in Honolulu, erst nach Ueberwindung mancher Schwierigkeiten, aus dem Munde eines bereits auf dem Sterbebette liegenden Kilo (unter der Prophetenklasse) erhielt, wurde (in der auch in Yucatan, wie früher in Aegypten durchgängigen Vierzahl) von fünf Perioden gesprochen,

Lehua ka po (der 400000 Nächte) Lehua (als Haar) bedeutet das Unzählige (wie sonst Asche)
Kini ka po „ 40000 Nächte)
Mano ka po „ 4000 „
Lau ka po „ 400 „
Kanaho ka po „ 40 „

und dabei (unter vorläufiger Weglassung sonst noch mythologisch fabelnder Zuthaten für die Verknüpfung) hiess es, dass nach dem Ahee-ahee oder Po (als Urnacht) in den drei Weltaltern des Kapo (Dunkel), des Wana-au (Dämmerung oder Zwielicht) und des Ao (Tages oder Lichts) die Akua (Götter) geherrscht hätten, als Kanaka mai ka po mai oder die Wesen von Nachtbeginn her, eben die in der Nacht geborenen Menschen [1] (indem noch in der heutigen Sprechweise mai ka po mai den Ausdruck für das Grau der Vorzeit oder ein unergründliches Alterthum bildet), und dass dann mit der Manifestation Manawila's (eines in dem meteorologischen Processe der Blitze oder Wila hervortretenden Zeus) die (irdischen) Menschen entstanden seien, mit Hulahakapu, auf dem aus dem Schlammwasser (Noka) hervorgewachsenen Alii-Baume, als Erstem. Dann folgt die weitere Ableitung der Dynastien [2], in ununterbrochener Linie die Verbindung mit den ersten Anfängen schöpferischer Thätigkeit festhaltend.

Auch diesmal wird sich staunend die Frage darüber erheben, mit was wir es hier zu thun haben? Sind dies die einfach spielerischen [3] Naturkinder, auf die wir von unserer Höhe herabzublicken pflegten, als eben erste und unterste Staffeln in der grossen Entwickelungsleiter der Menschheit erklimmend? Und doch uralte Klänge fernster und frühester Schöpfungsgeschichte aus dunkler Urnacht hervorklingend! Ein unermesslich unübersehbares Feld neuer Entdeckungen im Geisterreich idealistischer Gestaltungen liegt vor uns. Wir stehen eben erst an der Schwelle, wo kaum sich noch ein halber Einblick eröffnet. Wer will es wagen, hier bereits in bequemem Wortgezimmer Gedankengebäude aufzurichten, solange die Materialien, die zur Stütze zu dienen haben, nicht mehr als in ein paar zufälligen Proben (oder Brocken) vorliegen, und bis zur genügenden Ansammlung derselben noch einer langen und langen, einer langen und sauren Arbeitszeit entgegenzusehen ist (wenn zu sammeln überhaupt noch übrig bleibt).

Im Folgenden werde ich zunächst das hawaiische Document über diese Schöpfungsperioden [1] so geben, wie ich es in den wenigen Tagen der Benutzung abschreiben und übersetzen konnte.

He Pule Haiau.

O Keau i Kahuli wela ka honua
O Ke au i Kahuli lole ka lani
O Ke au i Kukaiaka ka la
E hoomalamalama i ka malama
O Keau o Makalii ka po
O Ka walewale hookumu honua ia
O Ke *Kumu* o Ka *lipo* i lipo ai
O Ke Kumu o Ka po i po ai
O Ka lipolipo o Ka lipolipo
O Ka lipo ka la o ka lipo o ka po
Powale he—i
Hanau Ka po
Hanau Kumulipo i ko po ke kane
Hanau Poele i ko po he wahine
Hanau ka uku koakoa, Hanau kanahe, akoakoa puka
Hanau ke koe Enuhe eli hoopuuhonau, Hanau kana he poe puka
Hanau ko ka peapea ka pea, Hanau kanahe weliweli puka
Hanau ka ina ka ina, Hanau kanahe, Halu a puka
Hanau ka Hawae, o kawanakukana keiki puka
Hanau ka Haukeuke, o ka Uhalula kana keiki puka
Hanau ka pioe ka pioe, o ka pipi kana keiki puka
Hanau ka papaua, o ke olepe kuna keiki
Hanau ka Nahawele o ka unauna kana keiki puki
Hanau ka Makaiaulu o ka Opihi kana keiki puki
Hanau ka Leho o ka puleholeho kana keiki puki
Hanau ka Naka o ka kupekale kana keiki puki

Hanau ka Makaloa o ka pupu awa kana keiki puki
Hanau ka ole o ka oleole kana keiki puka
Hanau ka pipipi o ke kupee kana keiki puka
Hanau o kane ia Waiololi, o ka Wahine ia Waiolola,
Hanau ka akaha noho i kai
Hanau ka wi, o ke kiki kana keiki puka
Kiai ia e ka Ekahakaha noho i uka
He pou kee i ka wawa
He nuku he wai ka ai a ka laau
O ke Akua ke komo, aoe komo kanaka

O kane ia Waiololi o ka wahine ia Waiolola
Hanau ka Akiaki noho i kai
Kiai ia e ka Manienie akiaki noho i uka
He pou hee i ka wawa
He nuku he wai ka ai a ka laau
O ke kua ke komo, aoe komo kanaka

O kane ia Waiolali o ka wahine ia Waiolola
Hanau ka Manauea noho i kai
Kiai ia e kamauea noho i uka
He pou hee i ka wawa
He nuku he wai ka ai a ka laau
O ke kua ke komo, aoe komo kanaka

O kane ia Waiolali o ka wahine ia Waiolola
Hanau ka koeleele noho i kai
Kiai ia e kopunapuna koeleele akiaki noho i uka
He pou hee i ka wawa
He nuku he wai ka ai a ka laau
O ke kua ke komo, aoe komo kanaka

O kane ia Waiololi o ka wahine ia Waiolola
Hanau ka pua iki noho i kai
Kiai ia e ke Lauaki akiaki noho i uka,

He pou hee i ka wawa
He nuku he wai ka ai a ka laau
O ke kua ke komo, aoe komo kanaka

O kane ia Waiololi o ka wahine ia Waiolola
Hanau kikalamoa noho i kai kiaua
Kiai ia e ka moa moa noho i uka
He pou hee i ka wawa
He nuku he wai ka ai a ka laau
O ke kua ke komo, aoe komo kanaka

O kane ia Waiololi o ka wahine ia Waiolola
Hanau ka Linui kele noho i kai
Kiai ia e ka Ekele noho i uka
He pou hee i ka wawa
He nuku he wai ka ai a ka laau
O ke kua ke komo, aoe komo Kanaka

O kane ia Waiololi o ka wahine ia Waiolola
Hanau ka Limukala noho i kai
Kiai ia e ke Akala noho i uka
He pou hee i ka wawa
He nuku he wai ka ai a ka laau
O ke kua ke komo, aoe komo kanaka

O kane ia Waiololi o ka wahine ia Waiolola
Hanau ka Lipuupuu noho i kai
Kiai ia e ke Lipuu noho i uka
He pou hee i ka wawa
He nuku he wai ka ai a ka laau
O ke kua ke komo, aoe komo kanaka

O kane ia Waiololi o ka wahine ia Waiolola
Hanau ka Loloa noho i kai

Kiai ia e ke kalama loloa nohe i uka
He pou hee i ka wawa
He nuku he wai ka ai a ka laau
O ke kua ke komo, aoe komo kanaka

O kana ia Waiololi o ka wahine ia Waiolola
Hanau ka Ne noho i kai
Kiai ia e ka Nenele noho i uka
He pou hee i ka wawa
He nuku he wai ka ai a ka laau
O ke kua ke komo, aoe komo kanaka

O kana ia Waiololi o ka wahine ia Waiolola
Hanau ka huliuwaena noho i kai
Kiai ia e ka huluhulu noho i uka
He pou hee i ka wawa
He nuku he wai ka ai a ka laau
O ke Akua he komo aoe komo kanaka

O ke kane hua wai Akua ke na
O ka lina a ka wai i hooulu ai
O ka huli hookawowo honua
O paia i ke auau kamanawa
O Hu au loloa ke po
O Piha opiho piha
O Piha-e o piha-a
O Piha-e, o piha-o
O ke koo honua paa ka lani
O lewa ke au ia Kumulipo ka po
Po-no

O kane ia o ka wahine. Kela
O kane hanau i ke auau poelele
O ka wahine hanau i ke auau pohola

Hoohaha ke kai hoohaha ka uka
Hoohaha ka wai hoohaha ka onauna
Hoohaha ka po niu auae ae a
Ulu kahaha na lau eiwa

Ulu nioniolo ka lau pahiwa
O Hooulu i ka lau palaialii
Hanau o Poleele ke kane
Nohoia o Pohaka he wahine
Hanau Kupua o ka haha
Hanau ka haha
Hanau ka haha he makua
Puka kana keiki he hahalele, lele
Hanau ka peelua ka makua
Puka kana keiki he Pulelehua lele
Hanau ka Naonao he makua
Puha kana keiki he Pinao
Hanau ka Unia he makua
Puka kana keiki he Uhini
Hanau ka Naio he makua
Puka kana keiki he nalo lele
Hanau ka Hualua he makua
Puka kana keiki he Manu lele
Hanau ka Ulili he makua
Puka kana keiki he kalea lele
Hanau ka Ao he makua
Puka kana keiki he Ao lele
Hanau ka Akekeke he makua
Puka kana keiki he Elepaio lele
Hanau ka Alai he makua
Puka kana keiki he Apapani lele
Hanau ka Alala he makua
Puka kana keiki he Alawi lele
Hanau ka Eea he makua

Puka kana keiki he Alaiaha lele
Hanau ka Maino he makua
Puka kana keiki he Oo lele
Hanau ka Moha he makua
Puka kana keiki he Moli lele
Hanau ka Kikiki he makua
Puka kana keiki he Ukihi lele
Hanau ka Kioea he makua
Puka kana keiki he Kukuaeo lele
Hanau ka Kaiwa he makua
Puka kana keiki he Koeae lele
Hanau ka Kala he makua
Puka kana keiki he Kaula lele

Hanau ka unaua ka makua
Puka kana keiki he aukuu lele

O ka lele o nei auna
O kakakai o lalani
O hoonohonoho a paa ko pae

Poa ka Aina o Kanehunamoku
Hanau Manu ka Aina

Hanau Manu ke kai
Hanau kane ia Waiololi, o ka Wahine ia Waiolola
Hanau ka Lupe noho i kai
Kiai ia e ka Lupealake noho i uka
He pou hee i ka wawa
He huku he io ka ai a ka manu
O ke kua ke komo, aoe komo kanaka

O kane ia Waiololi, o ka wahine ia Waiolola
Hanau ka Nuio noho i kai
Kiai ia e ka Io noho i uka

He pou hee i ka wawa
He uhu he io ka ai a ka manu,
O ke kua ke komo, aoe komo kanaka

O kane ia Waiololi, o ka wahine ia Waiolola
Hanau ka ka Upu noho i kai
Kiai ia e ka Upu noho i uka,
He pou hee i ka wawa
He huka he io ka ai a ka manu
O ke kua ke komo, aoe komo kanaka

O kane ia Waiololi, o ka wahine ia Waiolola
Hanau ka koloa amoku noho i kai
Kiai ia e ka koloalele noho i uka
He pou hee i ka wawa
He huku he io ka ai a ka manu
O ke kua ke komo, aoe komo, kanaka

O kane ia Waiololi, o ka wahine ia Waiolola
Hanau ka Hehe noho i kai
Kiai ia e ka Nene noho i uka
He pou hee i ka wawa
He hua he io ka ai a ka manu
O ke kua ke komo, aoe komo kanaka

O kane ia Waiololi, o ka wahine ia Waiolola
Hanau ka Aukau noho i kai
Kiai ia e ka Ekupuu noho i uka
He pou hee i ka wawa
He huku he io ka ai a ka manu
O ke kua ke komo aoe komo kanaka

O kane ia Waiololi, o ka wahine ia Waiolola
Hanau ka Noeo noho i kai

Kiai ia e ka Kapueo noho i uka
He pou hee i ka wawa
He huku he io ka ai a ka manu
O ke kua ke komo aoe komo kanaka

O ka leina keia a ka manu o Halulu
O kiwaa o ka manu kani Halau
O ka manu lele auna a paa ke la
Paa ka honua i na keiki manu a ka Pokaha
He au pahaha wale i ka nu-ka
O ka hahu ape manewanewa
O ka holili haape lau manamana,
O ka manamana o ka hanau po
O po wale kela
O po wale keia
O po wale ke au ia Poeleele
O poni wale ke au ia Pohaha ka po.

Po-no

Hanau kuma a ka Powehi wehi
Hooleilei kalana a ka Poleliuli
O Mahiuma o maapuia
O noho i ka aina o Pohomiluamea
Kukala mai ka haipu Aalamea.
O naha wilu ke au o Uliuli
O hoohewahewa o Kumalamala
O pohouli n Pohoeleele
O Na wai ehiku e lana wale
Hanau kama a hilu a holo
O ka hilu ia Pewa lala kau
O kau ana o pouliuli
O kuemi emi a powehiwehi
O Pouliuli ke kane
O Powehiwehi ka wahine

Hanau kaia, Hanau ka naia i ke kai la holo
Hanau ka mano, hanau ka moana i ke kaila hole
Hanau ka mau, hanau ka maumau i ke kaila hole
Hanau ka nake, hanau ka make i ke kaila hole
Hanau ka napa, hanau ka nala i ke kaila hole
Hanau ka pala, hanau ka kala i ke kaila hole
Hanau ka paka, hanau ka papa i ke kaila hole
Hanau ka kalakala, hanau ka huluhulu i ke kaila hole
Hanau ka halahala, hanau ka palapala i ke kaila hole
Hanau ka pea, hanau ka lupe i ke kaila hole
Hanau ka aa, hanau ka awa i ke kaila hole
Hanau ka aku, hanau ka ahi i ke kaila hole
Hanau ka opelu, hanau ka akule i ke kaila hole
Hanau ka amoama, hanau ka anae i ke kaila hole
Hanau ka ehu, hanau ka uehu i ke kaila hole
Hanau ka jao, hanau ka aoao i ke kaila hole
Hanau ka ono, hanau ka omo i ke kaila hole
Hanau ka pakau, hanau ka louhou i ke kaila hole
Hanau ka moi, hanau ka loiloi i ke kaila hole
Hanau ka mao, hanau ka maomao i ke kaila hole
Hanau ka ku, hanau ka auau i ke kaila hole
Hanau ka kupou, hanau ka kupoupou i ke kaila hole
Hanau ka weke, hanau ka lele i ke kaila hole
Hanau ka palani, hanau ka nukumoni i ke kaila hole
Hanau ka ulua, hanau ka halahua i ke kaila hole
Hanau ka Aoaonui, hanau ka pakukui i ke kaila hole
Hanau ka maiii, hanau ka alaihi i ke kaila hole
Hanau ka oo, hanau ka akilolo i ke kaila hole

Hanau ka Nenue noho i kai
Kiai ia e ka Lauhue noho i uka
He pou hee i ka wawa
He nuku he kai ka ai a ka ia
O ke kua ke komo aoe komo kanaka

O kane ia Waiololi, o ka Wahine ia Woiolola
Hanau kahaha noho i kai
Kiai ia e ka Pahala noho iuka
He pou hee i ka wawa
He nuka he kai ka ai a ka ia
O ke kua ke komo, aoe komo kanaka

O kane ia Waiololi, o ka Wahine ia Waiolola
Hanau ke Pahau nohe i kai
Kiai ia e Kalaukau noho i uka
He pou hee i ka wawa
He nuku he kai ka ai a ka ia
O ke kua ke komo aoe koma kanaka

O kane ia Waiololi, o ka Wahine ia Waiolola
Hanau ka hee noho i kai
Kiai ia e ka Walahee noho i uka
He pou hee i ka wawa
He nuku he kai ka ai a ka ia
O ke kua ke komo aoe komo kanaka

O kane ia Waiololi, o ka Wahine ia Waiolola
Hanau ke oopukai noho i kai
Kiai ia e ka oopuwai noho i uka
He pou hee i ka wawa
He nuku he kai ka ai a ka ia
O ke kua ke komo aoe komo kanaka

O kane ia Waiololi, o ka Wahine ia Waiolola
Hanau ke Puhikauila noho i kai
Kiai ia e kauwila noho i uka
He pou hee i ka wawa
He nuku he kai ka ai a ka ia
O ke kua ke komo aoe komo kanaka

O kane ia Waiololi, o ka Wahine ia Waiolola
Hanau ke Unanaulei noho i kai
Kiai ia e Ulei noho i uka
He pou hee i ka wawa
He nuku he kai ka ai a ka ia
O ke kua ke komo aoe komo kanaka

O kane ia Waiololi, o ka Wahine ia Waiolola
Hanau ke Pakukui noho i kai
Kiai ia e Loukukui noho i uka
He pou hee i ka wawa
He nuku he kai ka ai a ka ia
O ke kua ke komo aoe komo kanaka

O kane ia Waiololi, o ka Wahine ia Waiolola
Hanau ke Laumilo noho i kai
Kiai ia e Milo noho i uka
He pou hee i ka wawa
He nuku he kai ka ai a ka ia
O ke kua komo aoe komo kanake

O kana ia Waiololi, o ka Wahine ia Waiolola
Hanau ke Kupou noho i kai
Kiai ia e Kou noho i uka
He pou hee i ka wawa
He nuku he kai ka ai a ka ia
O ke kua komo aoe komo kanaka

O kane ia Waiololi, o ka Wahine ia Waiolola
Hanau ke Hauliuli noho i kai
Kiai ia e Uhi noho i uka
He pou hee i ka wawa
He nuku he kai ka ai a ka ia
O ke kua ke komo aoe komo kanaka

O kane ia Waiololi, o ka Wahine ia Waiolola
Hanau ke Wete noho i kai
Kiai ia e Wauke noho i uka
He pou hee i ka wawa
He nuku he kai ka ai a ka ia
O ke kua ke komo aoe komo kanaka

O kane ia Waiololi, o ka Wahine ia Waiolola
Hanau ke Aawa noho i kai
Kiai ia e Awa noho i uka
He pou hee i ka wawa
He nuku he kai ka ai a ka ia
O ke kua ke komo aoe komo kanake

O kane ia Waiololi, o ka Wahine ia Waiolola
Hanau ke Ulae noho i kai
Kiai ia e Mokae noho i uka
He pou hee i ka wawa
He nuku he kai ka ai a ka ia
O ke kua ke komo aoe komo kanaka

O kane ia Waiololi, o ka Wahine ia Waiolola
Hanau ke Palaoa noho i kai
Kiai ia e Aoa noho i uka
He pou hee i ka wawa
He nuku he kai ka ai a ka ia
O ke kua ke komo aoe komo kanaka

O ke kaina a palaoa e kai nei
O kuwili o haahaa i ka moana
O ka Opule kai loloa
Manoa wale ke kai ia lakou
O kumimi o ka lohelohe a paa
O koa monimoni i ke ala
O ke ala o kolomio omiomio i hele ai

Loaa Pimoe i ke Poli kau
O Hikawainui o Hikawaina
O Pulehulehu ha koakoa
Ka mene a ahu waawaa
O holi ka pokii i ke au ia uliuli
Poele wale ka moana powehiwehi
He kai koakoa no ka uli o Poliuli
O hee wale ka aina ia lakou
O kaha uliuli wale i ka po-la.
Po-no

E kukulu i ke ahia a laa la
O ka Apeaumoa kahiwauli
O hookaha ke kai i ke aina
O kolo aku a kolo mai
O Hoohua ka ohana a kolo
O kolo kua o kolo alo
O pane ke ola o hoohonua ke kua
O ke alo o kuu milimili nania
O panoia o Panopa no
O kaneaka Papanopano i hanau
O ka Popanopano ke kane
O Polalo wehe ka wahine
Hanau kanaka hoolua hua
Hoohua a lau i ka poaa nei
Ia nei la hoo kuukuu
Ia nei la hoo kaakaa
Kakaa kamalii hee pue one
O kama a ka Popanopano i hanau.
Hanau ka po

Hanau ka po ia Milinanea
Kukaa ka pioa kii nanaa
Hanau kapo ia honu pua nanakea

Kulia ka po ia ea kua neneke
Hanau ka po ia kaula makue
Kulaa ka po ia kaula lii
Hanau ka po ia moonanea
Kukele ka po ia mooninia
Hanau ka po ia Pilipili
Kukala ka po ia kalakala
Hanau ka po ia kakau
Kue mi ka po ia Palaka
Hanau ka po ia kaihukunini
Kueli ka po ia kupelepele
Hanau ka po ia kele
Kali ka po ia Mehemehe
Hanau kane ia Waiololi
O ka wahine ia Waiolola
Hanau ka hanau noho i kai
Ki ai ia e ke ku honua noho i uka
He pou hee i ka wawa
He nuku he lai ka ai a kolo

O kane ia Waiololi
O ka wahine ia Waiolola
Hanau ka wili noho i kai
Kiai ia e ka wiliwili noho i uka
He pou hee i ka wawa
He nuku ke lai ka ai a kolo
O ke kua ke komo aoe komo kanaka

O kane ia Waiololi
O ka wahine ia Waiolola
Hanau ka Aio noho i kai
Kiai ia e ka Naio noho i uka
He pou hee i ka wawa
He nuku ke lai ka ai a kolo
O ke kua ke komo aoe komo kanaka

O kane ia Waiololi
O ka Wahine ia Waiolola
Hanau ka Okea noho i kai
Kiai ia e ke Ahakea noho i uka
He pou hee i ka wawa
He nuku ke lai ka ai a kolo
O ke kua ke komo aoe komo kanaka

O kane ia Waiololi
O ka wahine ia Waiolola
Hanau ke Wawa noho i kai
Kiai ia e ka wanawana noho i uka
He pou hee i ka wawa
He nuku ke lai ka ai a kolo
O ke kua ke komo aoe komo kanaka

O kane ia Waiololi
O ka wahine ia Waiolola
Hanau ke nene noho i kai
Kiai ia e manene noho i uka
He pou hee i ka wawa
He nuku ke lai ka ai a kolo
O ke kua ke komo aoe komo kanaka

O kane ia Waiololi
O ka wahine ia Waiolola
Hanau ke liko noho i kai
Kiai ia e Kapiko noho i uka
He pou hee i ka wawa
He nuku ke lai ka ai a kolo
O ke kua ke komo aoe komo kanaka

O kane ia Waiololi
O wahine ia Waiolola
Hanau ke Koope noho i kai

Kiai ia e Oheohe noho i uka
He pou hee i ka wawa
He nuku ke lai ka ai a kolo
O ke kua ke komo aoe komo kanaka

O kane ia Waiololi
O wahine ia Waiolola
Hanau ke Nana-nana noho i kai
Kiai ia e Nona-nona noho i uka
He pou hee i ka wawa
He nuku ke lai ka ai a kolo
O ke kua ke komo aoe komo kanaka

O Hulahula wale ka neena a kolo
O ka maewa huelekaloloa
O kukonakona o kukonakona
Hele lu wale i kima
O ka lepo hune kai ai oi-a
Ai a kau oi a mu-a
Ka aina a kauwa hewahewa
O pili hua wale ka aina
O kele a hana ha-na
O hama maiule kune wanewa
Ke newa nei ka hele
O hele i ka aina o kole
Hanau ka ohana a kole i kopo.
Po-no

O kuhule ke au ia kapokano kano
O Hoomau i ke Ahu o Polalouli
O ka uli iliuli maka maka hou
Hiuli o ka hiwa hiwa Polalouli
Moe a wahina ia kapokano kano
O ke konokano o ka Ihu nuka Eli honua

Eeku i ika moku e kupu a puu
E hoopalipali na ke kua
Hoopali pali ke alo
O ke kama a puaa i hanau
Hoohaleuku i ka nahelehele
Hoomaha i ka loiloi o Loi loa
O umi he au ka moku
O umi he au ka aina
Ka aina a kapokanokano i noho ai
O liuliu ke ala i maawe nei
O ka maawe hulu hiwa o ka puaa,
Hanau ka puaa hiwa hiwa i ke au
Ke au a ka pokanokano i noho ai
Moe o po ia Polalouli.
Hanau ka po

Hanau ke poowaawaa he Waawaa kona
Hanau ke poo pahapaha he pahapaha laha
Hanau ke poo hiwahiwa he hiwahiwa luna
Hanau ke poo haole he haole kela
Hanau ke poo M'ahakea he kekea ka ili
Hanau ke poo Apaku he huluhulu kala
Hanau ke poo meumeu he meumeu kona
Hanau ke poo ouli he uliuli kona
Hanau ka hewahewa he hewahewa kona
Hanau ka lawalawa he lawalawa kela
Hanau ka hooipo he hooipoipo kona
Hanau ka hulu a he aa ia kona
Hanau ka hulu pii he piipii kona
Hanau ka meleuli he melemele kona
Hanau ka haupe he haupo nui nui
Hanau ka hilahila he hilahila kona
Hanau ka kenakena he kenakena ia
Hanau ka luheluhe he luheluhe kona

Hanau ka pii awaawa he awaawa kona
Hanau ka ko Alii he liilii kona
Hanau ka Makuakua he kuakua kona
Hanau ka halahala he leihala kona
Hanau ka eweewe he eweewe kona
Hanau ka huelo maewa he aewa kona
Hanau ka hululiha he lihelihe kona
Hanau ka pukaua he kaua hope kona
Hanau ka meheula he ulaula ia
Hanau ka puwelu he weluwelu kona
O kana ia welu keia
Laha ai kama o Loiloa
O Ululoa ka aina o Mohala
E kuu mai ana i ka ipu makemake
O Makemake kini peleleu
O Mele ke amo a ema kini
A pili ka hanauna a kapokanokano.

Po-no

O kupukapu kahili o kuakamano
O kuku kamahimahi o ka pihapiha kapu
O ka holona kuwaluwalu ka linolino
Hoolino hoomaka hoomakamaka ka ai
Ka ai aua ka pii pii wai
Ka ai aua ka pii pii kai
Ka henehene a lualua
Noho popoo ka iole makua
Noho piipii ka iole liilii
O ka hulu ai malama
Uku lii o ka aina
Uku lii o ka wai
O mehe ka akiaki a nei haula
O Lihilihi Kuku
O peipu a uma
He iole ko uka he iole ko kai

He iole holo i ka ua ua
Hanau laua a ka epohiolo
Hanau laua a Kaponee-aku
He nenee ka holo a ka iole uku
He mahi mahi ka lele a ka iole uku
He lalama i ka iliili
Kailiili hua ohia hua ole oka uka
He pepe kama a kapohiolo i hanau
He lele kama a laua e Kaponee aku
O kama auli a kama i ka po nei la.

Po-no

O kau ke amoano i au kualono
He ano no kapo hanuaku
He ano no kapo hanu mai
He ano no kapo pihapiha
He ano no ka haihai
He weliweli ka nuu a hoomoali
He wali weli ka ai a kee koe koena
He weli weli a ka po hanee aku
He iliilihia na ka po hee mai
He iliililio kama a kapo nee aku
He ilio kama a kapohee mai
He ilio ii he ilio aa
He ilio olohe na ka lohelohe
He ilio alaua na ka aalua
He mauu kehai e Pulepule
O mihi i ke anuanu huluhulu ole
O mihi i ka wela wela i kea ahu ole
He le wale i ke ala e Malaua
Kanahai a kapo i na kama
Mai ka uluulu o ka wele wela
Mai ka nahuna a ka nenehe
O hula kamakani kona hoa

O ke Kaikaina muli o ka lohelohe no
Puka ka peapea lohelohe
Puka ka peapea huluhulu
Puka ka peapea Lau maua maua
Puka ka peapea hanee aku
O ka hohee nalu mai i hanau.
Po-no

O kama auli auli a Ne
O kama i ke au o ka Pokini
O kama ike au o ka pohunalu ma mao
Hanau kanaka e mehe lau
Hanau kanaka ia Waiololi
Hanau ka wahine ia Waiololi
Hanau ka pee Akua
O kanaka i Kukuku
O Kanaka i Momoe
Momoe laua i ka pe mamao
Ahinahina wale kanaka e kakoi nei
Haula ula wale ka lae o ke kua
Ha eleele ko ke kanaka
Hake akea wale ka auwae
Hoomalino ke au ia kapo kinikini
Hoolailai mehe kapoheenalu mamao
I Kapaia Lailai ilaila
Hanau Lailai he wahine
Hanau Kii he kane
Hanau Kane he Akua
Hanau o Kanaloa e kaheekaunawela ia.
A-o

Hanau na pahu
O Moanaliha
O Kawaomaaukele ko laua hope mai

O kupololiili kona muli
O ke kanaka ola loa o lau alau alii
O kupo o kupo
O kupa o kupa kupa-kupa kupa
o kupa kupa, kekee ka noho a ka wahine
O Lailai wahine e kapoheemamao,
O Lailai wahine o kapokinikini
Noho i kanaka o kapokinikini
Hanau o Hahapoele he wahine
Hanau o Hapopo he wahine
Hanau o Maila i kapa o Lopalapala
O olohe kekahi inoa
Noho i ka aina o Lua
Kapa ai ia wahi o Olohelohe lua
Olohelohe kane hanau i keao
O lohelohe ka wahine hanau i ke au
Noho maila ia kane
Hanau Laiolo ia kane
Hanau Kapopo he wahine
Hanau Poelei hanau o Poelea
Ke laua hope mai a Wihiloa
Na la kou nei i hanau mai
Ka kikiki ka makakaka
Ku nuu muiona ka mui mui ana
O kanaka lele wale o kanaka nei la
Ua-ao

O Lailai o olai ka hanau
O owela o owe o owa ka lani
Oia wahine piilani a piilani no
Piia oalani i ka nahelehele
O onehenehe lele ka lani ka honua
O kama hoi a Kii i oili ma ka lolo
Puka ku lele lele pu i ka lani

Kau ka omea ke akaula haihailona
Kau ika lae he huhulu i-i
Kau i ka auwae he huluhulu a
Ka hanauna a ia wahine hoopahaohao
Ka wahine no Iliponi no loko o Ii pakalani
No ka aunaki kuku wela ahi kanaka
Oia wahine noho i Nuu-mealani
Aina a ke aoa i noho ai
I hohole pahiwa ka lau koa
He wahine kino pahaehao wale keia
Meia ia Kii meia ia Kane
Meia i Kanaokapokinikini
Moe wale ke au oia kini
He kini he mamo ka pa ina ina-u
Oia no ke hoi iluna
O ka laalaau aoao o Nuu-mealani noho mai
Hookauhua ilaila hoowa i ka honua
Hanau Hahapoele ka wahine
Hanau Hapopo ilaila
Hanau o Lohelohe i muli nei
O ka apana hanauna ia wahine la.

Ua-ao

O maila o Lailai ka paia
O Kane a kapokinikini kapou o kii mahu
Hanau laioloolo i noho ia kapapa,
Hanau Kamahaika hekaue
Hanau Kamamule he kane
O Kamakalua he wahine
O Poeleieholo kama
O Poeleaaholo kama
O Wehiwelawehi loa
Hoi hou Lailai noho ia kane
Hanau o Hai he wahine
Hanau Halia he wahine

Hanau Hakea he kane
Hanau ka muki muka mukekeke
Muka kukuku kunenewa
Moku monu mumule ana
Muomule wale ana kane i ka i ka mule
I mule i keeo i ka maua
I ka wahine weweli wale
Pee e Kane ia e hoohanau kama
E hoohanau kama i kama keiki
Hoole ka lani iaia muli wali
Haawi i ke Ape kapu ia Kii
E Kii no ke moe iaia
Haili Kane i ka mua heleu wale
Hailia Kii o Lailai i ka muli lae punia
Pehi i ka pohaku hailuku ia Kane
O Kane ka pahu ke wawa nei ka leo
O kau hooilona ia ka ka muli
Huhulili Kane moe muli ia maila
O ka ewe o ka o kana muli i muli ai
Haku ai kama hanau mua
I mua ia Lailai imua ia kii
Ka laua kama hanau lani la.
Puka

Oia wahine noho lani a Piolani no
Oia wahine haulani noho lani no
Noho no iluna a iho pio ia kii
Weli ai ka honua i na keiki
Hanau o Kamahaina he Kane
Hanau o kama mule kona muli
Hanau o kama Mainau o kona waena
Hanau o Kamakulua kona pokii he wahine
Noho Kamahaina he kane ia Hali hanau Loaa (ke Kane).

mit Nakelea vermählt (als Vater Le's).

Die Abstammungen von Palaa bis Wakea (in seiner Ehe mit Papa oder Haumea) beginnen mit Loaa, Sohn Kamahaina's.

Ehe bei näherer Besprechung ins Detail, soweit sich dies bereits liefern lässt, eingegangen wird, mag es sich empfehlen, ein Seitenstück zu diesem hawaiischen Schöpfungsbilde im Japanischen[1] (nach Titsingh) beizufügen.

Im Sin dai-no maki (Geschichte der göttlichen Dynastien) beginnen die Ten-Sin-Sits-dai, die sieben Geschlechter der himmlischen Geister (s. Klaproth): Anciennement le ciel et la terre n'étaient pas encore séparés, in Verbindung des weiblichen (Me) und männlichen (O), während das Chaos in der Gestalt eines Eies, mit Keimen gefüllt, gleich den Meereswogen schwankte, bis ein Gottwesen oder Kami aus der Mitte geboren wurde, gleichzeitig mit der Asipflanze, und aus ihrer Wandlung trat hervor Kouni toko tatsi-no mikoto, der Erste der sieben Himmelsgeister (100000 Millionen Jahre herrschend). Ihm folgte als zweiter: Kouni sa tsoutsi-no mikoto, sowie als dritter: Toyo koun nou no mikoto und mit der vierten Folge trat die geschlechtliche Differenzirung (indess noch ohne fleischliche Vermischung) auf in Oufi Tsi ni-no mikoto mit der Gefährtin Sou fitsi ni-no mikoto. Die fünfte Reihe wurde gebildet von Oo to-no tsi-no mikoto und Oo toma be-no mikoto, die sechste durch Omo tarou-no mikoto und Kassir o ne-no mikoto, die siebente durch Isa naghi-no mikoto und Isa na mi-no mikoto, und während dieser ganzen Zeit vollzog sich die Begattung nur durch gegenseitigen Anblick [wie in den Meditationshimmeln der Buddhisten, zu Hirngeburten prädisponirend].

Auf der Brücke des Himmels (Ama-no ouki batsi) stehend, blickten Isa naghi-no mikoto und Isa na mi-no mikoto in die Tiefen des Abgrunds nieder, und als sie mit himmlischer Lanze in die chaotischen Massen hinuntergestossen hatten, bildete sich aus den abgleitenden Tropfen die Insel Ono koro sima. Diese zum Wohnplatz wählend, trafen beide, von verschiedenen Ausgangspunkten fortgewandert [wie in den Sagen der Minahasa] in Begegnung zusammen, und nachdem sie sich als Mann und Frau erkannt, gebar Isa na mi-no mikoto zuerst die Insel Awasi-no sima und dann die übrigen Inseln (wie Papa die Inseln der Sandwich-Gruppe). Dann zeugten sie (wie Tangoroa mit seinen Gattinnen) das Meer, die Flüsse, die Berge, die Bäume und Kräuter, sowie in Oo firou me-no mousi (die kostbare Weisheit himmlischer Sonne) ihre Tochter Ten-sio-dai-sin, die ihrer Schönheit wegen zum Himmel gesandt wurde (dort zu herrschen), ebenso wie die später geborene Göttin des Mondes (Tsouki-no kami). Weiter folgte die Geburt Firou-ko's oder des Egels (um im Meer zu weilen) und schliesslich die des wilden Sasan-no o-no mikoto (in seinen Zornanfällen die Bäume des Waldes entwurzelnd). Nachdem so die Schöpfung vollendet war, kehrte Isa naghi-no mikoto mit seiner Gattin zum Himmel zurück, in Awasi eine von ihm gebaute Hütte hinterlassend, als Zeichen ihres Aufenthaltes dort.

Als vor dem Anstürmen ihres Bruders Sasan-no o-no mikoto (zum Himmel aufgefahren) Ten-sio dai sin in die Höhle Ama-no iwa geflüchtet [wie Aex oder Aege, Tochter des Helios, wegen ihres die Titanen blendenden Glanzes von deren Mutter Erde in einer unterirdischen Höhle verborgen ward], verbreitete sich Dunkelheit über die Erde, bis es den 800000 Göttern durch List gelang, die Sonne hervorzuziehen, durch einen Strick [wie ihn Maui gebraucht] die Rückkehr hindernd, nachdem So san no o-no mikoto zur Erde heimgegangen war, die achtköpfige Schlange Ya mata-no orotsi zu tödten (in Idzumo). Als ältester Sohn Ten-sio-dai-sin's, unter den Tsi sin go dai oder fünf Geschlechtern der irdischen Geister zeugte Masa ya ya katsou katsou-no faya fi ama-no osiwo mimi-no mikoto (als Nachkomme Sosan-no o mikoto's, der mit Ina da fime den Sohn Oo ana moutsi-no kami gezeugt, betrachtet) mit seiner Gattin Tagou tada tsi tsi fime (Tochter Takan mi mosou fi-no mikito's) den Sohn Ama tsou fiko fiko fo-no ni ni ghi-no mikoto (bei Unterwerfung Oo ana moutsi-no Kami's mit dem himmlischen Kami auf den Berg So-no taka tsi fo-no dake in Fiouga hinabsteigend, die Dämone aus Japan zu vertreiben), und diesem folgte sein Sohn Fiko fo fo de mino mikoto, während dessen Bruder Fo no sousoro no-mikoto, die verlorene Angel suchend, in einer Taucherglocke zum Palast des Meeresgottes niedergestiegen [wie Wakea mit den Moa in Hawaii], sich dort mit dessen Tochter Toyo tama fime vermählt, in einen Drachen verwandelt nach der Geburt von Fiko na kisa take ou ka ya fouki awa sesou-no mikoto, und nach dessen Begräbniss auf dem Berge A firano yamo (in Fiouga) schiffte sich sein jüngster Sohn Zinmou-ten-o oder Kan Yamato Iwa Are fiko-no mikoto zu Eroberungen ein, als erster der Nin o dai (Ehrwürdigen des Menschengeschlechtes), um das von Takau mi motsou fi-no mikoto seinem (vom Himmel gekommenen) Ahn Ama tsou fiko fiko fo-no ni ni ghi-no mikoto übermachte Reich Japans (Toyo asi wara-no misou fo no Kouni) in Besitz zu nehmen.

Der hier, wie in hellenischen Theogonien (und anderswo), ununterbrochen festgehaltene Zusammenhang der Götter- und Menschenwelt von den fürstlichen Repräsentanten der letztern lässt sich in polynesischen Mythologien überall (unter particulärer Färbung in Tonga) verfolgen, besonders auch in Hawaii, und wird sich noch mehrfach Gelegenheit bieten, darauf zurückzukommen. Im Vafthrudnismal wird die Abstammung des Menschengeschlechts von den Jötunn oder Urahnen bewahrt und „jötnar allir frá Ymir komnir“ (im Hyndluljod). Dazwischen stehen bevorzugte Zeugungen aus der Sonne, zu deren Söhnen der Inca gehört, mit viel Gebrüdern unter verschiedenen Völkern und aus verschiedenen Zeiten.

Zum Commentar (wenn das, was ich überhaupt zu liefern vermag, so genannt werden darf) übergehend, wiederhole ich nochmals den Hinweis auf die Schwierigkeiten, die dabei in Erwägung zu halten sind. Nachdem ich das Vorhandensein dieses Tempelgedichts bei meiner ersten Audienz beim König constatirt und damals, bei rascher Durchsicht und Besprechung desselben, einige Aufzeichnungen gemacht hatte, erhielt ich bei einem spätern Besuche die freundliche Erlaubniss, das Manuscript zu weiterer Benutzung mit mir nehmen zu dürfen. Es war dies bereits die letzte Woche meines Aufenthalts in Honolulu und die Ankunft des Dampfers, auf dem ich mich einzuschiffen hatte, stand bald in täglicher Erwartung bevor. Nachdem ich, Tag und Nacht arbeitend, die Hauptstellen copirt hatte, blieb die Uebersetzung, und hier konnte ich, wie schon bemerkt, wenig oder keine Hülfe finden, selbst bei sonst guten Kennern der Landessprache, die der alterthümliche Stil der Verse sogleich abschreckte. Aus gleichem Grunde liess auch Andrew's hawaiisches Lexicon, das sonst als das brauchbarste in diesem Zweige der Literatur empfohlen werden kann, in dem vorliegenden Falle vielfach im Stich. Meine eigene Kenntniss des Polynesischen, mit dem mich eingehender zu beschäftigen ich bis dahin keine Veranlassung gehabt hatte, beschränkte sich auf die allgemein linguistische. So hatte ich zum Beginn die specielle Grammatik des Hawaiischen genauer zu studiren, um dann mit derjenigen Hülfe, die sich dem Wörterbuch entnehmen liess, und besonders nach den Andeutungen, die ich mir in den Gesprächen mit dem König notirt hatte, die Uebersetzung in Versuch zu nehmen. Was daraus mitgetheilt wird, gebe ich deshalb unter Vorbehalt aller spätern Rectificationen, geleitet von der Ansicht, dass ohne sie für die Mehrzahl der Leser der Originaltext unverständlich sein dürfte, während seine Zufügung jetzt jedem Besserwissenden oder zu gründlichem Studium Geneigten die Möglichkeit der Controle gewährt, sowie einer verbesserten Umschrift, wofür ich selbst am dankbarsten verpflichtet bleiben werde, denn dass vielerlei Druck- oder Abschreibefehler untergelaufen sein mögen, wird (unter Berücksichtigung des Gesagten) dem an sorgfältiges Collationiren von Documenten Gewöhnten leicht begreiflich sein.

Ein besonders schwer gefühlter Mangel, den ich bereits hervorgehoben habe, liegt in der Unmöglichkeit, die Namen der successiv im Pflanzen- und Thierreich genannten Schöpfungen genau zu indentificiren. Der allgemeine Ideengang ist deutlich genug festzustellen. In der ersten Schöpfungsperiode wird von dem Entstehen der Zoophyten geredet (oder vielmehr kleinster und einfachsten Thierwesen, als Monaden), verschiedene Arten von Conchiferen, Madreporen, Annulaten, der Land- und Seegräser u. s. w. In der zweiten entstehen die Insecten und verschiedene Vögel. In der dritten die Fische, auch Molluskenarten, wie es scheint (Cephalopoden u. s. w.); in der vierten Amphibien, die Schildkröten u. s. w.; in der fünften die Schweine[1]; in der sechsten die Mäuse und Tümmler; in der siebenten die psychischen Voranlagen des Menschengeschlechts, und in der achten dann der Mensch selbst. Dies, wie gesagt, ist der allgemeine Verlauf. Dabei werden nun aber eine Menge specieller Namen von Thieren und Pflanzen aufgeführt, ungefähr 8 Arten von Insekten, 24 von Vögeln, 60 von Fischen, 22 Bäume u. s. w., deren Verificirung natürlich von besonderm Interesse sein würde, nicht nur für die Kenntniss der Eingeborenen von ihrer Natur, sondern auch für die naturgeschichtlichen Namen. Diese bin ich, mit sehr geringen Ausnahmen, nicht im Stande zu geben, da es weit mehr Zeit erfordert haben würde, als mir zu Gebote stand, Zuverlässiges darüber festzustellen. Selbst wenn ich z. B. unter Vorlesen der aufgeführten Fischnamen (die leicht begreiflich auf dieser Insel am besten bekannt sind) manche verstanden und erkannt merkte, so war ich damit noch um keinen Schritt weiter, solange nicht der Eingeborene zugleich den englischen Namen, durch den der wissenschaftliche zu fixiren gewesen wäre, anzugeben wusste. Die Liste der Vögel zeigte ich Herrn Dole, dem bekannten Verfasser der hawaiischen Ornithologie, aber selbst dieser gute Kenner der einheimischen Bezeichnungen konnte beim ersten Durchlesen nur eine beschränkte Zahl unter den obsoleten Bezeichnungen feststellen. Indess hat er mir freundlichst seine weitere Unterstützung versprochen, und wenn sich jemand bei gegebener Musse diesen Nachsuchungen unterziehen will, so wird nichts im Wege stehen, die ganze Nomenclatur aufgeklärt zu erhalten.

Mit allen diesen Geständnissen und Berichtigungen empfehle ich mich der Nachsicht des Lesers, der das Folgende mit den anhaftenden Fehlern zu nehmen haben wird, da, wenn erst wieder von einer aufs neue mit Hawaii anzuknüpfenden Correspondenz abhängig gemacht, die Veröffentlichung sich auf das Unbestimmte hätte hinausschieben mögen. Ohnedies wird durch das, was im Detail etwa fraglich zu lassen ist, das Gesammtergebniss in seinen allgemeinen Zügen zunächst nicht beeinträchtigt.

Der erste Vers des Proömium in diesem Hymnus beginnt mit Keau (Periode oder Weltumschwung), von dem Ausgebrannten (wela) wieder nach oben rollend, um so, wie es der königliche Exeget ausdrückte, nach dem Untergang einer früheren Welt die Entstehung einer neuen anzudeuten. Damals im Reiche des Po [1], fehlte das Licht und es wird nur von dem Durchzittern einer Schimmerung gesprochen, als Malama (von dem malaiisch-polynesischen malam oder Mond, der im Hawaiischen die speciellere Bezeichnung Mahina von Hina erhält). Neben Licht bedeutet Malamalama indess zugleich (s. Andrews) ein geistiges Licht (supernatural light, light of the mind), so dass es sich hier auch im Sinne der Intelligenz (eines νοῦς) fassen liesse. Sehr beachtenswerth ist nun in diesem Zusammenhang die Nennung Makalii's, der Plejaden oder des Siebengestirns [1], die sich gleichsam als das Thor öffnen für Eingreifen der kosmischen [2] Kräfte auf die planetarischen Schöpfungen, die jetzt beginnen, und ist die eigenthümliche Rolle der Plejaden in fast sämmtlichen Mythologien der fünf Continente hinlänglich bekannt. Es taucht dann ein täuschendes Spiegelbild, gleich dem der Maya, auf, aus Kumuhonua oder aus den Wurzeln der Erdvesten (in Papa als Grundmasse gedacht), und daran schliesst sich die Dehnung des Kumu-lipo oder Abyssus, als Wurzel (kumu) des Abgrundes oder lipo („black or dark from the depth of a cavern" bei Andrews).

Nach dem Refrain „Po wale ho-i" (noch Nacht überall), der sich am Ende jeder Schöpfungsperiode bis zur achten (in welcher das Licht oder Ao hervortritt) wiederholt, wird nun Kumulipo als entsanden gesetzt, und neben ihm erscheint als weibliche Hälfte Po-ele (in chinesicher Opposition des Ying und Yang). Es beginnt nun zuerst die Entstehung von Protozoen, niedrigsten und kleinsten Thierchen (von den Milben [3] oder Uku an), bis mit dem Fortschreiten zu höhern Organisationen sich (an Stelle der bisherigen generatio aequivoca) die Geschlechter differenziren, und der sexuelle Gegensatz wird fernerhin durch das Ganze des Folgenden festgehalten. Die Entstehung jeder Art (Asteriden, Echiniden, Medusen s. s. w., sowie Fucaceen, Conferven, Conjugaten u. s. w.) ist in dem oft wiederholten Vers aus sieben Strophen (mit „O kane ia Wai ololi etc." beginnend) eingeschlossen, und zwar geschieht die Schöpfung durchweg in Paaren, eins auf dem Lande und sein Gegenbild im Meere (wie sich z. B. Zosteren und Iuncaceen gegenübergestellt finden) unter gegenseitigem Vigiliren oder Beobachten (Bewachung [1], wie gesagt wird). Hanau bezeichnet das Entstehen, während, um als Schöpfung aufgefasst zu werden, das causative Prefix hoo hinzutreten müsste. Entstehen in dieser Schöpfung wird dargestellt als ein Sprossen oder Hervorwachsen, wie es David Malo mit besonderm Nachdruck hervorhebt. und auch in Mangaia würde *pua-ua-mai* (das Aequivalent für schaffen im Wortschatz) „bud forth", or „blossom", as of a tree (s. Gill) zu übersetzen sein.

In fünfter Stanze findet sich jene im höchsten Grade curiose Auffassung des Octopus [2], worauf bereits aufmerksam gemacht wurde, als in seiner zoologischen [3] Stellung gleichsam die Reste eines vorweltlichen Typus anerkennend, und so wird auf den Gilbert-Inseln Aditi oder Tiki durch seine Schwester (als Octopus) in Aufrichtung des Himmels unterstützt, indem sie ihn mit ihren Tentakeln höher emporhebt.

In sechster Linie wird von dem Verschlingen des Früheren und Schwächeren durch das Spätere und Stärkere [4] (im Kampf ums Dasein) geredet, und in siebenter heisst es, dass damals nur erst göttliche Kräfte gewaltet, dass die Menschen noch nicht dagewesen seien. [5] So geht es nun weiter durch die verschiedenen Schöpfungsperioden, ihren Folgen nach, in fortschreitender Entwickelung, indem mit Erhebung der Schlammerde [6], und Anhäufung auf den Würzelchen, der leere Abgrund (Kumulipo's) naturgemäss entschwindet. Am Ende der zweiten Schöpfungsperiode scheinen die ersten Zeichen der Dämmerung heraufzuziehen, in der dritten wird unter dem Gewühl der hervordrängenden

Reptilien und Meerungeheuer der bisher isolirte Tintenfisch im Gewühl mit fortgerissen, in der vierten spielt ein undeutlich trüber Lichtschimmer, unter welchem die Nutzpflanzen in Existenz treten, in der fünften, unter Abscheidung von Tag und Nacht, kommen (mit besonderem Pomp) die Schweine[1] hervor, in der sechsten die Mäuse[2], und nach den Vorbereitungen in der siebenten tritt in der achten der Mensch auf und damit das Licht. Indem dann der Mensch „hervorwächst gleich einem Blatt" (hanau kanaka e mehe lau), so verknüpft sich dadurch seine Existenz[3] mit den ersten Anfängen, symbolisirt (auf Mangaia) in dem Auslaufen von Te-aka-ia-Roë (the root of all existence) durch die — Te-tanguaengae oder Te-vaerua (breathing or life) und Te manava roa („the long lived" oder fortdauernde Ausziehung des Lebensodems) genannten — Schöpfungswesen in die Urmutter Vari-ma-te-takere (the very beginning), und sie sitzt in dem engen Raum ihres stummen Landes (Te-ęnua-te-ki) so schmal zusammengepresst, „that her knees and chin touch" (s. Gill), in der die Stellung des Embryo wiederholenden Form peruanischer Mumien, vergleichbar den Hekatoncheiren, ehe sie die zur Belebung anfeuernden Himmelsgaben genossen (νέκταρ τ'ἀμβρόσιην τε, τάπερ θεοὶ αὐτοὶ ἔδουσιν), unter dem Erdreich zusammengekauert dasitzend, sodass Gaea, ob solcher Enge schwer bedrängt, aus ihrer Tiefe aufseufzt:

> Und so wohnten sie dort mit Leiden behaftet im Erdgrund
> Sassen am äussersten Rand, an den Enden der geräumigen Erde
> Lange bekümmert, das Herz erfüllt mit gewaltiger Trauer
> (s. Uschner).

Nachdem aber (im berauschenden Trank) die in ihnen schlummernden Urkräfte geweckt sind, sprudeln sie fort im Dienst der Tritopatoren (Anakes) oder Tripatoren (s. Hoffmann) „Urväter aller Zeugung" (nach Gerhard), als (italische) dii genitales, und unter dem Charakter der Windgötter, die aus der Asche der Titanen (der χϑόνιοι bei Hesiod) hervorgetretenen Menschen beseelend. Wegen des von Philo gefürchteten Missbrauchs, sollte man schwören (s. Dähne) „bei des Vaters oder der Mutter Gesundheit oder frohem Greisenalter" den Eid leisten, falls diese noch leben oder bei ihrem Gedächtniss, wenn sie vollendet haben. Denn diese sind ja ein Abbild und eine Nachahmung göttlicher Kraft, da sie diejenigen, die noch nicht vorhanden waren, in das Sein hinüberleiteten" (τοὺς μή ὄντας εἰς τὸ εἶναι παραγαγόντες). Und so würde dies weiter leiten zu dem schon an mehrfachen Stellen durchwanderten Felde der Ahnenverehrung.

Dem Menschen angereiht (in den Schöpfungen des Tempelgedichts) werden in der achten Periode aufs neue die Akua genannt, also im Gegensatz zu den bereits in den Urkräften waltenden Akua, die Götter in ihren spätern persönlichen Fassungen, ein Geschlecht der Heroen neben dem der Menschen bildend, und so in der Beschreibung[1] von diesen geschieden (auch nach der Farbe).[2]

Ahina hina wale kanaka e kakei nei
Haula ula wale ha lae o ke kua
Ha eleele ko ke kanaka
Hake akea wale ka auwae

Grau weilen hienieden die Menschen
Roth erglänzt die Stirn der Götter
Dunkelgefärbt die Menschen
Weiss (-bärtig) am Kinn weilen sie.

Nachdem Lailai in Zauberschöne (gleich der schaumentsprossenen Kythereia, oder Lakshmi im Milchmeer zusammengeflossen) erschienen ist, wohnt sie (unter Einkörperungen) zunächst den in der Schöpfungsperiode ihrer Geburt (als Beherrscher) waltenden Urkräften bei, Pokinikinikini und Pomanomano für fernere Zeugungen[3], wird dann vom Sonnengott[4] nach oben gerufen, und geht bei der Rückkehr die Ehe[5] erst mit Kane und dann mit Kii (sowie gelegentlich auch mit Kanaloa) ein, worauf mit der Fortpflanzung aus Kane und Kii die (theogonische) Kosmogonie in eine Heroogonie ausläuft.

Das Auftreten der geistigen Anlagen [1] (in der siebenten Periode) und ihres Trägers im Menschen (in der achten) ergibt sich aus der psychischen Wurzel, der auch die obigen Vorstellungen der Maori erwachsen sind. Dem entsprechend lässt die mythische Auffassung mancherlei Kunstfertigkeiten von den das Land, vor den Menschen, bewohnenden Gnomen oder Elfen erlernen, wie das Netzestricken (s. Grey) durch Kahukura bei seinem Besuche Rangiowhia's (ko te konero mo nga Patupaiarehe). Solch feenartige Wesen, die schon vor materieller Verkörperung den Luftkreis durchzittern, leben deshalb in einer die spätere vorschattenden Welt, und so erzählt das Märchen, dass sie von den durch den erschreckten Kanawa in Waikato ihnen angebotenen Schmuckgegenständen nur die Schatten derselben mitgenommen, da diese ihnen genügt hätten. In den verschiedenen Erklärungen, die über das Wort Atua gegeben werden, findet sich auch die Zurückbeziehung auf Schatten, und jeder Platz, auf den der Schatten der als lebende Akua wandelnden Fürsten fiel, bekam ihr Eigenthum, und wurde, sobald es sich, wie bei Kiki (dem Rivalen Tamure's) um priesterlichen Charakter handelt, ein Heiligthum im Tapu, während dann wieder bei böser Zauberei die Pflanzen durch den darauf fallenden Schatten verdorren, weshalb ein Ausgang im Sonnenschein verboten ist, und wenn im arkadischen Heiligthum des verschwundenen (ἀφανισθείς) Zeus, das gegen Betreten tabuirt war, überhaupt kein Schatten fiel (nach Pausanias), so wirft in ägyptitische Schattenwelt gerade die Mumie als Jahou ihren Schatten. In griechischer Theogonie geht die Ausschüttung der Leiden und Leidenschaften aus Pandora's Büchse, als „Ahnmutter", wie sie genannt ist (s. Schömann), dem Auftreten des Weibes vorher, und so in der hawaiischen dem Lalai's, mit der sich das Gedicht zu poetischen Ausmalungen erhebt.

Ausserdem ist die Erzählung hier und da mit humoristisch gefärbten Einstreuungen gewürzt, wie bei Gelegenheit zur Nennung der Schweine [1] sie beschrieben werden: „als die schwarzen Schweine, die störrischen, die nicht ausweichen wollen auf dem engen Pfade", oder die Mäuse charakterisirt werden, als „die kleinen Mäuse, die unverschämten, mit aufgespreizten Augenbrauen umherspringend". Wenn (in späterer Periode) davon geredet wird, dass infolge der, in der bisherigen Nacht, hervorbrechenden Sonnenstrahlen sich eine Schwellkraft durch die menschlichen Leiber ergossen, und Lailai, in Schönheit entgegenstrahlend, von ihrem himmlischen Bräutigam gerufen, zu ihm emporgeschwebt sei, wird hinzugefügt, dass der Sand (Ono), der Sand am Meeresstrande, über dieses Fliegen [2] gespottet habe, denn er, der bei der Schöpfung Tangoroa's in Rarotonga dem aus der Höhe zu ihm herabkommenden Gotte als Substrat für seine Begattungen gedient hatte, musste über diese Umkehrung der Verhältnisse naturgemässen Neid empfinden und konnte eine Rechtfertigung darin sehen, als Lailai später wieder zur Erde herabzukommen hatte (mit dem himmlischen Geschenk des Taro [3]). Der fernere Fall Lailai's wird bedingt durch ihre, selbst in den 40000 Nächten (Po-Kini-Kini's) nicht befriedigte Brunst, indem in ihr eben nun das volle Schöpfungsverlangen der Naturkraft [4] gärt. Obwol ihr göttlicher Gatte Kane sich bis zu eigener Abmattung und Erschlaffung müht [5], genügt er nicht ihrer Sinnenlust, und sie beginnt mit Kii zu buhlen, dem sie, obwol nur ein Kanaka (oder Mann des gemeinen Volkes in späterer Auffassung) die für ihn tabuirte Taro-Art Ape zur Speise verschafft. In dem eifersüchtigen Streit, der ausbricht, wird Kane durch Steinwürfe an der Stirn verwundet, und nach solch vollständigem Bruch sieht sich Lailai gezwungen, ihren dauernden Aufenthalt auf der Erde zu nehmen, womit dann die letzte Schöpfungsperiode abschliesst.

Sie war eröffnet worden, nach dem Aufgang des Lichts, mit der Erhebung der Grundsäulen[1], um die Welt zu festigen, d. h. dem Himmel[2] eine Stütze zu gewähren, denn die Erde (Papa) galt, in Hawaii, durch sich selbst gefestigt (Paa nona iho), als grosse Masse (Honua), unter welcher der Erderschütterer oder Erdbebengott (Kane-) Luu-Honua (den alten Vorgöttern Ru und Ru-mia im Süden entsprechend) auf dem Centralfeuer niederliegt. Bei den Maori heissen diese bei Trennung von Himmel und Erde aufgerichteten Doppelpfeiler (auch vierfach gedacht) Toko und Raka, während ihre Namen in Hawaii (wo sie durch Kumukumu ke kaa geboren gelten) für Moana liha sich als Schaum (liha oder Fett) des Meeres (moana) oder Meeresschaum (wie Aphrodite's ἀφρός auch in Viracocha's[3] Geburt aus schaumigem Meeresfett einen Gegenfüssler erkennen könnte), und für Kawao maaukele, als Nebelwirbel, oder Nebelbank (kawao) aus wirbliger (kele) Strömung (au), erklären würden. Das Erdfundament erhält dann unter Opaiakalani noch eine nachträgliche[4] Versicherung durch Kamuieli, und nachdem so das Weltgebäude dauernd fundirt ist, kann mit dem Auftreten Kahiko's der erste Act der Menschheitstragödie seinen Anfang nehmen.

Schon bei der ersten Schöpfung Lailai's wird, angereiht an das mysteriös dunkle Ungethüm Kanaloa (gleichsam in neuer Wiedergeburt), neben Kane, dem Gott, Kii der Mensch genannt, in einer mehrfach erkennbaren Zusammenrückung beider als Zwillinge (gleich Mu und Tefnut in Aegypten, der vedischen Aswini oder nordischer Alces, in Modi und Magni), während in den spätern Schöpfungen volksthümlicher Mythologien das Dioscuren-Paar Kane und Kanaloa[1] über die Erde wandelt, die Leiden der Bedrückten lindernd und Wasser aus den Felsen schlagend, die dürren Felder zu erfrischen. Solche Metamorphose erfährt Kanaloa aber erst bei der Letztgestaltung der Dinge, indem er bei der diese herbeiführenden Katastrophe seiner schwarzen Hälfte nach überwunden wird. Es heisst in Beschreibung der Flut, dass sie Pii pou o kani kawa (aufsteigt zu des Hauses Pfeilern) Lele na ihe a Kanikaho (es fliegen die Blitzespfeile Kanikaho's) Apuepue ia Kanaloa Kanikaho (bezwungen liegt Kanaloa von Kanikaho). Diese Flut[2] wird auf der Insel Molokai (der Sandwich-Gruppe) durch den Kawaa-Vogel gesungen (i kawaa e holo, ua nui ke kai o ke aumoe), wie sie auf Koro (der Fiji) der Vogel Quiqui beklagen soll.

Unter Lailai's[3] frühesten Geburten sind verschieden gestufte zu unterscheiden, einmal die elementaren in den 4000 Nächten (mit Po kini-kini) aus der Finsterniss (in der sie sich weiterhin auch mit Kanaloa verbindet), dann die himmlischen „im Gewande der Morgenröthe“, und weiter die, im Laufe der Sonne, von gedanklichen Zeugungen (aus dem Hirn[4]) zu sinnlichen[5] geführten, bei der Vermischung erst mit Kane, dem Gott, und dann mit Kii, dem Menschen. Indem darauf die Tochter aus göttlicher[6] Herkunft mit dem irdischen Sohne vermählt wird — und demnach so sich (nach der Titanologie) Götter und Menschen verglichen (καὶ γάρ ὅτ ἐκρίνοντο θεοί θνητοί τ' ἄνθρωποι) —, entspringen aus ihrem Geschlecht die Stammältern des Fürstenhauses mit Kumahaina (oder Kumu-honua). In Bezug darauf fand ich in einer Anmerkung des Copisten gesagt (ma ke mele kumulipo nae, ia hoike ia mai le hanaune kanaka okoa a he mau lau hanauna, alaila hanau mai la): Dass, obwol im Gedicht (mele) Kumulipo's gesagt würde, dass die Menschen anderen (okoa) Stammes seien, sie doch als Gebrüdersblätter[1] (mau lau) aufzufassen wären. Im Geschlechtsbaum Paliku's wird Haumea gefeiert: O Haumea kino pa heo hao, o Haumea kino papawahu, o Haumea kino papalehu (Haumea wunderbaren Körpers, Haumea achtfach am Körper, Haumea zehntausendtheilig im Körper), und es wird gesagt, dass sie zum Himmel steigend, im Land Nuumea und Nuupapakino (in Mulinaha) verweilend aus dem Hirn[2] die Kinder Laumihae, Kahaula, Kahakauakalo geboren[3], und dass sie dann zur Frau[4] geworden mit dem Gott Kanaloa im Lande Papahuli (dem papuanischen Lande der rothen Federn in den Sagen der Marquesas entsprechend, oder dem, als Poutini, dem Jasper in Whaiapu gegenübergestellten Obsidian bei den Maori) zusammengewohnt, um sich ferner als Papa mit Wakea zu vermählen.

Die (gleich den Dhyana-Buddha) in Syzygien auftretenden Aeonen, die nacheinander emaniren, um über die Folgereihe der Schöpfungsperioden zu präsidiren, drücken in ihren Namen verschiedene Modificationen[5] der Finsterniss oder der Dunkelheit aus, unter allmählich zunehmender Milderung derselben bis zum Licht. So ergeben sich nacheinander:[6]

Kumu-lipo und Po-ele
Po-leele und Pohaka
Po-wehi-wehi und Po-leliuli
Po panopano und Po lalowehi
Po kano kano und Po la louli
Po hiolo und (Po hee weaka) Po-nee-aku
Po nee aku und Po ne mai
Po kinikini und Po Mano-mano

Nach der Einleitung (dem Anschluss der Entstehung an früherer Weltzerstörung) wird Kumulipo (die Wurzel der Abgrundes) zunächst allein gedacht (wie das Chaos Hesiod's). Es tritt zu ihm dann eine weibliche Energie in Po-ele (finstere Nacht) und diese scheint in der folgenden Schöpfungsperiode eine männliche Wandlung [1] zu erfahren, in Po le ele (oder Po-ele), die sich wieder mit ihrer weiblichen Hälfte in Po-haka oder verschlossenen (verschlossen grübelnden) Nacht verbindet. Dieses Ueberdauern (für spätere Transformation) möchte daraus hervorgehen, dass am Ende der ersten Schöpfungsperiode zwar von dem Verschwinden Kumulipo's, nicht aber dem seines geschlechtlichen Gegensatzes [2] geredet wird.

Weiter erscheinen dann Po-wehi-wehi (schwarze Nacht) und Po leli-uli (Po-ele-uli oder blaudunkelnde Nacht), Po-pano-pano [3] (oder tiefblaue Nacht) und Po lalo-wehi (schwarzsinkende Nacht), Po kanokano (hocherhabene Nacht) und Po-lalo uli (blausinkende Nacht), Po-hiolo oder rollende Nacht (der Mäuse) und Po nee aku (oder fortentschwebende Nacht), — auch Po nei la, oder Nacht gegenwärtiger Sonne (die schon herannaht) genannt, — und nach dem Gegensatz von Po nee-aku (die dorthinschwebende Nacht) und Po nee mai (die hierherschwebende Nacht) schliessen (mit dem Ansatz zu chronologischen Bestimmungen) Po kinikini (40000 Nächte) und Po manomano (4000 Nächte) bis zum Ao (Licht), das dann die Puka (Geschlechtslinien) begleitet, von den den Göttern angeschlossenen Vorfahren an bis zu den Mitlebenden.

Wie bereits bemerkt, wird in der Entstehung der niedrigsten Thiere eine Art Generatio spontanea angedeutet, indem sie, sozusagen, von selbst hervortreten, während später, bei den höhern Organisationen, stets zuvor die Geschlechtsdifferenz, des Männlichen und Weiblichen, markirt wird, im *Omne vivum ex ovo.*

Um ein besseres Bild von dem Ganzen zu geben, will ich es wagen, eine Uebersetzung des Anfangs beizufügen, auf das Risico allerlei Irrungen in den, nach den obigen Gründen noch nicht identificirten Species:

Nach dem Proömium, mit dem Schluss

Po wale ho-i, noch Nacht (waltend ringsum) überall,

geht es fort

Hanau ka po (geboren in Nacht),
Geboren Kumulipo, aus der Nacht als männliches
Geboren Poele, aus der Nacht als weibliches
Geboren die Milben im Gewimmel, Geboren das Gewimmel in Reihen
Geboren die Würmer, die Grabenden, die Erde aufwerfend, geboren ihre Mengen mit Nachkommenschaft
Geboren die im Schmutz sich Windenden, geboren ihre zückenden Reihen
Geboren Seeeier ohne Zahl, geboren ihre streifige Nachkommenschaft in Reihen

dann folgt die Entstehung der Hawae (white sea eggs), der Wana, species of the sea egg in the size and shape of a turnip (s. Andrews) mit ihren Kindern (Keiki), der Haukeuke (small sea animal), der Pioeoe (species of muscle or small shell-fish), der Pipi (Spirulidae), Papaua (Austern) mit den (verwandten) Olepe, der Nahawele (Muschelarten) mit Schalen (unauna), — in der Strömung das Umhertreibende erlauernd, — mit verwandten Leho in Aneinanderkettungen, der Naka, anhaftend (wie Barnakeln), der Makaloa (Seeschwämme) mit anhaftenden Muscheln, der Ole (in Corallensträngen), der verwandten Pipini in Kettenreihen. Darauf (im Uebergang zu geschlechtlicher Zeugung) heisst es:

Und das Männliche, schwellend in Zeugungskraft, und das Weibliche zur Empfängniss ergeben,
Geboren die Tange in der See
Geboren die Algen im Schlamm, und rasch vermehrt ihrer Kinder Zahl,
Bewacht von den Schlinggewächsen am Lande;
Als Pfeiler der Kraken im Gebrause.
Im Streit das Wasser Speise der Aufwachsenden.
Eingetreten die Götter allein, noch keine Menschen (Nur Götter walten erst, noch keine Menschen)

Und das Männliche voll Zeugungskraft und das Weibliche zur Empfängniss bereit,
Geboren die Fadengewinde in der See

Bewacht von den Gräsern drinnen im Lande,
Der Kraken als Pfeiler im Gebrause;
Im Streit das Wasser zur Speise des Aufwachsenden.
Eingetreten die Götter allein, noch keine Menschen
Und das Männliche u. s. w.

So geht es fort für weitere Entstehung von 8 Arten in der See und ebenso vieler auf dem Lande (jedesmal im obigen Vers eingeschlossen), und weiter heisst es dann:

Das Männliche aus dem Wasser entstehend in den Göttern,
Das Schlüpfrige im Wasser aufwachsend durch Zehrung
In rauschend flutender Beschwemmung des Landes
Die Würzelchen der Seehalme umhertreibend
Aufschwellende Strömung von alters her in der Nacht,
Voll aufgefüllt und übergefüllt
Voll hie und da
Voll fern und nah
Der Erdträger hebt sich zum Himmel empor,
Kumulipo's Walten im Luftkreis verschwindet in Nacht

Po-no (noch Nacht überall).

Damit schliesst also diese erste Schöpfungsperiode Kumulipo's. Nun die zweite:

Und das Männliche zum Weiblichen in Herrlichkeit;
Das Männliche geboren, schwarzdunkel flutend
Das Weibliche geboren, hell aufgeschlossen flutend
Ueberschattet die See, überschattet das Land
Ueberschattet das Wasser, überschattet der Berg
Ueberschattet in dichter Nacht, thatenlos rastend.
Dann sprosst es wunderbarlich überraschend in neun Blätter
Es sprossen gradaufrecht die Blätter, schimmernd scheinend,
Es drängt zum Wachsthum hin, die Blätter wie beschämt.
Geboren Poleele, das Männliche
Beiwohnend Pohaka dem Weiblichen
Geboren Kupua (das Zauberding), der Wunderbare (Kahaha)
Geboren der Wunderbare (Kahaha)
Geboren Kahaha (der Wunderbare) und seine Verwandten,
Hervor kommen ihre Kinder, die fliegenden,
Geboren die Raupen (peelua), als Anverwandte,
Die Reihe der Kinder in den Schmetterlingen (pulelehua), die fliegenden
Geboren die Ameisen (Naonao) u. s. w.

Dann geht es in derselben Form fort, für die Entstehung der Libellen (pinao), der Heuschrecken (uhini), der Fliegen (nalo-lele) u. s. w. Darauf folgen die Vögel (26 Arten), z. B.:

Geboren die Reiher in der Verwandtschaft
Die Züge ihrer Kinder im fliegenden Geschlecht
Und das Gevögel fliegend in Schwärmen
Und die am Himmel unter Führung Reisenden (Wandervögel)
Herabkommend zum Niedersitzen, die Flügel flappend,
Zum Niedersitzen auf dem Boden des Insellandes.
Vögel auf dem Lande geboren
Vögel in der See geboren.
Geboren das Männliche voller Zeugungskraft, geboren das Weibliche zum Empfängniss bereit,
Geboren die Möven in der See
Bewacht von den Falken am Strande
Der Kraken als Pfeiler im Gebrause
Im Streit das Fleisch zur Speise dem Vogel
Eingetreten die Götter allein, noch keine Menschen.

Und das Männliche voll Zeugungskraft
Und das Weibliche zur Empfängniss bereit
Geboren die Enten in der See
Bewacht von den Habichten (Sperlingsart?) am Lande
Der Kraken als Pfeiler im Gebrause
Die Frucht als Fleisch dem Vogel zur Speise
Eingetreten die Götter allein, noch keine Menschen
Geboren das Männliche u. s. w.

Weitere Entstehung von 12 Arten, Eulen, Seeadler u. s. w.

Und in Wolkenhaufen erheben sich die Vögel im Geräusch der Flügel
Und Gesang ringsum der Vögel, der singenden,
Die in Schwärmen hochfliegenden, zur Sonne aufwärts
Niedersitzend dann auf dem Festland wieder, der Vögel Kinder, gefüttert in der Nacht,
Fettrund treibend im Schwimmen, wohlgemästet
Umherspielend (sich entleerend) zwischen den Seegewächsen
Auf den spriessenden Spitzen der Schilfe, auf den Blättern der Zweige,
Der aus der Nacht geborenen Zweige
Noch waltet vorwiegend die Nacht
Es waltet die stolze Nacht
Noch waltet die Nacht in der Zeitperiode Poleleele's (schwarze Nacht)

Mit erster Dämmerung Zeichen, in der Fülle der zeitgewordenen Nacht
Po-no (noch Nacht ringsum).

Geboren die Kinder der tief dunkelnden Nacht (Powehiwehi)
Umhergeworfen zerstreut in blau dunkler Nacht (Poleliuli)
Mit lockender Liebesbewerbung im duftenden Schmuck
In dem auf noch kahlem Lande in der Nacht Umhergestreuten.

Doch genug und übergenug, bis eine fähigere Hand diese Uebersetzung unternimmt.

Die Entstehung der 50—60 Fischarten, deren jeder ein Vers gewidmet ist, schliesst im letzten mit dem Auftreten eines „Thaumas“:

Und das Männliche voll Zeugungskraft
Und das Weibliche zur Empfängniss bereit
Geboren der Wunderbare (Kahaha) innerhalb der See
Bewacht von dem Aal (?) am Strande
Der Kraken als Pfeiler im Gebrause
Im Streite die See als Speise den Fischen
Eingetreten die Götter allein, noch keine Menschen.
Und das Männliche voll Zeugungskraft und das Weibliche zur Empfängniss bereit
Geboren die Büsche an der See
Bewacht von den Sträuchern im Lande u. s. w.

Weiteres Entstehen von 24 Baumarten, von Milo (podocarpus ferruginea) oder (von den Blättern) Laumilo, Oopukai (der See) und Oopuwai (des Wassers), Kauila (Rothholz) u. s. w. Sodann:

Und langsam nahte der Walfisch diesen Seen
Windend niedrig unter des Wassers Fläche
Weiter hinaus im Ocean die Riesenfische
In der Tiefe walten sie des Meeres Bewohner
Die Tritonen, die langsamen, blasend im Schnauben
Wegrollend und verschlingend auf dem Weg
Den Weg des Gewürms, im Strudel fortgerissen,
Die Polypen im Wasser umspritzt, aufliegend mit Bauch, mit Rücken,
Schwankend in des Wassers Wogen, schwankend in den stillen Wassern,
Versammelt all das Wurmgethier,
In zahllosen Mengen, zusammengedrängt, ins Verderben rennend.

Der Beginn des jüngsten (Nachgeschlechtes) in bläulichem Fischgeflute
Das Dunkelblaue waltet hier aus dem Ocean Powehiwehi's
Die See des Gewürms in tiefblau dunkelnder Nacht
Der Kraken auf dem Trocknen am Rande des Landes, er der Fisch,
Angestrandet unter dunkelblauen Walten aus der Nachtsonne her.

Po-no (noch Nacht).

Aufstehend in undeutlicher Trübe geheiligter Sonne
Das Breitgeblätterte flutend in einsamer Oede
Uebergebreitet zum Besitz von Wasser und Land,
Dorthin kriechend, hierhin kriechend
Hervorgedrängt die Haufen kriechenden Gewürms
Auf dem Rücken kriechend, auf dem Antlitz kriechend
Im Nacken das Leben, für die Erde die Rückseite
Aber das Antlitz aufrecht im glorreichen Schmuck
Ausdörrende Verwüstung des Dunkel im Dunkel (Pano pano)
Das Männliche in der Nacht als Dunkel im Dunkel (Po pano pano) geboren
Und so Po pano pano als Männliches
Wie Polalowehi (die Nacht tiefer Schwärze) als Weibliches.
Geboren die Menschen als gedoppelte Frucht (in Vorschattung anticipirt)
Geboren als Blatt in der Nacht hienieden.
Hierher das Feststellende
Hierher das Bewegende,
Rollt das Kleinkind gleitend auf den Haufen des Sandes.
Die Kinder der Nacht Pano-pano (dichtwolkig) werden geboren

Hanau ka po (Geboren eine Nacht)

Geboren die Nacht glorreichen Schmuckes
Geboren aus der Nacht wird die Gestaltform (Kii, als Prototyp des Menschen) erschaut.
Geboren in der Nacht der Schildkröten schwaches Geschlecht u. s. w.

Nach fernerer Schöpfung der Eidechsen folgen in einer Reihe von Versen die Anticipationen des menschlichen Sinnens und Trachtens, und die daraus fliessenden Fortgeburten — αὐτὰρ Ἔρις στυγερὴ τέκε μὲν πόνον ἀλγινόεντα — wobei gleichsam eine Parallelbezeichnung zum Reptilienalter aufgestellt wird.

Getanz im Umhergetriebe der Wurmgethiere
Wackelnd mit langem Schwanz

Aerger und Zank, bissig und zornig
Hader und Streit um das Essen, das Fressen
Greuel und Missethat auf dem Land,
Doch schon überbreitet das Pili-Gras das Land,
Nun die Arbeit[1], die schmutzige Arbeit
Die Arbeit, die niederwirft in Schlaf den Ermüdeten,
Der Stab zur Stütze des Wandrers
Umherwankend auf dem Land im Gekreuch
Geboren die Arbeit gleich der des Gewürms
Po-no (noch Nacht ringsum).

Das Pili-Gras, zum Dachdecken gebraucht, hätte die menschliche Besiedelung zu symbolisiren, doch werden erst noch die Schöpfungen der Säugethiere zwischengeschoben.

Bei dem spätern Auftreten Lalai's wird, nach der Himmelfahrt, ihre Wohnung in Nuu-mealani beschrieben, als

Das Land, wo die Aoa-Bäume wachsen
Wo die Blätter der Koa-Pflanze glänzen,

und Aoa ist Name eines Baumes, der in Hawaii nicht gefunden wird (s. Andrews), but in some foreign country, often spoken of in the ancient meles (wie Koa eine Casuarinenart).

Nachdem sie dann Kapokinikini (in 40000 Nächten) beigewohnt, kehrt sie nach aufwärts zurück:

Um bei den heiligen Aoa-Bäumen zu wohnen
Und ihre Empfängnisse dort spiegeln sich auf der Erde,

im Widerschein himmlischer Abkunft, deren die Fürsten sich rühmten.

Der Anschluss des Tempelliedes an die irdischen Genealogien und deren Weiterführung kann hier nur kurz berührt werden, weil in die hawaiische Geschichte verlaufend, und mit dieser im Zusammenhang zu behandeln.

Gewöhnlich beginnen die Genealogien mit Wakea und Papa, so bei Malo (auch Dibble, der ihn benutzte, bei Bingham u. s. w.), und bei Jarves werden 74 Königsgeschlechter bis hinab auf Kamehameha gezählt, während Hale in seiner Liste von 67 Generationen 23 als mythische ausscheidet. Die Verlängerungen in der Linie Lailai's (bis über 1000) sind in ähnlicher Weise aufzufassen, wie die puranischen Erweiterungen indischer Königslisten und deren Analogien. — Auf den Marquesas wurden (nach Porter) 88 Generationen seit der Einwanderung aus Vavau gezählt, auf Rarotonga gab Williams 29 Generationen, auf Mangarewa figuriren 27 (bei Maigret), in der Ableitung (durch Koa) von dem Seekönig Teatu moana, auf Tonga die des Tuitonga u. s. w.

In den Stammbäumen[1] der Maori (von denen mir vor einigen Tagen einer in der Correspondenz mit Herrn Davis zugeschickt[2] ist) wurden gewöhnlich circa 18—20 Generationen aufgeführt seit der Ankunft in Aotere oder Neuseeland aus Hawaiki, doch hörte ich von Herrn White, dass er sich im Besitz von Texten finde, die auf Vorgeschlechter zurückgriffen, aus der Zeit der Wanderung[3] über verschiedene Inseln. Ebenso wird bei den hawaiischen Geschlechtsregistern vermuthet, dass die frühesten Königsdynastien noch auf andern Inselgruppen geherrscht hätten, und dafür werden am ehesten Aufschlüsse aus den gebotenen Synchronismen zu erwarten sein, wie in der Nachkommenschaft Aikanaka's, der durch seinen Namen auf dem in Hawaii weit früher verdrängten (und nur in der Legende fortlebenden) Cannibalismus verweist (als Kai-Tangata). In Betreff seines Sohnes Hema erwähnte mir der König, dass als vor einigen Jahren Mitglieder seiner Familie bei der Rückkehr aus England die Häfen Neuseelands berührten, die Daten über die Identität noch im Specielleren festgestellt seien, und ausserdem entspricht Wahieba, Sohn Kahai's (oder Tawhaki's) dem Wahioroa der Maori, sowie sein Sohn Laka dem maorischen Raka, sodass die Figuren einheimischer Sagen, über 70 Breitengrade hinweg, einander die Hände reichen. Die Namen Aikanaka bis Laka bilden die Nummern 28—32 in der Abstammung von Wakea (mit Kamehameha als auf der 68. Stelle).

Tawhaki (Bruder Kariki's) „*was the son of Hema and Urutonga*“ (s. Grey), als Vater Wahieroa's, und da bei den Maori der Tod Hema's an der unterseeischen Rasse der Pona-turi gerächt wird, liegt auch hierin die hawaiische Gegenüberstellung von Hema und Puna (Pona). Diese Feindschaft gegen die Ponaturi erhält sich noch in der für den Tod seines Vaters Wahieroa an Malukuta kotako genommenen Rache Rata's, und dessen aus der Schürze seiner Ehefrau Apakura durch den Meergott gebildeten Sohn Whakatau lässt die Legende unter den Wassern fortlaufen, gleichsam unterseeische Communicationen symbolisirend. Die hawaiische Legende (s. Jarvis) spricht von kama pii kai *(a child running over the sea)*, als im göttlichen Auftrage das Land Haupokane entdeckend. Die Maori erzählen ausserdem von Hine-i-iwaiwa, der auf langen Reisen die See durchschnitt, und schliesslich, halb Fisch, halb Frau, am Wohnplatze des von ihm gesuchten Tinirau anlangte. In Vatea, halb Mann, halb Fisch, wiederholt sich (auf Mangaia) ein chaldäischer Oannes [1] oder Annodotos (im fischgeschwänzten Nereus), und so würde hier noch eine weibliche Form (als Eurynome oder Okeanine) zur Seite treten. Wie im malaiischen Archipelagus (und zum Theil in China) wurden anfangs die europäischen Entdecker als Wassermenschen betrachtet, die bei Tage ans Land kamen, Nachts aber in ihre Meeresheimat, an Bord, zurückkehrten.

Am sorgsamsten und ausführlichsten finden sich die hawaiischen Geschlechtsregister bei Fornander behandelt, der bei der Scheidung zwischen die Brüder Nana-Ulu und Ulu, als Söhne Kii's — Sohn Kahiko's [2], des Alten (eines Cadmus, als παλαιός), — in der Abstammung von Wakea und Papa, zuerst die (besonders auf den Inseln Kauai und Oahu gebrauchte) Nana-Ulu-Genealogie (55 Nummern bis Kalakaua) aufzählt und dann (wie auf Hawaii und Maui gültig), die Ulugenealogie (68 Nummern bis Kamehameha), vorwiegend in der Hema-Linie (bei der Abzweigung in Puna). Unter den Vorgeschlechtern Wakea's und Papa's gibt er die (nach Kane, Kanaloa, Kanakahi und Maliu mit Hulihonua beginnende) Genealogie Kumu-ali (28 Nummern bis Wakea), die Genealogie Kupakaiakea (9 Nummern bis Wakea), die Genealogie Wela a hilani (5 Nummern bis Wakea), die Genealogie Opukahonua (16 Nummern bis Papa) und die Genealogie des (gewöhnlich in populärer Auffassung als Erster Mensch betrachteten) Kumahonua (37 Nummern bis Papa und Wakea), in welcher Hawaii Loa, der eponymische Entdecker Hawaiis aus dem Lande Kapakapa ua a kane, den 30. Platz einnimmt. Nach David Malo lebten die ersten sechs Generationen nach Wakea noch im Lande Ololo-i-mehani oder Ololo waia, das Land Makalii's im Osten, auch als mythisches Nuu-mehalani (gleich einem Florida, von Haumea oder Papa zum Baden in der Jugendquelle wiederholt besucht), während die spätern Einwanderungen (längs der „fremden Strassen“ [1], als Landungsplatz am Südende Hawaii's und Kahoolawe's), unter denen sich Pao (um das durch die Verbrechen der in Kapawa ausgestorbenen Nana-Söhne entweihete Fürstenblut reinigend zu erneuern), besonders in den Vordergrund gedrängt hat, gewöhnlich von Kahiki [2] oder Tahiti (die allgemeine Bezeichnung für unbestimmte Fernen) ausgehen (erleichtert durch Verbesserungen des Canoe-Baues, wie sie der Sohn des in Hawaii gelandeten, und dann nach Kauai übergesiedelten, Häuptlings lehrte). In dem fernen Zauberland Tahiti, von dessen bösgesinntem Könige die geraubte Sonne [3] versteckt wird (bis durch den Riesen Kana befreit), wiederholen sich die Beziehungen eines Pohjala und Kalewala, während sonst dem alten Wäinämöinen der junge, und doch uralte, Maui entsprechen würde, der gleich ihm von den Wogen [4] und

Winden gepflegt ward, als die unreife Frühgeburt, in den Haarbüschel der Mutter gewickelt, ins Meer geworfen war.

In der von mir aus David Malo's nachgelassenem Werke copirten Genealogie stehen den Nummern 25 (Namakaoko) und 26 (Helei pawa) in Fornander's Ulu-Liste zwei Namen (Nanakuae und Kapawa) zwischengeschoben, indem die Reihe als Nanakaoko, Nanakuae, Kapawa, Heleipawa läuft (statt Nanakaoko, Heleipawa), und bei Kapawa wird bemerkt, dass dies der erste König sei, dessen Anwesenheit auf der Sandwich-Gruppe feststehe, da sich von ihm (neben Geburts- und Sterbeplatz) sein Begräbnissplatz als bekannt angegeben finde (am Flusse Jao auf der Insel Maui). Während seine Herkunft nach Oahu verlegt wird, stammen die nächsten vier Könige aus Maui und dann folgt Wahieloa, als in Hawaii geboren. Bei den Kapawa vorhergehenden Fürstennamen fehlen alle solche Zufügungen und deshalb könnten sie, wie Malo bemerkt, auch auf andern Inselgruppen Oceaniens geherrscht haben, weil noch nicht localisirt. Aus fremdem Verkehr wird auch die spätere Einführung des Pele-Dienstes hergeleitet, während bei Verknüpfung desselben mit den Urzeiten darauf hingewiesen wurde, dass die Feuergöttin in den, sie nach Mauna-loa führenden, Mythen die Inseln nach ihrem vulkanischen Alter durchschritten, bis zu der jüngsten Erhebung. Aehnlich kannten hellenische Mythen noch den Weg, den Typhoeus genommen, von Arima über den thrazischen Hämus bis zum Begrabenwerden unter dem Aetna. E kai make a papau ae la ka Pele ma Oahu, alaila lele oia i Maui, a papau hou iho la ma Haleakala lele hou oia i kilauea. „Als Papa's Herrschaft in Oahu abflachte, sprang sie nach Maui hinüber, und als solche wieder in Haleaka abflachte, sprang sie ferner über nach Kilauea."

Für die meisten Inselgruppen Polynesiens bildete bekanntlich ein Hawaiiki oder Hawaii (Avaiki) den Ausgangspunkt der Wanderungen, und das Prototyp wurde, um eine centrale Stellung zu gewinnen, durch Hale in Sawaii der Samoainseln placirt, von wo dann wieder auf eine heilige Insel (Pulo) in Bolotu weiter gewiesen wird. Judge Manning in Auckland kam in einem Gespräche, das ich mit ihm hatte, ebenfalls auf die Erklärung Havai-iki's als kleines (iki) Java oder Djava, wie sie sich bei Fornander findet, dessen kuschitische [1] Argonauten, die in dortigen Meeren segeln (wie die Wikinger piratischer Karer in den Caraiben, vom heiligen Delos bis zu den Antillen), dann über solche Zwischenstationen leicht nach Zaba [2] oder Saba (oder zu Orissa's Javana) gelangen könnten.

Die Wanderungen Hawaii-loa's kreuzen sich mit denen des Menehune genannten Zwergvolkes, das sich heutzutage, als fortgeflüchtete Elfen, in den Volksgesprächen mehr und mehr verkleinert, aber in seinen Beziehungen zu tahitischen Manahune den Maassstab der Menschengrösse erträgt. Als ich in der Nähe von Honolulu die Trümmerhaufen einiger Heiaus besuchte, deren Bau ihnen zugeschrieben wird, hat man mir über diese winzigen, aber gleich Myrmidonen wimmelnden Däumlinge allerlei erzählt, was sich in den damaligen Notizen bei späterer Verarbeitung wol wieder zusammenfinden wird. Ausgiebigeres darüber ist bei Fornander mitgetheilt, besonders auch über die Richtung der Wanderungen.

Vor Kealii-Wehanui flüchten die Menehune unter Kalani-Mene-Hune, Sohn Lua Nuu's, durch die rothe See Kane's (Kai ula a Kane) nach Kahina-i-ka-haupo-a-kane (Ka One Lauena-a-kane oder Ka Aina Momona-a-kane) oder Aina Lauena aus ihren Wohnsitzen in Honualalo, und dorthin waren sie, unter Kalani Mene Hune, aus dem Lande Kapa kapa-ua-a-Kane (in Kahiki-ku) oder Kapa-kapa gekommen, dem (über Lalo-Honua erreichten) Zufluchtsorte von Laka und Kapili (den aus Kalana-i-Hauola durch Ka-ouia-nukea-nui-a-Kane oder den weissen Riesenvogel Kane's vertriebenen Söhnen Kumuhenua's). Auf Lua Nuu folgt sein Kebssohn Ku-Nawao, Vater Kinilau-a-Momo's, und unter seinen Nachkommen werden die Inseln Hawaii und Maui von Hawaii-loa entdeckt, dem Vorfahren Papa's, die sich dann mit Wakea aus Ololo-i-mehani vermählt. Es wird gesagt, dass Hawaii-loa (Vater Maui's) auf diesen Reisen die vielfarbige See (Moana kai mao kio ki) und die blaugrüne See (Moana kai popolo) durchfahrend, nach Hawaii (und Maui) gelangt sei, später verschiedene Züge unternehmend, theils zum fernen Süden (ika mole o ka honua), theils zum westlichen Lande der Lahui maka-lilio (Augenverdreher [1]), sowie (nördlich davon) dem Lande Kua-hewa-hewa, von wo zwei Weisse (Poe-keo-keo-kane) zurückgebracht und mit Frauen aus Hawaiki vermählt wurden. Bei der Rückfahrt nach seiner Heimat, um die zurückgelassene Familie nach der neuen Ansiedelung abzuholen, habe Hawaii-loa (oder Ke kowa i Hawaii) die See [2] der Fische (kai holo o ka ia) oder die buntfleckige See (Moana kai mao kio kia kane) und blaugrüne See oder Moana kai popolo (also wie auf der Hinreise) durchfahren.

In Kahiki-honua-kele (Kahiki-ku oder Kapa Kapaua-a-kane) oder Mololani lagen das Land Kalana-i-Hauola (Pali-uli oder tina i ka kaupo a Kane) oder Aina wai akua a Kane, als Heimat Kumu-honua's, dessen Nachkommen nach dem im Continente Kahiki-ku gelegenen Lande Kapa kapa ua a kane (kai aina kai mele mele a Kane oder Hawa ii kua uli kaioo) vertrieben wurden, in dessen Westen der Continent [3] Kahiki-moe lag, im Süden der (von kriegerischen Wilden bewohnte) Continent Kui lalo, während jenseits der See Moana kai mao kioki oder

Moana kai popolo die Inseln Hawaii und Maui placirt wurden, östlich vom Lande der Lahui maka lilio (im Süden von dem Lande der Weissen in Kua-hewa-hewa). Das verborgene Land Kane's (Aina huna a Kane oder Moku Huna) sollte zuweilen in nordwestlicher Richtung von Hawaii gesehen sein.

Da diese Verhältnisse, die in Fornander's Werke mit weit eingehenderer Sachkenntniss, als mir zu Gebote steht, verschiedentlich besprochen sind, in dem zweiten Bande desselben wahrscheinlich eine fernere Erklärung erhalten werden, lasse ich sie vorläufig wie sie geboten sind.

In diesem um Hawaii-loa rotirenden Sagenkreis ist Papa die einheimische Prinzessin der Inseln und Wakea ein Seekönig [1], der, um sie freiend, an den Küsten erscheint (wie Iskander's Nachkommen im Palembang). Seine Embleme sind deshalb die Moavögel, mit denen er in Kumulipo's Genealogie beständig zusammen genannt wird, und es schliesst sich daran die Mythe von seinem Niedergang zum unterseeischen Meerespalast, und der Begleitung der Vögel von dorther. In Umkehrung der Mythe ist Wakea der Sohn des uralten Kahiko (durch Kupulaukahau) und vermählt sich mit der Tochter der ersten Ansiedler (Kukalanieha und seiner Frau Kakulaua).

Nach der Eheschliessung treten genealogisch verwickelte Verhältnisse auf, indem sein Nachfolger der von ihm mit eigener Tochter gezeugte Sohn sein soll, während dann seine Gattin mit diesem Sohn vermählt wird, und auch durch die folgenden sieben Geschlechter hindurch, beständig durch den Jugendquell [2] verjüngt, das Ehebett des jedesmaligen Königs getheilt habe, unter der Form der Königin. So sei es fortgegangen bis als Ole den Thron bestieg, sein Hauspriester den trügerischen Zauber durchschaute und dem König anempfahl, beim Erwachen am Morgen die Brüste seiner Frau zu schlagen. So that er den Worten folgend, und siehe da, eine uralte, runzlige Greisin lag neben ihm statt der blühenden Jungfrau.

In dieser Erzählung hat sich die Vorstellung erhalten, dass Papa ursprünglich die Erde bedeutete (wie von ihr auch die verschiedenen Inseln der Gruppe nacheinander geboren gedacht werden), und ihr gegenüber nimmt Wakea dann, als Avakea die Mittagssonne, die Form des Himmels an, damit die Mythen von Rangi und Papa (Uranos und Gäa) auch hier wiederholend, während aus dem Begraben der Frühgeburt Haloa der Taro erlangt wird.

In denjenigen Schöpfungssagen, die ich in Honolulu von dem alten Kilo-kilo-Propheten (dessen bereits Erwähnung geschehen ist) erhielt, wird gesagt, dass Kapoaeae, Tochter Hoolahakapo's, ihrem Bruder Kanalakapo die Kinder Kapo hii luna (nach oben schwebendes Dunkel) und Kapo hii lalo (nach unten schwebendes Dunkel) geboren, also gewissermassen die Scheidung [1] in Himmel und Erde (in der Darstellung griechischer Philosophie), und von diesem Aelternpaar wird dann Lono abgeleitet, unter dessen Nachkommen Kapaiopua (nächtliche Wolkenbank) durch das Essen der (phallischen) Bananenfrucht geschwängert, den Sohn Maua-Wila (Blitzmächtigen) zur Welt bringt, als ersten Menschen.

In Mangaia bewahrt der in Hawaii bereits zur historischen oder wenigstens halbhistorischen Persönlichkeit verkörperte Wakea noch die mythische Umkleidung schöpferischer Mithülfe als Vatea. Aus dem von Gill seinem Buche beigegebenen Diagramm ergibt sich die auf dieser Insel herrschende Vorstellung vom Weltgebäude, das nach unten in den Spitzpunkt von Ta aka ia roe (der Wurzel alles Seins) auslief. Hieraus wächst Ta-tangaengae oder Ta-Vaerua als Lebensathem hervor und dann dessen Verlängerung in Ta-manaoa-roa (der Langlebende) oder

Lebensdauer. Als erstes Resultat ergibt sich, im Untersten der Bodentiefe zusammengehockt [1], die Greisin Varimate takere (der eigentliche oder der wirkliche Beginn) mit dem jüngsten Kindlein, Tu metua, das stumme Land [2] (von Avaiki) oder Ta-enua-ta-ki bewohnend, während sie ihre Söhne alle bereits ausgesandt hat, den ältesten, Watea oder Avatea, als Fischmensch nach Te-Papa-vai, seinen Bruder Tinirau nach Motu Tapu, dann Tango nach Enua Kura (Land der rothen Feder), ferner Tumutenaoa (Echo) nach Te paraitea, und Raka oder Belästigung (als Windgott) nach Moana-irakau (der tiefe Ocean). Aus Taeva rangi (oder Himmelsöffnung) erlangte Watea (mit der Sonne als Tagesauge) seine Gattin Papa, die von Timatekore (Nochnichts oder Nichtsmehr) mit seiner Frau Tamaiti-ngavaringavari (Weichleib) gezeugt war.

Aus Watea's Ehe mit Papa entsprangen, neben den Zwillingen Tangaroa und Rongo, der Sohn Tonga-iti oder Mata-vau, dessen Bruder Tangiia und ferner Tane-papakai. Nachdem Tangaroa seinen Bruder Rongo, der mit der Mutter in der dunkeln Unterwelt Avaiki verblieb (nur selten nach oben kommend), im Feldbau [3] unterrichtet, begab er sich von Anau oder Mangaia nach Raratonga oder Aitutaki, wogegen Rongo mit Taka erst die Tochter Tavake zeugt und dann mit dieser den Sohn Rangi, der das Land Anau oder Mangaia aus der Unterwelt Avaiki's ans Licht zog (als Rangi oder Himmel) und nun dort mit seinen Brüdern (Mokoiro und Akataniva) als Nga-ariki (die Könige) lebt, unter gelegentlichen Besuchen in der Unterwelt, bis der dahin führende Pfad durch Tiki's Selbstopfer geschlossen wurde.

Rongo wurde in Mangaia als höchster Gott, vor dem sich Tangaroa zurückgezogen, verehrt und verblieb grösstentheils in der Unterwelt seinem, auch unter den Maori anerkannten, Charakter als Erntegott [3] gemäss, womit sich in Hawaii die Inselumzüge verbanden, um Lono's Feste zu feiern. So bildete er mit den Zwillingen Kanaloa und Kane (Kane-apua) und mit Ku, dem besondern Schutzgott der Fürsten (wie celtisches Hu als Hu-Gadarn), die heilige Vierzahl im religiösen Cultus der Insel.

Ueber die Ceremonien dieser Culte, die tief mit dem socialen, und dann auch dem politischen Leben der Inselbewohner verwebt waren, finden sich in den Schriften David Malo's, der das alte Heidenthum noch in unverfälschter Gestalt gekannt hatte, höchst lichtvolle Aufschlüsse, und wird, was ich theils wörtlich copiren liess, theils in kurzen Excerpten notirte, später im Gesammtbilde des einheimischen Geisteslebens veröffentlicht werden.

Hier will ich nur aus denjenigen Göttergeschichten, die sich noch hier und da im Munde des Volks finden (obschon mehr und mehr durch hebräisch gefärbte Erzählungen verdrängt), einige Proben mittheilen, weil auf das schon erwähnte Zwillingspaar, das in Polynesien vielfach unter verschiedenen Formen hervortritt, bezüglich. Zwillinge gelten in Hawaii als durch Kraft des Geistes und Körpers hervorragend [1], weil die Folge eines ungewöhnlichen Naturereignisses, und daran knüpft sich die Vergötterung, während in Afrika, wo Zwillinge ebenfalls als ein Prodigium betrachtet werden, die Folge ist, dass einer der beiden sterben muss. Das Voranstehen dieser beiden Götter (Kane und Kanaloa) in Polynesien ist das natürliche Ergebniss der auf ein Fischer- und Schifferleben hinweisenden Umgebung, indem es der Gunst Tane's für den Bau des Canoe und des Tangaloa's für dessen Fahrten bedarf. In den auf den Fischfang bezüglichen Karakias der Maori werden deshalb auch beide zusammen (s. Taylor) angerufen, dass durch die Stärke von Tane-Tangaroa die Fische anbeissen mögen.

(E Koe te Kaha Tane Tangaroa
E ravawe taku ure ngaua.)

Die nachstehende Volkserzählung gebe ich ungefähr wie ich sie beim Zuhören aufschrieb.

In alten Zeiten war auf der Insel Lanai eine schwere Hungersnoth ausgebrochen, deren Dauer kein Ende nehmen zu wollen schien. Die Bewohnerschaft wurde unaufhaltsam dahingerafft und nirgends war irgendwelche Hülfe zu ersinnen. Als nun das Elend seinen höchsten Grad erreicht hatte, geschah es, dass ein armer Fischerknabe am Meeresstrande ein niedriges Hüttchen aufstellte, und dorthin kam er täglich, um aus seinem kargen Antheil von der Fischnahrung der Familie einige Bissen unter der Bedachung niederzulegen. Welchen Gott er anzurufen hatte, wusste er nicht, und ebenso wenig waren ihm Gebetsformeln irgenwelcher Art bekannt, sodass er sich nur an den Akua im allgemeinen wandte: „E ke akua a ia" (hier o Gott, da ist Fisch für dich)[1], das war alles, was er zu sagen verstand. Als er eines Tages wieder dort sass, von sehnsüchtig unbefriedigten Hülfsgefühlen gequält, da kamen zwei Männer des Weges gewandelt und rasteten bei seiner Hütte, wo er ihnen als müden Reisenden, was noch Essbares da war, willig überliess. Sie schliefen dort die Nacht, und beim Fortgehen enthüllten sie sich dem Knaben als die Götter Kane und Kanaloa. Sein Bitten sei erhört und Rettung werde folgen. Bald kehrte Ueberfluss in das Land zurück, und auf der Stelle des Tempelhüttchens wurde ein steinener Heiau in stolzen Terrassen aufgebaut.

Von derselben Quelle erhielt ich das Folgende:

Als sich die Landbauer in Punaho (auf Oahu) bei anhaltender Dürre durch völligen Wassermangel vom Untergang bedroht sahen, erschienen in der Gestalt zweier Jünglinge die Götter Kane und Kanaloa und deuteten eine Quelle an, die ihnen geheiligt bleibt.

Auch das Nachstehende mag beigefügt werden:

Es geschah einst, dass Kane und Kanaloa während ihres Aufenthalts in Kola (auf Oahu) für ihre Mahlzeit Wurzelteig gekaut hatten, aber kein Wasser fanden, um ihn anzurühren. Da, als Kanaloa auf Kane's Anweisung seinen Speer in einen Stein stiess, sprang diejenige Quelle hervor, welche noch jetzt den Namen Kane führt, da sie stets an dem Kane geweihten Tage des Mondumlaufs anschwillt und abnimmt.

So mögen sich populäre Göttergestalten verkörpern[1], wie auch der Neger seine Fetische umherwandeln sieht, bald gross bald klein (auch mit Regenschirmen in Guinea), obwol stets die Daisi-dämonie in ihm lebt, die Angst vor dem Fetisch, als solchem, eine unheimlich ringsum das Unbekannte der Natur durchwaltende Macht, deren Contact er sich nur unter der Empfindung von Angst dunkel zum Bewusstsein bringt. Die Ethnologie des Namens, oder das Rückgehen auf portugiesische Einführung, darf dabei ebenso wenig beirren, als bei den durch den schärfern Einblick der neuern Sprachwissenschaft bereits genügend gehäuften Beispielen, wenn dasjenige ausgedrückt werden soll, was anderswo bald als Dämon gefürchtet, bald, unter verfeinerter Auffassung, zur Gottheit verklärt ist, was aber bei dem Neger weder die eine noch die andere Form angenommen hat, und deshalb eine bequeme Bezeichnung findet in dem von ihm selbst im Verkehr mit Europäern gebrauchten Worte. Auch wenn bei ausgebildeter Mythologie, wie an der Goldküste, die Götter eintreten, bleibt doch der Himmelsgott[2] zu weit entfernt, um Gebete zu hören, sodass er nur durch angelische Vermittler zu erreichen wäre, vorausgesetzt, dass es ihm belieben sollte, sich erbärmlicher Menschenwichte wegen in seinem Ruhegenuss stören zu lassen. Der Fetisch dagegen ist immer überall und immernahe, dicht bei und alert, auf dem Qui vive „there is no mistake about him“. Er steckt also, da er nirgends nicht steckt, auch in den als Juju und Grisgris getragenen Amuletten, und so mögen diese gleiche Benennung empfangen. Immerhin jedoch wird dann in der eng mit Bretern umnagelten Welt des Negers der Miston bei weitem nicht so harsch und kreischend an das Ohr schlagen, als wenn in einer bereits von den Ideen ewiger Unendlichkeit durchwehten Weltanschauung, eine vielleicht (obwol keineswegs immer) etwas schöner als ein afrikanisches Idol gearbeitete Figur, als Gottesbild nicht nur, sondern selbst als eine Mutter Gottes auf dem Markte feil geboten werden sollte. Ein Unterschied liegt darin, dass in einer polytheistischen, oder unter monotheistischer Entschuldigung polytheisirenden Religion die dämonischen Vergötterungen die Sanction höchster Autorität im theologischen Fache suchen, oft auch die Stütze der Staatsgewalt erhalten und dadurch dauernd fixirt werden, wogegen der Neger sich seine Special-Fetische nach der augenblicklichen Stimmung wählt, und beständig (besonders bei der eigenen Nichtachtung[1], als Nigger) gern bereit ist, sie, wenn nicht durch Belehrung, doch bei Anerkennung wirksamerer Macht im Besitz eines andern, zu dem er aufblickt, dagegen umzuwechseln. Die Wahl des Fetisch, wie längst ausgeführt ist, beruht in der Ideenassociation, zunächst der objectiven, wenn eine aussergewöhnliche Erscheinung die Aufmerksamkeit in ungewohnter Weise aufregt, wie die Prodigien der Römer, als Phänomene (oder Gesichts- und Hörbilder), „qui se produisaient avec une violence extrême“ (Boucher-Leclerq) infolge des beigelegten „sens caché“, oder einer subjectiven, wenn die bereits aufgeregte Gemüthsstimmung ihr sehnsüchtiges Fragen mit dem ersten besten Object, das gerade im kritischen Moment percipirt wurde, verknüpfen möchte,—ein Process, der sich überall in der Welt unter einer oder anderer Form wiederholt und ebenso oft, wie in Afrika (nach individueller[1] Prädilection) Steine oder Pflanzen, so auch in Indien wählt, wo dann beim Vorhandensein für solche Vorgänge interessirter Priester ferner noch ein Salagram-Stein oder eine Tulsi-Pflanze (auch als Sij-pflanze variirt bei der Cachar) dauernd symbolische Bedeutung[2] gewinnen mag. Sollten nach einer wissenschaftlichen Methode, die auch die Ethnologie zur Wahrung ihrer Rechte bedarf, Vergleichungen zwischen Afrika und Indien angestellt werden, so dürfte es doch kaum der Bemerkung benöthigen, dass nicht dasjenige, was Reisende zufällig aus dem Tagesleben des Volkes über Fetische erfahren, in Parallele gestellt werden kann mit einem esoterischen Priesterwissen, das uns jetzt nach jahrtausendjähriger Entwickelung (oder wie lange man sonst will) in den Vedas abgeschlossen vorliegt, mit einer Vergangenheit, für deren damaliges Volksleben die Hülfsmittel des Einblickes fehlen, sodass, wenn eine unter Modificationen versuchte Reconstruction desselben aus dem jetzigen (auf demselben Boden) für unzulässig gehalten wird, darauf überhaupt zu verzichten wäre. Wenn ein chinesischer Tourist, in Marseille landend, durch den Ruhm von Lourdes dahin gezogen würde, und dann auf weiterer Durchreise, einige Tage in Berlin verweilend, ins Gespräch mit Hegelianern gerathen, nun bei der Rückkehr seinen Landsleuten eine gelehrte Abhandlung über französiche und deutsche Anschauung des Uebersinnlichen auftischen wollte, so wäre damit den confucianischen Gelehrten ein hübscher Wust für scholastische Discussionen aufgespeichert, und manch harte Nuss, an der sie sich die Zähne, wenn nicht den Kopf zu zerbrechen hätten, um das tertium comparationis (innerhalb derselben Civilisation) zu finden.

Auf der andern Seite bietet für manche Gebräuche, die wir bei den Culturvölkern, aus einem fortgeschrittenen Stadium der Literatur empfingen (und als der Einblick in die ursprünglichen Wurzeln bereits verloren gegangen war), die Ethnologie, welche sie noch in lebendiger Entwickelung unter primitiven Stämmen überrascht, vergleichende Aufklärung, wie von ihr auch im Zutagetreten der anderswo fossil begrabenen Schichten, in den Museen manche stumme Zeugen prähistorischer Vergangenheit zum Reden gebracht werden. Die trotz einheimischer Zeugnisse in vielen Deutungen umhergeworfenen Pontifices erhalten ihre Analogien in der Heiligsprechung des Inca infolge seines Brückenbaues[1] über den Apurimac, und eine Illustration über die Erhaltung der früher, als unnütz, in den Tiber geworfenen Sechzigjährigen (denen in Mexico, gleichfalls weil unnütz, das Betrinken erlaubt war), — aus der Erkenntniss, dass ihr Rath[2] noch zu gebrauchen, — liegt in der Sage der Kirgisen, wenn der im Sack von seinem Sohn zum Begräbnissplatz getragene Alte durch kluge Reden ihn und seine jungen Gefährten, durch die Aussicht zum Mitgenuss der in langer Lebenserfahrung gesammelten Schätze zu seiner Erhaltung veranlasst. Dieser Sechzigjährige wurde in „quintum gradum“ (s. Varro) gesetzt, puer bis 15, juvenis bis 20, junior bis 45, senior bis 60 (s. Klausen), und so sind bei den Kru die Stände selbst nach Altersklassen gegliedert, wie bei den Mönitaris die Banden der Wirra Ohpage (von 10—11 Jahren), der Wirrachishi (von 14—15 Jahren), der Haiderrokka-Achke (von 17—18 Jahren) u. s. w. Von den an der Brücke[3] herabgestürzten Puppen oder (bei Dionys.) εἴδωλα (der Argeer) heissen die in der Stadt gebauten Capellen Argea (in Rom). Solche Capellchen finden sich auch überall durch die Stadt in Accra zerstreut, zum Niedersetzen der Sühnegaben für das im Fetisch waltende Dämonische, besonders seine

Emanationen aus dem Erdboden (im genius loci), und „alii ab argilla" (Varro) die Argea, als unterirdische Kammern cimmerischer Weissager (mit Bezug auf die Sibylle von Cumae).

Aus allen polynesischen Kosmogonien fühlt sich das Grübeln heraus, dem Auftreten des Menschen in der Natur in zufriedenstellender Weise Rechnung zu tragen. Man könnte ihn freilich durch den Schöpfer-Gott formen lassen, aber da die Schwierigkeit damit nicht gelöst, sondern nur hinausgeschoben wären, wurde, ausser in popularisirenden Versionen, davon abgesehen. Auch ein Herauswachsen aus der Erde, wie etwa der libysche Jarbas, wollte nicht in den Sinn und ebenso wenig eine Umwandlung aus Stein (der λᾶας in λάος). Auf dem in das Meer geworfenen Stein mochten sich durch Anschwemmungen des Meeres wol Pflänzchen bilden, die in Vogelgestalt Turi's herabkommende Himmelstochter darauf im Zerpicken der faulenden Seegewächse Würmer hervorzerren, aber bis zum Menschen war dann noch ein weiter Weg. Auf den Marquesas wurde damit geholfen, dass sich in dem aus unterweltlichen Awaiki erhobenen Lande Höhlen fanden, eine für die Menschen, eine andere für die zweit höhere Organisation, die Fische, und dass nun in Explosionen vulkanischer Erdbeben die Insassen zerstreut wurden, die einen ins Wasser, die andern über das Land. Man setzte so, wie auch sonst, den Ursprung in unbekannte Regionen. Hier in die Tiefe des Unten, während die Singpho z. B. den Menschen von oben herabkommen liessen auf einer Himmelsleiter.

In dem hawaiischen Tempelgedicht wird die Frage systematischer behandelt. Mit den einfachen, niedern Organismen, bei denen anatomische Unkenntniss, und Mangel des Mikroskops, die Complicationen verdeckte, brauchten weniger Umstände gemacht zu werden. Sie konnten durch eine generatio aequivoca entstehen aus dem Wasser, oder besser noch aus dem Schlamm, wo noch jetzt beständig neue Bildungen zu keimen scheinen (wie einst im Nilschlamm Aegyptens), und die Vögel in den Lüften machten weniger Sorge, sodass sie bleiben können, wo sie sich zeigen. Als jedoch die Zeit der Fische und dann die der Säugethiere gekommen war, wurden die Ansprüche an die Naturkraft gesteigert, und erst unter heftigern Anstrengungen[1], wie in den Katastrophen vulkanischer Umwälzungen, wird ihre Hervorbringung überwunden. Wie nun weiter mit dem Menschen? Der ganze Schöpfungsprocess war bis dahin nach geregelten Gesetzen verlaufen, als ein organisches Hervorwachsen aus dem Urgrund Kamulipo's (γῆς ῥίζαι πεφύασι[2] in Hesiod's Sprache) von dem Anfang her, dessen Wurzeln zurückreichten in früheres Werden.

Im verschlungenen Dickicht dieses Weltenbaumes war die schöpferische Urkraft als Akua (gleich den Elohim oder neuplatonischen λόγοι ἔνυλοι, der Natur in vielfachen Abstufungen eingebildet) thätig gewesen, um die wechselnde Mannichfaltigkeit der Formen, wie sie nacheinander auftauchten, jedesmal in den ihrer Natur entsprechenden Platz einzufügen. So war sie mit See- und Landgräsern, mit Würmern und Mollusken, mit Insekten und Vögeln, ferner auch mit Fischen nebst Amphibien, mit Schweinen und Ratten fertig geworden. Und dann, wie im müssigen Zeitvertreib, bildete sie die Anlage zu allerlei Kunstfertigkeiten, ausserdem auch die Thorheiten, wie es heisst, die Geckereien und Eitelkeiten:

Hanau ke powaawaa he waawaa kona
Hanau ke poo pahapaha he pahapaha laha.

Alles das verläuft noch in dunkelster Urnacht, die diesen ganzen Schöpfungsvorgang verbirgt. Po-no.

Nun aber heisst es, dass im Aus- und Einathmen der Natur ein Erinnerungsbild schwankender Umrisse aufgetaucht sei, ein Aehnlichkeitsbild[1] von früher Dagewesenem, dass unfassliche Ahnungen durch den Geist geschwirrt, dass beim staunenden Rückblick auf die Reihe dahingeglittener Nächte reuige Angst beklommen [gleichsam Vorstadien jener über neue Einschliessungen jammernd wehklagende Seelen[2] der hermetischen Bücher], bis der Vogel[3] die Gebete gelehrt, dass damit die harschen Mistöne sich aufs neue ausgeglichen und die durch den Zwischenfall psychischer Störungen unterbrochene Kette der Schöpfungen den frühern Verlauf wieder aufgenommen. Sie seien fortgeglitten wie bisher, aber unter Anzeichen, die auf Künftiges vorbereiteten.

Und das Fortgleiten dröhnt in den Geburten
(A ka hohee nalu mai i hanau)

wie es im Texte heisst.

Diese im Geroll[5] heranziehender Geschicke vorherverkündigten Geburten sind die zur Entstehung des Menschen leitenden. Wie im Ausbruch der Gewitter klärt sich plötzlich der ganze Horizont, der zerrissene Schleier dunkler Nacht entflieht nach allen Seiten, freudig froher Friedensglanz umstrahlt das All, und das Weib steht da im Glanze ihrer Schönheit, deren nach oben geworfener Reflex den Sonnengott hervorruft. Ao! Licht.

In diesem Weiblichen sind nun die gesammten Schöpfungskräfte der Urnacht absorbirt, oder vielmehr dieses Weibliche repräsentirt die neue Form, unter welcher die bisher in dunkler Nacht schaffenden Urkräfte fortan im Lichte thätig zu sein haben, und Eros (der älteste Gott bei Parmenides) tritt jetzt seine Herrschaft an.

Die Dichtung singt:

Hernieder in die Geburten die Sonne blickt,
Heiss aus den Augen strahlend,
Heraufsaugend in mächtigem Zug.
Dem Menschen regt sich das Fliegen,
Er eilt der Sonne zu.

Ua ao (Licht hervorgetreten),
Und im Erdgebebe hebt sich das Land,
Lailai emporzutragen,
Und, der Himmel im Zenith gespalten,
Tritt die Mittagssonne hervor.
Die Frau schwebt auf zum Himmel,
Die Heimat himmlischer Herkunft.
Kinderlos steigt sie empor
In Reinheit pflanzlichen Wachsthums.
Der Sand auf der Erde spottet
Ueber das Fliegen zum Himmel.

Nach Lailai aber, an ihre Entstehung als Frau angeschlossen, folgt nun die von Kii, Kane und Kanaloa, drei Nebenformen des Männlichen, Kii der Mann, Kane der Gott und Kanaloa der Octopus, wie im Text gesagt wird:

Hanau Lailai he wahine
Hanau Kii he kane
Hanau Kane he Akua
Hanau o Kanaloa o ka hee kaunawela ia

Von diesen dreien nimmt Kane unzweifelhaft den ersten Platz ein. Er repräsentirt eben das Männliche, κατ' ἐξογην, wie schon sein Name besagt, und er tritt später ganz in die Götterwelt über, ähnlich wie die dunkle Gestalt Kanaloa's, der als dem unerforschlichen Meerwasser angehörig eine ganz exceptionelle Stellung beansprucht.

Es kommt zunächst darauf an, das Verhältniss zwischen Kane und Kii zu präcisiren, die sich beide im Wettstreit um die Gunst Lailai's bewerben.

In Kane ist nun das directe Ergebniss der Gesammtheit bisheriger Schöpfungsthätigkeit zu erkennen, soweit sie sich in unvollkommener Weise, als im Weiblichen, auch im Männlichen zu spiegeln vermag (wie wir in den Mythologien eifersüchtige Bevorzugung bald der einen, bald der andern Form finden). Der ununterbrochen aus dem Urgrund emporgewachsene Schöpfungsbaum gipfelt eben in der edelsten vegetativen Thätigkeit, in den im Wald gepflanzten Säulenpfeilern und also in Kane, ihrem symbolischen Ausdruck als Tanemahuta. Durch ihn reichen die Ariki in ihrem ursprünglich eigentlichen Charakter als Fürstengötter oder Götterfürsten bis auf die Urwurzeln des Daseins zurück, in ähnlicher Weise wie es in der japanischen Kosmogonie dargestellt ist. Die für Klärung der mit den Ariki [1] verknüpften Ideen gesammelten Materialien werde ich weiterhin verarbeiten und hier nur bemerken, dass der seit der europäischen Entdeckung best erkennbare Vertreter dieser alten Institution, die mit den eingeleiteten Umwälzungen rasch der Zerstörung anheimfiel, in dem Tuitonga [2] auf der Freundschaftsgruppe vorlag, und dass dieser in der einheimischen Mythologie als ein Baumgeborner betrachtet wurde.

In Kane repräsentirt sich uns das einfach unverfälschte Menschenthum (in seinem unschuldsvollen Zustand, wie es moralisirend aufgefasst wird), als aus naturfrisch reiner Baumvegetation [3] entsprossen.

Ihm gegenüber erscheint Tiki oder Kii als das Prototyp jener psychischen Schöpfung, welche die Akua in dunkler Urnacht vorbereitet, um den Verstand des Menschen damit zu begaben. Er ist klug und gewandt, aber auch verschlagen und listig, und darauf bedacht, um Kane aus seinem legitimen Ehebette zu verdrängen. Weiterhin spielt deshalb Kii oder Tiki die Rolle eines skandinavischen Loki oder indianischen Nanabozho und verschwimmt in den Mythen mit der unterweltlichen Götterfamilie der Maui, nichtsnutzige Schwänke und Possen treibend, aber auch durch vielerlei Wohlthaten, die Erfindungen seines Scharfsinnes, die Menschheit beglückend.

In Hesiod's Worten (vom Tartarus aufwärts die Wurzeln der Erde und des Meeres) erkennt sich (s. Rinck) „das leitende Bild eines Baumes, dessen Stamm sich von den Wurzeln [4] erhebt und oben ausbreitet“ (und so die Entstehung aus dem Chaos als einem Keim) und damit das hawaiische Pua-ua-mai (gleich buddhistisch-brahminischem Lotus des ersten Schöpfungstages oder der japanischen Asipflanze). In der Esche Yggdrasil (dem Baume, dessen Wurzeln unter der Erde verborgen sind, während der Gipfel über den Himmel hervorragt) findet Wiborg das Bild „der Weltentwickelung“. In der Edda wird das Werk der Schöpfung nun gleich den Vorgöttern, Bör's Söhnen (durch das Riesenmädchen Bert geboren) übergeben und sie nehmen Ymir's Leib zum Substrat, indem sie die verschiedenen Rohmaterialien in Form und Maass bringen (wofür es bereits des vollen Tageslichtes bedarf), wogegen in polynesischer Mythologie diese Ausführung des feinern Details den Tiki und Maui (deren Seitenstück sich in Loke, der als Lodr neben Hänir und Odin steht, forterhalten hat) überlassen bleibt, die erste Grundschöpfung aber in dunkler Nacht emporwächst unter Mitwirkung, nicht jedoch thätigem Eingreifen, der Urgötter. Diese verschiedene Auffassung ist aus der Natur der Sache verständlich, denn Ymir ist bereits nur ein secundäres Product, da vor ihm schon Nifflheim und Muspel vorhanden waren, wogegen die polynesische Mythologie im ersten Anfang wurzelt (solch secundäre Producte also erst später erlangend), zwar zurückdeutend (gleich dem Buddhismus) auf früheres Weltensein und den aus Nachzittern im Untergang noch fortschwankenden Schatten desselben, aber in ihm keinen substantiellen Baustoff mehr findend für die neu aufsteigende Periode.

Unter den Lehrsätzen monotheistischer[1] Religion aufgewachsen, wird der einzige Gott trotz anthropomorphischer Färbung als der vollendete Schlussstein des Weltganzen erscheinen und im Zurückgehen auf Urprincipien, die im verhüllenden Dunkel den Analysen des Denkens unzugänglich sind, als Ausgeburt philosophischer Ueberfeinerung gelten. Der Buddhist, der von seinem Standpunkt aus in den Gottesauffassungen der Brahmanen nur populäre Niederschläge sieht, würde die Sache vom andern Ende auffassen, und zur Vereinbarung in solchem Dilemma wird dreierlei zu betrachten sein. 1) Was ist hier früher, was später? 2) Worauf überhaupt kommt es an bei den diesen Fragen zugewandten Studien? und 3) Wie verhält sich hier Philosophie und Religion zu einander? Wenn wir von einem allgemeinen Wildzustand als erstem Ausgangspunkt der Menschheit anhebend, und also den im Werdensquell ewiger Unendlichkeit beständig wiederverschlungenen Anfang momentan zu fixiren suchend, wenn wir damit theoretisch auf das Schema eines, erst die Sprache und dann die fernere Gedankenentwickelung erlernenden, Naturmenschen zurückgehen, so ergibt sich von selbst die rohe und einfache Religionsvorstellung als die frühere, verglichen mit spätern Complicationen, und ein derartig hingeworfener Riss des Entwickelungsprocesses wird durch Aufklärung der innerhalb desselben verlaufenen Vorgänge das Studium derselben aufklären.

Ein anderes, in wie weit für solche Gedankenschöpfungen die Realität einer zeiträumlich gesicherten Existenz zu beanspruchen sei? in wie weit zu ihren Gunsten der aus unbekannten Sphären herrauschende, nach unbekannten Zielen fortrollende Umschwung des Entstehens und Vergehens vorübergehend sistirt werden könnte? Wo immer wir eine Völkergeschichte vor uns haben, sehen wir das Auf und Nieder einer Raddrehung, ein Emporsteigen zur Acme, ein Niedersinken, ein Hin- und Herwogen, wie es sich am deutlichsten in den langgestreckten Geschichtsperioden beim stabileren Völkerleben Ostasiens erkennen lässt, in den glänzenden Dynastien, die in längeren oder kürzeren Intervallen die dunkeln Zwischenräume unterbrechen und überragen.

Gegenwärtig in dem vollen Entwickelungsschusse lebend, der seit einem halben Jahrhundert in dem Geader unsers Erdtheils pulsirt, ist uns die Idee ununterbrochen fortschreitender Entwickelung gleichsam zur angeborenen geworden, und die kurze Zeitspanne, innerhalb welcher wir erst zu urtheilen vermögen, ein allgemeiner Maasstab nicht nur für die uns vertraute Umgebung, sondern auch für, zwar weit entlegene, aber dennoch sich weithin erstreckende Fremden, von denen wir oft genug herzlich wenig wissen (ja, in bequemer Generalisation sogleich für den ganzen Erdumfang).

Ein Aegypter aus der Pharaonenherrschaft, ein (etwa accadischer) Chaldäer, ein assyrischer Sohn Ninive's, ein Sprosse des persischen Achämeniden-Geschlechts, ein dem Grabe entsteigender Inca würden hierüber freilich anders denken, wenn sie, die nationalen Gesichtspunkte einem kosmopolitischen vorziehend, den heutigen Zustand ihres heimischen Bodens mit dem verglichen, den sie dort gekannt hatten. Die Mehrzahl der alten Culturvölker strahlt bereits in der Fülle der Jugend, voll gewachsen und gewaffnet, gleich einer Pallas-Athene geboren, wenn sie auf die Geschichtsbühne[1] vortreten. Im gewöhnlichen Naturgange freilich tritt das Kind klein und schwach ins Leben, aber dieses Kind ist doch auch dann immer nur die Abzweigung aus einem bereits in Reife abgeschlossenen Organismus, in und an dem es sich gebildet hat. Je nachdem wir uns also im Geschichtsgange auf eine der nach oben oder eine der nach unten führenden Treppenstufen stellen, können wir die Wachsthums- oder Zersetzungsprocesse der Cultur (aus oder in Uncultur) dem Studium unterwerfen. Und indem nun dieses, auf die Thatsache vergleichender Völkerkunde begründete Studium der Wachsthumsprocesse, das, wenn einst zu Früchten gereift, in den daraus entnommenen Gesundheitslehren die naturgemässe Ernährung des

Volksgeistes regeln wird — indem dieses Studium desto nutzbringender und allumfassender angestellt werden kann, je weiter die Umschau, so empfehlen sich für dasselbe besonders diejenigen Epochen der jedesmaligen Völkergeschichte, in welchen sich der Horizont der Weltanschauung bis zu seinen äussersten Grenzen erweitert hatte — denn je freier der Schwung des Gedankens, desto herrlicher ihre Entfaltung, und je weiter das Feld der Beobachtung vorliegt, desto lehrreicher die Betrachtung der in ununterbrochener Fortentwickelung verlängerten (und in vielfachen Comparationslinien nebeneinander verlaufenden) Gedankenreihen, unter klargelegtem Mechanismus ihrer Zeugungsgesetze.

Das nun, was voll und ganz als die zeitgemässe Weltanschauung in das nationale Bewusstsein eines Volkes übergegangen ist, bildet seine Religion, und wenn in der vollen Reife eines kritischen Entwickelungsmomentes als Offenbarung hervorgebrochen, mag sie genügende Lebenskraft einschliessen, um noch für Jahrhunderte hinaus in ungetrübter Reinheit die relative Wahrheit zu spiegeln.

Bald freilich, infolge der unvermeidlichen, und zugleich unumgänglichen Verquickungen mit den politischen[1] Institutionen werden allerlei Trübungen eintreten. Im Interesse dieser wird permanente Feststellung bestimmter Dogmen zur Nothwendigkeit, und dass solche dann, dem erneuernd belebendem Stoffwechsel entzogen, zu verknöchern beginnen, folgt als andere Nothwendigkeit, indem sie eben auf gleichem Standpunkte stabil verbleiben, während der Zeitgeist in ununterbrochener Fortentwickelung darüber hinaus weiter schreitet.

Hier tritt nun dasjenige ein, was als Bruch zwischen Religion und Wissenschaft erscheint, eine zerklüftete Weltanschauung. Feiner organisirte Geister, die, den zunehmenden Anachronismus des religiösen Systems herausempfindend, sich dadurch verletzt fühlen (zugleich aber, von den heranwehenden Frühlingslüften neuer Zeit begeistert, einem harmonischer vollendetem Ausgleich entgegensehnen), suchen die mehr oder weniger unklar erweckten Ahnungen eines künftigen Losungswortes in philosophischen Sprüchen niederzulegen. Ihre Lehren pflegen einen höhern Fortschritt zu bezeichnen, über das Niveau des Religiösen hinaus, weil mancherlei neu hinzugetretenen Factoren Rechnung tragend, die bei der Constituirung jenes noch keine Berücksichtigung verlangten. Andrerseits dagegen erweisen sich diese philosophischen Systeme unfähig, einen Ersatz für das Religiöse zu bieten, da sie als individuelle Schöpfungen zwar eine Gemeinde Gleichgestimmter um sich versammeln mögen, aber dem Volksbewusstsein im grossen und ganzen kein Genüge thun. Sollte dies dagegen der Fall sein, dann ist es nicht mehr der Philosoph, der spricht, dann umkleidet ihn das Gewand des Propheten, der im voll- und allumfassenden Verständniss seiner Zeit die im langen Zwiespalt der Ansichten lang ersehnte Botschaft einer den Gesammthorizont des Geisteslebens umgestaltende Religionsform verkündet.

Im Unterschiede von der Anthropologie als der Lehre vom individuellen Menschen, ist die Ethnologie die Lehre vom Menschen als Gesellschaftswesen, und der geistigen Seite nach wird erst in der Gesellschaft der Mensch zum Menschen, indem erst dort die Sprache zur Mithandlung kommt, als die in der Natur begründete Vorbedingung zur Existenz des Menschen als solchen. Insofern ist der Völkergedanke als das Primäre zu betrachten, und der Gedanke des Einzelnen ein secundär aus diesem Folgendes, da es erst der Wechselwirkung im Sprachaustausche, eines Hinzutretens des Hör- und Lautbildes zum Sehbilde bedarf, um die vorher in unbestimmten Gefühlswallungen wogenden Denkregungen zur deutlichen Vorstellung abzurunden. Das Facit für die Weltanschauungen eines Volkes wird deshalb nicht aus dem numerischen Durchschnitt aller Einzelnen, separat gezählt, gefunden, sondern hat sich aus dem vollendetsten Product in gegenseitigem Durchdringen zu ergeben, solange dieses als ein verhältnissmässig gesundes Wachsthumergebniss aus den natürlichen Wurzeln hervortritt, ohne allzu excentrische Abweichungen.

Es wäre überflüssig, zu wiederholen, dass hier vom Standpunkt der Ethnologie aus geredet wird, und dass es für praktische Zwecke, wenn es sich z. B. um das Unterrichtswesen handelt, gerade die Aufgabe sein könnte, die Einzelnen zu zählen, oder dass andere Gesichtspunkte andere Betrachtungsweisen verlangen würden, ist an sich selbstverständlich. Wie aber die Botanik als reine Wissenschaft andere Zwecke zu verfolgen hat als in der Landwirthschaft, so die Ethnologie andere als die Demologie.

Da es in der Ethnologie für das Studium der geistigen Wachsthumgesetze, von ihren niedrigern und einfachern[1] Formen bis zu den höchst complicirten, darauf ankommen muss, den Gang derselben, für vergleichenden Ueberblick aller einzelnen Phasen, innerhalb eines möglichst weiten Horizontes zu verfolgen, wird es ihr obliegen, von der Basis desjenigen Stadiums auszugehen, von dem zurück die frühern Vorstufen sich noch von selbst erklären und aus dem dadurch Gestalteten bereits die Ansätze zu übertriebenem Fortwuchern.

Um nun die Fortsetzung der Behandlung in dem Pule Heiau (Tempelgedicht) Kumulipo's wieder aufzunehmen, so sind die fernern Geschlechter Lailai's (der Urfrau) im Fortgang, durch Kamahaina, bis auf die hawaiischen Königsdynastien zu betrachten. Dass es während meiner Beschäftigung mit dem mythologischen Theil dieser Genealogie absolut unmöglich war, auch noch die langen Namenslisten, die mit ihren Verzweigungen einen ansehnlichen Band in der Königlichen Bibliothek füllten, zu copiren, wird bei einer Zeitberechnung kaum des Hinweises bedürfen, und hat eine Veröffentlichung deshalb auszustehen, bis mir die Abschrift, worüber ich vor der Abreise Rücksprache nahm, zugesandt werden sollte. In der Zwischenzeit lasse ich eine allgemeine Uebersicht folgen, soweit meine in der Eile, in möglichster Kürze, genommenen Annotirungen dafür ausreichen, und werden die Fehler, die nicht mangeln können, in den Kauf zu nehmen sein. Kommt später ein authentisches Material zur Hand, so verbessern sie sich damit von selbst, bleibt es aus, so wird bei der Wahl zwischen gar keinem Excerpt oder einem mangelhaften, doch wol das letztere vorzuziehen sein, wenn diese Fehler, das Detail in Namensformen betreffend, den Gesammteindruck nicht allzu sehr verschieben. In diesem Stammbaum der Geschlechter (Ona kuauhau o ka hanau ana o na Alii me na Kanaka) lassen sich die Hauptzüge in folgender Weise zusammenfassen:

Aus ihren Zwillingsbrüdern gebärt Lailai (als erste Frau) den Sohn Kamahaina (durch Kii), sowie (durch Kane) die (ältere) Tochter Haii, und aus Vermählung dieser Kinder entspringt Loloa (Loaa), Vater Le's.

Darauf werden 453 Generationen namentlich aufgeführt bis Papio und nach dessen Nachfolgern (Maukele, Kaunuku und, mit Auhee vermählt, Makii) Kupololiili (Gatte Haihae's) mit abstammender Reihe in 55 Generationen, in deren jeder der Name des Repräsentanten mit Kupo beginnt (eine Kupo-Dynastie darstellend). Diese wird ersetzt durch die Polo-Dynastie (mit Polo, durch Nolu, den Sohn Polohili zeugend, als Erstem) in 12 Generationen, und nach einer Unterbrechung (durch Eliakapolo, Ekukukapolo, Halimaikapolo und Hoopoloiho) fortgesetzt (mit Poloku) in 35 Generationen. Dann folgt mit Liili (Gatte Auau's) beginnend die Liili-Dynastie, in 68 Generationen, darauf in A (durch Lii den Sohn Alii zeugend, Vater

Aliilaa's) die Alii-Dynastie in 64 Generationen (abgezweigt in Aliihonupu, Sohn Aliikaea's durch Hoonupa, auf Opuupuu), weiter (durch Wanaku, Vater Muapo's eingeleitet) die Mua-Dynastie in 72 Generationen (Muanaluhaki mit Nalu einbegriffen, sowie später Muaokalaui mit Leleamio) und schliesslich, mit Loimua (Gatte Nanio's) beginnend die Loi-Dynastie in 76 Generationen, deren letzter Ausläufer, Loi-po (Gatte Kilika's) als Vorfahr Polaa's (Bruder Polua's) bezeichnet wird, gleichzeitig mit dem Erscheinen Wakea's, als (nach Kapoino und Kapomaikai) die Moa-Vögel sich zeigten. Die mythische Anordnung dieser Geschlechterfolgen geht daraus hervor, dass der ganze Zeitraum von Kupololiili bis Loipo, als unter der Herrschaft Kupolo's oder (in schematischer Namensform) Kupololiilialiimuaoloipo's stehend, zusammengefasst wird, und der Tod dieses „Langlebigen" (wie es heisst) oder Langnamigen schafft dann Platz für das Auftreten des halbhistorischen Wakea.

Betrachtet man nun etwa hier diese ganze Reihe Namen, die spätere Unkenntniss oder Adelsstolz in aufeinanderfolgenden Generationen aufzählte, als nebeneinderlebende Geschlechtsstämme, deren Unterabtheilungen dann stets den Namen des die Hegemonie führenden wiederholten (in ähnlicher Weise, wie sich im Wharekura, dem nationalen Tempel der Maori vor der Auswanderung aus Hawaiki, unter Menuku 180 Stämme vereinigten, und eine ähnliche Zahl in der unter Maru gegenüberstehenden Partei, bei der Zweitheilung zwischen Rangi-tawaki mit dem Stab Te-tokotoko-o-turoa und Tongi-Tongi mit dem Stab Mai-i-rangi), so würde sich eine ganze Zahl von circa einigen Hundert Generationen sogleich auf eine einzige oder doch nur einige reducirbar erweisen, und dergleichen Verkürzungen, — um nicht etwa auf Eusebius' 24900 Jahre (mit 4700 für menschliche Könige) zu kommen — werden mit zunehmender

Detailkenntniss sich noch vielfache bieten, was bei den weiterfolgenden κατάλογοι (einer Heroogonie, als Lykophron's ἡ ἡρωϊκη γενεολογία) oder Aufzählungen (in denen man nicht zu rasch mit dem Messer der Kritik zwischenzufahren braucht) im Auge zu behalten ist. Von Wakea an bieten dann die Genealogien keine aussergewöhnlichen Schwierigkeiten, wenn man sich mit dem, durch die in den halbhistorischen Persönlichkeiten liegenden Hindeutungen angeknüpften Labyrinthfaden vorsichtig hinauswagt in die halb oder auch noch ganz mythische Atmosphäre, wie sie die frühesten Charaktere in solchen, das Menschliche und Göttliche verknüpfenden Theogonien und Genealogien stets umkleiden muss.

Von Polua wird gesagt, dass er zur Zeit Wakea's gelebt, der, unter die See niedertauchend, sich dort mit den Meeresgöttinnen ergötzt und nach der Rückkehr zum Lande auf seinem Rücken die Moa-Vögel [1], die aus seinen Zeugungen geboren waren, niedersitzen fühlte. Seitdem sie von seinem Rücken verscheucht sind, rasten sie auf den Hausdächern.

Die Abzweigung [2] in Aliihonupuu (Gatte Kaeahonu's) wird vermittelt durch seinen Zwillingsbruder Opuupuu, Vater (durch Laniha oder Lanika) des Sohnes Opuupe oder Puupe's in der Opua-Dynastie, worauf mit Maunaniu (Gatte Makelewaa's) die Mauna-Dynastie folgt, und unter deren Nachkommen Malana-opika (Pihaehae's Gatte), Kihaaloupoe und Ulu geboren werden, während der Herrschaft des mit Halulu vermählten Keparo, unter welches Nachkommen Palipalihia (Gatte Paliomahilo's), sowie Paliku und Ololo (Vater Ololo-honua's) auftreten. Ausserdem führte die Abstammung von Opuupuu durch Kanioi (Gatte Haakauila's auf Puanue, der als Lalomai's Gatte Kepoo zeugt, und später Laukohahohai's Nachfolger Paiaalani, Gatte Kumukumu-Kekaa's, von der Kumuhonua-laua geboren wird, als Vater Kamoleikama's (durch Puukahonua).

Da als Kalani-Opuu, wenn nicht in alleiniger Despotie als Titel usurpirt, eine Fürstenversammlung (puu sammeln) regierte (wie auf Samoa), mag aus Aufzählung sämmtlicher Theilhaber nebeneinander die in anderer Darstellung übermässig ausgedehnte Verlängerung eine theilweise Erklärung finden, wenn auf Opuupuu (Vater Pupe's) 20 Generationen folgen, mit Puanue, Vater Kepoo's, als letztgenanntem. Dann noch 18 Generationen (bis Malanoopihae, Gatte Pihaehae's) erscheinen Kihaalaupe, der den Wauke oder Papierzeugbusch[1] mitbringt, Ulu (Einführer des Brotfruchtbaums), und wieder (also von mütterlicher, wie früher von väterlicher, Seite her) Kepoo als fortherrschend supponirt. Nach Elina (Sohn Kepoo's werden 86 Generationen genannt bis Paialani (Sohn Laukokahokoi's), der mit Kumukumukekaa den Sohn Kumuhonua laua (laua, als zweiter) zeugt, den Vater Kumoleikama's. Dann folgen 161 Generationen (oder Namen) bis Kaluanuuponiolonoenahoanaukeahihiwa, Vater Kukuokahonua's (und der Tochter Kukulaokahonua). Nach 9 Generationen folgt Hopupali, Vater (durch Hepupalala) der Söhne Jaiala-mui (Vater Hiu's) und Jaiala muli, Vater Auwaei's (Vaters des Auwaeleo). Nach 41 Generationen wird (in der jüngern Familie) Kaluanuumokuhaliikaneikahalau schematisirt, als Vater Hinaku's, während auf Jaiala, als Vater Hui's, 33 Generationen folgen, bis Mapunaiaala (Tochter Lauhalapuawa's), die in Kuheleimoana die Mutter Konohiki's und Hailikanaka's gebärt.

Andererseits wird wieder, wenn von Opuupuu[2] in 40 (38) Generationen Malana-opuha erreicht ist, das oben (und hier während der Herrschaft Kepoo's) eingeführte

Geschenk der Bastbekleidung und der Brotfrucht besungen:

Hanau Kihalaupae he Wauke
Hanau o Ulu he Ulu
Hanau ko laua muli

und in Kepoo's Nachkommenschaft erscheint (nach 122 Gliederungen) Ololo, den Sohn Ololo honua zeugend, als Vater eines (jüngern) Kumohonua (Vaters des Haloiha). Weiter tritt dann neben Kane, in seiner spätern Form, Ahukai (als Zwillingsbruder Kanaloa's) auf, und Kahiko luamea nach 19 Generationen (in der Genealogie Kumulipo's) oder nach 27 (bei Fornander) bis Wakea, in welches Descendenz dann wieder (in der 14. Reihe) Ulu erscheint, in seinem Gegensatz zu Nana (oder Nana-Uli). Der Name Hawai (von Oopukoha mit Kumana naiea gezeugt) erscheint (als Vater Kehike's) in der fünften Generation von Kepoo.

Dass in diesen langen Genealogien die kosmogonischen Processe noch mit den daraus hervorgehenden Mythenfiguren in mehrfach gekreuzter Weise durcheinanderlaufen, geht aus einem andern Fragment hervor, das hier mitgetheilt sein mag. Auf Kalua nuumoku-halii kanei ka halau (also nach dem Obigen ein Abkömmling aus Opuupuu's Geschlecht) folgt (neben dem Haapuaianea, als Bruder) Ahulikaala, die als Tochter Hina-mailelii gebärt, und diese wird von Kanaloa geschwängert, mit

Wekeweke wale aku (Aufflackern nach dorthin)
Weke weke wale mai (Aufflackern nach hierher)
Unahi kawan le aku (Geschabe nach dorthin)
Unahi kawale mai (Geschabe nach hierher)
Holo holo olelo } Na wahine nuku
Hooh o liaponalo } o ka po (die Frauen nächtlichen Zanks).
Kalele oi (Kawahine weawea)
und Mahikianaloa (lang fortdauerndes Gezitter)

als Vater Keopumauu's, dem Kumauumakolukolu folgt, Vater des Waleapakapuka, und diesem seine Tochter Kahoo uaha (mit Kumalahoa vermählt), als Mutter von

Kaolali, he ia (der Fisch)
Kuolohia, he mauu (das Gras)
Kapakii, he ia (der Fisch)
Kamanienie, he mauu (das Gras)
Kalepepeiao, he ia (der Fisch)
Kapua okea, alii, he pua (die Blumenknospe)
Hai, he wahine (die Frau)

Oia ka ole wahine i nohe aku ai a hanau mai o Pupue. Oia ke kanaka mai kaili mai o Haloa. Ke kanaka o ke kuamoo Haloa.

Lelo i kai kiai ka mauu ku olohia iuka hanau ka ia kao kapakii
Lelo i kai kiai ka mauu
Lilo i kai kiai ka mauu mania nia iuka nanau ka iao kalepepeiao
Lilo i kai kiai kapuao keaalii iuka nanau mai ko lakou hope he
Wahine o hai kona inoa, oia kai moe aku ia ole na laua mai o Pupue, oia ke
Kanako o kaili mai o Haloa, ke kanaka o kuamea o Haloa.

Ein astrologisches Gedicht setzt in den Beginn die Vermählung der zum Himmel aufgestiegenen Nebelfrau (O Kupulanakehau wahine) mit dem Alten (Kahiko), als Kahiko lua mea (in doppelter Person) und aus dieser Ehe wird geboren Paupaniakea (das All einsetzend in die Weite) als Raum.

O Wakea no ia, O Lehuula, O Makulukulukalani
O ko laua hope, O Kanaka, Opeopenui
Huihui a kau io Makalii Pa-a
Paa na hoku kau i ka lewa
Lewa kaawela, Lewa kupoilanuia u. s. w.

Eine andere (als die bisher behandelte) Geschlechtslinie wird mit Lailai verbunden (und durch sie mit der Urnacht[1]) mittels der ihrem Sohne Kamamule geborenen Kinder, der Tochter Nakelea und des Sohnes Paihala, sowie der mit Halea (Lailai's Tochter) durch ihren Bruder Hakea gezeugten Töchter Kanau und Kamau.

In der Hauptlinie Lailai's schliesst die mythische Zeit (im Geschlechtsregister Kumulipo's) bei Loipo's Tode mit einer auf die Flut bezogenen Katastrophe, die den vorweltlichen Charakter Kanaloa's während der frühern Schöpfungsperiode vernichtet:

Entstehung des Schlimmen, Entstehung des Zeitlichts
Hanau ka ino, hanau ke Au
Es entsteht das Rauhe, Glatte, Runde
Hanau ka papu pahu, ka pohaha
Entstehen Umwälzungen, Zusammenstoss, Zornesfluten
Hanau ka haluku, ka haloke, kanakulu
Die Erde schüttert bebend, Sturmgewitter bedrängend steigen auf
Ka honua naueue, hoi lolike koi pii
Empor in Gebirgen, steigen auf schwellend und brausend
Ka mauna, pii koni koni hia
Steigen auf zum Hauspfeiler Kanikawa's
Pii pou o Kani-kawa
Es fliegen die Pfeile Kanikaho's
Lele na ihe o Kanikaho
Bezwungen Kanaloa vom Ueberwinder
Apuepue ia Kanaloa kanikahoe

Geboren das Böse, geboren das Zeitlicht,
Geboren das Rauhe (als Pfeiler), das Runde
Geboren das Wühlen, das Stossen, der zornige Tröpfelguss
Die Erde bebt erschüttert, in Stürmen bedrängt
Auf steigt es zu den Bergen, wüstschweigend erhebt sich das Wasser zu der Höhen Rücken
Steigt auf stampfend und tobend, steigt auf zum Hauspfeiler Kanikawa's
Es fliegen die Pfeile Kanikaha's
Bezwungen Kanaloa vom Ueberwinder.

Kanikawa Kani (Kani, dröhnend und knallend) kämpft mit Kaualaa als Kaui-ka-ho (ho, ängstlich oder beklemmt athmend) und athmet frei aus (als Kaui-ka-hoe) beim Siege (in anderer Version).

An diese Flut erinnernd singt (Kani) der Kawaa genannte Vogel[1] (auf Molokai):

I kawaa, e holo, uanui ke kai o ke au moe
Im Netz, auf renne, angeschwollen ist die See zur Schlafenszeit.

In der nach dieser Katastrophe der Wasserfluten neu hergestellten Welt wird dann unter Herrschaft der Brüder Polea und Polua durch die Moavögel die Erscheinung Wakea's angekündigt. In der Kai-a-Kahinelii genannten Flut[2] (s. Fornander) landet Nuu oder Kahinalii auf der Spitze des Mauna-Kea und seine Abkommenschaft führt auf Papa, die sich als einheimische Fürstin mit dem aus der Fremde zugewanderten Wakea vermählt.

Hier noch ein ähnliches Lied:

Nonoi ae ha ka lani iluna
Der Himmel bittet von der Oberwelt
Naha mai la Kulanihakoi
Da öffnet sich Kulanihakoi
Kulukulu ka ua
Der Regen beginnt zu tröpfeln
Kapakapa a Kane, es freut sich Kane
Akaki akua i nana, ein Gott blicket hin
Ke haupa wale nei ka laui, sinnend denkt der Himmel
Kau o Hiika den Bruch durch (die Göttin) Hüaka
Wahi ka lani, uli ha lani eleele,
Es bricht der Himmel, dunkel der Himmel, schwarz der Himmel.
Ka lau ka hoalii, ein Blatt Hoalii's (des Haigottes)
Kapohaku koii ka hooilo. Es wächst der Stein des Frühlings
Naha mai Kulanihakoi, gebrochen hieher Kulanihakoi
Ke haaloloku nei ka ua, der Regen fällt her
Ke neinei ke olai, der Donner schüttelt u. s. w.

Kulanihakoi ist ein Teich (über dem Himmel), der beim Regen bricht (in Hawaii).

Die mehrfach mit Wakea als synchronistisch aufgeführten Polaa und Polua (Poelei und Poelaa) scheinen ihren Stammbaum auf die älteste Form Lailai's zurückgeführt zu haben, indem ihr Ahn unter den Zeugungen mit Kapokinikini steht, von Maila abgeleitet, dem Vielverschlagenen, oder Olohe, als Lapalapala (ein Loptr oder Loke, wenn man will). In dem obigen Tempelgedicht werden zuerst geboren Hohapoele (he wahine) Hapopo (he wahine) und Maila (i kapao Lapalapala) in Olohelohe, weiter treten auf Laiolo (ia Kane) und Kopopo (he wahine), dann Poelei und Poelea und als nächster zu ihnen Wihiloa. Erst nachdem Lailai darauf zur Sonne aufgestiegen und von dort zurückgekehrt ist, hat ihre Vermählung mit Kane, sowie mit Kii statt, und der in diesen Zeugungen hervorwachsende Stammbaum, aus dessen Zweigen Papa auf der einen, Wakea auf der andern Seite entspriessen, steht also ganz unabhängig von dem Obigen. Der eben genannte Maila erhält auch das Epithet Kekahi (der Einzige) und in der Genealogie Kumu-uli's (bei Fornander) ist (auf Kane u. Kanaloa folgend) Kanakahi Vorgänger Maliu's [als Mittler oder der die Gebete erhörende Gott, angerufen im Ζεὺςἱκετήσιος, als μειλίχιος, gleich Dionysos]. Das (nach Kulihonua) mit Laka beginnende Geschlechtsregister enthält unter seinen Namen auch die von Pokinikini oder Pomanomano und schliesst später (nach Kahiko) mit Wakea.

Obwol sich beim Eingehen ins Detail mit den bereits vorliegenden Reihen der Genealogien mehrerlei Coinzidenzen nachweisen lassen würden, ist bei dem Mangel der zur Controle erforderlichen Hülfsmittel das Ganze doch eine viel zu wirre und verworrene Masse, als dass es Zeit und Mühe lohnen würde, sich jetzt bereits dabei aufzuhalten. Das Wichtige in dem hier gebotenen Material ist einmal der kosmogonische Process in seinem logisch geschlossenen Zusammenhang, und dann die Verknüpfung der seit Wakea ins Halbhistorische übergehenden Genealogien mit den aus andern Inselgruppen Polynesiens bekannten Namen. Das Dazwischenliegende (von Lailai bis Wakea) ist vorläufig nutzloser Wust, den man indess bewahren mag für etwaig spätere Entwirrung und der, als erste Vorbedingung, zuvor vervollständigt werden müsste, um ihn in seinem ganzen Zusammenhange, wenn ein solcher vorhanden, zu übersehen. Vorderhand kann ohnedies davon abgesehen werden, da in der Fülle des Neuen, das das übrige Material bietet, zunächst Arbeit genug bleibt — Rom ist nicht in Einem Tage gebaut.

Im allgemeinen, wie bereits gesagt, begnügt man sich mit Wakea und Papa, die, mit Himmel und Erde identificirt, auch einen ganz abgerundeten Abschluss gewähren. Doch bietet sich noch sonst eine Mannichfaltigkeit der Auffassungen, wie die folgende, die ich, bei zufälligem Zusammentreffen auf einem Ausfluge, von einem der priesterlichen Ueberbleibsel erhielt, einem bereits durch hohes Alter gebrochenen Greis [1], in dessen Augen aber eine tiefe Seele lebte. Wakea und Papa, wie ich hier hörte, fluteten auf den Hua Lipoa (den Köpfchen des Seegrases) im weiten Ocean, und aus ihren Zeugungen gebar Papa das Inselland. Nach ihrer Herkunft fragend, erfuhr ich, dass Wakea-ka-lani ein Nachkomme Kumuhonua-ka-lani's sei, und dieser Kumuhonua-i-lalo's, der von Kahiko-ka-lani (der Alte des Himmels) stamme, als Erster im Dasein. Als ich nun gern wissen wollte, woher denn dieser Erste gekommen sein möchte, erhielt ich folgende Belehrung: „Ueber Kahiko-ka-lani kann man auf einen weitern Anfang nicht zurückgehen, da sich wol die Folgen der Entwickelung in einem Baume beobachten lassen, von dem Samen ab, nicht aber die Entstehung selbst, sodass mit dem Samen abzuschliessen ist.“ Was will man noch mehr? Leider hatte ich bereits an der Geheimquelle im königlichen Archiv getrunken und war vorwitzig weise geworden, sodass ich dennoch mehr wissen wollte. Ich deutete deshalb auf einen gewissen Kumulipo hin, doch mein greises Männlein blieb stumm, — auf Papio — auf Puanue — keine Antwort.

Nun sassen um uns herum seine Kinder und Kindeskinder, die sich in Sitten und Denkweise bereits möglichst amerikanisirt hatten, und dem Besucher, den sie für einen grossen Herrn zu halten schienen, gern gefällig gewesen wären. Sie redeten also ihrem Grossväterchen zu, er solle doch noch ein wenig erzählen, wie wäre es denn mit Kumulipo? mit Papio? mit Puanue u. s. w.? Anfangs dasselbe Schweigen — dann, bei längerm Drängen, schaute er auf, mit einem wehmüthig seelenvollen Blick, wie ich ihn selten gesehen habe, und seine rechte Hand auf die Brust pressend, sagte er mit zitternder Stimme in einem fast herzzerreissenden Tone (nach der wörtlichen Verdolmetschung meines Begleiters): „Wollt ihr mir meinen einzigen Schatz rauben?“ Ich fragte nicht weiter, und konnte mich auch, ohne allzu grosse Verantwortung, von weitern Quälereien dispensirt halten, da das Manuscript bereits aufgeschrieben war. Papio bedeutet (im Uebrigen) ein Kreuzen der Arme auf dem Rücken, das Symbol des bei der Priesterweihe zur Geheimhaltung abgelegten Schwures.

Zur Vergleichung der hawaiischen Genealogien einige Worte über die Maori. Als Sohn Tapui kanui-a-Tia's, Sohn Tia's, der in dem, von den Häuptlingen Hou, He, Tia und Te Matekapua geführten Arawa-Canoe[1] von Hawaiki ausgefahren war, siedelte Makahae in Maketu, und von seinem Sohne Tawaki verläuft der Stammbaum (bei *Shortland*) durch Marukohaki, Ruangutu, Tatahau, Manu, Taraikoe, Mokopu-te-atua-he, Iwikeno bis Kokuai, von dessen Söhnen Rongitunaeke (durch Ti-Tiwha und Witipoutama) auf Te Mumuhu, und Te Amohau (durch Panui-o-marama und Taiotu) auf Te Iwingaro weiterführt (im Jahre 1854).

Der in Parapara (zwischen Kaitaia und Doubtless Bai) erhaltene Stammbaum (bei Taylor) geht von der Ankunft auf der Insel aus, in folgender Weise: Tiki, Maui, Po,

Maweti, Atua, Maea, Waikapu, Tukuora, Tutenga nahau, Tau mumu hue, Taua na nga, Te niho o te rangi, Mumu te awa, Rawa rapa te uira, Nuku tawiti, Hae (als Frau), Moe rewa (uralt)[1], Papa waka miha miha, Te turu, Heke rangi, Patua, Awatai, Koro awio, Mapihi, Haruru, Moehau (im Jahre 1840).

Das Besprechen dieser Stammbäume muss ausgestellt bleiben, bis White's bevorstehendes Werk erschienen ist, das voraussichtlich eine Menge neuen Materials hinzuliefern wird. Aus keinem der beiden würden sich die langen Zahlen ableiten lassen, auf die man in Berechnung derselben schliessen zu dürfen geglaubt hat. Der erste (und also auch sein Seitenstück durch Tawakiroa, Bruder Makahae's) ist ganz kurz, wie in gewöhnlichen Familientraditionen zu erwarten, da Te-Amohau zur Zeit der Niederschrift noch am Leben war, also drei Namen bereits zusammenzunehmen wären, was, wenn ähnlich für die vorhergehenden geltend, kaum etwa 200 Jahre lassen würde. Der zweite, von einem Priester erlangt, gibt mythische[2] Dichtungen, wie sich aus den bis in die jüngern Geschlechter zwischengestreuten Namen erkennen lässt.

In Hawaii dagegen, wo die Genealogien in den an den Fürstenhöfen eingerichteten Bardencollegien gepflegt wurden, wohnt den Namen halbhistorischer Zeit eine greifbarere Realität ein, die sich bei Zutritt fernerer Vergleichungspunkte, in Beschaffung neuen Materials aus den Inseln, controliren lassen wird.

In den bei Grey mitgetheilten Traditionen wird das zuerst in Whanga-Paraoa landende Arawa-Canoe von Tama-te-kapua befehligt, und mit ihm segeln die Canoes Tainui, Matatua, Taki-tumu, Kura-hau-po, Toko-maru und Matawhaorua von Hawaiki aus (während später des Priesters Ngatoro-i-rangi Schwester mit den Frauen folgt in der Jahreszeit des günstigen Windes Pungawere, die

Götterbilder und die Kumara [1] überbringend). Die Auswanderung Turi's (des Vorfahren der Whanganui-Stämme) ging in der Richtung der von Kupe gemachten Entdeckungen, um in dem neuen Lande einen Zufluchtsort vor mächtigen Verfolgern zu finden. Ebenso war Ngahue, auf seiner Flucht nach Tuhua, durch Hine-tu-a hoango weiter getrieben, bis zur Entdeckung Aotearoa's und Neuseelands, und bei seiner Rückkehr nach Hawaiki wurde durch seine Erzählungen über dieses neue Land (wie über Grönland in Island) jene Auswanderung des Arawa-Canoes in Rarotonga (which lies on the other side of Hawaiki) organisirt.

Die Manaia (dem Vorfahren der Ngati Awa) folgenden Auswanderer wurden durch einen voranschwimmenden Hund (wie die Normannen durch den Flug der Raben) zum Landungsplatz geleitet, und als sie in einem Streite (wie solcher auch in peguanischen Gründungssagen spielt) das erste Besitzrecht aufzugeben hatten, wird das Nordcap nach Taranaki umfahren. Im Stammland Hawaiki selbst gehen die Traditionen aus der Zeit Tamatua's und Uenuku's (sowie seines Feindes Houmai-tawhiti) zurück auf die unter Whakatauihu, Tawhaki und Tahuruhuru wüthenden Kriege, die aus der, wegen Tutunui's Ermordung, an Kae geübten Blutrache entsprangen.

Ich kann hier noch einen Stammbaum beifügen, der mir seit meiner Rückkehr durch die Freundlichkeit des Herrn Davis überschickt ist, und gebe das Ganze der Mittheilung nebst begleitendem Zeitungsausschnitt.

ANCIENT STONE IMAGES OF THE MAORIS.

It has been ascertained that there are at least two stone images of Maori origin in the Lake and Bay of Plenty district. One of these, named Taukata,* is said to have been brought to Whakatane from Hawaiki, the fatherland of the Maoris, in the canoe called "Matatua," which landed on the shores of New Zealand about the twelfth century. The progenitors of the Ngatiawa nation came in this canoe. The stone relic, though probably the common property of the people, seems to have been left at Whakatane, whilst some of the newly-arrived company found homes at Tauranga, the Thames, Taranaki, and elsewhere. To save the prized memorial of Ngatiawa renown, it was secreted in the earth, cognisant only to the more favoured of the clan. The other image, named Matuatonga, it is averred, was placed on board the canoe called "Te Arawa," the immigrants of which craft, together with their stone god, were landed at Maketu, in about, as before intimated, the twelfth century. The sculptured treasure was removed to Rotorua-nui-a-Kahu, about 40 miles from the coast, and finally deposited on "the sacred Island of Tinirau"—Mokoia, five miles by water from the rising settlement of Ohinemutu, where it lies concealed beneath the soil, hard by the hot bath of the celebrated Maori beauty, Hinemoa, who flourished in the ninth generation after the landing at Maketu. The Press years ago chronicled the romantic story of Hinemoa, who bravely plunged into the lake, and swam from Owhata, on the main land, to Mokoia Island, a distance of three miles, the fair damsel having been attracted by the soft airs of her lover's flute wafted across the calm waters, on that joyous day when Tutanekai pressed to his bosom the brave swimmer, his affianced bride, thereby calling forth the cruel jibes of his brothers, and their complaint to the father, in consequence of the queenly damsel's preference. Tutanekai being the youngest and least renowned of all Whakaue's sons.

Professor Bastian, of Berlin, on the occasion of his recent visit to the Lake country, was informed that "he atua kumara," or god of the kumara, or sweet potato, was in the hands of the aboriginal masters of Mokoia Island. The announcement was received with that enthusiasm likely to be invoked by an experienced antiquary; and accordingly a request was made for a sketch, so that the Professor might be in a position to compare notes on his return to the metropolis of the great German Empire. The appeal was responded to; sketches were produced—one by the Maori custodian of the statue, and the other by a gentleman who recently inspected this strange figure of olden Maori times. The height of the statuette is four feet, the posture semi-erect, the arms folded on the breast, the face is oblong, and the features tolerably well defined, the nose somewhat prominent. The description of this remarkable work of Maori art is, of necessity, extremely vague; but there is no photograph of the model at present to aid us in our delineation. The native chief who drew one of the pictures referred to, furnished in his own handwriting, as a compliment to Professor Bastian, a genealogical tree, which may not be devoid of interest here, as it gives the lineal line from the notable navigator of the great "Arawa" to the resident Mokoia chief, Te Keepa. The notes in brackets are added. The following is the tree:—

1. Hou-mai-tawhiti.—[The ancestor who stood on the shores of Hawaiki when "Te Arawa" set sail, and, addressing the emigrants, said: "Farewell! Let there be no dissensions on your voyage; and when you land on the other shore continue to be harmonious amongst yourselves forever."]
2. Tama-te-kapua.—[The navigator and commander of the "Arawa" vessel, the officiating chief priest being Ngatoro-i-rangi. Tama became famous, especially on acount of his clever longfingered proclivities. To

avoid detection his depredations were performed on stilts. The carved house at Ohinemutu is called after Tama, where he is represented on one of the posts with protruding tongue, and on the same post also are to be seen his favourite appendages—the stilts. This remarkable chief removed from Maketu to Cape Colville, where his remains are said to be resting in the cemeteries of his age.]

3. Kahu-mata-momoe.—[Son of last-named chief. Kahu settled at Rotorua, and in honour of him the district is called Rotorua-nui-a-Kahu.]
4. Tawake-moe-tahanga.
5. Ouenuku-mai-Rarotonga.
6. Rangi-tihi.—[Ancestor of tribe residing at Te Awa-a-te-atua.]
7. Tu-hou-rangi.—[Ancestor of tribes living at Te Wairoa and Rotomahana.]
8. Uenuko-kopako.—[Ancestor of tribe residing on the east and other portions of Rotorua. The flag of the Great Committee of Rotorua represents Oueuko-kopako plunging a barbed spear through the body of his enemy.]
9. Whakaue.—[Famous ancestor of a leading Arawa tribe residing at Maketu and Rotorua.]
10. Tu-tane-kai.—[Husband of the famous Maori beauty Hinemoa. Tutanekai is represented on the posts of the great carved Council House at Ohinemutu, a flute being appended to the figure, as a record of his happy proficiency in the art of music.]
11. Whatu-mai-rangi.
12. Ariari-te-rangi.
13. Te Roro-o-te-rangi.—[Ancestor of tribe living at Mokoia Island.]

14. Waha-o-Porowaki.
15. Tae-whakaaea.
16. Ngau-runga-nga-rangi.
17. Kaewa.
18. Nga-whau.
19. Te Keepa Ngawhau.—[The present custodian of the stone image Matua-tonga.]

It may be asked, what is known of ancient Maori rites in connection with stone and wooden images—the guardian deities of their sacred kumara plantations? Clearly, we are unable to explain anything beyond the mere surface of old Maori belief. Sir George Grey has nobly rescued from oblivion much that is important, but no systematic attempt has been made, I think, by any painstaking person to master any one branch of Maori lore. There are two venerable representative men in the Arawa country, of the old Maori school, "tohungas," or heathen priests, who have the credit of holding in their possession a mine of accumulated facts, concerning the ancient faith of their race; but no serious endeavour has been attempted to obtain the reliable information. Nor is it likely that any steps will be taken to carry out so desirable a project, for those who have the power of collecting the facts manifest the coldest indifference on these singularly interesting subjects. The paucity of our insight into the ancient religious worship of the Maoris must surely be matter for regret to all who lay claim to thoughtfulness in relation to the early records of all semi-barbarous peoples. Do we pretend to know, for instance, how it came to pass that both stone and carved wooden images were placed in the sacred kumara plantations? We are willing to believe that the Maoris were not worshippers of idols. At the same time, they acknowledged the existence of many intelligences in the unseen world, with whom they professed to hold intercourse through the accredited mediums. Were these recognised intelligences intermediate intercessors between mortals and the Great Supreme, who is designated IO? We are led to understand, by some of the initiated, that the fountain of all was adored under the titles of "Io-a-rangi, Io-a-whenua, Io-a-ahua"—*i. e.*, "Io of heaven, Io of earth, Io of likeness."

Is the glorious Trinity in unity represented here? And what do the Maoris mean, when they speak of a mysterious child born on earth, and taken up to Heaven with marvellous ceremony, to be baptized? Nor can we account for the Maori belief in the death of Tawhaki, his resurrection and ascension to heaven on the thread of a spider's web, known by the Maoris generally as "te ara pikipiki a Tawhaki," *i. e.*, "The ascending way of Tawhaki." Neither is an explanation given of the oft repeated assertion, that certain Maoris are of heavenly descent, whilst others acknowledge themselves to be of "te hapu oneone"—"the earth tribe." Are the Maoris of heavenly descent, kinsmen of Tawhaki, whose lightning-like body had to be veiled with the bark of trees, so that men might be able to look on him? Or, is there some mysterious tie bound up in the ancient belief, that led the more favoured ones to lay claim, through unseen deities, or deified men, or Tawhaki, or Io, or through all these, to a future inheritance? These, and kindred questions may, perhaps, be satisfactorily explained by the priests too. Then, again, we can only conjecture as to the motives which influenced the Maoris to perform, with singular punctiliousness, the various observances imposed on them by the priests, in reference to the cultivation of the kumara. Did some of the ceremonies savour of image worship? The rites were most carefully attended to, both at the planting and harvesting of the crop. After the completion of the required ceremonies, the seed was deposited in the soil, according to certain cardinal points, and placed lengthwise in a line with the rising sun. During the growth of the crop, special persons only were allowed to tend the grounds. All canoes were forbidden to pass, if in the vicinity of water, and all prohibited from walking near the growing crop. The first-fruits were gathered in by the priest, and a portion, after being cooked in a sacred oven, was presented as an offering to "te atua," *i. e.*, "the god." The other portion was eaten by the priest. A canoe was prepared, kumaras placed in it, and after the usual rites, prayers, &c., the canoe was loosed, and while drifting away with its sacred freight to the ocean, never more to be seen, the special disciples of the priest performed their ablutions by diving under the drifting canoe, which cleansing act fitted them to traverse the kumara grounds, and thus open the way for the household or tribe to gather in the crop. Due attention also, was paid to the building of storehouses, year after year; and when the crop was gathered in, the storehouses and their contents, were declared to be "tapu," or sacred, after the performance of the necessary ministrations. All that remained of the crop outside the consecrated building, became, by right, the property of the "tohunga."

It were vain, at this remote period from the landing of the Maoris on these islands, to hazard an opinion as to the implements used by them to chizel, even in their rough form, the stone images still extant. Sir George Grey has, in his large collection, a small stone figure, presented some years since to him by the Mokoia chiefs. We have no information as to the probable mode of its formation by the Maoris. Nor is it safe to conjecture as to the apparatus used in the formation of the "korotangi" —a stone bird, now in the hands of Major Wilson, of Cambridge. We are simply told that the stone bird in question, which represents the paradise duck, was brought from Hawaiki, in the canoe named "Tainui," which anchored off Whangaparaoa, in the Bay of Plenty. Its passengers landed with the intention of settling there—having made an altar on land, and captured a whale in the Bay, which was fastened by a rope to a pohutukawa tree. The "Arawa" anchored at night in the same locality. On the following day an altercation took place as to the priority of right, when Tamatekapua, by a series of clever deceptions, induced the Tainui immigrants to weigh anchor and depart. The proa sailed along the shores of Tauranga, passed Cape Colville and the adjacent islands, and entered the stream called Whangamatau, called by us Tamaki. It was dragged across the isthmus at Otahuhu into the Manukau waters. Proceeding seaward, it steered from Manukau in a southerly direction, finally entering the harbour, Kawhia, where the adventurers disembarked, and the ocean-tossed "Tainui" was safely moored. The stone bird appears to have been secreted, as were the stone images; but I suppose that neither stone-man nor stone-bird would interest the Maoris now, beyond the intrinsic value. If tradition is to be relied on, each vessel of the fleet brought to these shores some lasting memento of ancient art; although it is sometimes asserted that the stone images were hewn by the Maoris in New Zealand. If the early Maori settlers possessed iron implements, no traces appear to have been discovered by subsequent generations. An Arawa priest avers, even now, that his forefathers were grand people; that they were familiar with buildings of two and three stories in height. If this statement of the "Tohunga" be trustworthy, we may surely conclude that the race has lamentably retrograded both in art and social life.

Die längste Geschlechtsreihe erhielt ich auf die Stämme des East Cap bezüglich (eine Phylogenie im Bilde der Ontogenie, wie die Embryonal-Anlage unter den Sprüchen einer Carmenta aufwächst).

Te Ahanga, embryonales Aufwachsen in Leibesschwellung.
Te Apongo, Gierigkeit.
Te kune iti, Innerliche Empfängniss.
Te kune rahi, Vorbereitung.
Te kime hanga, Suchensdrang.
Te Ranga hautanga, Reihenanordnungen (in Zellfurchung).
Te iti, Kleinstes, als Keimanlage des Embryo.
Te kore, ein Nochnichts.
Te kore te Whiwhia, ein Nochnichts ohne Grundlage (Noch nichts in Voranlage zum Sein).
Te kore te Rawea, ein Nochnichts ohne Befriedigung (das Nochnichts zur Manifestation strebend).
Pupu, Aufbrodeln (Kernkreisungen).
Ta ua, Trauerbedrückniss (im engen Uterus befangen).
Tama-a-take, wurzelschlagend.

<table>
<tr><td>Te kanoiie o te uka (vulva)
Te kawiti witi
Te katoa toa
Tira wai he kura (Penis des rothen Bluts)</td><td>Geschlechtliche Organe.</td></tr>
<tr><td>Muri-ranga-whenua vermählt mit Mahu-ika
Taranga vermählt mit Ira-whaki</td><td>als Stamm-Aeltern, den Stamm durch Einschachtelungen in sich tragend.</td></tr>
</table>

Maui potiki vermählt mit Hine rau mau kaku.

<table>
<tr><td>Tiki
Toto
Te ewe
Taka hapu</td><td>Kinder Maui's (Urkräfte der demiurgischen Schöpfungsgötter).</td></tr>
</table>

Tau whare kiokio, und sein Sohn (im Uebergang zu menschlichen Geschichtsfiguren)
Whai tiri
Hema
Tawhaki a Hema
Wahi eroa
Rata
Pou matanga tanga
Pai mahu tanga
Rua tapu
Taha titi
Ra kaiora
Ra kaiora
Tama ki te hau
Tama ki te ra
Tama ki te kapua
Puhi
Rere
Tato
Tata
Maire
Maika
Ira manawa puko
Tama-tea-nui
Tama-tea-roa
Tama-tea-mai tahiti (von fern her)
Muri whenua (in Neuseeland aus Hawaiki landend)
Tamatea
Kahu-ngunu (als Ahnherr des Stammes Ngati-kahi-ngunu a unuunu), Zeitgenosse mit Pourou-rangi (Vorfahr des Ngati-Pourou-Stammes).

Aus Kahu (erwachsen) ngunu (Würmer) unu (gehäuft) ergeben sich Myrmidonen (wie von Aeakus erbetet).

In Bezug auf die von den Zuwanderern bereits angetroffenen Eingeborenen theilte mir Herr Locke das Folgende mit:

Als Rakaia tihike ra, Enkel Tamatea's (Sohnes des in Hawaiki bei East Cape gelandeten Rongo-Koko) mit dem Stamm Ngati Kahu-nguru nach Hawkes Bay (Ngarororo) kam, traf er dort den Stamm Whatu-ma-moa (Weber der Moa) und vermählte sich mit des Häuptlings Tochter Tute-iho-nga, Tochter des Paikaha, der seinen Stammbaum auf Piu zurückführte, in der Reihenfolge von:

Pui, Aue, Tamore, Take-Take, Aka, Titamore-Kitiwaio, Kote ao marama Ngangahu, Ngainui, Ngairva, Ngaipia, Ngai-tahu-damai, Ngai-tahuri-atu, Akiaki, Taraia-koate-manu-waire-matoi, Toi, Hatoma, Tuh aukura, Rongomoi-hurangi, Ruata-wai-ora, Rate-nui-ate-iu, Rutanga, Rakaiterangi, Rangahua, Ponaranga-hua, Tangikura, Kahukura, Hine-rangea, Wawa terangi, Maikite-kura, Maikitea, Tuhangateao, Paitaku, Paikaha, Vater des Tute-iho-nga.

In der Ka Mooleelo Hawai (Geschichte Hawaiis), na Davida Malo i kakau (von David Malo verfasst) findet sich (nach dem aus dem Manuscript angefertigten Auszug) folgende Darstellung:

Nach dem von Kealiiwahilani (Himmelsbrecher) und seiner Frau Lailai (schweigende Ruhe) abstammenden Generationen folgen die von Kahiko (dem Alten) und seiner Frau Kupulanakakau (Verdampfung des Thaus) stammenden, und dann die von Wakea und Papa bis auf Liloa (Vorfahr Kamehameha's), als Wakea, Bruder Lihauula's (Sohnes Kahiko's)

O Haloa (Sohn Wakea's), dann sein Sohn:

O Waia, ferner:

O Hinalalo

O Nanakehili

O Wailoa,

Okio
Oole
O Manaku
O Lukahakoa
Oluanuu
Kahiko
Kii
Ulu
Nanaie
Nanailani
Waikulani
Huhelimoana
Konohiki
Wanena
Akalana
Maui
Nanamaoa
Nanahulei
Nanakaoko
Nanakuae
Kapawa geb. in Kukoniloko (Oahu), gest. in Lahaina (Maui), begraben am Flusse Jao (auf Maui).
Heleipawa geb. in Lelekea (Maui), gest. in Poukela, begr. in Akulili.
Aikanaka geb. in Holonokiu (Maui), gest. in Oneuli, begr. am Jao.
Hema (Punalaua) geb. in Hawaiikua-uli (Maui), gest. in Hahiki, begr. in Ulupaupau.
Kahai geb. in Halalukahi (Maui), gest. in Hailikii, begr. am Jao.
Wahieloa geb. in Wailau (Hawai), gest. in Holoa, begr. in Alae.
Laka geb. in Hailima, gest. in Hualoa (Oahu), begr. am Jao.
Luamuu geb. in Peekauai, gest. in Honolulu, begr. in Nauanu.

Pohukaina geb. in Hahakahake, gest. in Waimea (Hawai), gest. in Mahiki.
Hua geb. in Hahoma (Maui), gest. in Hehoni (Maui), begr. am Jao.
Pou (Poukamahua) geb. in Hahua (Oahu), gest. in Molokai, begr. am Jao.
Hua (Huakamapau) geb. in Ohikololo, gest. in Lanai, begr. am Jao.
Pau (Paumakua) geb. in Huaaohe, gest. in Oahukone, begr. am Jao.
Haho
Palena
Halaanui
Lanakawai (Lonokawai), bei Ankunft Paao's
Laau
Pili
Hoa
Loe
Hukohou
Kamuhi (Hani-uhi)
Kanipapu (Kanipahu)
Kalapana
Kahaimoeliu
Kalau
Kuauwa
Kuhoukapu
Kauhola
Kiha
Liloa (Vater Umi's).

Von Umi wurde Kealiiokalao (Bruder Keawenuiami's) gezeugt und dann folgt dessen Sohn Kukailani, dieser Sohn Kukailani, sein Sohn Makakaualii (Vater Iwikauikaua's), der Grossonkel Keawenuiaumi, sein Sohn Kanaloakuaana, dessen Sohn Keakealauikane, der Grossonkel

Iwikauikaua, darauf Kanaloa Kupulehu (Vater Keawe's), sodann Kaneikauaiwilani, ferner Keawe, sein Sohn Keeaumoku, sein Bruder Kekela (Vater Kekuiapoiwa's), und nach ihm herrschte Kamehameha.

Nach dem Tode Kahiko's, der seinen ältesten Sohn Lihauula zum Erben eingesetzt, gerieth dieser in Krieg mit seinem Bruder Wakea und wurde (da er die Warnungen des Kilo oder Propheten wegen ungünstiger Omen misachtete) besiegt und erschlagen, sodass die Herrschaft an Wakea fiel (über Hihiku oder Hikiku, als Kahikiku in Tahiti), bis auch dieser bei dem Angriff des Häuptlings Kameia-Kumuhonua nach Kaula zu flüchten hatte. Dort nochmals verfolgt, musste er sich mit seinen Begleitern ins Meer stürzen, um sich durch Schwimmen zu retten. Mit den Wogen ringend, fragte er seinen Priester (Kahuna) Komoawa, wo Hülfe zu erlangen sei, und dieser nannte als Mittel die Erbauung eines Tempels (Heiau) für die Götter (Akua). Auf die Frage, wo Holz und wo das Schwein für die Opfer zu erlangen seien, liess der Priester ihn erst die flache Hand[1] heben (womit der Tempel gebaut sei) und dann die linke Hand geballt in die rechte legen (als das niedergesetzte Schwein) unter Sprechen des Gebets (durch den Priester). Dann trieben sie nach der Küste von Hawaii (Hawaii nei, dieses Hawai) und alle Männer (sowie die Familienglieder) landeten dort, mit Ausnahme eines Einzigen, der noch heute im Meer schwimmt, als Kekauaka, der zurückgebliebene Mensch (ein ewiger Wasser-Jude). In seine Tochter Hoohikukalani verliebt, suchte Wakea seine Frau Papa durch Veränderung der Tabu-Nächte zu täuschen, überhörte aber einst das (eala au ahu, eala au mai „auf erwache, auf erhebe[2] dich“ beginnende) Morgengebet seines Priesters und schlief bis zum Sonnenaufgang. Obwol sein Gesicht verhüllend, wurde er durch Papa erkannt, und um sie zu versöhnen (oder um die Schande zu verdecken) galt von da an Hoohokukalani, als Tochter des Priesters Komoawa mit der Frau Popokolonuha. Aus Wakea's Ehebruch wurde als knochenlose Fleischmasse der (älteste) Sohn Haloa-maka (Auge des Stengels) geboren, der kurz nach der Geburt neben dem Hause begraben wurde und die Taro-Pflanze hervorwachsen liess, der ihm folgende Bruder wurde deshalb Haloa (Stengel) genannt. Dessen Sohn Waia, ohne Haipule (Prediger), ohne Kahuna (Priester) und ohne Kilo (Prophet) lebend, bedrückte das Volk durch schlechte Regierung, und so wurde es dem aus den Wolken[1] hervorschauend erscheinenden Kopf mitgetheilt (dem auf seine Frage nach einem guten Fürsten Kahiko als solcher genannt wurde). Zur Strafe verheerte die Oikipuahola genannte Krankheit das Land, die alle Bewohner (bis auf 26, denen die Medicin Pilikai bekannt war) fortraffte, und so auch Waia, von dessen Nachfolgern keine Berichte bekannt geworden sind, bis auf Maui, und die eigenen Ueberlieferungen dieses seien, als lügnerische, zu unterdrücken und dürften nicht veröffentlicht werden (Aole i loheia ka moolelo o na lii mai a Waia a hiki mai ia Maui, aka o ko Maui mau olelo hai lohe ia, he olelo wahahee maoli noia, aole e hai ia ka wahahee), was auch für seine Nachfolger gilt bis auf Kapawa, als dessen Geburtsplatz Kukaniloko (in Oahu) genannt wird, als Sterbeplatz Laheina (in Maui) und als Verbergungsplatz der Knochen (Begräbniss) Jao (auf Maui).

Palena (Sohn Haho's) wurde durch seinen Sohn Hanalaa-nui Vorfahr der Häuptlinge von Hawaii und durch seinen Sohn Hanalaa-aiki Vorfahr der Häuptlinge von Maui (dann Punamua in Oahu, sowie Hauai und Hema in Hawaii).

Unter Palena's Nachkommen musste Kanipahu bei dem Aufstande des Häuptlings Kamaiole aus Hawaii flüchten und verbarg sich unerkannt in Molokai, wo er in Kalae, eine Frau aus dem Volke heirathend, von seinem Schwiegervater zu Dienstarbeiten verwendet wurde. Als die Bewohner Hawaii's, der Bedrückungen Kamaiole's (der jede schöne Frau für sich und seine Freunde fortführen liess) überdrüssig, sich an den Priester Paao zur Organisirung eines Aufstandes wendeten, rieth dieser, sich zunächst nach einem Häuptlinge umzusehen, und sandte einen Boten nach Molokai, um Kanipahu zurückzurufen. Dieser zeigte indess seine durch harte Arbeit schwieligen Schultern (infolge des Lasttragens) und wies die Abgesandten an seinen Sohn Kalapana (Bruder Kalehumoku's), als ein Stück seines eigenen Selbsts. Paao begab sich deshalb von seinem Wohnort Kohala nach Waimanu, wo die Mutter Alaikauokoko ihre Kinder versteckt hielt, und bewog sie, ihm Kalapana zu überlassen, den er (nachdem die Gelegenheit eines Canoefestes zur Ermordung des Tyrannen benutzt war) als Fürsten weihte. Die Einführung der Pili-Dynastie durch Paao wird auf Tahiti zurückgeführt.

In Bezug auf geschichtliche Verhältnisse der Maori folgt hier ein Excerpt aus einem von Herrn White im Jahre 1861 zusammengestellten Cyclus von Vorträgen, die damals veröffentlicht wurden, aber nicht in den Buchhandel gelangten und jetzt vergriffen sind, sodass ich nur der Güte des Verfassers selbst das in meinen Händen befindliche Exemplar verdanke [1]:

Hinsichtlich der Mana maorischer Häuptlinge (und die Stammesrechte) muss auf die vergangenen Jahrhunderte der Maorigeschichte zurückgegriffen werden, um genau erklären zu können, worin der Einfluss oder das „mana“ eines Häuptlings oder Priesters besteht, woher sich sein

[1] Die Uebersetzung ist, gleich der frühern, von geschickter Hand angefertigt, und bleibt das Original, weil bereits gedruckt, diesmal fort.

Ursprung schreibt, und bis zu welchem Grade er über das Volk ausgeübt wird.

Die Geschichte der Maori vor ihrer Einwanderung in Neuseeland erzählt, dass sie alle Ein Volk gebildet hätten. Gewisse Männer des Stammes aber brachten einen Theil ihrer Zeit damit zu, in einem Tempel, den sie „whare cura“ nannten, ihre Geschichte vorzutragen.

In diesem Tempel befanden sich ihre gelehrtesten Männer, die in zwei Abtheilungen geschieden waren, deren jede die andere daran verhindern sollte, ihren Kindern eine gefälschte Erzählung der Geschichte ihrer Vergangenheit zu überliefern. Und jede Abtheilung hatte einen historischen Stab, auf welchem ihr Geschlechtsregister geführt würde, und da sie sich an zwei verschiedenen Seiten des Tempels aufhielten, wurden sie Heerden oder „kahuis“ genannt.

Der gelehrteste Mann in jedem „kahui“ war der Führer oder Vorsitzer, der zugleich Schiedsrichter über alle etwa vorkommenden streitigen Punkte der Geschichte war. Wenn irgendeine bestimmte Discussion stattfinden sollte, wurde das Volk von den Führern dieser beiden „kahuis“ geordnet; jedem Häuptling in dem „kahui“ wurde, je nach dem Wissen, das er besass, ein Platz angewiesen, und zwar theilte ihm der Führer des „kahui“, dessen Mitglied er war, den Platz zu. Diese Thätigkeit des Führers wurde „ranga“ oder in Ordnung bringen genannt. Das Volk, das zusammen in den Tempel kam, wurde „tira“ oder Gesellschaft genannt; und da der Führer jedem aus seiner „tira“ einen Platz anweisen, d. h. „ranga“ musste, wurde er der „rangatira“ genannt, wovon das Maoriwort „rangatira“ für einen Häuptling kommt.

Im Laufe der Zeiten veranlasste ein Streit innerhalb der „whare cura“ die Theilung des Volkes. Die Geschlechter trennten sich voneinander, wobei jedes unter der Führerschaft eines „ariki“ stand, der in allen Fällen Erstgeborener derjenigen Familie war, deren Vater das Vorrecht der Priesterschaft im „whare kura“ genossen hatte. Das Wissen, welches von dem Vater auf den Sohn überging, gab dem Sohne eine gewisse Macht über die jüngern Zweige des Geschlechts; auf Grund seines grössern Wissens wurde er „ariki“ genannt: er konnte durch dieses Wissen die jüngern (oder „riki“) Zweige der Familie leiten oder führen („a“): deshalb war er ein „ariki“, d. h. ein Führer der Jüngern.

Bald nach der Zerstreuung des Volkes von Wharekura errichtete jedes Geschlecht unter seiner neuen Führerschaft Tempel von ähnlicher Form und Bauart, in denen sie ihre eigene Genealogie vortrugen, oder den Theil des in dem alten „whare kura“ erzählten Ganzen, der sich auf sie selber und auf diejenigen bezog, welche sich jetzt an dem Vortrage dieser ihnen früher heilig gewesenen Wissenschaft betheiligten. Sie brauchten einen Lehrer oder „kai tohu tohu“ oder „tohunga“; und wie schon in dem früheren „whare kura“ der gelehrteste Mann den Vorrang gehabt hatte, so übernahm auch hier der Gelehrteste die Führerschaft: und da er „tohu“, d. h. erklären oder unterrichten musste, erhielt er den Namen „Tohunga“, mit welchem jetzt ein Priester und auch jeder gebildete Mann bezeichnet wird. Das Wort „tohu“ hat noch eine zweite Bedeutung, nämlich hüten oder Sorge für etwas tragen. In den „whare kura“ dieser gesonderten Geschlechter wurden die Bilder ihrer Götter aufbewahrt, und die Sorge für dieselben ward dem Manne übertragen, dessen Kenntniss der alten Wissenschaft ihn zu dem Amte berechtigte. Deshalb wurde gesagt, dass er sie hütete oder „tohu“, und daher der Name „tohunga“. Ausser der Besorgung dieses Amtes wurde keine Arbeit von ihm verlangt, und als Hüter oder „tohunga“ der Götter war er auch geheiligt und konnte zu keiner niedrigen Dienstverrichtung herangezogen werden. Weil er der Hüter der Götter war und eine hervorragende Kenntniss der Geschichte und Begebenheiten der Vorzeit hatte, erschien er vorzugsweise geeignet, sich ein richtiges Urtheil zu bilden über alles, was zur Wohlfahrt der Familien beitragen konnte, deren „tohunga" er war; deshalb räumte das Volk im Kriegsfalle und bei allen auf Ackerbau und Fischfang bezüglichen Fragen stets der Meinung des „tohunga" den Vorrang ein. Dies führt mich zu dem nächsten zu behandelnden Punkte, dem „Mana". Da ich den Ursprung der Namen „rangatira", „ariki" und „tohunga" nachgewiesen habe, werde ich nun erklären, was das „mana" ist, das mit den Aemtern der jene Namen führenden Personen zusammenhängt.

Aus der Geschichte der Maori sehen wir, dass sie ihren Ursprung von ihren Göttern herleiten, und dass ihre abergläubischen Vorstellungen alle auf dem Zusammenwirken dieser Götter mit ihrem „tohunga" oder Priester begründet sind. Daher kommt das „tapu" des Priesters; und da alle wichtigen Angelegenheiten von den Göttern durch die Vermittelung des Priesters geleitet werden, müssen Befehle oder Entscheidungen unbedingt befolgt werden oder „whakamana", sodass also das „mana" eines Priesters nicht auf einer ihm eigenen Macht oder Gewalt, sondern auf der der Götter beruhte. Und was den „ariki" anbetrifft, so musste derselbe, da es das alleinige Vorrecht des Erstgeborenen war, von dem Vater oder Grossvater in aller Wissenschaft und Erfahrung, die sie selber erworben hatten, unterwiesen zu werden, auch weiser sein als die jüngern Mitglieder der Familie. Gab er seine Meinung ab, so hatte dieselbe deshalb stets ein gewisses Gewicht oder „mana" — daher kommt das „mana" eines „ariki". Wie aber der „ariki" durch seine höhere Weisheit, und wie der „tohunga“ durch seinen Verkehr mit den Göttern das Volk leitet, so gibt es auch für den „rangatira“ ein eigenes Feld. Wenn eine Versammlung des Volkes stattfindet, wenn ein Kriegstanz ausgeführt werden soll oder wenn innerhalb des Stammes ein kleiner Streit entsteht: so muss die Ordnung in der Sache von dem „rangatira“ aufrecht erhalten werden; er muss z. B. darauf sehen, dass die Männer bei dem Kriegstanze alle „kapa tonu“ sind, d. h. in den regelrechten Reihen stehen, und dass bei dem Streite jede Partei gleichmässig gehört werde.

Um erklären zu können, was Stammesrechte sind, müssen wir ebenfalls auf die Geschichte der Maori vor ihrer Niederlassung auf diesen Inseln zurückgehen. Die Maori, die kamen, waren, wenn auch miteinander verwandt, doch nicht zu einem „hapu“ oder Geschlechte gehörig, sondern hatten schon einige Zeit bevor sie Hawaiki verliessen, verschiedenen „hapus“ angehört; Streitigkeiten zwischen denselben waren der Grund zu ihrer Auswanderung. In Hawaiki aber wurde jeder Stamm oder „hapu“ ein „kahui“ genannt, und nicht, wie heute, mit dem Namen des Häuptlings, der der Führer einer Familie bei ihrer Trennung von dem Hauptstamm oder „iwi“ war.

Da jedes „waka“ (Canoe) oder die Leute, die zusammen herüberkamen, noch einige Zeit nach der Landung ihre Einheit als ein Volk bewahrten, wurden sie ein „iwi“ genannt. Das Wort „iwi“ bezeichnet deshalb die Abkömmlinge jener Männer, die in einem Canoe herübergekommen sind, und in vielen Fällen ist der Name des „iwi“ in dem Namen des Canoes, auf dem ihre Voraltern gekommen sind, untergegangen; so heissen z. B. die Rotoruastämme „Arawa“; die Ngapuhi „Mamari“ u. s. w. In einem frühern Vortrage habe ich die Grenzen derjenigen Ländereien angegeben, die von jedem der auf diese

Inseln kommenden Einwandrerzüge genommen und beansprucht wurden; zugleich führte ich manche von den Gebräuchen an, die auf ihre zahlreichen Landansprüche Bezug haben. Um eine deutliche Erklärung des Stammesrechts und des „Häuptlings-mana" geben zu können, muss ich mich wieder auf das Land beziehen, welches der Maori gleich nach seiner Ankunft auf den Inseln in Besitz genommen hat, und werde ich meine Ausführungen an den Beispielen von zwei Districten, dem Arawa- und dem Tainuidistrict, näher veranschaulichen.

Der Arawadistrict ist als ein Ganzes in den Händen der Nachkommen derjenigen Einwanderer verblieben, die auf dem Arawacanoe gekommen sind. Dieselben zerstreuten sich bald nach ihrer Ankunft über ihr grosses Gebiet und theilten sich in gesonderte „hapus" oder Familien (wie das Wort besagt); mit der Zeit hat dann jedes dieser „hapu" den Rang eines „iwi" angenommen; sie handeln alle unabhängig voneinander, gerade als ob sie von verschiedenen Einwanderungen abstammten. Jedes „iwi" ist seinerseits wieder in viele „hapus" getheilt, die Gesammtmasse derselben aber nimmt heute noch den ganzen, ehemals von den „Arawa" in Besitz genommenen District ein. Anders verhält es sich mit dem Tainuidistricte. Da ich den Arawa als ungetrennten District genannt habe, werde ich als Gegentheil eines solchen das andere Extrem anführen, das sich uns in dem Tainuidistrict darstellt; dieser District, der ursprünglich eine grosse Ausdehnung besass, ist heute so verstümmelt, dass das einzige Stück (bei Whaingaroa), das jetzt noch in dem Besitze des „iwi" von Tainui sich befindet, nur ein verschwindend kleiner Theil des ehemaligen Ganzen ist.

Da wir uns hier mit allen Migrationen zu beschäftigen haben werden, gebe ich zunächst eine allgemeine Uebersicht der verschiedenen Migrationen oder „iwi", mit

Bezug auf ihre heutigen Stammesrechte oder „mana“ über den District, den ihre respectiven Vorältern bei ihrer Ankunft hier in Besitz genommen haben. Die Ngapuhi haben heute als ein „iwi“ mehr Landbesitz als den District, den die Migration Mamari einnahm. Dasselbe ist mit dem angrenzenden Iwi, den Ngatiwahatua, der Fall. Die Tainui haben, bis auf einen kleinen Theil, ihr ganzes Gebiet verloren. Die Migration auf dem Aotea besitzt nur noch einen kleinen Theil ihres Districts. Die angrenzende Migration Tokomaru hat einen Theil ihres alten Districts eingebüsst. Die alten Besitzer der Südinsel sind heute nur noch ein Name auf dem Lande ihrer Väter. Die Takitumu sind noch im Besitze ihres ganzen Landes. Die Matatua, die einen Theil des Arawadistrictes einnahmen, haben nur noch einen Theil des zuerst von ihnen besessenen Landes. Die Ruikakara und Wakatuwhenua haben ihren Namen als Migration in dem Ngapuhi iwi verloren, die Mahuhu aber ihren Anspruch auf das Land am Nordcap eingebüsst.

Mehr noch als durch Eroberungen haben die ursprünglichen Besitzer ihr Land durch Wechselheirathen verloren. Da gerade dieser Punkt mehr Streitigkeiten veranlasst als irgendein anderer, werde ich zunächst von den Stammesrechten sprechen, die aus ihm hervorgehen. In einem frühern Vortrage habe ich schon erwähnt, dass es für eine Sache von grösster Wichtigkeit und als besonders wünschenswerth galt, dass eine (in einen andern Stamm) verheirathete Frau ihren Gatten dazu veranlasste, sich ihrem Stamme anzuschliessen und dadurch die Macht ihres Volkes zu vermehren; infolge hiervon werden oft Anrechte auf Grundbesitz von gewissen Stämmen erhoben, die in einem Migrationsdistricte wohnen und einen Theil desselben beanspruchen, die aber das mana-Recht der Nachkommen der ursprünglichen Einwanderer, in deren

District sie auf diese Weise gekommen sind, nicht anerkennen.

Ich werde einige Beispiele derartiger Ansprüche aus jeder Migration anführen, und, der bessern Uebersicht wegen, die Migrationen dabei nach der Reihe durchgehen: vom Nordcap anfangend, die Westküste nach Süden entlang und an der Ostküste wieder nach Norden hinaufgehend. In der Mamari-Migration findet sich kein Fall dieser Art vor, doch werden hier andere Ansprüche geltend gemacht (die anders begründet, aber in ihrer Wirkung dieselben sind), auf die ich weiter unten zurückkommen werde; in der gleichen Form finden sie sich auch in dem nächsten, dem Mahuhu-Migrationsdistricte vor. In der angrenzenden Tainuimigration kommen aber viele Fälle der ersterwähnten Art vor; so z. B. bei dem Kaveraustamm, der von einem Häuptlinge der Aotea- und Ngatiava-Migration, namens Maki, abstammt, der ein Tainui-Weib heirathete, sich zum Rächer der Unbilden der Tainui machte und nach einiger Zeit das Haupt eines „hapu" wurde, welches heute ein gesondertes Volk bildet, das unabhängig von den Häuptlingen der hapus in den umgebenden Tainui- oder Mahuhu-Migrationen handelt. Die Stammesrechte dieses kleinen hapu, das im ganzen nicht mehr als 50 Männer, Weiber und Kinder zählt, sind nicht wenige oder von geringer Bedeutung für sie. Von den Producten des Landes und Meeres zahlen sie keinem Häuptlinge Tribut und weder konnten sie von einem der angrenzenden Stämme oder hapus zum Beistande bei irgendeiner Unternehmung herangezogen werden, noch durfte ein Häuptling ohne ihre besondere Erlaubniss sich auf irgendeins ihrer Fischfanggebiete begeben. In den Kriegen der vergangenen Zeiten hielten sie den Anprall des Kampfes allein aus. Als sie vor etwa 45 Jahren von einem Ngapuhihäuptling namens Te Kahakaha angegriffen wurden, riefen sie keinen andern Stamm zu Hülfe, und obgleich sie besiegt wurden, flohen sie doch weder aus ihrem Lande, noch forderten sie die mächtigen Waikatostämme auf, sie zu rächen. Und in einem andern Kriege, der dem ebenerwähnten voranging, zeigten sie sich so entschlossen, das Land ihrer Väter zu behaupten, dass sie, obgleich sie in beträchtlicher Minderzahl und nicht im Stande waren, dem Feinde (den Ngapuhi) in offenem Kampfe gegenüberzutreten, sich ein „pa“ auf hohen Pfählen inmitten eines tiefen Sumpfes bauten und hier den Angriffen ihrer weit überlegenen Feinde Trotz boten. Dies thaten sie aber weniger, um ihren Feind zu hintergehen, als vielmehr, um das „mana“ ihres Landes zu wahren, denn bei ihrer geringen Anzahl hätten sie leicht in den Wald und die Berge ihres eigenen Districts fliehen können. Als ein Beispiel, bis wie weit dieser kleine Stamm sein mana oder Stammesrecht ausdehnen konnte, führe ich hier einen Fall an, wo derselbe eine Uebertretung der Todtenbräuche gestattete. Es ist Gebrauch unter den hapus eines iwi, ihre Todten an einem und demselben Begräbnissorte zu bestatten; so haben sie alle ein Recht auf das „wahi tapu“ und jeder, der das wahi tapu betritt oder daran vorbeigeht, zieht sich dadurch das Misfallen sämmtlicher hapus zu. Nur ein Priester des ersten Ranges (ein ariki) durfte ein „wahi tapu“ betreten, und bei einem Begräbnisse noch diejenigen, die der ariki sich zu Begleitern bestimmte, um die Leiche zu tragen. Einmal jedoch, als ich in Gesellschaft von 13 Waikato- und 3 Kawerauhäuptlingen durch das Gebiet der Kawerau reiste, kamen wir an ein „wahi tapu“ in dem seit vielen Generationen die Gebeine der Vorfahren der Kawerau bestattet worden waren. Mit der Genehmigung des Kawerauhäuptlings ging ich allein in die Höhle, in deren Mitte ein kleines aus Sumpfrohr erbautes und mit verschiedenfarbigem Flachs verziertes Haus stand, in dem die Gebeine der Arikis des Stammes ruhten. In dem Eingange dieses Hauses, das nicht mehr als fünf Fuss lang und drei breit war, lagen die Gebeine eines Kindes und daneben ein kleines Canoe: die Knochen hatten ohne Zweifel einem Ariki-Kinde angehört, dem man sein Spielzeug, das kleine Canoe, in die lange Ruhe mitgegeben hatte. Das Haus enthielt auch Matten in verschiedenen Stadien der Erhaltung, von denen ich jedoch keine berührte, und neben einem grossen Schädel lag ein alter Maori-Haifischhaken. In unser Lager zurückgekehrt, bat ich um die Erlaubniss, das Canoe und den Angelhaken mitnehmen zu dürfen, was der ariki der Kawerau auch gestattete; die einzige Bedingung, die er mir dabei stellte, war die, dass ich während der weitern Dauer unserer Reise als letzter Mann in der Marschreihe gehen und die beiden Gegenstände selber tragen müsse. Hierauf bestand er, damit nicht die Götter der Kawerau etwa die Waikatohäuptlinge tödten möchten, wenn sie mit diesen Dingen hinter mir hergingen. Auf derselben Reise fingen wir einen ungewöhnlich grossen, sechs Fuss neun Zoll langen Aal, und da wir Fremdlinge in dem Gebiete der Kawerau waren, wartete ich, bis der Aal gekocht war, um zu sehen, ob meine Freunde, die Waikatohäuptlinge, dem Kawerauhäuptling den Tribut des „mana“ des Landes darbringen würden. Und zu gehöriger Zeit thaten sie dies auch: es ist nämlich ein stehender Gebrauch, dass die hapus der Stämme, wenn sie auf einer Fischfangexpedition sind, jeden Aal von ungewöhnlicher Grösse dem Hauptbesitzer des Landes abliefern; die Köpfe aller Aale aber, die von der Gesellschaft während der Expedition gegessen worden sind, werden den Besitzern des Landes vorgelegt, auf dem die Aale gefangen wurden; dies ist ihr „mana“ des Landes, und in dem erwähnten Falle wurde denn auch der Kopf des gekochten Aales zuerst abgeschnitten und durch einen der Waikatohäuptlinge vor dem Kawerauhäuptling niedergelegt.

Das nächste Hapu oder kleinere Iwi in dem Tainuidistricte ist das aus neuer Zeit stammende hapu der Ngatiteata, welche die Ländereien eines alten Tainui hapu, namens Ngatikahukoka, usurpirt hatten. Kahukoka, ein Tainuihäuptling, der Führer der Ngatikahukoka, und sein Volk nahmen das ganze Land von der Südquelle des Manuka bis zum Waikatoflusse ein: bis zur Zeit der beiden Brüder Tamakae und Tamakou waren sie ein zahlreiches Volk; der jüngere Bruder tödtete den ältern und die Leute des ältern ermordeten aus Rache einen Waikatoknaben, worauf wieder eine Schar von Waikatohäuptlingen kam, die ihr pa einnahmen und alle darin Befindlichen, mit Ausnahme ihrer eigenen Verwandten, die dem Ngatikahukastamme angehörten, umbrachten. Zum Lohne ihres Verschontwerdens gaben die Geretteten ihren Befreiern, den Vorvätern des Ngatitearastammes, ein grosses Stück Landes am östlichen Ufer des Waiuku. Die Empfänger, die Waikato, nahmen von diesem Districte Besitz und nach und nach bemächtigten sich die heutigen Ngatiteata mit Gewalt auch der angrenzenden Ländereien des Kahukokostammes. Obgleich der Ngatiteatastamm von dem Waikato Ariki Tapaue entsprossen ist, haben die Waikatohäuptlinge doch kein Mana, Recht, über den Stamm oder das Land der Ngatiteata, da bei dem feindlichen Ueberfalle der Waikato durch Ilongi die Ngatiteata sich diesem letztern in seinem Angriffe auf Matakitaki, die Veste der Waikato, anschlossen. Und heutzutage beanspruchen die Waikato von dem Lande, das die Ngatiteata von den Ngatikahukoko genommen haben, nichts als ein Wahi tapu unweit der Manukaquellen, wo einige der Waikatohäuptlinge bestattet sind. Doch musste aus einem der Landverkäufe der Ngatiteata dem Häuptlinge der Waikato eine Summe gezahlt werden, eine Verpflichtung, die sich auf ein Stammesrecht bezog, das seinerseits wieder auf eine Handlung der Ngapuhi in dem Kriege Hongi's begründet war: die bei Waikato gefangenen Häuptlinge wurden nämlich getödtet, ihre Köpfe aber nach einer Te Kauri genannten Stelle an dem südlichen Ufer des Manuka gebracht und dort „wakatahurihuri" (ein abergläubischer Kriegsbrauch der Maori); und auf dieses Land behielt das Volk von Waikato einen tapu-Anspruch, der ihm bei dem Verkaufe des Grundes und Bodens ausgezahlt wurde. Ausser diesen beiden Ansprüchen machen die Waikato kein anderes Stammesrecht auf das Ngatiteataland geltend.

In dem Tainuidistricte am Wairoaflusse ist seit langer Zeit der kleine Stamm der Ngatitai ansässig, der von seinem Iwi der Ngatitai an der Bay of Plenty hierher übergesiedelt ist. Dieses kleine hapu ist durch Heirath mit den Ngatipava Te Akitai und Ngatimaru verwandt, welche angrenzende Hapus und Iwi sind; dennoch üben sie das alleinige mana über das von ihnen in Anspruch genommene Land aus und dabei zahlen sie weder irgendeinem Häuptlinge Tribut für ihr Land, noch auch haben sie von allem Lande, über das sie verfügt haben und das ihnen durch Eroberung zukam, andern Häuptlingen auch nur einen Theil überlassen. In dem Kriege der Ngapuhi gegen Mauineina blieben die Ngatitai auf ihrem eigenen Grund und Boden, und obgleich hier viele von ihnen durch Hongi getödtet wurden, hielten sie ihre Stellung am Wairoa fest, auch als die Ngatipoa nach Waikato flohen. Ein Versuch, das mana ihres Landes zu verletzen, wurde von ihnen in einer Weise zurückgewiesen, die beinahe zu einer Maorifeindschaft geführt hätte. Ein Canoe der Ngatimaru schlug nämlich um, als es die Niederlassung der Ngatitai passirte, und da ein Häuptling dabei ertrank, verlangte der Ngatimaruhäuptling von den Ngatitai, dass sie ihre Fischfanggebiete „rahui" sollten, bis er das tapu aufheben würde. Da die Zeit des Haifischfanges gerade begonnen hatte, sandten die Ngatitai eine Botschaft des Inhalts, „dass sie in dieser Fangzeit keinen der Burschen mit vielen Zähnen (die Haifische) fangen oder fangen lassen, essen oder essen lassen würden", dass sie aber nicht länger als einen Monat sich des Genusses aller andern Fischarten enthalten würden. Es stand hierbei aber ein Princip auf dem Spiele; denn die Ngatimaru hatten Anrechte auf ein gewisses Stück Land erhoben, über welches einer ihrer verstorbenen Ahnherren (nach einer Schlacht gegen die Ngatipava) getragen worden war, und da dieses Land binnen kurzem bezahlt werden sollte, wollten die Ngatitai keinen neuen Anspruch der Ngatimaru zulassen. Wenn die Ngatitai das von den Ngatimaru geforderte „rahui" aller Fische ohne jene Beschränkung zugelassen hätten, so würde bei der Aufhebung des Haifisch-Rahui eine Zahlung für die beiden von den Ngatimaru erhobenen Ansprüche verlangt worden sein.

Was nun den bei Orakei ansässigen Stamm der Ngatiwhatua anbetrifft (der ein hapu des grossen Kaiparastammes Rorotoa ist), so lässt dieses hapu weder von dem Waikato-, noch von dem Tainui- oder dem Ngatipavastamme irgendein Stammesrecht über sich ausüben. Dieses hapu entriss seinen District mit Waffengewalt den Tainui- und Ngatipavastämmen. Die ganzen Fischfanggebiete des Waitemataflusses gehören den Ngatiwhatua und keiner der umwohnenden Stämme würde ohne ihre Erlaubniss dort fischen; den ursprünglichen Besitzern des Districts zahlen sie weder Tribut an Fischen noch andere Abgaben. Obgleich sie durch Heirath mit den Waikatohäuptlingen zusammenhängen, verwalten sie ihr ganzes

Land gesondert und unabhängig für sich, und geben auch bei ihren zahlreichen Landverkäufen den andern Stämmen keinen Theil des Erlöses ab. Und dies war nicht nur in Bezug auf die ursprünglichen Besitzer ihres Landes der Fall, sondern sie gestatten selbst dem verwandten Stamme in Kaipara keine Controle über ihre Verwendung des Landes, das sie dort in Anspruch nehmen. Und obgleich sie als ein Theil des verwandten Stammes dasselbe Recht auf das Land des iwi Te Roroa von Kaipara haben wie der übrige Theil des iwi, so beanspruchen sie, als die Nachkommen der Männer, die den Aucklanddistrict eroberten, dasselbe allein für sich und mit Ausschluss der übrigen Roroa.

Die kurz bemessene Zeit eines Vortrages erlaubt mir nicht, alle Waikatostämme einzeln zu besprechen. Obgleich sie jetzt den sogenannten Tainuidistrict einnehmen, sind sie doch nicht alle von Tainui-Abstammung, da einige unter ihnen ihren Ursprung von den Aboriginern Neuseelands herleiten, die von den Maori Ngatimokotorea genannt wurden. Indem ich mir vorbehalte, bei der spätern Besprechung des mana noch einmal auf einige von ihnen zurückzukommen, gehe ich jetzt zu dem Aoteadistrict (in welchem die Rechte der ursprünglichen Besitzer ebenso sehr durch die migratorischen Bewegungen von Häuptlingen aus andern Theilen Neuseelands, wie durch Eroberungen verstümmelt worden sind) und zu dem nächsten, dem Tokomaru- oder dem Districte der New-Plymouth-Eingeborenen über, die auf Grund ihrer vielfach verschiedenen Abstammungen von andern Migrationen ihre Familienfehden mit so bitterm Hasse geführt haben. Die angrenzenden Migrationen von Mahakourua oder die Taranaki und Ngatiruanui haben sich von den übrigen Stämmen gesonderter gehalten; sie sind von wilderer Natur als die andern Eingeborenen und können mit Recht die einzigen, heute noch auf Neuseeland vorhandenen Wilden genannt werden: eine leichte Vermischung, die zwischen ihnen und dem Rangitanevolke der Südinsel, in welchem das malaiische Element am schärfsten hervortritt, stattgefunden hat, erklärt vielleicht die mit einer gewissen Feigheit verbundene Wildheit dieser Stämme. Ihr District ist häufig von kriegerischen Scharen überschwemmt worden, doch haben sie (mit Ausnahme eines Theils am südlichen Ende) sich ihr ursprüngliches Gebiet zu bewahren gewusst; deshalb gibt es unter ihnen auch nur wenige hapus, die sich von dem iwi unabhängig halten. In der nächsten Migration von Takitumu aber gibt es Stämme, die ebenso unabhängig von den östlich wohnenden Ngatikahuhunu, wie von den westlichen Ngatiruanui handeln. In dem Port Nicholsondistricte wohnt ein heute Ngatiraukawa genannter Theil eines Waikatostammes. Ein Streit, der zwischen zwei Brüdern in der Nähe von Maungatantari in Waikato stattfand, veranlasste den offenen Kampf innerhalb des Stammes; die Besiegten zogen nach Süden, wo sie sich schliesslich in ihrer jetzigen Heimat niederliessen; nach der Vertreibung eines Theils der Ngatikahuhunu üben sie das alleinige Recht eines Stammes über ihren eigenen District aus und erkennen keinerlei Stammesrechte der ihnen so nahe verwandten Waikatohäuptlinge über sich an. In dem Port Nicholsondistricte haben wir die Ngatitoa, die ursprünglich Besitzer von Kawhia waren, aber nach Süden zogen und das ganze Ngatiranuiland einnahmen; als sie danach den grössern Theil desselben den alten Besitzern wieder zurückgaben, bedangen sie sich einen Tribut vom Stammesrecht oder mana des Landes (z. B. Kumara und Fische) aus, den die Ngatiranui ihnen geben sollten und den dieselben auch regelmässig an Rauparaha ausbezahlten. Die Ngatitoa, obgleich zu Kawhia gehörig, gestatten dem iwi von Kawhia nicht, irgendein Recht über sie auszuüben, sondern leben in dem Port Nicholsondistricte so unabhängig als möglich; dagegen übten sie ihrerseits nicht nur das Stammesrecht über einen Theil des Port Nicholsondistricts aus, sondern fielen auch in die Südinsel ein und machten sich die damaligen Einwohner der Insel tributär, was diese auch bis zu der Zeit blieben, wo sie die Insel verkauften. Bei Gelegenheit des mana werde ich noch einmal auf die Ngatitoa zurückkommen; einstweilen gehe ich zu den Horouta oder dem Volke der Hawke's Bay über, die, obgleich nur ein iwi, doch in viele hapus getheilt sind, die von den Häuptlingen anderer hapus oder iwi ganz unabhängig handeln. Dasselbe kann von den Eingeborenen des Ostcaps oder des Ngaiporoudistricts gesagt und vielleicht auch auf die Bay of Plenty-Eingeborenen ausgedehnt werden; doch finden sich in Betreff ihrer hapus einige Verschiedenheiten vor; denn sie sind Abkömmlinge von Weibern, die von den Hawke's Bay- und Ostcap-Eingeborenen gekommen waren; und aus diesem Grunde sprechen sie dem iwi, dessen District sie bewohnen und zum Theil in Anspruch nehmen, das Recht ab, ein Stammesmana über sie auszuüben. Wir kommen nun zu den Thames-Stämmen, bei deren Besprechung ich in die Vergangenheit zurückgreifen muss, um einen scheinbaren Irrthum aufzuklären. Vor der Ankunft von Te Arawa und Tainui in Neuseeland folgte ein Häuptling, namens Ruaeo dem Te Arawa, in welchem sein Weib sich befand, das von dem Arawa-Schiffer geraubt worden war; Ruaeo landete bei Maketu, wo er mit den Arawa zusammentraf; nach einem Kampfe zwischen Ruaeo und den Te Arawaschiffern gingen Ruaeo und die Seinigen durch das Land nach Matamata, den Thames abwärts, und nahmen das ganze Land bis zum Cap Colville ein. Die Ngatiawa-Migration folgte und vertrieb die Ngatihuarere oder die

Ruaeoleute aus dem District; und als dann die Ngatiawa nach Norden zogen, nahmen Paeko und sein Begleiter von Ohiwa den District ein. Auch dieses Volk wurde von den Nachkommen eines Weibes, namens Upokotioa aus Turanga, vertrieben; dieselben theilten sich in die hapus Te Tuhuke, Ngatihako, Ngatimarama und Ngatikatarake — das iwi hiess Upokotioa. Hotunui von Kawhia war der Stammvater von Paoa, der zum Thames zurückwanderte und den Ngatipavastamm begründete. Maratuahu, der Sohn Hotonui's, war der Begründer der Ngatimaru, von denen die Ngatitamatera und Ngatiwhanaunga Unterabtheilungen sind. Die Ngatipava üben das alleinige Stammesrecht über ihr Gebiet in dem Thames aus, ohne von den Waikato oder irgendeinem andern Stamme abhängig zu sein; ebenso sind auch die Unterabtheilungen Ngatitamatera und Ngatiwhanaunga in Bezug auf die Stammesrechte ihres eigenen Landes ebenso unabhängig voneinander wie von den Ngatipaoa.

Nachdem ich in Vorstehendem die Stammesrechte eines jeden iwi angegeben habe, werde ich nunmehr zu den Stammesrechten des Volkes in Bezug auf individuelle Ansprüche auf Landbesitz übergehen und dabei natürlich zuerst die der obersten Häuptlinge besprechen; ich nehme die iwis wieder in derselben Reihenfolge vor, die ich bei der Besprechung ihrer Stammesrechte befolgt habe, und beginne deshalb mit den Ngapuhi, um dann an der Westküste hinabzugehen. Die Ngapuhi oder die Eingeborenen des nördlichsten Theiles der Insel sollen, durch ihren längern Verkehr mit Europäern, in Bezug auf die Stammesrechte grösserer und kleinerer Häuptlinge ihren Landsleuten am wenigsten ähnlich sein: aber gerade die Thatsache, dass sie mehr Land verkauft haben (soweit als dies nämlich die Zahl der Landansprüche betrifft, die so isolirt und von so vielen verschiedenen hapus verkauft worden sind), ist der beste Beweis für die „seigneurialen“ Rechte der obersten Häuptlinge über den ganzen Stamm oder selbst über einen Theil des Stammes oder ein „hapu“. Die Eingeborenen am Nordcap oder die Rarawa und Aupouristämme sind ein Zweig des Mamari- oder Ngapuhivolkes, und werden von dem alten Häuptlinge Morenga geführt: dieser alte Häuptling nun hat bei keinem der Landverkäufe auch nur den geringsten Antheil gehabt; dagegen hat ein anderer untergeordneter Häuptling desselben Stammes (Panakateao) in grossartigem Maassstabe verkauft, und zwar noch zu der Zeit, wo der alte Häuptling Te Morenga die volle Gewalt hatte. Dies bezieht sich indessen nur auf die Rarawa von Kaitaia; denn es gab noch eine andere Abtheilung dieses Stammes bei dem Whangape, die von Te Pukeroa und Papahia geführt wurde, von denen der erstere nicht einen Zoll breit Landes verkaufte, während Papahia auch nur bei zweien der vielen von seinem Stamme unternommenen Landverkäufe betheiligt war. In Hokianga wieder sitzt eine andere Abtheilung dieses Stammes, deren Häuptling Moetara war; er verkaufte zwei Landcomplexe, that dies aber nicht in seiner Eigenschaft als Häuptling des Stammes, da er nur auf einen kleinen Theil von jedem der verkauften Grundstücke Ansprüche hatte. Diese Häuptlinge übten (obgleich sie zu demselben Stamme oder iwi gehörten) doch keinerlei Recht über ihre gegenseitigen Ländereien aus; denn das Land des Districtes, in dem jeder von ihnen wohnte, stand unter ihrer eigenen Controle. Bei dem Verkaufe eines gewissen Grundstückes in Kaitaia, auf welches Papahia von Hokianga einen Anspruch besass, erhielt derselbe einen kleinen Theil des Erlöses ausgezahlt; die andern Häuptlinge des Hokiangastammes aber erhielten nichts. Ebenso erhielten auch bei den von Moetara ausgeführten Verkäufen weder Papahia noch einer der andern eine Zahlung, dagegen erhielt aus einem von Papahia's Verkäufen Moetara als Besitzer eines Anspruches eine Zahlung. Der ariki des Hikutustammes, ebenfalls eines hapu der Ngapuhi, ist Moehau; aus allen Landverkäufen dieses hapu erhielt Moehau nur aus einem einen Theil des Erlöses, während bei mehreren derselben untergeordnete Häuptlinge der Rarawa für ihre Ansprüche ausgezahlt wurden. Die Ngairupoto (deren ariki Whatiia war) verkauften Land, auf welches Thawai, der Häuptling von Te Mahurehure einen Anspruch besass; derselbe erhielt einen Theil des Erlöses; der „Ariki" von Te Mahurehure (Moka) aber hatte keinen Antheil daran. Eine Anzahl von Mahurehure (deren Häuptling Tawai ist) besassen nicht nur Ansprüche auf den District, den sie bewohnten, sondern auch auf noch andere (mit Ausschluss ihres Führers Tawhai und mehrerer anderer Häuptlinge); sie verkauften diese Ansprüche und nahmen den ganzen Erlös dafür ein. Aber bei einem der Landverkäufe der Rarawa (oder der Abtheilung, des „hapu" derselben, die Te Patu genannt wurde), der ein Stück Landes bei Monganui betraf, erhielt der Hokiangahäuptling Tawhai, der einen Anspruch darauf besass, einen Theil des Erlöses. Das Hapu Te Urekapana verkaufte ein Stück Landes in seinem eigenen District, und ein untergeordneter Häuptling der Mahurehure namens Tiro, der einen Anspruch darauf besass, erhielt einen Theil des Kaufpreises, während keinem der Häuptlinge oder „ariki" von Te Mahurehure etwas davon ausgezahlt wurde. Die Ngaitupoto verkauften etwas Land in ihrem eigenen District, und Tahua, ein Häuptling in dem Popotostamme, erhielt als Anspruchbesitzer, nicht aber als „ariki", einen Theil des Erlöses. In dem Waimatedistrict verkauften die Ngatitautahi Land und Netana, ein untergeordneter Häuptling der Ngatikaihoro, die ein hapu der Mahurehure ausmachten, erhielt als Besitzer eines Anspruches einen Theil des Erlöses; und ebenso erhielt, als die Ngatimatakiri in dem Waimatedistrict Land verkauften, der „Ariki" der Popoto als Besitzer eines Anspruchs einen Theil der Zahlung, während kein anderer aus dem Popotostamm etwas ausgezahlt bekam. Die Tawahai von Whangaroa verkauften ein Stück Landes, und der „Ariki" der Hikutu an der Bay of Islands, der einen Anspruch darauf besass, erhielt einen Theil der Zahlung. Die Ngatiuri von Whaingaroa verkauften Land, und Häuptlinge der Ngatirehia und Hikitu der Bai erhielten als Besitzer von Ansprüchen einen Theil des Erlöses; die „Ariki" dieser hapus aber erhielten nichts. Die Ngaitawake verkauften Land an der Bai und Wi Han von den Ngatiwhiu (in Waimate) erhielt als Besitzer eines Anspruchs einen Theil der Kaufsumme. Die Hikutu in Ngunguru verkauften Land, und Häuptlinge der Ngatihau in Hokianga erhielten als Anspruchsbesitzer einen Theil des Erlöses. Die Leute des Urikopura-hapu leben in ihrem eigenen District an der Grenze des Patudistricts, trotzdem verkauften fünf untergeordnete Häuptlinge der Urikopura einen Complex von Grundstücken, der in der Mitte des Districts der Mahurehure lag und weder erhielten die „Ariki" ihres eigenen Stammes, noch auch die „Ariki" oder das Volk der Mahurehure auch nur den geringsten Theil des Erlöses aus diesem Verkaufe. Diese Beispiele aus dem Ngapuhi iwi werden genügen, um zu beweisen, dass das Oberhaupt oder der Ariki der Ngapuhik ein oberherrliches Recht über das Land des iwi besitzt, sondern dass es überhaupt keinen ariki in allen hapus gibt, der dieses Recht besässe; denn die angeführten Beispiele beweisen zur Genüge, dass einzelne Mitglieder eines hapu ohne Rücksicht auf ihre Genossen über Landbesitz verfügen können und dass auch Angehörige verschiedener hapus sich verbinden und gemeinschaftlich über Ländereien disponiren können, gerade als ob sie zu einem hapu gehörten. Und daneben sehen wir auch, dass in gar vielen Fällen untergeordnete Häuptlinge einen Theil des Erlöses für gewisse Ländereien erhalten, die von Mitgliedern eines andern hapu verkauft worden sind, während doch dem ariki in dem hapu jener Häuptlinge kein Antheil davon gegeben wird; und ebenso kommt es vor, dass die untergeordneten Häuptlinge eines weitabgelegenen hapu über Land disponiren können, das ihnen gehört, das aber in dem Gebiete eines andern hapu belegen ist, ohne dass sie dazu der Erlaubniss ihres eigenen ariki oder der des ariki, in dessen District das Verkaufsobject liegt, bedürften.

Ich gehe jetzt zu dem Kaiparadistrict über (zu der Mahuhu-Migration), in dem bis vor kurzer Zeit nur wenig Land an Europäer verkauft worden ist. Ich erwähne bei dieser Gelegenheit zugleich die weitverbreitete Annahme, dass durch den Verkehr mit den Europäern die alten Sitten und Gebräuche der Maori (und zwar vornehmlich die auf die Macht der Häuptlinge und auf die Landverhältnisse bezüglichen) wesentliche Veränderungen erlitten hätten: wenn man aber die Geschichte des Volkes und seiner Kriege, die so oft lediglich aus Streitigkeiten über Landansprüche entstanden, näher betrachtet, so erscheint es fast wunderbar, wie jene Annahme sich überhaupt verbreiten konnte. Die Geschichte ihrer Ansprüche, ihre täglichen Beschäftigungen, die sie immer wieder ihr ganzes Gebiet durchstreifen liessen; das gänzliche Fehlen aller schriftlichen Berichte; die fortwährende Vergegenwärtigung der Heldenthaten, die ihre Väter zum Schutze ihres Landes vollbracht hatten: alles dieses zusammengenommen, liess bis zum Jahre 1840 trotz des Verkehrs mit den Europäern keinerlei Veränderungen oder Neuerungen in den auf die Landbesitzverhältnisse bezüglichen alten Maoribräuchen aufkommen. Ich habe deshalb meine Beispiele von Landverkäufen der Eingeborenen alle aus der Zeit vor der Besitznahme Neuseelands durch die britische Regierung (1840) gewählt, und es ist ersichtlich, dass jene Annahme einer Veränderung nicht wohl auf diese von mir angeführten Fälle begründet werden kann. Der Häuptling Paikea ist der „ariki" des Roroa- oder Uriohaustammes in dem Kaiparadistrict; dennoch ist er nur Zeuge (nicht Hauptteilnehmer) bei dem Verkaufe eines Grundstücks durch Ngaukora, einen untergeordneten Häuptling des Stammes. In dem District aber, dessen „ariki" Paikea ist, und zwar nur vier Miles von seinem Hauptwohnsitze entfernt, verkauften Parore und andere untergeordnete Häuptlinge eines entfernten Stammes (der Ngaitawake) ein Stück Landes, aus dessen Erlös Paikea und sein Stamm keinen Antheil erhielten; und noch mehr: Tirarau, der „ariki" des Ngaitawake hapu in Kaipara, war Zeuge bei diesem Verkaufe, in dem untergeordnete Häuptlinge seines Stammes die Verkäufer waren. In einem andern Falle waren die beiden „arikis" Paikea und Tirarau die alleinigen Verkäufer eines Grundstückes, und noch ein anderes mal verkaufte Paikea ein Stück Landes und Tirarau fungirte als Zeuge bei diesem Verkaufe.

Ich gehe jetzt zu dem nächsten Gegenstande, dem „Mana" über. Ehe ich dasselbe jedoch bespreche, muss ich den Sinn des Wortes durch einige Beispiele seines Gebrauches näher bezeichnen. Das Wort „mana" hat viele verschiedene Bedeutungen. Es bedeutet 1) „erfüllen", wie in dem folgenden Satze: „Ka mana taku kupu i au" (ich will mein Versprechen erfüllen); 2) „mächtig", z. B. „He karakia mana" (ein mächtiger Zauber); 3) „wirksam", z. B. „He kupu mana tana kupu" (das Wort ist wirksam); 4) „gewährt", z. B. „Ekore to tono e whakamana" (dein Gesuch wird gewährt werden); 5) „unterstützen", z. B. „Mawai e mana ai tau kupu" (wer wird dich unterstützen, damit dein Wort wirksam sei?). In der Form „manaki“, d. h. in seiner Zusammensetzung mit der Präposition ki (zu), hat das Wort andere Bedeutungen; so heisst es einmal „annehmbar“, z. B. „E kore ahau e manakatia mai e ratou“ (ich werde ihnen nicht annehmbar sein); ein anderes mal aber „gern haben“, z. B. „Ekore aia e manaki mai ki au“ (er wird mich nicht gern haben). Eine noch andere Form nimmt das Wort an, wenn die Präposition ko (zu) als Affix mit ihm verbunden wird; es bedeutet dann „Verlangen“, z. B. „Kahore aku manako atu“ (ich habe kein Verlangen). Wird das Wort tunga (d. h. eine geheime Gabe, deren Zweck oder Grund ihrer Verleihung dem Empfänger allein bekannt ist) dem Worte „mana“ als Affix zugefügt, so haben wir „manatunga“ oder Andenken; wird das Nomen des Raumes, wa, als Affix angehängt, so haben wir „manawa“ oder „Athem“. In der Zusammensetzung mit „nui“ (gross) wird es „manawanui“ oder Tapferkeit; die Zusammensetzung des Verbums „popore“ mit manawa (Athem) gibt „manawa-popore“, d. h. Gier, Verlangen, Reue, Besorgniss. Man sieht also, dass mana in seinen zahlreichen Bedeutungen nichts mehr und nichts weniger bezeichnet als jenes unbeherrschbare Etwas: den Sinn des Menschen. Ich gehe jetzt zu dem „mana“ eines Häuptlings oder Priesters über. Das „mana“ eines Maoripriesters ist begrenzt und erstreckt sich nur auf Angelegenheiten, in denen die Einmischung der Götter erkannt werden kann, wie bei den vielen internen Einrichtungen des Stammes, in Kriegszeiten oder bei besonders wichtigen Thätigkeiten des Ackerbaues. Im Kriege (wenn der Stamm sich zu Feindseligkeiten entschlossen hat) zeigt sich das „mana“ des Priesters in der Leitung einer jeden Bewegung des Stammes, und diese Leitung erstreckt sich nicht nur auf seinen eigenen Stamm oder das hapu, zu dem er vielleicht gehört, sondern über die Männer aller andern Stämme, die sich mit jenem verbinden; seinen Befehlen wird aber nur so lange, als der Krieg dauert, Folge geleistet. Ich führe hier einige Beispiele an. Wenn Hongi auf seinen Kriegszügen seine Scharen zum Anhalten bringen wollte, theilte er diesen Wunsch dem alten Priester seiner Expedition, Te Kemara, mit, der dann einen Mann bis an irgendeine bestimmte Stelle voransandte, wo derselbe das Gewand des Priesters als Haltsignal niederlegen musste, und diesem Zeichen wurde stets Achtung und Gehorsam erwiesen. In den Kriegen des Te Waka Nene leitete ein alter Priester, Te Ngau, alle Bewegungen des Heeres. Als einmal unter Waka's Leuten Mangel an Lebensmitteln entstand, beschloss man, eine Abtheilung von Kriegern zum Fourragiren auszusenden. Da bei einer derartigen Expedition, wo es galt, Lebensmittel aus dem Lager des Feindes oder aus seiner nächsten Umgebung zu rauben, sich gute Gelegenheit zu Beweisen der Tapferkeit bot, wünschten alle, sich daran zu betheiligen; aber nachdem der alte Priester sich auf kurze Zeit in das Gehölz bei dem pa zurückgezogen hatte, um durch den Niu das Omen zu befragen, kehrte er zurück und nannte diejenigen, die ausziehen sollten: seinem Befehle wurde Folge geleistet, und obgleich auf den Gesichtern derer, die ausgeschlossen blieben, Unzufriedenheit zu lesen war, liess sich doch kein Murren hören; denn des Priesters Wort war „mana." Ich sagte oben schon, dass nur da, wo der Einfluss der Götter angenommen werden konnte, der Ausspruch des Priesters für „mana" galt und demgemäss befolgt wurde; das Entgegengesetzte fand aber statt, wenn sein Befehl einen persönlichen Wunsch und Willen und kein Omen der Götter ausdrückte. Ein Beispiel wird dies beweisen: Der Ariki und Priester von Ngatiawa in Taranaki that am Vorabende einer Schlacht zwischen jenem Stamme und dem Stamme der Taranaki eine verächtliche Aeusserung gegen ein „hapu“ seines eigenen Volkes, indem er sagte: „Wer hätte je gedacht, dass Leute, die mit einer Angelruthe fischen, in der Schlacht tapfer sein könnten? (Der Priester Te Rakino, sprach diese Beleidigung gegen das hapu des Häuptlings Korotiwha aus.) Als nun die Schlacht stattfand und der Kampf am heftigsten tobte, hielt Korotiwha mitten im heissesten Gefechte seinen Speer hoch empor und rief seinem hapu zu: „Meine Söhne, das Zeichen des Blutes“; und als seine Leute dieses Signal vernahmen, zogen sie sich sogleich alle aus dem Kampfe zurück. Rakino und die Seinen wurden nun von den Taranaki hart bedrängt und ihre Haufen in Verwirrung gebracht, bis endlich Korotiwha die Schlacht durch einen neuen Angriff entschied und den Sieg errang. Dies zeigte, dass das „mana“ eines Priesters nur so weit geht, als er der Vermittler zwischen den Göttern und dem Stamm ist. Neben diesem mana in Kriegszeiten übt der Priester, als ariki von Geburt, auch, wie oben erwähnt, zu bestimmten andern Zeiten ein gewisses „mana“ aus; bei allen landwirthschaftlichen Thätigkeiten z. B. ist es sein Vorrecht, zu bestimmen, wann das tapu beginnen soll (wann die Frucht in die Erde gebracht werden muss) und wann es wieder aufzuheben ist; wann kein Canoe in der Gegend, wo das Volk den Boden bestellt, flussaufwärts oder -abwärts fahren darf und wie lange diese Beschränkung dauern soll; auf seine Fürbitte gestatten die Götter auch nur, dass von den Personen, die einen Leichnam berührt haben, das tapu genommen werden darf. Seine Nahrung, Kleidung, Haus und alle Dinge, die ihm gehören, sind geheiligt oder tapu, und sein „mana“ wohnt ihnen inne: werden sie von einem ans dem Volke berührt, so wird dieses Mana oder der Einfluss der Götter (den das

Wort „mana“ in Bezug auf dieselben bezeichnet) den Tod jenes Menschen veranlassen. So war es der Einfluss der Götter, oder die abergläubische Furcht, mit der das Volk sie betrachtete, und nicht menschlicher Einfluss, der dem Priester das mana verlieh, eine Thatsache, die ich sogleich bei der Besprechung des „Ariki“ oder Häuptlingsmana in den Angelegenheiten des alltäglichen Lebens näher veranschaulichen werde. 1) Erbliches mana, seine Ausdehnung, und durch welche Ursachen verkürzt. — 2) Die Dictatur eines Stammes, von einem unbedeutendern Häuptling desselben oder gar von einem Mitgliede eines andern Stammes übernommen; wodurch erworben, und in welchem Umfange von dem Stamme gestattet. —

Das mana eines ariki oder Häuptlings wurde nie von seinem eigenen Volke oder angrenzenden Stämmen bestritten, wenn dasselbe für besondere Zwecke ausgeübt wurde. Es stand in seiner Macht als ariki, zu bestimmen, wann die Sistirung des Haifischfanges aufgehoben werden sollte. Er durfte auch entscheiden, wann die Zeit des Rattenfangens beginnen sollte. Er hatte das Recht, darüber zu bestimmen, wann und wo ein Leichnam zu begraben war; wann derselbe wieder ausgegraben und vor seiner schliesslichen Bestattung dem Volke gezeigt werden, und auch wo er seinen letzten Ruheplatz finden sollte. Da die Ceremonien für die Verstorbenen ungemein viel Arbeit veranlassen, z. B. schon durch die Beschaffung der Speisen für die zum Hahunga geladenen Stämme, so lässt sich wohl annehmen, dass der ariki der höchste Regierer des Volkes und dass sein Wort Gesetz ist in Bezug auf die Todtenceremonien. Da die Götter in unmittelbarem Zusammenhange mit den Todten und den für dieselben anzustellenden Ceremonien stehen sollen, herrscht auch der Glaube, dass, wenn nicht der ganze abergläubische Maori-Ritus nach dem alten Brauche ausgeführt werden würde, die

Götter den Stamm verfluchen würden: so gilt auch der Gehorsam gegen den ariki nicht seinem eigenen persönlichen Einfluss. Wünscht ein ariki einen Gegenstand zu besitzen, der einer andern Person gehört, so braucht er denselben nur mit dem Namen irgendeines Theils seines eigenen Körpers zu bezeichnen, wodurch der Eigenthümer gezwungen wird, ihm den Gegènstand zum Geschenke zu machen. Doch geschieht auch dieses nicht um seines Ranges willen, sondern lediglich aus Rücksicht auf seinen Zusammenhang mit den Göttern; die Benennung des gewünschten Gegenstandes nach einem Theile seines Körpers (welcher letztere ja die Wohnung der Götter ist) erlaubt dem Eigenthümer nicht, ihn zu behalten; nur der ariki darf, nachdem er den Gegenstand einmal so benannt hat, denselben gebrauchen oder gebrauchen lassen, ohne den Zorn der Götter auf sich zu laden. Doch endigt eine derartige Handlung nicht etwa in einer Schenkung; wenn der ariki dem Eigenthümer, oder nach ihm seinem Sohne, nicht den doppelten Preis des so erlangten Besitzthumes bezahlt, wird er von dem Volke mit Widerwillen betrachtet, und verliert den persönlichen Einfluss, den er vielleicht über dasselbe gehabt hat. Dies führt mich zu dem nächsten Punkte meiner Erklärung, zu den Ursachen nämlich, durch welche ein ariki seine persönliche Macht verlieren kann. Aus dem Ebengesagten geht hervor, dass er sich durch Habgier schaden wird, und ebenso thut er dies durch einen Mangel an Gastfreiheit, durch zu strenge Behandlung seiner Sklaven und durch ein schlechtes Gedächtniss für die Geschichte der Vergangenheit und Mythologie; dasjenige aber, was den ariki unfehlbar von aller Macht über das Volk ausschliesst, ist Mangel an Verstand. Ist ein Häuptling oder ariki geschwätzig oder zu bombastischen Reden geneigt, so steht er bei dem Volke nur in geringem Ansehen, deshalb ist eine erkünstelte Schweigsamkeit Regel für jeden Häuptling. Besitzt ein ariki aber auch die grössten geistigen Fähigkeiten, so wird das Volk sich doch nicht von ihm führen lassen oder auf seinen Rath hören, sobald er sich an fremdem Eigenthum vergreift. In Bezug auf andere Punkte aber hält sein mana auch gegen alle diese Hindernisse Stand; ist ein solcher ariki z. B. mit zwei Stämmen verwandt, die miteinander Krieg führen, so kann er durch seine Vermittelung bei ihnen beiden einen Frieden zu Stande bringen. Doch ist es auch hier wieder nicht persönliches Mana, was den Weg zum Frieden bahnt, sondern seine Verwandtschaft mit den kriegführenden Parteien, und der Einfluss der Götter, der ihm als Ariki innewohnt. Natürlich sind dies nicht die einzigen Motive in der Sache. Die Maori sind von Natur kein kriegliebendes Volk (obgleich sie, wann sie einmal im Kriege sind, meist aus Stolz sich nicht entschliessen können, Frieden zu wünschen und dahinzielende Bedingungen zu stellen), und so kann ein Ariki, der mit den beiden streitenden Parteien verwandt ist, am besten jeder derselben Friedensvorschläge machen, ohne doch ihre Maori-Ehre zu beleidigen; hier wird das Mana eines Ariki angenommen, aber nicht auf Grund seiner persönlichen Macht oder Gewalt.

Hieraus geht also hervor, dass die Macht, die ein Ariki oder Häuptling vielleicht ausübt, von dem Volke bewilligt wird, und ihm nicht etwa durch Geburtsrecht zukommt. Ich führe einige Beispiele hierfür an, erwähne jedoch zunächst, dass die Stellung eines ariki in Friedenszeiten kaum durch etwas anderes sich von derjenigen der untergeordneten Häuptlinge unterscheidet, als dadurch, dass er seine Mahlzeiten für sich allein einnimmt, dass sein Haus nicht durch das Hineinbringen von Speisen entweiht; das Feuer, an dem er sitzt, nicht zum Kochen benutzt werden darf, was alles die Götter beleidigen würde. Wenn es ihm gefällt, arbeitet er mit dem Volke auf dem Felde; gewöhnlich aber ist er nur Aufseher bei der Arbeit, und erhält bei der Ernte einen Theil des Ertrages. Aus dieser letztern Angabe darf man nicht schliessen, dass der Ernteertrag eines kleinern Stammes oder hapu etwa nicht Gemeingut wäre: im Gegentheil, die ganzen Producte eines hapu werden zusammen aufgespeichert, und die in einer Niederlassung zubereiteten Speisen bilden ein gemeinsames Mahl, an dem das ganze hapu theilnimmt; bei diesem erhält dann der ariki, als solcher, seinen Antheil fertig zubereitet. Kommen innerhalb des Stammes Streitigkeiten vor, so kann ein untergeordneter Häuptling der Meinung eines ariki Trotz bieten und nach eigenem Gutbefinden handeln. In einem derartigen Falle hatte Ngtu ein untergeordneter Häuptling aus dem Stamme des Waka Nene, einen Streit mit einem andern Mitgliede desselben Stammes, infolge dessen er seinem Widersacher ein Pferd wegnahm. Waka trat dazwischen und schickte einen Boten, der das Pferd zurückbringen sollte, der aber von Ngahu durch die Frage beleidigt wurde, „was denn Waka mit der Sache zu thun habe?“ Waka wusste wohl, dass er keine Gewalt brauchen dürfe, und deshalb sandte er als ariki sein eigenes Pferd an Ngahu, mit der Bestellung, dass, „wenn Ngahu wirklich ein Pferd zu besitzen wünsche und die Gelegenheit dieses Streites nur benutzt habe, um sich eins zu verschaffen, er doch das Pferd seines Gegners zurücksenden und lieber dieses behalten möge.“ Da diese Botschaft eine Beleidigung in sich schloss, leistete Ngahu, dessen Stolz beleidigt war, ihr nicht Folge, sondern sandte beide Pferde zurück. Die Thatsache, dass der ariki oder Häuptling keine gebietende Macht über seinen Stamm besitzt, wird auch durch einen alten Gebrauch der Maori bewiesen. Wenn vor alters in Kriegszeiten eine Stammesabtheilung einen Angriff erwartete und den Beistand der andern Theile des Stammes nöthig hatte, sandte der ariki denselben nicht etwa einen Befehl zu, sondern theilte ihnen seinen Wunsch nach Unterstützung nur durch ein Zeichen mit, das ngakau genannt wurde, und je nach der Grösse der drohenden Gefahr verschieden war; ebenso wurde, wenn ein Hapu oder Stammestheil Rache für einen alten Schimpf nehmen wollte ein Zeichen an die andern Stammestheile gesandt, um diese zum Beistande aufzufordern. Es war dies kein Befehl. Das Zeichen wurde ohne Begleitworte gesandt, der Häuptling, der es erhielt, that keine Frage: so stand es in dem Belieben des Empfängers, der dadurch angedeuteten Aufforderung nachzukommen oder auch nicht. Ein derartiger Fall trug sich im Jahre 1838 zu, als in der Bay of Islands ein Maori-Krieg wüthete, an dem Kawiti, der Ariki von Ngatihine theilnahm. Dieser sandte ein Ngakau an Mate, einen Häuptling desselben Stammes, der damals gerade in Kaipara wohnte, doch wurde seiner Aufforderung nicht Folge geleistet. Wäre wirklich (wie ja vielfach angenommen wird) ein Häuptling in seinem Stamme Oberherrscher gewesen, so würde ein derartiger Gebrauch nicht durch viele Generationen bestehen haben können. Der Gebrauch selber ist eine hinreichende Widerlegung der Annahme, dass der Häuptling die Oberhoheit über seinen Stamm habe. Es kann nun vielleicht eingewendet werden, dass dieses ein vereinzelter Fall gewesen sei, und deshalb führe ich noch ein zweites Beispiel an, wo nicht nur die Hapus eines Stammes, sondern der ganze Stamm und alle seine Häuptlinge sich weigerten, der Aufforderung des Ariki nachzukommen. Wie schon oben gesagt, ist der Ariki eines Stammes (als Priester) der oberste Befehlshaber in Kriegszeiten, wenn seine Befehle in den Augen des Volkes wie Befehle der Götter erscheinen; als aber im Jahre 1822 der ganze Ngapuhi iwi unter der Anführung Hongi's einen Angriff auf die Feste des Thames-Stammes (Ngatipaoa) unternahm, entstand ein Streit über die beste Art, das Pa anzugreifen, der schliesslich zu einer Trennung der Ngapuhi führte; vier oder fünf von den Hapus zogen sich zurück und betheiligten sich nicht an dem Angriffe auf diesen Platz; nach der Schlacht verbanden sie sich wieder mit den andern, mit denen sie gemeinsam die weitern Angriffe auf die Waikato ausführten.

Ich habe schon gesagt, dass ein untergeordneter Häuptling eines Stammes oder selbst ein Mitglied eines andern Stammes die Dictatur übernehmen kann; denn wenn auch die Eingeborenen den Nachkommen ihrer Aristokratie grossen Einfluss gestatten und viele Ehrfurcht erweisen, so kann doch, wenn diese Macht nicht von Klugheit und Tapferkeit begleitet ist, der ariki eines Stammes oder Häuptlings eines hapu durch einen niedern Häuptling ersetzt werden, wie dies bei dem ariki der Ngatiraukawa der Fall war, auf den Te Rauparaha folgte. Te Rauparaha war nicht von Häuptlingsrange, d. h. er war der Nachkomme eines jüngern Zweiges der ariki-Familie von Tainui, und da seine Vorfahren Heirathen mit niedern Häuptlingen und Frauen aus andern Stämmen geschlossen hatten, nahm er durch seine Geburt keine einflussreiche Stellung ein. Als aber der oberste Häuptling der Ngatiraukawa (Hape ki Tuarangi) auf dem Todtenbette lag und der ganze Stamm um ihn versammelt war, fragte der alte Häuptling (der seinerzeit ein berühmter Krieger gewesen war) ob sein Nachfolger im Stande sein werde, in seine Fusstapfen zu treten, sein Volk zu weitern Siegen zu führen und so die Ehre des Stammes aufrecht zu erhalten. Er richtete diese Frage an alle seine Söhne, erhielt aber keine Antwort von ihnen. Da erhob sich Te Rauparaha aus der Mitte der niedern Häuptlinge und des Volkes, die in einiger Entfernung von dem kranken Oberhaupte und den Häuptlingen hohen Ranges sassen, und sprach: „Ich bin im Stande, in deine Fusstapfen zu treten und sogar das zu thun, was du nicht thun konntest.“ Da er der einzige war, der Hape's Frage beantwortete, erkannte der ganze Stamm ihn als Führer an, und von daher schrieb sich der Einfluss, den er bis an sein Lebensende bewahrte. Te Paraha war ein Mann von grossen geistigen Fähigkeiten (für einen Eingeborenen) und wurde als Anführer einer Kriegsschar selbst nicht von dem berühmten Hongi übertroffen; deshalb darf man jedoch nicht voraussetzen, dass der gewisse Einfluss oder das „mana“, das er durch seine geistige Ueberlegenheit erwarb, ihm die Macht verliehen hätte, irgendetwas „tapu“ zu machen; sein mana ging nur so weit, als sein mächtiger Schutz und Rath gebraucht wurde; der Ngatiraukawa-Ariki und der Ngatitoa-Ariki behielten noch ihre Macht bei, alles „tapu“ zu machen und vom „tapu“ zu befreien, wie ich an dem Beispiele Ariki eines Ngapuhi-hapu näher darthun werde. Derselbe, der Manu hiess, war Ariki der Ngatikaihoro, da er sich aber einen Diebstahl hatte zu Schulden kommen lassen, hatte er, mit Ausnahme des tapu, seine ganze Macht über das Volk verloren; sein Neffe (der Sohn seiner Schwester) übernahm die Führerschaft des hapu; es trug sich nun zu, dass das hapu ein gewisses Stück Landes für seinen Ackerbau gebrauchte. Die darauf bezügliche Bestimmung wurde auch von dem Führer gegeben, doch konnte derselbe nicht mehr thun, als eben seinen Wunsch aussprechen, und das Land konnte nicht eher in Benutzung genommen werden, als bis es noa gemacht oder das „tapu“ durch einen ariki davongenommen war. Trotzdem Manu, der ariki, dagegen war, entfernte er auf die vereinten Bitten des Volkes das „tapu“

doch durch Beschwörungen und Zauber, und nun konnte das Land von dem Volke eingenommen werden. Aus diesem Beispiele geht aber zweierlei hervor: nämlich, dass das Volk nicht nur seinen Gehorsam auf eine andere Persönlichkeit, die nicht „ariki“ durch Geburt ist, übertragen kann; sondern dass es sogar durch vereinte Forderungen seinen ariki zur Vollziehung einer Handlung zwingen kann, mit welcher derselbe nicht einverstanden ist. Die Bedeutung, welche Europäer dem Worte „Häuptling“ beizulegen pflegen, führt zu falschen Schlüssen in Bezug auf die Anwendung dieses Titels für einen Neuseeländer, oder, mit andern Worten: Europäer setzen bei den Häuptlingen der Maori-Stämme mehr Macht voraus, als dieselben nach ihren eigenen Angaben besitzen. Ich kann zuversichtlich sagen, dass es in Neuseeland nie einen Häuptling gegeben hat oder noch gibt, der auch nur einem Mitgliede seines Stammes (mit Ausnahme der Sklaven) gebieten kann. Ungestraft widersetzen sich die Angehörigen des Stammes den Befehlen eines Häuptlings. Und weiter kann ich sagen, dass es keinen Häuptling oder Ariki eines Stammes gibt, oder selbst alle Häuptlinge und Arikis irgendeines Iwi zusammengenommen, die gemeinsam eine Garantie dafür übernehmen können, dass sie ihr Iwi oder auch nur ein Hapu desselben zum Einhalten gewisser Bedingungen bringen werden, die sie selber angenommen haben. Ich will hier dem Range oder der Macht eines Maori-Häuptlings nicht zu nahe treten, sondern lasse die Thatsachen für sich selber sprechen. Als Heke zum ersten male die Flaggenstange bei Kororareha umgehauen hatte, wurde von Sydney aus eine (freilich nur kleine) Truppenabtheilung herübergesandt, mit welcher der Gouverneur nach dem Norden der Insel ging; er war etwa 7 Miles von Heke's Heimat entfernt, da legten ihm die arikis der Ngapuhi hapus eine Anzahl von Gewehren als Zeichen (des Gehorsams) zu Füssen und schlossen einen Vertrag mit ihm, nach welchem Heke fortan keinerlei Störungen des Friedens mehr verursachen sollte. Obgleich nun diese Häuptlinge die angesehensten Männer von Ngapuhi, Waka, Rewa, Tareha und andere, waren, und Heke nur ein niederer Häuptling, so stürzte er ihnen allen zum Trotz die Flaggenstange zum zweiten male nieder und äscherte die Stadt Kororareka ein. Verspricht ein Maori-Häuptling irgendetwas im Namen seines Stammes, so geschieht dies unfehlbar unter Hinzufügung der Clausel, dass er nur für so viele unter den Mitgliedern seines Stammes versprechen könne, als eben auf seine Meinung hören würden. Und verspricht er irgendetwas für sich allein, so pflegt er einen stillschweigenden Vorbehalt dabei zu machen, den er, wenn er später an sein Versprechen erinnert wird, in folgender Weise kundthut: „O, meine Liebe für meine Verwandten, die mich dieser Handlung wegen tadelten, liess mich darüber ebenso denken, wie sie es thun.“ Macht man ihm Vorwürfe, dass er diese seine Sinnesänderung nicht schon früher gemeldet habe, so pflegt seine Antwort zu sein: „Ich dachte, es wäre ganz gleich, ob du es wüsstest oder nicht.“

Ich habe oben schon erwähnt, dass ein Mitglied eines andern Stammes sich die Dictatur in einem „hapu“ oder „iwi“ aneignen könne, zu welchem er nicht gehört. Da meine Zeit beschränkt ist, kann ich hier nur ein Beispiel eines solchen Falles anführen. In seinem Kriege gegen die Rotorua machte Hongi viele derselben zu Sklaven; vor noch nicht gar langer Zeit besuchte nun ein junger Mann jenes Stammes, Namens Pirihongo (der unter seinem eigenen Volke ohne Bedeutung, weil aus keinem Häuptlingsgeschlechte war), seine Verwandten, die Hongi in die Sklaverei geführt hatte. Da er eine nicht gewöhnliche Klugheit besass, wurde er schliesslich, was er auch heute noch ist, der Führer eines der Ngapuhi „hapus“ des Waimate, an den sich viele Arikis und Häuptlinge der Ngapuhi zu wenden pflegen, wenn sie Rath und Beistand seines „hapu“ brauchen. (Lectures on Maori customs and superstitions, S. 41—48.)

Beigefügt sei schliesslich noch ein auf die Maui-Mythe bezüglicher Auszug aus dem schon erwähnten Pamphlet, das Herr Manning mir freundlichst übergab.

Maui, Sohn Taranga's und Makea Tutara's, war am Seestrande geboren. Seine Mutter warf ihn in das Meer, die Wellen trieben ihn umher, sie umwickelte ihn in Laken von Seeschaum. Schliesslich warf ihn der Sturm, der Wirbelsturm, zurück an das Land, wo, begraben unter dem Seeauswurf, Fliegen ihn umschwärmten und die wilden Seevögel über ihm flatterten, bis sein Ahn, das Grosskind im Himmel, ihn bemerkte und zu seiner Befreiung herabkam. Ihn aufhebend nahm er ihn nach seiner Wohnung und hing ihn über das Haus, Hitze und Rauch belebten ihn wieder, und durch seines Ahnen Sorge wurde er ein Mensch.

Dann, als Maui aufgewachsen war, erschien er vor seiner Mutter und seinen Brüdern, aber sie verleugneten ihn anfangs. Dann erzählte er ihnen die Geschichte seiner Geburt, wie er in den Ocean geschleudert und zurückgetrieben sei ans Land durch die Stürme und bewahrt von seinem Ahn, der Sonne, und als sie dieses vernahmen, da erkannten sie ihn an und er lebte fortan mit ihnen.

Nun vollführte dieser Maui in seiner Jugend viele wunderbare Künste, aber er war der Launen voll und kümmerte sich nicht darum, ob seine Thaten gut oder böse seien, vorausgesetzt nur, dass sie wundervoll alle übrigen übertrafen.

So geschah es eines Tages, dass er die Leute erblickte, welche seiner Ahnherrin, der „Fernsten-Grenze-der Erde“, Speise hintrugen — und er fragte sie und sprach: „Für wen ist die Speise, die ihr tragt?“ Und er erhielt zur Antwort: „Für deine Ahnherrin, Muri-ranga-whenua.“ — „Wo ist sie?“ — „Dort in der Ferne.“ — Da sprach Maui: „Lasset es mich hintragen.“ So trug er an diesem Tage und an mehrern folgenden die Speise, aber brachte sie nie zu Muri-ranga-whenua. Er trug sie nur einen Theil des Weges und liess sie dort liegen. Endlich, als er eines andern Tages die Speise zu tragen ging, merkte Muri-ranga-whenua, dass sie betrogen wurde, und schwellte ihre Brust auf, in der Absicht, Maui zu verschlingen. So roch sie umher nach dem Norden, Süden und Osten, aber konnte nichts spüren. Endlich, als sie sich nach Westen wandte, roch sie Maui und rief: „Der Wind hat dich hierher gebracht.“ Da hörte sie, wie Maui leise vor sich hin murmelte, und erkannte, dass es ihr Enkel war, und so zog sich ihre Brust wieder zusammen; hätte ein anderer Wind als der von Westen ihn gebracht, so würde er verschlungen worden sein. So rief sie aus: „Bist du Maui?“ — „Ja, ich bin Maui.“ — „Warum mishandelst du mich so?“ — „Ich will, dass du mir deinen Kinnbacken leihest.“ — Da sagte Muri-ranga-whenua: „Nimm ihn.“ — So nahm Maui den Kinnbacken von Muri-ranga-whenua und kehrte zu seinen Brüdern heim, und da wurden diese gewahr, dass es sein Zweck gewesen war, sich dieser unbesieglichen Waffe zu bemächtigen.

Zu jener Zeit war die Sonne viel heisser als heute, und die Tage waren sehr kurz; denn die Sonne blieb nicht lange am Himmel, ihr Schritt war so schnell, ehe sie unterging; und wegen der Hitze und der Kürze der Tage konnten die Menschen nicht arbeiten, um sich Nahrung zu verschaffen, wären aber die Tage länger gewesen, so würde die Welt verbrannt sein, weil die Hitze der Sonne so gross war.

So sprach Maui zu seinen Brüdern: „Lasset uns die

Sonne angreifen und ihr etwas von ihrer grossen Hitze fortnehmen, und sie binden und ihren Lauf langsamer machen, auf dass die Tage länger werden und die Menschen mehr Zeit haben mögen, die Erde anzubauen."

Aber seine Brüder antworteten: „Kein Mensch kann der Sonne nahe kommen, so heftig ist ihre Hitze."

Da sprach der Held: „Ihr habt meine vielen Arbeiten gesehen, und dass mir nie etwas mislungen ist. Auch hierin werde ich erfolgreich sein — hierin und auch in grössern Dingen."

So liessen sich seine Brüder überreden und willigten ein, die Sonne anzugreifen.

So begannen sie nun, Stricke zu machen. Da konnte man wahrlich die Kunst, Stricke zu machen, erblicken — gedrehte Stricke, geflochtene Stricke, geknotete Stricke, alle Arten von Stricken machten sie; und als sie damit fertig waren, nahm Maui seine Keule, und während seine Brüder die Stricke trugen, begab er sich nach dem Aufgange der Sonne. Lange wanderten sie und gingen bei Nacht und ruhten bei Tage in den offenen Ebenen, bis sie, immer näher und näher kommend, endlich den Ort erreichten, wo die aufgehende Sonne hervorkommt.

Nun bauen sie Mauern von Erde und Häuser aus Baumzweigen, um sie gegen die Hitze zu schützen, und nun erheben sie die Schlinge von Stricken, mit der sie die Sonne bei ihrem Aufgehen fangen wollen, und als sie dies vorbereitet haben, stellen sie sich auf: Maui an der einen und seine Brüder an der andern Seite des Aufganges der Sonne, und alle haben ihre Kriegsmatten umgehängt.

Da redete Maui, der den Kinnbacken Muri-ranga-whenua's in der Hand hielt, seine Brüder an: „Seid geduldig und vorsichtig und mitleidslos; erschreckt sie nicht; lasst sie von unsern Schlingen umfangen werden bis zu den Achselhöhlen; dann, wenn ich rufe, zieht eure Stricke ein und haltet sie lange, während ich sie angreife und mit meiner Keule verstümmele. Habt nur ja kein Mitleid; wenn sie um Erbarmen fleht, seid erbarmungslos, o meine Freunde.“

Jetzt erhebt sich die Sonne, wie flammendes Feuer, leuchtend über der Erde! Sie schreitet vorwärts; ihr Haupt ist in der Schlinge; jetzt sind ihre Achselhöhlen umgarnt; jetzt ziehen sie die Stricke ein. Ha! der Held ist in den Schlingen gefangen! Jetzt springt Maui-tiki-tiki-o-Taranga vorwärts; die Keule in der Hand, greift er die Sonne an. Nieder fällt die schwere Waffe auf ihr gelbes Haar; ihre glänzenden Locken theilen sich voneinander und erreichen nun die Enden der Erde in zerstreuten Strahlen; nicht mehr wie ehemals in dichten Feuerflammen. Da ruft der umgarnte Held: „Weshalb greifst du mich an, o Mensch! du, der du selbst „Das Grosse-Kind-Ra“ anzugreifen wagst?“ — So vernahm man zuerst den wahren Namen der Sonne: „Tama-nui-te-Ra“. Der heftige Angriff dauert fort, endlich lassen sie die Sonne frei; verwundet und der Hälfte ihres Lichtes beraubt, verfolgt sie langsam ihren Weg und es währt lange, ehe sie ihren Untergangsort erreicht. So sind seitdem die Tage länger und kühler geworden und die Menschen können in Ruhe arbeiten.

So kehrten Maui und seine Gefährten heim. Und eines Tages, als seine Brüder auf das Meer gegangen waren, um Fische zu fangen, hörte Maui seine Weiber und Kinder untereinander über seine Trägheit murren, dass er nicht auch wie seine Brüder auf den Fischfang ging. Da rief er aus: „Ha ihr! Ihr Weiber und Kinder, mir ist kein grosses Werk mislungen; und denkt ihr, ich könnte nicht Fische fangen? Bald wird die Sonne sie bescheinen, wie sie am Strande aufgehäuft liegen.“

Nun verfertigt Maui einen Haken; er formte ihn aus

dem Kinnbacken Maui-ranga-whenua's und dann dreht er eine Schnur. „Jetzt", sagt er zu seinen Brüdern, „lasst uns auf das Meer hinausfahren und fischen"; aber seine Brüder wollten ihm nicht erlauben, in das Canoe zu kommen, aus Furcht, dass er ihnen einen bösen Streich spielen könnte; und so fuhren sie allein auf das Meer. Als sie zur Nacht zurückkehrten, ging Maui und versteckte sich unter das Gestell des Canoes und des Morgens fuhren die Brüder wieder hinaus und wussten nicht, dass Maui bei ihnen war. Da sie nun vom Lande fort waren, erhob sich Maui aus seinem Versteck; und als die Brüder ihn erblickten, wollten sie zurückfahren und ihn an das Land bringen. Aber Maui sprach zu ihnen: „Erlaubet mir, hier zu bleiben, damit ich das Wasser, welches in das Canoe dringt, ausschöpfe." So gestatteten sie ihm, zu bleiben. Dann fuhren sie weiter in das Meer hinaus nach ihrer gewöhnlichen Fangstelle, und wollten eben den Anker auswerfen, als Maui sie überredete, noch weiter und weiter zu fahren, bis sie endlich an den fernsten Ankerplatz gelangten, den Canoes jemals erreicht hatten. Und hier schickten sie sich wieder an, zu ankern; aber Maui sprach zu ihnen: „Es lohnt sich nicht, hier zu fischen! lasst uns hinausfahren in die Strömungen des grossen Oceans, ausser Sicht vom Lande, so wird unser Canoe in einem Augenblick gefüllt sein; denn die Fische werden dem Haken scharenweise gerade in das Canoe folgen." So fuhren sie weiter, und endlich verschwand das Land, sie ankerten und die Brüder begannen zu fischen. Zweimal nur warfen sie ihre Haken aus, da war schon, wie Maui gesagt hatte, das Canoe gefüllt; denn die Fische folgten den Haken scharenweise in das Canoe. So schickten sich Maui's Brüder an, zum Lande zurückzukehren; aber Maui bat sie und sprach: „Wartet noch ein wenig länger, bis ich meinen Haken auswerfe." — Da sprachen die Brüder: „Wo solltest du einen Haken finden?" — „Ach", sagte Maui, „ich habe doch einen Haken." — „Dann wirf ihn aus." — Darauf zieht er unter seinem Mantel seinen Haken hervor, der von eingelegten Perlen glänzt, geschnitzt ist und verziert mit Büscheln von Haar und Federn: den Kinnbacken seiner Ahnherrin Muri-ranga-whenua!

Da sprach Maui: „Gebt mir einen Köder", aber seine Brüder antworteten: „Keinen sollst du erhalten." So ballte er seine Faust und schlug sich auf die Nase. Das Blut floss und er rieb es auf seinen Haken und warf ihn in das Meer. Hinab sinkt der Haken — hinab, hinab. Jetzt ist er dicht am Grunde des Meeres, und jetzt hat er den Giebel von dem Hause Tongonui's, des Ahnherrn Maui's, erreicht, der unter den Wassern wohnt. Hinab sinkt der Haken, er geht an der Dachrinne vorbei, an dem Schnitzwerk der Vorderseite. Jetzt hat er den Boden erreicht und Maui zieht an der Leine. Ha! Das Haus jenes Alten, Tongonui, ist an dem Haken des Maui-tikitiki-o-Taranga!

Jetzt zieht Maui wieder mit seiner ganzen Kraft; weit herauf zieht er das Haus Tongonui's und mit ihm herauf kommt eine Welt! Jetzt fühlt er den ganzen Widerstand; seine göttliche Kraft hat ihresgleichen gefunden; nicht näher kommt der Haken. Der trübe Ocean wallt auf; die Gipfel der Berge sind nahe und manch ein wirbelnder Strudel tost. Jetzt ergreift Wuth Maui, grimmig zieht er und jauchzt laut seinen hochhebenden Gesang:

Warum,
Warum, o Tongonui?
Klammerst du dich an des Oceans Tiefen?
Noch widerstehend
Der Kraft Ranga-whenua's
Tauchend in das bewegte Meer,
Tauchend!

Hebend! Ooi![1]
Die Kraft Ranga-whenua's
Trägt den Sieg davon!

Ha! der Fisch Maui's erhebt sich aus dem Wasser — ein Landfisch — ein grosses Land — Papa-tu-a-nuku![2]

So liegt nun Maui's Canoe trocken auf dem Lande, und er spricht zu seinen Brüdern: „Bleibet hier bis zu meiner Rückkehr. Ich gehe, den Göttern ein Opfer darzubringen; sie müssen zuerst unsern Fisch kosten. Berührt ihn nicht und zertheilt ihn nicht bis zu meiner Rückkehr; sind dann die Götter befriedigt, so werden wir ihn theilen, und jeder soll sein Theil in Frieden empfangen und sich in dem Besitze desselben freuen, und das, was übrigbleibt, soll in Frieden bleiben und ungestört."

Darauf ging der Held fort und trug die Gabe für die Götter; kaum aber war er verschwunden, als auch seine Brüder, seine Worte misachtend, den Fisch Maui's zu zerschneiden und zu essen begannen; und so versäumten sie, die Götter zu befriedigen durch eine Gabe von dem ersten Fische Maui's, ihres Nachahmers und Jüngers.

Als nun der Meergott Tangaroa die bösen Thaten der Brüder Maui's sah, ergrimmte er und liess den Fisch heftig sich sträuben. In grimmigen Zuckungen warf er sich umher, und wurde dadurch unförmig und ungestaltet. Und hierdurch ist das Land so hässlich gestaltet — Berge,

---

[1] „Ooi!" oder „Oi!" — Der Ruf der alten Priester, bei den Anrufungen der Götter des Himmels und der Erde, des Kriegsgottes, aber keiner andern. Dieser Ruf wurde oft am Ende eines Verses oder Satzes in die Gebete und Beschwörungen eingefügt; es war ein lauter Schrei, den der Priester ausstiess, wenn er besessen oder begeistert schien, und der wie ein Befehl für den Gott klang. M.

[2] „Papa-tu-a-nuku" — bedeutet eigentlich „die Walfisch-Erde. M.

Thäler, Ebenen, Schluchten und Abgründe, alle gemischt, ohne die Gottlosigkeit von Maui's Brüderrn würde der Fisch still gelegen haben, und so würde auch mit dem Land geschehen sein, denn der Fisch Maui's ist das Land. Jetzt aber gerieth das Land aufs neue in Umwälzung, seit der Trennung von Himmel und Erde. Die erste Verwirrung geschah, als der Himmel und die Winde und die Fluten gegen die Bande der Erde kämpften, und jetzt wieder infolge der Zuckungen des Fisches Maui's, denn so war der Wille Tangoroa's.

Daran schliest sich (in Manning's Original) die bekannte Liebesgeschichte Hero's und Leander's in der Umkehrung, dass Hine-moa zu ihrem Liebhaber hinüberschwimmt. Ausser an die Insel Mokoia sind auf sie bezügliche Legenden noch an verschiedene andere Localitäten geknüpft, die mir längs des Reiseweges angedeutet wurden.

Was im übrigen die Maui-Mythe betrifft mit ihrem aus allen Continenten bekannten Sonnenfänger, ihrer finnischen Meeresgeburt, ihrem arischen Fischzug, dem Feuergeschenk u. s. w., so habe ich darüber bei meinem Aufenthalte in Hawaii vielerlei neue Versionen erhalten, die später bei der Specialbehandlung dieses Theiles meiner Reise zur Verarbeitung kommen werden.

Zur Ethnologie.

In den Aufgaben der Ethnologie[1] liegt das Bestreben eingeschlossen, die Psychologie zu einer Naturwissenschaft zu machen. Man hat gefragt, was das heisse? Es soll damit gesagt sein, dass auch in der Psychologie die inductive Methode als leitende dienen müsse, um innerhalb relativer Verhältnisse, im prüfenden Fortschritt vom Einfachen zum Zusammengesetzten, unter steter Controle durch Vergleichungen die Synthesen (nicht in vorgesteckten Zielen zu suchen, sondern sie) nur dann zuzulassen, wenn sie sich aus dem Verwandtschaftsverhältnisse selbst mit zwingender Nothwendigkeit ergeben (als krystallhelle Begriffe gleichsam in chemischer Mutterlauge der Denkregungen anschiessend).

Man kann nun weiter fragen, einmal, wie hat dieses zu geschehen? und dann: was ist der zu erreichende Zweck? Zunächst eine Antwort auf das Letztere.

Durch naturwissenschaftliche Ausbildung der Psychologie wird der vermeintliche Gegensatz zwischen Naturwissenschaft und Philosophie verschwinden, denn dass auch

---

[1] Die Ethnographie liefert zur Uebersicht eine Eintheilung der Variationen des Menschengeschlechts nach den geographisch umgebenden Grenzen (oder, wenn man will, nach künstlichen Merkmalen). Die Grundlage dafür ist in den anthropologischen Provinzen unter jedesmalig ethnologischem Horizonte zu gewinnen.

die Jünger der Naturwissenschaft sich von Liebe für ihre (dem Geschmacke der Sophisten manchmal freilich allzu materielle) Ideale begeistert fühlen, braucht nicht bewiesen zu werden, und dass andererseits bei richtiger Auffassung der Natur die von der Philosophie[1] erforschten (und aus scheinbarer Willkür auf gesetzliche Wurzeln zurückgeführten) Geistesoperationen ebenfalls in dieselbe hineinfallen, beweist sich ohne lange Deductionen. Als die sogenannten Naturwissenschaften im allmählichen Weitergange von der Chemie bis zur Physiologie gelangt waren, standen sie an der Grenze[2] des Geistesreiches, und da an die fremdartig aus demselben entgegentretenden Operationen keine vermittelnde Anknüpfung gefunden wurde, suchte man sich darüber hinwegzuschwingen in halsbrecherischen Sprüngen, die den metaphysischen vielleicht an Kühnheit gleichkamen, nicht jedoch an Geschicklichkeit, und so gar jämmerlich durchfielen. Die hier erforderliche Brücke kann nur durch die Psychologie, als Naturwissenschaft, geschlagen werden, um eben die Methode dieser

---

[1] Dass „auch der Irrthum sich nach Naturgesetzen bildet", bedarf für den Naturforscher, der gerade dem Studium pathologischer Processe die wichtigsten Aufklärungen verdankt, keines weitern Wortes und ebenso wenig, dass die zur Regulirung etwa nothwendigen „Normativ-Gesetze" in dieselbe Kategorie fallen, wenn auch die hier stattfindenden Operationen als höhere Potenz aufzufassen sind, gegenüber elementaren Vorgängen.

[2] „Jedenfalls ist es des Versuches werth, mit den reichen Mitteln moderner Naturbetrachtung der Genesis des Denkens bis zu dessen etwaiger Geburtsstätte in oder noch unter der Region des Empfindens und Bewegens nachzugehen und von dort aus seine Evolutionen weiter zu verfolgen" meint Rabus, und auf der einen Seite unter psychophysischen Experimenten „auf der Schwelle" mit der Physiologie verknüpft, würde sich auf der andern die Psychologie in den Völkergedanken zur historischen Umschau erweitern, um auch hier den (dort gewonnenen) „Algorithmus der Logik" zur Verwendung zu bringen.

auf das philosophische Gebiet in organischer Fortentwickelung hinüberzuführen. Diese als Induction bezeichnete Methode überlässt der Deduction ihre schillernden Luftschlösser, die gleich Seifenblasen zu zerplatzen pflegen, und zieht es vor, langsam und geduldig auf sicher gelegten Fundamenten von unten emporzubauen. Sie bedarf also zunächst der Bausteine[1], des Rohmaterials, das zuerst durch Handlanger zusammenzutragen, das dann durch Handwerker, später auch durch Künstler, in Form zu bringen ist, und das darauf schliesslich freilich, aber eben schliesslich erst, den Plan des Architekten zu verwirklichen sich geschickt beweisen wird.

Woher hat also die Psychologie, um als Naturwissenschaft zu arbeiten, ihre Bausteine zu entnehmen? Das ist die Kernfrage, um welche sich alles dreht.

Solche Bausteine werden in den Völkergedanken[2] gegeben sein, und sie sind der vergleichenden Psychologie von der Ethnologie zu beschaffen.

In der zerstückelten Weltanschauung primitiver Stämme kommt man bei Erforschung der an den ethnischen Ho-

---

[1] Die Philosophie muss anthropologisch werden (und „die anthropologische Philosophie muss selbst eine wissenschaftliche psychologische Grundlage erhalten") verlangt Bärenbach. „Es bedarf der Untersuchung der Bedingungen und Grenzen, der Natur- und Normalgesetze unsers Erkennens, der Normativgesetze aller wissenschaftlichen Erkenntnissthätigkeit, die Anspruch auf realen Erkenntnisswerth erhebt." Wo aber soll dies gesucht werden? wenn nicht in den objectiven Realisationen des Menschheitsgeistes in allen seinen Völkerwandlungen, so viel deren auf dem Erdplaneten emporgeblüht sind.

[2] Dass bei dem gesellschaftlichen Naturcharakter des Menschen der Gedanke der Gesellschaft (oder, in weiterm Sinne, des Volkes) als der primäre zu betrachten ist, der den individuellen als integrirenden Theil des Ganzen vorbedingt und erst zum Bewusstsein bringt, habe ich bereits so oftmals ausgeführt, um mich diesmal davon dispensiren zu dürfen.

rizont reflectirten Gedanken in der Hauptsache mit einer Art anorganischer Analyse aus, wogegen die Wachsthumsprocesse in den geistigen Schöpfungen der Naturvölker verwickeltere Untersuchungen erfordern, die sich den physiologischen im Reiche des Organischen vergleichen liessen. In beiderlei Methoden indessen, der einfachern sowol wie der complicirtern, sind die Naturwissenschaften jetzt durch fortdauernde Uebung hinlänglich geschult, sodass sie auch mit den geheimnissvollsten Problemen der Philosophie früher oder später werden fertig werden, sobald ihnen nur brauchbares Material geliefert ist, um sie überhaupt fasslich und greiflich anzupacken. Und diese Handhabe werden die Völkergedanken gewähren, nachdem sie in einer für statistischen [1] Ueberblick genügenden Vollständigkeit angesammelt sind.

Diese, eine unerlässliche Vorbedingung für das Weitere bildende Vollständigkeit [2] setzt selbst wieder eine Ex-

---

[1] Eine statistische Behandlung ist möglich, da wir in den Denkgebilden der Völker (in der jedesmal nationalen Weltanschauung) festgeschlossene Organismen vor uns haben. Mit eiserner Nothwendigkeit springt überall der gleichartige Gedanke hervor, dessen unter geographisch-historischer Regelung bedingte Variationen sich auf typische Species reduciren lassen, und erst nach Eliminirung der allgemeinen psychologischen Grundgesetze, die sich darin erkennen lassen, dürfen im commerciellen oder literarischen Austausch durch friedliche oder feindliche Beziehungen, seine durch Wanderungen und Wechselverkehr hinzugetragenen Modificationen in Beachtung genommen werden.

[2] Die Lücken, die bleiben, wenn es nicht gelingt, die rasch vor unsern Augen verschwindenden Typen noch im letzten Augenblicke zu fixiren, werden später, der Natur der Sache nach, nie wieder auszufüllen sein. Früher würde man sich um den etwaigen Untergang der ärmlichen Geistesproducte (verwilderter) Wilden, wie man sie nannte, wenig gekümmert haben, ebenso wenig wie der nur auf Schmuckgärten bedachte Botaniker um niedrige und schmuzige Kryptogamen. Nun sind es aber gerade diese, die eine wissenschaftliche Botanik in neuerer Auffassung begründet haben, indem

haustionsmethode voraus, und diese die Gedankenstatistik. Nachdem wir auf der Weite ethnologischer Breitung über den Globus alle Wandlungsmöglichkeiten[1] des Menschengedankens[2] in seinen socialen, ästhetischen, religiösen Vorstellungskreisen erschöpft haben, sind wir an die dem Irdischen gewährten Grenzen geistiger Ueberschau gelangt, und können sodann mit mathematischer Bestimmtheit weiter operiren, um bei socialen, ästhetischen, religiösen Fragestellungen (statt, wie bisher, zwischen Meinen und Scheinen, im Glauben zu schwanken) fortan nach unabänderlich festen Gesetzen die Grenzlinie zwischen Richtigem und Unrichtigem zu ziehen.

Und wann wird dieser durch altes Orakelwort[3] in Selbsterkenntniss vorangedeutete Tag des klaren Wissens auf unserm Erdplaneten anbrechen? Ja, wann?

---

sie in durchsichtig einfacherm Einblick die Erkenntniss der Vegetationsgesetze erleichterten, und ebenso werden jene Primärgedanken einen Leitungsfaden gewähren, um uns in den verwickelten Kreuz- und Quergängen der Culturschöpfungen zu orientiren.

[1] Omnium autem in re consensio omnium gentium, lex naturae putanda est (Cicero).

[2] Die (im Unterschiede von der rationalen) empirische Psychologie (bei Kant) „kommt dahin, wo die eigentliche (empirische) Naturlehre hingestellt werden muss“, dagegen ist sie „aus der Metaphysik gänzlich zu verbannen“, gleich einem Fremdling, „dem man auf einige Zeit einen Aufenthalt vergönnt, bis er in einer ausführlichen Anthropologie (dem Pendant der empirischen Naturlehre) seine eigene Behausung wird beziehen können“ (als „metaphysische Erfahrungswissenschaft vom Menschen“). Der grosse Denker, in ahnender Vorausempfindung der vorbereitenden Umgestaltungen, wusste ersichtlich nicht recht wohin mit der Psychologie. In der Zwischenzeit ist indess ihre künftige Behausung allmählich fertig gestellt, und wird bald beziehbar sein.

[3] Veniamus nunc ad eam scientiam, ad quam nos ducit oraculum antiquum (Baco a Ver.) und schon Rhete's „Anthropologia“ (1605, p. 7) leitet sich ein mit diesem „Oraculum Apollinis“.

Bisjetzt liesse sich nur von jenem Jüngling reden, der aus dem heimischen Vaterhaus scholastischer Disciplinen fortgewandert:

Denn ihn trieb ein mächtig Hoffen
Und ein dunkles Zauberwort.
Wandre, rief's, der Weg ist offen,
Immer nach dem Aufgang fort!

Und als der hoffnungsvoll ersehnte Strom erreicht:

Hín zu einem weiten Meere
Trieb ihn seiner Wellen Spiel
Vor ihm liegt's in öder Leere,
Näher ist er nicht dem Ziel,

am Strande des unermesslich wogenden Oceans angelangt.

Und wenn er nun vielleicht unverdrossen, Hand voll Hand die Tropfen schöpft, dann mag manch' freudige Ueberraschung in ihm aufblitzen, über die gleichartige Zusammensetzung des Wassers, über das bunte Zoophytenleben, das dort krimmelt und wimmelt, dann mögen ihn manchmal auch würzige Düfte erfrischen, von fernher säuselnden Lüften zugetragen, aber, wie lange freilich wird es noch dauern, bis er oder seiner Epigonen Fernste das Canoe gerüstet, um die Küsten zu. entdecken, welche das grosse Meer des Wissens jenseit des terrestrischen Horizontes bespült?

Uns hat in der Erkenntniss harmonischer Gesetzlichkeit vor allem die Befriedigung zu genügen, innerhalb der dem Einzelnen beschiedenen Zeitspanne mitgewirkt zu haben am Menschheitsbau des Kosmos. Und hierzu ist ein Jeder befähigt nicht nur, sondern berufen, wenn rechtschaffen und ganz denjenigen Ansprüchen entsprechend, die innerhalb seiner Sphäre, ob gross oder klein, an ihn gestellt sind.

Anmerkungen.

Zu S. 4. [1] Le caractère générale d'une race doit être dessiné d'après celui des fractions qui le représentent le plus complètement (Renan).

Zu S. 5. [1] Auch die sociale Stellung gibt keine Garantie, da die individuelle Anlage, wenn unter der überziehenden Tünche versteckt, dadurch noch nicht erstickt zu sein braucht. Wenn (nicht von Caligula's ins Priester-Colleg eingeführten Pferd, gleich dem in Flores verehrten Pferde Cortez', zu sprechen) Servilius Nonianus als römischer Consul an einem Faden um den Hals ein (gegen Augenkrankheit kräftiges) Papier trug, mit griechischen Buchstaben beschrieben, so würde er ein guter Kunde gewesen sein für die Marabuten Senegambiens, die arabische Schrift substituiren, und aus der in Leinwand gewickelten Mücke, mit der sich Consul Mucianus gegen Krankheit schützte (s. Mezger), könnten böse Zungen zum Gerede über Fetischdienst verleitet werden, ebenso wie bei den digitis gestare deos, unter dem Volk im allgemeinen, in dem derartige Praktiken immer, und auch jetzt noch, im vollsten Schwange gehen. Die in algierischen Kriegen nicht nur, sondern auch im italienischen Feldzug, und in dem kürzlichen, an den Leichen hochgestellter Offiziere (damaligen Zeitungsnotizen gemäss) gefundenen Talismane und Amulette werden ebenso bei verschiedenen Gelegenheiten in der bonapartischen Familie erwähnt, die längere Zeit an der Spitze desjenigen Volkes stand, das in eigener Abschätzung immer, und in der der Geschichte wenigstens ebenso oft, als ein anderes, an der Spitze moderner Civilisation marschirt ist. Was wäre also der Schluss, wenn hier ein Höchster der Höchsten als Individuum massgebend sein sollte? In Europa, wo der Zusammenhang im Einzelnen bekannt ist, mögen wir alles das an seinen zugehörigen Platz zurechtschieben, wo bliebe aber für einen Beobachter aus Alter Orbis der Anhalt zu competenter Beurtheilung?

Zu S. 6. [1] „In der That war der Schmuck der Tempel wenigstens nicht dazu bestimmt und konnte es nicht sein, die theologischen und philosophischen Lehren der Priester in ihrer Selbstständigkeit und in ihrem inneren Zusammenhange durch Bilder und Inschriften vor Augen zu legen" (s. Lepsius). Bei Lauth werden von den esoterischen Texten diejenigen unterschieden, die eine Art Theosophie oder Philosophie enthalten und daher ihrer Natur nach esoterisch sind (gleich den von Naville in der verschlossenen Kammer am Grabe des Königs Sethosis I. gefundenen) und der Gebrauch der Geheimschrift wird bis auf die XVIII. Dynastie zurückverfolgt (s. Bierret). Dagegen konnten von Diodor bereits ἱεραὶ ἀναγραφαι der ägyptischen Priester mit Hülfe griechischer Dolmetscher benutzt werden, aus Manetho's Werken (nach Heyne) oder dessen Commentaren. Aus den nach den Mittelmeerländern verbreiteten Büchern des Osthanes meinte man die Geheimnisse der Magie zu entnehmen, die dann den Goëten zu gute kamen. Im übrigen bleibt das Studium der magischen und astrologischen Lehren ein verhältnissmässig unfruchtbares, weil mit momentanen Combinationen (für den jedesmal praktisch zu erreichenden Zweck) erledigt, ohne einen zusammenhängend weiter entwickelten Gedankengang (zum Klarlegen des psychischen Wachsthumsprocesses. Nach den Triaden war alles Wissen den Steinen von Gwyddon Ganheba aufgeschrieben (s. Roberts), gleich denen, die Xisuthrus seine Nachkommen aufzusuchen mahnte.

Zu S. 7. [1] In der Acte Akarnaniens, wo (wie in einem Cornwallis) letzte Reste früherer Bevölkerung (der Taphier, Teleboer u. s. w.) von den späteren Einwanderern zusammengedrängt waren, erhielten sich samothrakische Culten und dort bot der Leukasfels einen Springstein, von dem später Verbrecher herabgestürzt wurden.

[2] Durch die Teletae (zur Bezeichnung der Einführungsweihe in die eleusinischen Mysterien) gewährten die Götter (nach Diodor) „ein ewiges Leben, dessen stete Beschäftigung in süsser Andacht bestehe" (s. Döllinger), wogegen (nach Plato) „die Teletae dazu dienten, den Menschen in der Ungerechtigkeit zu stärken und sicher zu machen", und würde sich das auch ohne des cynischen Diogenes Bestätigung aus der Allmacht des Geldes von selbst verstehen, denn nach Philo's Beschreibung stimmte dasselbe die Hierophanten zu denselben Wunderwirkungen, wodurch die spätern Ablasskrämer die Einwanderungslisten für den mittelalterlichen Himmel mit so zweifelhaften Subjecten füllten, dass sie jetzt jede anständige Colonie von ihren Küsten zurückweisen würde. Nach Strabo hatten sich diese von Prodikus sowol wie Cornutus (in einem auch aus Speke's Negergesprächen hervortretenden Sinne) auf den Ackerbau gedeuteten Mysterien der Demeter und Proserpina von Samothrake bis zu den britischen Inseln verbreitet, und wenn man den Spuren des, freilich nur den Epopten bekannten Brimeus Brimo's nachgehen wollte, vielleicht noch viel weiter (bis Brimir und Pirman).

[3] Seit Thales (Anaximander's Lehrer) in ägyptischer Weisheit unterrichtet (s. Diog. Laert.) als πρεσβύτερος (b. Plutarch) in die Heimat zurückgekehrt war. Für die in Heraklit dem Dunkeln vermuthete Beziehung zu den Mysterien (s. Lasalle) weist Teichmüller auf die bei der persischen Eroberung durch Darius selbst (nach Diodor) geförderten Studien der ägyptischen Priesterlehre. Die von Herodot in Aegypten gefundenen Götter Griechenlands waren (nach Röth) die von den Phöniziern aus Aegypten nach Griechenland gebrachten und (nach Buttmann) ist in Dionysos an Cadmus in Theben geknüpfte Sage auf phönizische Einwanderung nach Griechenland hingewiesen. Heraklides setzt die hellespontische Sibylle von Marpessos in die Zeit des Solon und Cyrus (oder Krösus). Nach Diogenes Laertius sollte Aristoteles die Entstehung der Philosophie bei den Barbaren gesucht haben (mit besonderem Hinweis auf die Semnotheoi der Gallier, bei deren Druiden sich Zamolxis und Pythagoras zusammenfinden), und dass sie von dort dann zu den Griechen gekommen, fügt Clem. Alex. hinzu. Als Herausgeber (διαθέτης) von Musäus' Sehersprüchen wird Onomakritos (bei Herodot) genannt, zu den umherwandernden Orpheotelesten gerechnet, und (n. Proclus) wurde Pythagoras von Aglaophamos in die durch Orpheus aus Aegypten mitgebrachten Mysterien eingeweiht.

Zu S. 8. [1] Wie in Orinoco droht in Afrika Tod den Frauen nicht nur, sondern auch sonst dem Ungeweihten, der die Secreta des Geheimbundes aufzuspüren suchen sollte, und so erlitt Atilius die Strafe des Hochverraths (s. Klausen) für seine Abschrift aus den sibyllinischen Büchern, deren Amtsgeheimnisse nur von den Quindecimviri eingesehen werden durften (s. Lactantius) unter Zuziehung griechischer Dolmetscher (nach Zonaras) für die Interpretationen (der Duumviri), Corvinus enthüllte die Augurien, Tarquitius, die Haruspicia u. s. w. Die Priester des grossen Boossum (als Genius der Familie oder der Stadt) surround the whole of their proceedings with a fearful secrecy and mysterious solemnity (an der Goldküste). Die Knabenweihen werden im Buschtempel des Braffo-Fetisch vollzogen (s. Cruikshank).

[2] Sie haben es in ihren Stufen bereits bis zu 9 und darüber gebracht, mit Aussicht auf fernere Vermehrung, wie in den schottischen Graden. Im gallischen Hainbund wurden die Orden der Barden, Ovaten und Druiden unterschieden (die sich als Traditionsbewahrer, Opferer und Propheten als auf verschiedene Functionen bezüglich zeigen), in den Eleusinien drei Stationen der Einweihung (bei Proclus) oder (bei Theo Smyrn.) fünf. Bei tahitischen Areois (Uritoys der Marianen) wurden Stufen angenommen von der untersten

Pos (der Candidaten) zu der höchsten als Avae Parai (bemaltes Bein, mit Auftätowirung der Decoration statt eines Hosenbandes).

Zu S. 9. [1] Aehnlich fand es Bates im Amazonenthal und auch Charlevoix bemerkt, dass die Indianer die Erklärung der geheimnissvollen Anrufungen in den Festen verweigerten. The people are extremely unwilling to speak of what is mysterious or akin to the spiritual in their ideas, bemerkt Sproat, der mehrere Jahre unter den Aht lebend „with my mind constantly directed towards the subject of their religious beliefs, before I could discover, that they possessed any ideas as to an overruling power or a future state of existence“ (Weisse könnten die Mysterien nicht verstehen, „only old Indians can appreciate them“). Die Soubba oder Sabäer (bei Bagdad) dürfen die heiligen Bücher ihres Propheten Yahio (Dravchad Yahio oder erhabenen Worte Yahio's) nicht mittheilen (s. Siouffi).

[2] The Missionaries, who, from their knowledge of the language, alone had it in their power for many years to converse freely with the native race, seem to have avoided all inquiries on such subjects, bemerkt Shortland (betreffs der „Traditions and superstitions of the New Zealanders“), wie sie in den Philippinen alles gethan hätten, „to extirpate the original memorials of the natives“ (nach Pritchard). Nach Whitmee liess sich von den Polynesiern meist nur ein stückweises Hersagen der erblichen Traditionen erlangen und dabei war es oft durch angebrachte Veränderungen absichtlich darauf angelegt, irre zu führen. In Aegypten (nach Lane) weicht man den Fragen des Fremden aus, wenn „meddling with the matters of tareeckah“ (the religious course of the Durweeshes).

Zu S. 10. [1] The knowledge, which has even now been acquired of the mythology (der Maori in 1855) is very imperfect and as the old people, in whose breast it is locked up, are rapidly passing away, much of it will perish with them (s. Taylor) und so vielfach.

[2] Obwol sich im Geschäftsleben die Gallier (zu Cäsar's Zeit) der graecis litteris bedienten (und die Helvetier gleichfalls), so doch nicht die Druiden für ihre Gedächtnisszeichen; neque fas esse existimant, ea litteris mandare. Numa liess die religiösen Bücher in sein Grab legen für gesichertere mündliche Ueberlieferung.

[3] Dem deutschen Epos war (nach Holtzmann) die Einführung des „Christenthums geradezu verderblich“, weil alles auf das alte Heidenthum Weisende unterdrückt wurde, und schon in den Clementinen wird gesagt, dass es weit besser sei, die Mythen der Griechen gar nicht zu kennen.

Zu. S. 11. [1] Bei den an divus pater (dju pater) und diva mater, als die göttliche Natur im Allgemeinen gerichteten Anrufungen der

Indigitamenta (300 für Jupiter reservirt, noch zu Varro's Zeit) entsprangen dann unabhängige Gottheiten, „le polythéisme commença en Italie, comme partout ailleurs par la confusion de l'attribut et la personne (s. Bouché-Leclerq). Pontifices dicunt singulis actibus propios deos praeesse (s. Servius). Omnes dii deaeque (der dii minuti) waren unus Jupiter" (s. Augustin). Ab invocatione indigetes dictos volunt, quod indigito est precor et invoco (s. Servius). Der Stamm des Wortes ist derselbe, welcher im digitus, dem zum Zeigen benannten Finger hervortritt (s. Klausen) und daher die magischen Fingerstellungen im schamanischen Ritual mongolischer Klöster. Der Finger, als der ausdrucksvolle Theil der Hand (s. Grimm) dient bei symbolischen Verrichtungen (und in Daktylen zu διδάσκειν, wie digitus zu dicere). Herakles als ἐννεαδάκτυλος hat den Sieg über den nemäischen Löwen durch einen Finger zu erkaufen, und das Abschneiden des Fingers, zunächst des kleinen (mit dem kleinsten Gliede beginnend) findet sich (als Leichensühne), wie in Afrika, in Australien und sonst vielfach in Polynesien. Nach Einführung der Verbrennung in Rom wurde den Leichen ein Finger abgeschnitten (os resectum).

[2] Die Tochter der Luft, die (ins Meer herabgesenkt) von den Winden und Wogen geschwängert, zur Wassermutter wird, gebärt den Sohn Wäinämöinen, der an den Strand geworfen wird (im finnischen Kalewala).

[3] Dazu tritt dann die Auffassung des Meeres als bei der Arbeit vergossener Schweiss, wie es auch im Grimmismal als der Ymir's gilt (en or sveita saer), und bei Empedokles das Wasser als Schweiss der Erde.

[4] Tiki took red clay and kneaded it with his own blood and so formed the eyes and limbs and then gave the image breath (s. Taylor). Von Samoa das Wasser nach Rotumah überschreitend, bildet Raho (von Iva begleitet) die Inseln durch Sandausstreuen (wie es in Yoruba geschieht). Aus Tangaroa's umgekehrtem Körper bildeten die Götter die Welt als Tempel und die Chaldäer stellten sich (nach Diod. Sic.) die Erde als ein umgestürztes Boot vor.

[5] Und jener Sang der Voluspá:

Ar var alda
Tar er Ymir bygdi
varasandr ne saer
Né svalar unnir
Jörd fannsk aeva
né upphiminn
gap var ginnunga
en gras hvergi

Adr Burs synir
bjódum um yptu
Teir er midgard
moeran skópu
Einst war es vor Zeiten,
da Ymir hauste,
da war nicht Sand noch See
Noch kühle Wogen
die Erde fand sich nirgends
Noch der Himmel drüber,
da war gähnende Kluft
doch Gras nirgends,
Bis dass Bur's Söhne
den Grund erhoben,
Sie, die das heilige
Midgard erschufen.

Z. S. 12. [1] Auf Enonae (Aufwallung) folgt Taì-toua-matai (Zorn) und dann seine Beruhigung in Taua-roa-roa-vau.

[2] Bei Hesiod entsteht mit Chaos gleichzeitig Γῖα εὐρύστερνος (breitbrüstig wie Papa in Hawaii) und gebiert anfangs aus sich selbst, ehe sie sich für fernere Zeugungen mit ihrem ältesten Sohn Uranos verbindet. Dann folgen die siebenfachen Ehen, bereits in der Theogonie für Zeus eingeschlossen, der sein ganzes Leben hindurch allerlei Liebeshändeln ergeben bleibt.

[3] Mit Teu-feu-materai (in Tahiti) zeugt
Taaroa zuerst den Gott
Oro und dann
Raa mit Ohotoupapa vermählt,
Tane mit Patifouirei vermählt,
Roo
Tieri,
Tefatou oder Fatou,
Roua naua,
Toma haro,
Rua

[4] Nat Tochter des schwarzdunkeln Riesen Nörvis, zeugt, in erster Ehe (mit Naglfare vermählt) Audr (Odr), in zweiter (mit Annar oder Onar) den Erdball (als Tochter), in dritter mit Delling (Dögling oder Dämmerung) den Sohn Dag.

[5] Daher die symbolische Erneuerung durch Umkleidung (Paaatua) der Götter bei Jahresfesten (wie in Juggernauth' Erneuerung des Kern's) zunächst in Zufügung weiterer Lagen an den umwickelten Steinen, auch auf den Gilbertinseln gefundenen, gleich

dem von Zeus auf dem Parnass aufgestellten, θαῦμα θνητοῖσι βροτοῖσι, als Baetylos (wie der Tabu-ariki in Tarawa als mattenumwickelter Stein).

[6] Auf ägyptischen Hieroglyphen wird die Welt als Schlange dargestellt, die sich in den Schwanz beisst (ὁ δράκων οὐροβόρος). Chaque année cet animal se dépouille et perd sa vieillesse, de même, dans le monde, chaque période annuelle se rajeunit en opérant un changement. Nachdem Nugerain, dessen heiliger Name (gleich einem Nayarana) nur von den Priestern auszusprechen, während sich der Cultus an die Natmoses (Nat oder Nak auf dem Festland) richtet, die Insel Aneiteum (aus den Wassern, auf denen er wandelt) aufgefischt, zog er fort (gleich amerikanischen Propheten), wie Nobu in Erromango, oder umher (gleich den aus chaldäischen Nebo weitwandelnden Aposteln des Islam) seine Hülle als Schildkrötenschalen zurücklassend. Das Häuten der Schlangen (wie am Orinoco) und diese sowol, wie die Krabben (auf den Banksinseln), dient zum Symbol des Wiederauflebens.

[7] Ueber Sang Yang Wisesa schwebend, tritt Batara Guru aus der (eigerundeten) Weltkugel hervor (in javanischer Kosmogonie), das auf dem Wasser ausgebrütete Schöpfungsei Havaii's (bei Bennett und Tyerman) war von einem Riesenvogel gelegt, als Seitenstück zu dem die Mythen nordischer Indinaner durchfliegenden. In der Finsterniss des Anfangs manifestirt sich die Weltseele, als Gottheit, das Ei schaffend, aus dem Brahma hervorgeht (bei Manu). Mit Phanes (s. Patricius) wird die (bei Aristophanes) schwarz geflügelte Nacht aus dem Ei geboren. Die Druiden (s. St.-Georges) figuraient la création par un œuf, sortant de la bouche d'un serpent (und weiteres in Aegypten).

[8] Maui found his prize to be intolerably heavy, so he put forth all his hidden strength, and up came the entire island of Manihiki. As the island neared the surface, the canoe in which the three brothers were, broke in two with the mighty straining of Maui the Younger. His two brothers were precipitated in the ocean and drowned. Luckily for Maui the Younger, one of his feet rested on the solid coral of the ascending island. At length Manihiki rose high and dry above the breakers, drawn up from the ocean depths by the exertions of the now solitary Maui (s. Gill). Als die von der Angel getroffene Midgardschlange zuckte (im Gylfaginning) wurde Thor zornig, fuhr in seine Asenstärke und sperrte sich so mächtig, dass er mit beiden Füssen das Schiff durchstiess und sich gegen den Grund des Meeres stemmte, also zog er die Schlange herauf an Bord (Simrock).

Zu S. 13. [1] Bei Trennung von Erde und Himmel wird auch

der Ocean zweigetheilt, oben in die Wolken und unten in die See (s. Taylor). Tangaroa watia, let the ocean be broken (into two). Tangaroa tara (let ocean be far apart). Im mittelalterlichen Volksglauben lebten die Wasser über dem Firmament fort. Wenn die Multiplicationen des Inselauffischens in Polynesien auch Wiedertrockenlegungen des von der Flut bedeckten Landes inbegriffen, so ergäbe sich dafür die Erde als ὑποστάϑμη (Bodensatz) des Wassers (wie bei Thales).

[2] Mit Tangaroa identificirt lebt Tiki im Licht, wie jener im Po (s. Ellis).

[3] Die in Rereanga vaerua bei Tuoro (auf Barotonga) an den Zweiggehängen des Buabaums hinabgelassenen Seelen fallen in das darunter gespreitete Netz Muru's.

Zu S. 14. In der orphischen Theogonie (bei Damascius) wird die Nyx als das Uranfängliche an die Spitze der Kosmogonie gestellt, oder sonst Caligo, woraus das Chaos hervorgeht, ἐκ χάος δ'Ερεβός τε μελαινά τε νὺξ ἐγένετο (Hesiod).

Zu S. 16. [1] Als Sonne nimmt Ra (wie in Aegypten) verschiedene Bezeichnungen an (Avatea als Mittagssonne u. s. w.), der volle oder heilige Name ist aber, wie Maui (unter den Maori) hört: Tama-nui-ta-ra, das grosse Kind Ra's oder der Sonne. Wie Ra oder Sonne (in Polynesien) dem ägyptischen, so entspricht Mond in Polynesien (als Hine, Sine, Ina) dem babylonischen (Sin). Von Herrn Davis hörte ich eine Erzählung der Maori, dass der Mond sich aus dem Meerwasser erhoben, wie sich noch in seinen Beziehungen zur Ebbe und Flut bekunde (während dieses sonst durch das einmal in 24 Stunden erfolgende Ein- und Ausathmen Paratai's, Tangaroa's Sohn, erklärt wird). Als Gott Anu die Thore des Abgrundes zur Seite schob, erhob sich aus dem wirbelnden Gebrodel des tiefen Abgrunds der Mond hervor (heisst es in der chaldäischen Mythologie). Ra, down below, as the sun, raro. In New Zealand (s. Taylor), der Norden, und der Westen in Fiji würde so Ra zur Sonne werden.

[2] Die Mandans lebten früher in einem unterirdischen Dorfe, und die Kaffern kamen aus den Höhlen hervor, in deren engem Eingang die Hörner ihrer Ochsen stecken blieben.

[3] Am Heiligthum Opoa auf Raiatea hatte der Gott Oro Hof gehalten, und für diesen geweihten Bezirk bewahrte sich der Name Hawaii (Ellis). In dem von Maré (in Tahiti) dem Gouverneur Lavuad mitgetheilten Schöpfungssang Taaroa's (Vater des Tane-nui-manaore) wird die Erde in Havai durch Tetumu (die Ursache oder den Ursprung) gebildet (s. Gaussin).

[4] Die geistige Essenz der Insel Au au (Mangaia) oder (als heilig geheimer Name) Akatau-tika blieb beim Hervortreten ans Licht in

der Unterwelt Avaiki zurück und konnte so bei Welterneuerung einen Schatten des Vergangenen in das Künftige werfen. Amaroutouki (Mardouk) signifiait le cycle du soleil (s. Lenormant) bei den Chaldäern (von Bel, als Omorka, in zwei Hälften durchhauen). Homorka, als Thalatth (chaldäisch) als (griechisch) Thalassa (Meer) ist gleichen Zahlenwerthes mit dem Mondnamen Selene (G. Smith).

[5] Gleich dem im tahitischen Gesang geformten Festland Hawaii ist für die Maori Heavije (bei Cook) oder Hawaiki (wie Avaiki für Aitutaki) in ihren Wandersagen das Land des Ausgangs, doch wird auch hier (wie leicht in den Mythen) die Beziehung zur Unterwelt bewahrt, da Maui bei seinem Besuche derselben dort die Manapaubäume aus der ursprünglichen Heimat in den Anpflanzungen seiner Aeltern wachsen sieht. Einige wollen aus Homer eine zweifache Anschauungsweise entnehmen, bemerkt Friedreich (ob der Hades unter der Erde befindlich oder im fernen Westen zu suchen sei), und dasselbe gilt für die Discussionen über Avaiki. Amenthes (die Unterwelt) bezeichnet (nach Röth) Ement (den Westen), von Hathor (in Hundsgestalt) bewacht (dea transfigens impios).

[6] Doch bewahrt sich die Sage der Anseglung, wenn von den Priestern in nächtlichen Orakeln ein ver sacrum zur Auswanderung verlangt wird (wie oftmals einst in Delphi).

[7] Als der von Maui aufgezogene Fisch als Te-ika-a-Maui von der mit Haifischzähnen besetzten Waffe Tuatini (gleich der auf den Kingsmill gebräuchlichen) seiner Brüder zerfleischt wurde, wandte er sich krümmend in den Buchten Neuseelands (während die Form Japans mit Insektengestalt verglichen wird).

Zu S. 18. Ausserdem habe ich unsern Consuln für die meinen Zwecken gewährte Unterstützung Dank auszudrücken: Herrn Krull in Wellington, Herrn von der Heyden in Auckland, und dort ausserdem Herrn Dr. Hensen, sowie in Napier Herrn Weber, ein, aus seinen frühern Ingenieur-Arbeiten in Californien, allen Ueberlandreisenden der Pacific-Bahn aus dem Weber Cañon wohlbekannter Name.

Zu S. 19. There was darkness from the first division of time unto the tenth, to the hundredth, to the thousandth (and these division of times were considered as beings and each termed a Po) in den Emanationen, die später zu behandeln sind, den Aeonen (in Syzygien) entsprechend. Die Aegypter (nach Damascius) bezeichneten das Urwesen als unerkennbares Dunkel (ἡ μὲν μιὰ τῶν ὅλων ἀρχὴ σκότος ἄγνωστον ὑμνουμένη). Chaos aus Caligo hervorgehend, zeugt mit ihr die Nacht, den Tag, den Erebus und den Aether, und in seinem ophitischen System ist die Ennoia des Urvaters (Bythos) nicht so sehr als σύζυγος mit ihm verbunden, sondern selbst schon aus ihm emanirt (s. Baur).

Zu S. 20. Wie Bauer bei den Analogien zwischen Buddhismus und Gnosis bemerkt, ist es bei der gegebenen Zusammenstellung keineswegs um die Behauptung eines bestimmten äusseren Zusammenhanges zu thun. „Ein solcher kann in jedem Falle nur durch eine Reihe von Mittelgliedern vermittelt sein, deren Ermittelung die Geschichte noch lange genug beschäftigen wird."

Zu S. 21. [1] Von Xeniades wird gesagt, dass er ein Werden aus Nichts und ein Vergehen in Nichts gelehrt (bei Sext. Emp.) und dann genügt nicht der δημιουργός (als Bildner), sondern bedarf es (wie bei Philo) eines κτίστης (Schöpfers).

[2] Das Seitenstück bei Taylor, das einige Verstellungen erlitten zu haben scheint, indess auch in dieser Form mehr Beachtung verdient hätte, als ihm in den über polynesische Mythologie handelnden Arbeiten bis dahin gezollt ist, werde ich weiter unten neben der Hawaiischen Darstellung geben, mit der es durch die Eintheilung in Schöpfungsperioden Analogien zur Vergleichung bietet. Ich kann es mir jedoch nicht versagen, bei dieser Gelegenheit der Namensnennung, einen Tribut der Danksagung abzustatten. Als ich bei der Rückkehr von Poutiki, dem Sitz von Taylor's langjährigem Wirkungskreise, seine Witwe in Wanganui aufgesucht, sah ich dort im Garten eine grosse Steinwanne, die, wie ich von ihrer Tochter, Mrs. Harper, hörte, von den Maori in früherer Zeit zum Schleifen der Nephritwerkzeuge benutzt sei. Damit wäre also ein lang gesuchtes Desiderat für die Ethnologie sowol wie für die Prähistorie gewonnen, und da es mir mit freundlicher Bereitwilligkeit, nebst einem der jetzt sehr seltenen Holzidole (wie sie sich auf Seite 82 des Taylor'schen Buches abgebildet finden), für das Königliche Museum überlassen wurde, wird es hoffentlich bald in Europa anlangen, um zur Besichtigung der Archäologen ausgestellt zu werden. Aus Hawaii kann ich (nach Malo) Folgendes zufügen: Zur Verfertigung der Steinäxte (Kai-pohaku) suchten die Arbeiter (Ko koi) die geeigneten Steine als Material für die Äxte (haku ka koi) in den Bergen (Hawaii's). When they broke the stones and a long fragment would fall of, then they buried it in such water, as had been prepared (by having wood soaked in it) for the purpose of softening it, and when it became soft, then they hewed it above and below with an adze. The part underside was called pipi, the part above being ground (anai) was called hau hana (worked of), and all having been made straight, then it was applied to the grinding stone (houna) and shaken (lulu) with sand on the upper side of the grinding stone, with water running on, and after grinding again and again the upper side and the lower side, then grinding down the sharp edge to a point, it became a Koi and then fastened

to a handle (unter Festbinden). Die von den Mexicanern zum Rasiren gebrauchten Steinmesser aus Obsidian erwiesen sich so vortrefflich, dass die Spanier noch längere Zeit mit ihrem Gebrauch fortfuhren. Schwieriger war dagegen überall das Abschneiden des Haares. In Hawaii wird der Process folgendermassen beschrieben: A shark's tooth was tied fast to a piece of wood, the hair was doubled over the shark's tooth, then the instrument was pushed quickly forward, while the person shrank up from the great pain. Darnach sind die in Malo's Chronik verschwendeten Lobpreisungen wohlverdient. „The present instrument for cutting the hair was brought by the foreigners, it is made of iron and called shears or scissors (upá), this is very excellent article.“ So meinte ein Nachkomme der Inca, dass den Spaniern, wenn nicht Alles, doch Vieles (in ihrer Zerstörung des alten Reiches) verziehen werden könne, da sie die Segnungen der Schere gebracht hätten. Und dann so viele der dienstwilligen Mädchen für alles, die mit dem schon seit früher bekannten Puppengott in bester Gesellschaft, den umnachteten Schwarzen Australiens erst neuerdings den Funken ihres Verständnisses entzündet haben. Als die Anpflanzungen der Benedictiner (in La Nouvelle-Nursie) durch einen Waldbrand bedroht sind: le Père Salvado court à la pauvre chapelle de la mission, prend sur l'autel un tableau représentant la Madone et le porte à l'endroit le plus menacé, l'opposant aux flammes, comme un bouclier protecteur. Le vent, jusqu'alors très-violent, change tout à coup la direction et pousse l'incendie sur un bois voisin sans toucher aux champs de blé. Les sauvages, qui tenaient encore leur faucille à la main, ne pouvaient en croire leurs yeux. Ils regardaient la sainte image avec admiration. «Cette femme blanche est bien puissante, c'est elle, qui l'a fait, oui elle l'a fait, oui, elle l'a fait. Nous, nous n'en ferions pas autant» (1876).

Zu S. 23. [1] L'Avidya (le point de départ de toutes les existences) signifie à la fois le non-être et le non-savoir (Burnouf).

[2] Wodurch ein neues Leben (nach den Voranlagen) aus den Elementen der Bündel gestaltet wird. Les Égyptiens appelaient Sahou (assemblage) cette nouvelle enveloppe, dans laquelle l'âme devait renaître (s. Devéria).

[3] Obwol bei Parmenides die Heliaden bereits aus der Nacht hervorkamen, theilt sich doch später noch einmal der Pfad in Tag und Nacht.

[4] So in dem von Shortland auf der Mittelinsel gesammelten Schöpfungssang, der in dem Entstehen wieder direct auf die erste Urnacht zurückgehend, die Differenzirung des Kore schon von Licht bescheinen lässt.

In the beginning was Te Po (the night)

Te Po begot Te Ao (the light)
Te Ao begot te Ao-tu-roa (light standing long)
Te Ao-tu-roa begot the Ao-marama (clear light of day)
Te Ao-marama begot Te Kore (nothingness)
Te Kore begot Te Kore-te-whi whia (nothingness-the-possessed)
Te Kore-te-whiwhia begot te Kore-te-rawea (nothingness made excellent)
Te Kore-te-rawea begot Te Kore-te-tamaua (nothingness-the-fast-bound)
Te Kore-te-tamaua begot Te Kore-matua (nothingness-the-first)
Te Kore-matua begot Maku (moisture)
Maku married Mahora-nui-atea (the straight-the-vast-the clear)
Their offspring was Rangi (the sky)
Rangi married Papatuanuku (the wide extending plain) or the Earth
Their children were Rehu (the mist), Tane (male) and Paia
From Tane and Paia sprung Te Tangata (man).
Bei Grey beginnt die Reihe in der Folge von Po, Ao, Kore,
Kimihanga, Runuku, bei Taylor als Tiki, Maui,
Po, Maweti, Atua u. s. w., bei Shortland, als te Po, te-Ao, te Ao tu roa (langdauerndes Licht), te Ao marama, helles Tageslicht), te Kore, te Kore te whiwhia, te Kore te rawea, te Kore te tamaua, te Kore matua, maku (feuchte), mit mahora-nui-atea (offene Klarheit) vermählt, Rangi zeugend, dem Rehu, Tane und Paia von Papatu-anuku geboren worden, worauf aus der Verbindung Tane's mit Paia der Mensch (te tangata) entspringt (Shortland).

5 Der erste Anfang zur Schöpfung ist die Sehnsucht des Einen, sich selbst zu gebären (bei Schelling). Nach der Aitareya-Upanishad war im Anfang das Atman, das, die Augen öffnend, den Wunsch zur Schöpfung empfand. Bei Hesiod wird Himeros (sehnsüchtige Liebe) in die Kosmogonie eingeführt, ohne theogonische Abstammung (nur im Anfang mit den Musen zusammen genannt). Hippolytos führt die Selbstentfaltung des Bythos auf die innere Nothwendigkeit der Liebe.

6 Wie bereits vorher angedeutet, liegt in Hihiri (nicht so sehr das Pulsiren sondern) ein ängstliches, heftiges Athmen, ein Jappen und Schnappen nach Luft, gleichsam die ersten Athemzüge der Neugeburt anzeigend, wie das (ägyptische) Sinsin (la respiration, qui accompagne le retour à la vie dans toute nouvelle naissance ou rénovation de l'être) in Osiris' Neubelebung durch Isis. Bei Diogenes von Apollonia wird Denken und Leben durch den Athmungsprocess bedingt (πολλοὶ τόποι καὶ ἀυτοῦ τοῦ ἀέρος καὶ τῆς νοησίος εἰσιν). The primary conception (in Mangaia) as to spiritual existence is a „point", then of something „pulsating", next to some-

thing greater „everlasting". Now comes the Great Mother and Originator of all things (s. Gill) in Vari (the very beginning) mit ihrem Sohn Avatea als Mittagssonne (father of the gods and men) neben Ra (in Avaiki) als Sonnengott (A-Ra als Tag bei den Tupi-Caraiben). In der Dreiheit ursprünglicher Einheiten (in den Triaden) findet sich neben Gott und Wahrheit (s. Pictet) „un point de liberté, c'est-à-dire (le point) où se trouve l'équilibre de toute opposition" (in Cyfrinach Bairdd Yns Prydain). Als Folge der Attraction oder Repulsion (bei Empedokles unter elementare Archai gestellt) mag man (mit dem buddhistischen Hervortreten von Nama-rupa) die „in tunica maculam" (der Gnosis) erhalten, die sich dann weiter ausbreitet, während der bei Pherekydes gebreitete Peplos sogleich bunt ist. Wenn durch Upadana (das Haften am Dasein) beim Zerfall der Khanda eine neue Existenz hervorgerufen wird, bedingt Karma aus vorangegangenen Ursachen die Art der Bildung als Folgewirkung. Burnouf fasst Upadana als conception zum Unterschied von Samskara (conceptions or concepts).

Zu S. 24. Kore (der Maori) entspricht (in Hawaii) Ole, das nicht nur für die Negation, sondern auch verbal gebraucht wird (nichten oder nichtsein). Auf Mangaia stammt Papa von Timate-Kore (Nichtsmehr oder Nochnichts). In Gylfaginning (der Snorra-Edda) wird zunächst das Chaos, aber nicht an und für sich, sondern als Vorbedeutung des geordneten Kosmos „das Nichts", als Vorstufe des Seins und Werdens geschildert" (s. Wilken), in Abweichung von der Voluspa thar er ekkivar statt thar er Ymir bygdi. Ekki, nihil, non (s. Möbius).

Einst war das Alte,
Da Alles nicht war,
Nicht Sand noch See, nicht salzige Welle,
Nicht Erde fand sich, noch Ueberhimmel,
Gähnender Abgrund und Gras nirgends.

Zu S. 25. [1] Trichna, la soif ou le désir (nach Burnouf) gilt (bei Goldstücker) als die δύναμις der Upadana-skandha (wie Bhava die δύναμις der Djati).

[2] Die Form des Liedes fehlt in diesem Abriss kurz sachlicher Aufführungen, wird indess vielleicht später durch White in seinem bevorstehenden Werke nachgeliefert werden können. In meinem hawaiischen Text, der die Aeonen besingt, ist das ganze Gedicht noch erhalten, wie wir nachher sehen werden. Dies sind, wie nicht bemerkt zu werden braucht, die dem Volke unverständlichen und unzugänglichen Lehren esoterischer Σεβαστικόι oder Religiosi. Von Herrn Davis in Ohinemutu wurden mir noch ein Paar dieser in der Einsamkeit meditirender Tohunga, die indess bereits am Rande des Grabes stehen, genannt, und solche erhalten dann, als in directer

Communication mit der Gottheit, besondere Verehrung, gleich den lebenden Atua in den Marquesas. Einen der letztern traf ich in die Nachbarschaft Honolulu's verschlagen, aber bereits allzu altersschwach für selbständige Mittheilungen, sodass ich nur einige, mehr oder weniger getrübte, von seiner als Schülerin erzogenen Tochter erhalten konnte. Ausserdem war er schon mehr, für seinen Lebenserwerb, zum γοήτης herabgesunken.

Von Heraklit (dem Dunkeln) erzählt Tatian, dass er, um das geheimnissvolle (seinem Namen entsprechend), dunkle Gedicht im Tempel von Ephesus niederzulegen, unter Fastungen (wie sich die indianischen Candidaten solchen unterziehen), in die Einsamkeit zurückgezogen für jene, im Schriftwechsel mit Darius Hystaspis, ausgesprochene Speculationen über dualistischen πόλεμος πατήρ πάντων (Krieg als Vater aller Dinge) im Kampfe zwischen Ormuzd und Ahriman. Im Tempel des Apollo Palatinus waren neben den Sibyllinischen Büchern (deren Orakel unter den Tarquiniern aus Griechenland nach Rom kamen) und den Orakelgesängen der Marcier die den Tagetischen Liedern (sacra Tagetica) ähnlichen libri Bacchetidis (durch Labeo übersetzt) niedergelegt. Die libri augurales galten als libri reconditi, bis etwa von einem Bitys in Sais oder Philo's Ben Thabion intrepretirt, um das so (aus Eno's Zeit) gesprochene Gotteswort dem Volke zugänglich zu machen.

[3] Die heidnische Religion, als ein wesentlich speculatives Element in sich tragend, ist eben darum ihrem Princip nach Religionsphilosophie (bemerkt Baur), und im Gegensatz dazu „haben die jüdische und christliche Religion einen theils ethischen, theils positiven Charakter", doch ist im Buddhismus das ethische Element durch die Karma schon in den ersten Plan der Weltentstehung aufgenommen, wie in der εἱμαρμένη bei Heraklit, der in den als Akea aufgefassten Opfern die Abwägungen des Kuson und Akuson wiederholt.

[4] So tritt auch in der Gnosis der Begriff in seine Umkehrung, das negativ Reale steht voll da als πλήρωμα, während im Gegensatz das Scheinbare auch wirklich in κένωμα als leer entschwindet. „Ob nicht das Leben ein Sterben und das Sterben ein Leben?" fragt Euripides.

[5] Der Ausdruck Emanation ist hier mit denselben Cautelen zu fassen wie in jenen Kosmogonien, wo es sich bei dem περιέχειν ἅπαντα (s. Aristoteles) um eine Differenzirung innerhalb des Urwesens handelt. Es wird das aus dem hawaiischen Document noch deutlicher hervortreten.

[6] Nach Swainson: thought came first, then spirit (and last of all came matter). Nur in dem Willen des Geistes ist ein thätiges

Princip zu erkennen (nicht in der Bewegung des Körpers); die Natur ist das Werk der Weltseele (s. Berkeley), um anima mundi und res cogitans (b. Cartesius) in naturirender Natur zu vermitteln. Nach Cudworth wurde die Welt durch eine plastische Natur hervorgebracht. The mundane soul formed the world in accordance with the divine plan (Tucker). Gott ist ein heiliger Wille, im Gedanken die Welt durchfliegend (Empedokles). Mens nostra, quatenus res vere percipit, pars est infiniti dei intellectus (Spinoza). In der Gnosis entspringt der Demiurg als ψυχικὴ οὐσία, in den Clementinen im ἔμψυχον δημιούργημα oder ἀποκνηθὲν ἔμψυχον ζῷον (als Phanes). Für Thales, wo die ψυχὴ die bewegende Kraft des Weltalls und ὁ γενικώτατος λόγος ist allumfassend (bei Philo).

Zu S. 26. [1] Boehme's Ausspruch vom Menschen als Centrum der Geburt, auch im Centrum der Wiedergeburt, pantheistisch gefasst. In Chaitarya's Mysticismus (oder Quietismus) folgt auf Santi (Gleichgültigkeit gegen die Welt) Dasya (Dienst Gottes), dann Sakhya (Freundschaft für Gott), Vatsalya (Anhänglichkeit), Madhurya (Liebe).

[2] Esus s'appelle (dans les Triades) Diona, l'Inconnu, et Crom, cercle, symbole de l'infini (s. Panchaud). Die Sichel in seiner Hand (wie in der des Kronos) wird auf das Abschneiden des heiligen Eichenzweiges gedeutet (mit einem Messer in Form der prähistorischen).

[3] Uebersteht der Priester (bei den Moxen) siegreich die Prüfungen, so leuchtet ihm als Tiharaugui (Hellaugigen oder Hellseher) ein neues Licht. Der finnische Priester als Tietajat (Weiser) und Osaajat (Verständiger), neben dem Laulajat oder Beschwörer und feindlichen Zauberer oder Noijat, strebt sich in der Ekstase (tulla intoon) zur Tulla-haltioihin (Aufgehen in der Gottheit) zu erheben.

Zu S. 28. [1] Während bei Plato's Hyle als das „gleichsam Irrationale in Gott selbst, das durch den Nus Form und Gestaltung gewinnt und in den einzelnen Wesen zur Erscheinung kommt", das geistige und leibliche Dasein aus einem und demselben abgeleitet wird, sodass „die geschaffene Welt vollkommen gesund und fehlerfrei dasteht" (und die präexistirenden Seelen die mitgebrachte Schuld in körperlichen Gefängnissen büssen), ist sie für die Gnostiker (die das „Pneumatische aus dem Wesen der Gottheit, das Leibliche aber aus der ihr fremd entgegengesetzten Materie gebildet werden lassen" im Achamoth) ein „jammervolles, klägliches, erbärmliches Ding" (das des Erlösers bedarf). In Heraklit's Werden, „als Hervortreten aus der Einheit in die Vielheit, aus dem Ewigen in das Zeitliche, aus dem Gedanken in die Materie" (mit dem entsprechenden Vergehen) erscheint das Ungeordnete (Qualvolle oder Böse) als eine den steten Fluss unterbrechende Hemmung des Verwandeltwerdens.

[3] Thore (bei Champollion), in bekannter Lautverschiebung mit kore zusammenfallbar, ist später (als schöpfend) khepra gelesen und entspricht, das erste Werden andeutend, im Emblem des Scarabäus dem patekischen des Embryo. Tore (der Tupi) ist voz desentonada (bei Montoya).

[3] Die Materie, als ὕλη, hat bei Valentinian „zuerst als eine ἀσώματος ὕλη und dann als eine zu festern Körpern verdichtete Masse aus dem ἀσώματον πάθος der Achamoth den Ursprung erhalten“ (s. Baur). Bei Philo ist die Materie (ὕλη) ἡ τοῦ παντὸς οὐσία.

[4] Sensible things are nothing else but so many sensible qualities (Berkeley). The mind, soul or spirit, truly and really exists (bodies exist only in a secondary and dependent sense), und so (bei Parmenides) das Sinnliche als Schein (δοκεῖν μόνον ἡμῖν).

[5] „Das erste Ding, welches der Schöpfer hervorbrachte und ins Dasein rief, war eine einfach geistige, selbst vollendete, allein vortreffliche Substanz, in welcher die Form aller Dinge enthalten war, sie heisst Vernunft.“ In der arabischen Lehre von der Weltseele (Nafsanija) strömt die Vollkommenheit des Anfangs (in Gott) auf das Vollendete über (die Vernunft), diese auf das Bestehende (die Seele) und diese auf das Seiende; als Urstoff, der durch diese Emanation Länge, Breite und Tiefe annimmt (s. Dieterici) in den umschwingenden Sphären des Allkörpers, auf die Elemente einwirkend.

[6] Καὶ ἐξέλαμψε Μωτ, als Urmaterie (zur Schaffung der Gestirne), worauf als Erster, der eigentliche Gott (Protogonos) hervorgeht (bei Sanchuniathon), weiblich gefasst in der Vermählung mit Taaroa, si secundum agnitionem et ignorantiam intra Pleroma et extra Pleroma dicunt (s. Irenäus).

[7] Als die Dinge alle noch zusammen, unendlich an Zahl und Kleinheit (ὁμοῦ πάντα χρήματα ἦ ἄπειρα καὶ πλῆθος καὶ σμικρότητα), war nichts erkennbar (Anaxagoras).

[8] Im Anfang war das Nichtsein allein, das in Sein gewandelt sich in ein Ei hüllte (nach der Brihad-aranyaka-Upanishad).

[9] In der so häufigen (fast allgemeinen) Deificirung von Himmel und Erde, auch unter monotheistischer Einigung des nicht gegensätzlichen Dualismus, wie im Sinne des Alexandrinismus (s. Dähne) bei Theophilus: οὐρανὸν ἡ γεῖται γαίης κρατεῖ, αὐτὸς ὑπάρχει (aus sibyllinischen Orakeln). Gleichzeitig mit οὐρανός (als Himmel) entstieg die Erde (γῆ) als seine Schwester (Sanchuniathon) eine (wie auch im Worte papa liegt) breite oder weite (diu breite werlt), oder (weil gebärend) breitbrüstige (bei Hesiod). Siva zeugt mit seiner Sakti, aus der er hervorgegangen, das All aus eigener Substanz, wo die Spinne ihr Gewebe (nach der Kritya Tatwa).

[10] In Tellus (als Maja) erkannte der Sabiner die ganze Natur

(Erde, Luft und Wasser) bis die Scheidung zwischen Coelus und Terra eintritt. Maja oder Maiesta (Maiata), als Naturgöttin, war mit Vulcan [Ru] vermählt. Die Osci (oder Opici) von Ops, die „Fruchtbringende" Erde (s. Huschke), auch in Campanien verehrt. C'était la terre productive et nourricière, l'Ops mater, la mère des peuples opiques que dans leurs prières, ils n'imploraient jamais sans se mettre en contact avec la terre même; les prêtres en prononçant son nom, se courbaient toujours pour toucher le sol avec la main, comme ils la levaient quand ils prononçaient celui de Jupiter qui représentait la puissance céleste (Ring).

Zu S. 29. [1] Zu dem Schönsten und durch wahrhaft poetische Anschauung Hervorragendsten, was wir unter den Mythen heidnischer Völker kennen, gehört die Mythe von der Trennung des Himmels und der Erde, bemerkt Hochstetter (bei der Mythologie der Maori).

Zu S. 44. „La forme ithypallique (des Gottes Seb) y fait connaître l'union du ciel et de la terre, ou de l'éther et de la matière, de Rhéa et de Saturne, suivant Plutarque (s. Devéria), mit dem Horizont als entmannende Sichel, während der phallische Stumpf des Meru-Berges zurückbleiben mag. Himmel (Dyu) und Erde (Prithivi) als Paar gedacht, heissen (in den Veda) Devaputre, weil Götter zeugend. In einer Version der Schöpfung bei den Maori wird bei der Trennung von Himmel und Erde gesagt, dass zuerst Tutenganahui oder Tumata-uenga (gleich einem wilden Kronos) „cruelly cut the sinews, which united the two", sodass dann Tane oder Tanemahuta (represented as a tree with the head downwards and the root upwards) als Tane-nui-a-Rangi die grosse Stütze des Himmels werden konnte. Neben dem Moul-ge (Abgrund) fand sich (im Akkad) der Geist des Himmels (Zi-anna) als Anna und der Geist der Erde (Zi-kia), als Ea (s. Lenormant), und indem dann Ea (maison) als Gattin dam-kina's (uxor ex terra) auftritt, wiederholt sich die Vermählung Gäa's mit dem aus ihr geborenen Uranus. Die samothrakischen Weihen der grossen Göttin bezogen sich (nach Varro) auf das Götterpaar, den Himmel und die Erde (wie die in Phlya auf die grosse Göttin, als Erdmutter), und das im korybantischen Geheimdienst des Korybas (auf Lemnos) eingeführte Zeugungsglied (wie die weibliche Kteis in den Thesmophorien) gab dann in den Orgien Anlass zu Verirrungen (von Prosymnus, Bacchus' Geliebter, mit centralamerikanischen und andern Parallelen abgesehen) bis zu Juvenal's „Vitreo bibit ille Priapo" oder in Sekten, gleich den chiotischen Cotitto's (Venus vulgivaga), im Wüthen rasender Mänaden gegen Orpheus, oder im Gegensatz (auch toltekische) Beichte (in Samothrake) verlangend und das (die Druidinnen auf der Loire-Insel zu nur zeitweisem Besuch ihrer Gatten, nach Art der Amazonen am Marañon, verpflichtende) Princip der Enthaltsamkeit, zu deren Unterstützung die (bei den Richterprüfungen der Chibchas vielleicht gleichfalls begehrte) Einreibung mit Schierlingssaft (der Hierophanten) diente, wie in Micronesien Aufbinden des Präputium (s. Moseley), während tahitische Areois wieder nur die Folgen compensirten in Abtreibung der Frucht. Derartigen Ausschweifungen entgegenzutreten mochte dann ein thebanischer Gesetzgeber, wie Diagondas (s. Cicero), nächtliche Zusammenkünfte verbieten, und die Lieblinge des Bacchus wurden oftmals durch Senatsbeschluss aus Rom vertrieben.

Zu S. 45. [1] Aus seiner Achselhöhle erzeugt der Himmelsgott Tohotika (auf den Marquesas) seine Tochter Te Taua mata vehitu. In Tane oder Kane liegt das Männliche als solches ausgedrückt (Kane, the male of the animal species). La forme primitive de Mars est Mas (male), wie in Maspiter (s. Schoebel). Gleich Tane erscheint er unter verschiedenen Formen. Mars cum saevit Gradivus est, tranquillus Quirinus dicitur (Servius). Als agrarische Gottheit findet sich Mamers im Liede der Tatres Arvales. Taaroa (générateur) zeugt mit Hina (la terre) den Sohn Oro (souverain du monde) und Tane (mangeur d'hommes), dessen Marai Knochenhäuser (für die, in den Marai Oro's geweihten, Menschenopfer) bildeten (auf Tahiti).

[2] So wird in dem durch die Legende geheiligten Tempel Whare-Kura, dem rothen Hause zu Hawaiki (einem aus benachbarten Territorien vielfach bekannten Langhause), die Zahl von 70 Priesterfürsten genannt, in Zellen lebend, „each building bearing the name of one the heavens" (s. Taylor), vor dem Auszuge der Maori nach der gegenwärtigen Heimat. Est enim uniuscujusvis gentis angulus und Pseudoclementinus zählt 72 auf, was sich mit der quaternären Rechnungsmethode besser vereinbaren würde.

[3] Die Thiere, Fische, Schlangen u. s. w., wie den Menschen, durchwandernde Seele geht (bei den Ophiten) auch in Gartengewächse über und bei dem Aufsteigen zum Himmelreich hat sie sich (auf die Fragen des Archon) wieder zusammenzusuchen (unter jenen Schwierigkeiten, die auch, aus dem durch wilde Thiere Gefressenen, Augustin aufstiessen, für körperliche Auferstehung), wie (bei Empedokles) die zerstreut geschaffenen Glieder sich bei der Schöpfung zusammengefunden haben und sich mitunter in Ungeheuer (gleich denen bei Berosus) verirren mochten.

[4] „Let the sky become a stranger to us, but the earth remain close to us, as our nursing mother", schlägt Tane-mahuta den Brüdern vor, die zustimmen, ausser Tawhiri-matea (s. Grey). Die Erde heisst Mutter (μήτηρ) als γῆ μήτηρ (Demeter), die Urmutter bei den Indianern (nach Tanner). Nerthus id est terram matrem

colunt (s. Tacitus), die Germanen (auf Insula oceani). Als auf der ins Wasser herabgestiegenen Luftjungfrau der Vogel sein Nest gebaut, entstehen, aus den Trümmern der Eier, Himmel, Sonne, Wolken und Sterne, worauf die Schöpfung seiner Mutter auf der Erde durch Wäinämöinen (als ewiger Runoia) vollendet wird (wie Taaroa, als Ewiger oder Toia, das Weltall aus den Stücken der Eierschalen bildet). When Earth and Firmament separated themselves, the Earth said to the Firmament: „What shall be done with our offspring"? Then the Firmament said: These two Tutenganahau and Tawhiri matea I will take up with me, but Rongomai (sweet patatoe), Haumia (fern) and the others will be left as food for man and to perish on the ground (s. Davis). Als die Nebel vom Winde zerstreut waren, wurden Bäume und Pflanzen (nebst den Vögeln) sichtbar (nach den Maori).

[5] Im Cult Tangaroa's in Centralpolynesien läuft der Meer- und Himmelsgott zusammen, wie in Varuna, und verwandt mit ihm „erscheint Uranos der Gatte der Erde, die er ganz umhüllt und in brünstigem Regen befruchtet, als Urvater der Götter" (E. von Schmidt). Seine elementaren Kinder werden in das Dunkel der Erde verborgen, und ihre Seelen wandeln sich in die Titanen (von τίω), während an Uranos' Stelle Kronos (als Umgrenzer) tritt. „Zugleich erscheint aber am Horizont der Himmel an der Erde kreisförmig, also gleichsam sichelförmig abgeschnitten", und daher die Sage von der Entmannung. „Andererseits hat der Begriff des Kronos eine deutliche Hinneigung zum Feuergott," sodass ihn Rehua, als Oberster in Rangi, vertreten könnte, am Horizont von der Erde getrennt durch den Waldgott, wie Kronos „in der kraftvollen Eiche, seinem heiligen Baum, waltet", und die Seelen aus den Titanen (Τιτῆνες) in Tiki oder (wie in polynesischer Lautverschiebung auf andere Gruppen benennt) Titi später zu den Menschen herabsteigen, im Gang der Zeitalter (bei Hesiod) durch die Heroen, von denen sie sich dann wieder zu Göttern erheben mögen.

[6] Mit seiner Nachkommenschaft, von der sich ein Theil (wie die Amphibien) zum Lande zurückwendet, und so scheiden sich auf Raiatea die Dämonen als Tii maa raauta zum Lande und Tii maa ra tai zur See.

[7] Also nicht nur aus der Götterverwandtschaft, wie bei Philo, sondern aus dem von den göttlichen Verwandten erkämpften Siege.

Zu S. 46. [1] Ὁ νοῦς γὰρ ἡμῖν ὁ θεός (Menander). Ἦθος γὰρ ἀνθρώπῳ δαίμων κατὰ Ἡρακλεῖτον (Alex., Aphrod.).

[2] Eine niedliche, hübsche Erläuterung dazu findet sich (bei Grey) in der Legende von Rata's Bootbau, denn, nachdem er sich einen Baum dazu gefällt, kommt in seiner Abwesenheit die ganze Nachkommenschaft Hakuturi's, Alles, was an Insekten krimmelt

und wimmelt, um die Späne wieder zusammenzufügen, und als der wild ergrimmte Held zornig auf sie losstürzt, rufen ihm die kleinen Dinger muthig entgegen, wie er es habe wagen können, ein Kind des grossen Waldgottes (ihres Vaters Tane) umzuhauen. When Rata heard them say this, he was quite overcome with shame (aber von Furcht ist natürlich keine Rede). Aus Dankbarkeit machen sich nun die arbeitsamen Thierchen daran, ihm selbst ein Boot zu bauen, „and the name, they gave to that canoe was Riwaru". Da die Insekten die meisten Beobachtungen aus der Thierwelt lieferten, fanden sich die Polynesier auch zu Schlüssen auf eine Art Mimicry geführt, indem Rongo (auf Mangaia) das von dem Eidechsen-Gott gestohlene Opfer durch die gelbgrünen Schmetterlinge zurückerhält, die, weil dicht an gleichfarbigen Blättern klebend, nicht unterschieden werden konnten und sich so der Entdeckung durch die Wächter entzogen. In Aitutaki wird Rata's Canoe (im mythischen Kupolu), nachdem die umgehauenen Bäume stets in integrum restituirt waren, schliesslich durch die Vögel, die der dankbare Reiher zusammengerufen, für die Reise nach Iti-te-marama oder Mondland (s. Gill) fertig gebaut. Ehe die Menschen in mantischer Begeisterung von den Göttern ergriffen wurden (wofür Rangi den Priester Motoro von Tangïia erbittet) sprachen sie durch die Vögel, und durch die von seinem Ahn Moho, dem Eidechsengott, gesandten Vögel wird Ngaru aus den sinnlichen Verlockungen der Taiparu (Miru's, gleichsam Kalypso's bezaubernde Töchter) zu reineren Sphären emporgetragen, wo diesem Bezwinger der Ungeheuer in der Tiefe noch ein letzter Kampf mit Amai-te-Rangi (um auch aus der Falle des vom Himmel herabgelassenen Korbes siegreich hervorzugehen), bevorsteht, wie der Rahan (der trotz Mara's Töchter lockenden Tänzen unter dem Bodhi-Baum verblieb) erst nach Ueberschreitung des siebenten Himmels (und der dort durch Mara gespreiteten Verführungen) in die Mediationswelt der Rupa- (und, wenn er will, der Arupa-) Himmel eingeht.

[3] Allerdings werden die Atua magisch herbeigezogen zum Orakel und andern Diensten, aber es ist für die Charakteristik der Maori beachtenswerth, dass ihre Hülfe von den Priestern besonders dann in Anspruch genommen wird, wenn sich vor dem Kriege bei den Jüngeren Symptome von Furcht zeigen sollten, damit die herbeieilenden Heldengeister (die bei den Amakosi der Schlachtlinie voranziehen, als Vorkämpfer, wie bei den Lokrern) Muth einflössen, gleich den sacranae acies (vero sacro nati) bei den Aboriginern in Latium. Die Atua (in der Wandlung als finnische Haltia) zur Verwendung als individuelle Schutzgeister erhalten weitere Vergötterung in den Aumakua (Hawaii's) oder Omatua (im Anschluss an Ver-

wandte), als Laren (und Penaten), über das Wohlverhalten in der Familie (in Tahiti) wachend, und nach dem römischen Kriegsgesetze wurden die Schuldigen den Manen (Diris parentum) anheimgegeben.

Zu S. 47. [1] Persons taken in war and carried away as slaves by another tribe cease from that moment to be under the care of any Atua. The Atua of their own tribe trouble themselves not to follow them among a hostile tribe and hostile spirits, while the Atua of the tribe, whose slaves they are never give them a thought. They are therefore independent of the law of tapu as far as they are individually concerned, a fortunate circumstance for the comfort of the female portion of the community, for it is owing to this belief, that male slaves are able to assist them in a variety of menial offices connected with carrying and cooking food, which they could not in their free state have meddled in without incurring the anger of their atua, and its consequences, sickness and perhaps death (Shortland), und zwar nicht nur für sich allein, als Individuum, sondern durch solche Verbrechen den Götterzorn vielleicht auf den ganzen Stamm herabziehend. Während also im roh-sensuellen Sinne solch unbedingt (auch ohne detestatio sacrorum) gewonnene Freiheit, die keine Speise tabuirte und demnach alles zu essen (sowie vielerlei sonst Verbotenes) erlaubte, der Vulgarität zusagen könnte, gehen edlere Gemüther, die ihre Selbstgenüge in Pflichterfüllung finden, darin unter, und auch der Brahmane (trotz schrankenloser Aditi) bindet sich deshalb in seinem Mikrokosmos schon mit dem δεσμός, der (als Philo's Logos) den Makrokosmos zusammenhält. So begnügt er sich mit seinem engbeschränkten Lebensgenuss, während der Sudra, wenn ihm als Babu die Mittel zu Gebote stehen, sich denselben in materiell weit reicherer Weise verschaffen kann. Andernfalls mochte unter den Römern, im ersten Freiheitsgefühl, als die Fesseln priesterlicher Vormundschaft gelockert waren, eine transitio ad plebem angestrebt werden und, um sich gleichfalls die leichtern Formen des plebejischen Lebens zugute kommen zu lassen, blieb die Ehe durch confarreatio nur für den Flamen dialis bindend, den Priester des Jupiter. Die Tödtung eines (götterlosen) Sklaven bedingt eine Entschädigungszahlung an den Herrn und der Verbrecher, der die Beleidigung der Götter zu sühnen hatte, wurde (in Rom) vogelfrei (durch die consecratio capitis), sodass ein jeder das Recht gehabt haben würde, ihn zu opfern, obwol es in späterer Milderung von homo sacer heisst: neque fas est eum immolari, sed qui occidit parricidii non damnetur (s. Festus).

[2] Der Ausdruck ἱερεύς bezieht sich nicht nur allein stets auf irgendeine besondere Gottheit, sondern auch auf irgendeinen besondern Sitz ihres Cultus; ohne diese Bedingung hat ἱερεύς keine

Bedeutung (s. Friedreich), und so bei den Tohunga (der Maori). Im römischen Staatswesen waren die sacerdotes (als mit den Sacra bekannt) sachkundige Beistände der Magistrate, und blieben als solche in naturgemässen Schranken, zumal wenn die Stola des Pontifex maximus die selbstverständliche Schleppe des Imperator geworden war, bis sie Gratian als zu abgetragen ablehnte (obwol sie noch für Arnobius' „pontificium Christi" passte). Vos quidem in his quae intra Ecclesiam sunt, episcopi estis, ego vero in his quae extra geruntur episcopus a deo sum constitutus, brachte Constantin den in Nicaea versammelten Theurgen und Demiurgen zur gefälligen Kenntnissnahme.

[3] Der chaldäische Magier bannte die Geister durch die ϑεῶν ἀνάγκαι, um auf die Urkräfte einzuwirken, wogegen der Maori diese direct bezwingt. Der Römer richtete seine Gebete „à des puissances occultes, qui le tenaient sous leur joug, sans lesquelles il ne peut agir et qui ne lui prêtent leur concours, que s'il le leur demande d'une certaine manière". Le caractère de la religion d'un peuple est l'image plus exacte du tempérament et des facultés de ce peuple, c'est pour ainsi dire, le fruit de ses entrailles, le résumé de ses espérances et de ses terreurs, l'histoire de son âme écrite sous l'influence du sentiment qui s'empare le plus complétement de la nature humaine. Sua cuique civitati religio est (Cicero). In dem Spruch (der Odyssee): „Alle Sterbliche bedürfen der Götter", findet sich das natürliche Gefühl der Abhängigkeit zu einer höhern Macht ausgesprochen (s. Friedreich).

[4] In Rom beruhte das Uebergewicht des herrschenden Standes wesentlich auf der Ehrfurcht für die überlieferte Religionsverfassung, auf der Ueberzeugung, dass nur durch die Geburt Berechtigte zu Vermittlern zwischen Gottheit und Menschheit bestimmt seien (s. Ambrosch). L'autorité religieuse (während der aristokratischen Herrschaft) enseignait, que Rome pouvait être représentée devant les dieux et devant les hommes, que par les descendants des premiers Romains, les seuls qui eussent reçu de leurs pères le droit de consulter par les auspices la volonté des dieux, les seuls qui pussent exercer, sans la profaner, l'autorité absolue (imperium), autorité d'origine divine, confiée par les dieux, comme un depôt sacré, aux curies patriciennes (Bouché-Leclerq) bis mit dem Plebiscit Canulejus' die Zwischenheirathen erlaubt wurden.

[5] Im Hoo-Mana-Keiki, der Kinderzeugung in richtig abgeschlossener Ehe (gleichsam einer confarreatio, wie sie für den Flamen dialis verlangt war), wurde die Mana (oder inhärirende Autoritätsmacht über weltliche und geistliche Dinge) fortgepflanzt. Die lacedämonischen Könige wurden bei ihrer Krönung zu Priestern

des Zeus geweiht (nach Aristoteles), die Ariki dagegen standen durch ihre Geburt neben den Göttern. Der älteste Sohn, wenn auch von einer Sklavin, mochte bei den (republikanischen) Maori das Recht der Erstgeburt besitzen, aber nur der von einer ebenbürtigen Frau geborene galt als Ariki, in den „high chiefs", (s. Taylor), going to heaven after death, whilst their inferiors went to Po. In Rom war die ganze Gesetzgebung eine theologische (der Staat auf göttlicher Grundlage), in allem und jedem sprach sich der Wille der Götter aus, „la famille, elle aussi, était considérée comme une association formée et maintenue par la nature, au profit de la religion" (s. Bouché-Leclerq); indem das sonst durch die Theogonie in der Aristokratie concentrirte und diese mit den Vorrechten des Tabu ausstattende Göttliche hier durch die Weite des Volkes (und somit in sämmtlichen Institutionen) ausgebreitet lag, denn die Abscheidung der Patricier, als adeliger Stand gegenüber der späteren Plebs, war erst ein secundäres Product geschichtlicher Entwickelung.

[6] Solche, noch ohne hierarchische Prätensionen dem Nachdenken hingegebene Einsiedler könnten dann, wie Orpheus und Hesiod neben Parmenides, Xenophanes, Empedokles und Thales bei Plato unter die Philosophen gerechnet werden, für ihre individuellen Hirnarbeiten, wogegen die kosmogonischen Mythen einen religiösen Charakter gewinnen, wenn auf der Breite des Volksglaubens in erblicher Stammestradition (oder vom Lehrer auf Schüler) fortentwickelt (und unter gesellschaftlich zusammengedrängten Verhältnissen der Stadtbewohner in Collegien gepflegt), die aus den esoterischen Schätzen ihres Fanums nur populäre Versionen zum Gemeingut hergaben. Sapienter, aiebant, ad opinionem imperitorum fictas esse religiones (Cicero), und dann der Ausspruch des päpstlichen Löwen über gewinnreiche Fabel. Infolge der von den Volksansichten hervorgerufenen Verwirrung verbot Augustus jede Einmischung der Politik in die Prophezeiungen der Chaldäer, jener Menschenklasse, die (s. Tacitus) et vetabitur semper et retinebitur. In dem „medicinischen Orden" der Asclepiaden (s. Heiglin), besonders auf Cos (und Cnidus), waren die Mitglieder eidlich verpflichtet die (nach Galenus) erblichen Kenntnisse nicht zu enthüllen (s. Lucian). Aristoteles rechnet Hesiod zu den Theologen (s. Welcker) im Sinne von ϑεολογία bei Pherekydes und die Wahrsagungen (seiner μαντικά) sollten aus akarnanischen Sehersprüchen geschöpft sein.

Zu S. 48. [1] Die Vischnu als Krishna verehrenden Mahapurushia (Sankar's) dürfen keinen andern Gott anrufen (s. Hunter) im indischen Polytheismus, während im Monotheismus die neben den Gott gestellten Unter- oder Nebengötter lieber als Dämone (oder Engel) bezeichnet werden.

[2] Das Herumtragen Lono's (Rongo's) durch die Inseln bildete das nationale Jahresfest in Hawaii (gleich dem Umzug Hertha's).

[3] Als tabuirt, gegen jede Verletzung geschützt waren die Buschheiligthümer der Mongolen, und an Fosete's Wohnsitz auf Helgoland durfte nichts berührt werden, kein Thier geschädigt, noch Wasser aus der Quelle entnommen (zu Willibrod's Zeit). Inter decreta pontificum hoc maxime quaeritur quid sacrum, quid profanum, quid sanctum, quid religiosum (Macrobius).

Zu S. 49. [1] Nachdem die mit Gras und Kräutern bedeckte Fläche der Erde, beim Aufsteigen aus dem Wasser, in Berge zerbrochen und gehoben war, schuf Tane-mahuta die Bäume und Vögel, während als Tiki-ahua, Ebenbild Tiki's der Mensch auftritt (formed of clay and the red ochreous water of swamps), mit He Tiki, als heiliger Kopfknoten der Edlen, und in jedem Neugeborenen, neu als Gabe Tiki's (Po-Tiki) aus dem Po geschenkt. Bei anfangs formlosen Schöpfungen treten erst die Maui, und dann die Tiki als Bildner auf, den Alfen vergleichbar, als Ursprung von Allem gedacht (s. Wiborg) in skandinavischer Mythologie. Als erster Mensch landet Tiki mit seiner Frau Pani (aus Hawai oder Tawai) auf Neuseeland, das damals schon von Eingeborenen bewohnt sein sollte. Taylor erklärt Maori als dunkel (uri, Blut oder das Herz). Uri also signifies the offspring, he uri Tangata, the beginning of man, as lost in darkness. In Hawaii gilt bei neuern Sekten als höchste Gottheit Uli, die dunkle Himmelsbläue, die, als alles durchdringender Aether, besonders für die Magie zu sympathischen Verknüpfungen sich brauchbar erweist. The word „io“, commonly used for „god“, properly means „pith“ or „core“ of a tree. What the core is to the tree, the god was believed to be to a man (s. Gill). In Maui's Karakia findet sich oio als Anrufung. In Hawaii spielt oio in der Volksphantasie, als ein schreckbarer Gespensterzug alter Fürstenfamilien, gleich dem wilden Jäger, auch im Schein des Mondes (Ioh in Aegypten mit aus Nah und Fern dazu gesuchten Beziehungen). Als uranfänglich nur die Gottheit Ihoiko existirte, verbreiteten sich (auf Tahiti) die Wasser, mit dem Gott Tino-Taata darüberflutend. Auf andern Inseln gilt der Name Io oder Oio als geheim (ein ἄγνωστος θεός) und (wie auf Tokelau der Gott Tangaroa nicht genannt werden durfte) war auf Aneiteum (wo sich die Verehrung der Nat-moses, als Nat, findet) der Gottesname Nugerain unaussprechlich, gleichsam nin Nara-yana, auf den Wassern wandelnd, und Cornificius (bei Cicero) non Janum sed Eanum nominat ab eundo.

Nekea e Whakatau
Ki runga a Havaiki
Whakaturia to whare

Me ko te maru a io
Nga tokorua a Taingahue
I maka ki runga
Hei tohu mo te rangi era

(the oldest Maori prayers were these addressed to the sacred Io) in Bezug auf die Gottheit. Der Name des höchsten Wesens, Io oder Iouru, durfte nur von den Priestern ausgesprochen werden, wie Davis zufällig von einem Häuptling der Maori hörte. Witnessing my anxiety to obtain further information on the subject, he refused to disclose any more Maori-secrets, as he called them, and politely referred me to an old priest, who resided about one hundred miles off. Patuone acted in precisely the same manner when an attempt was made by myself to procure from him some particulars regarding certain ancient Maori rites. It would appear, that the sacred trust committed to the priesthood was viewed with religious awe and no one could trifle with it, and come off unscathed, its honour being guarded by a host of deities. Formerly these secrets were transmitted by the Pakenga, or fountain head to the tauira or disciples, the buildings, where these matters were respected being sacred, and all those present were made partakers, by the priest, of the same sacredness. (The old Maori possessed considerable true religious knowledge, shrouded in the drapery of tradition and legend).

[2] Tu produxisti nos intra luminis oras, heisst es (bei Ennius) in der Anrufung des Romulus (als ersten Menschen). Primus homo Aegyptiis Hephästus est (Eusebius), als Erster König (bei Diodor) und gleich diesem Pthah ist Tiki in polynesischer Mythologie zugleich auch der Bildner, die rohen Naturschöpfungen (zusammen mit Maui) gliedernd und verfeinernd. Mit Uranos verbunden gebärt Gäa neben dem Titanen Japetos (der durch seinen Sohn Prometheus an der Spitze der hellenischen Stammtafel steht) den riesigen Tityos (bei Homer), durch Apollo und Artemis (Leto's Kinder) getödtet, als das aus Nacht hervorgegangene Geschwisterpaar, Sonne und Mond.

[3] Zu den Heldenjünglingen Samoas kamen die Himmelsmädchen aus Langi, und ähnlichen Abstammungen werden wir in Hawaii begegnen. Durch Kaitangata's Ruhm angezogen, kommt Waitatiri vom Himmel (Punga und Hema gebärend) bei den Maori, und ebenso eilte Langi's Tochter vom Himmel nach Tonga, durch Tubo und Vaia-aiou Uli, die ihr Vater Tangaloa von Bolotu's heiligen (tu) Insel (Pulo) ausgeschickt hatte. Hesiod's Ἡρωογονία, als Fortsetzung der Θεογονία, feierte (in den ἠοῖαι μέγαλαι) die Heldenfrauen, die sich mit den heroischen Stammvätern verbanden. Die Maori unterscheiden zwei Klassen, wie in Birma, wo sich die aus dem Byamma —

Himmel gekommenen Fürsten durch weiten Abstand vom Volk (aus Gras und Kräutern erwachsen) getrennt fühlten, und neben den aus halbfertigen Anfängen zu höherer Vollkommenheit entwickelten Menschen kannte Parmenides γένεσιν ἀνθρώπων ἐξ ἡλίου. Nach Philostratos setzte Heraklit die Menschen ursprünglich ἄλογον (den Alala anticipirend) auf die Staffeln des ὀυρανίου κλίμακος (bei Philo).

Zu S. 50. [1] Ten heavens are built of azure stone, one above another (in Mangaia). Nach Schöpfung der sieben Erden wird Hivel-Zivo von Moro-Eddar-boutho mit Schöpfung der sieben Himmel beauftragt (bei den Soubba). Der Sabäer fügte den neun Sphären die zehnte als höchste hinzu. Auf den Gilbert fanden sich drei Himmel (Karauwa), als Tealauna (unter der Sonne), Watau (unter dem Donner) und Tenatau. In den Paumotou-Inseln wurden drei Erdschichten mit zugehörigen Himmeln unterschieden, in Tahiti (nach Ellis) neun Himmel in Wolkenschichtungen. Nach den Ihwan-as-safa ist jede der sieben Himmelssphären (mit Zufügung der der Fixsterne und des Thrones in der Neunzahl) ein Himmel für das unter ihr und eine Erde für das über ihr Befindliche (s. Dieterici). Die Voluspa nimmt neun Welten und neun Firmamente an, wie auch neun Himmel gelten (s. Grimm). Zur Darstellung der mehrfachen Himmelsgewölbe zeigen die Hieroglyphenbilder Himmelsgöttinnen (drei bis acht) in gebogener Stellung übereinander (s. Röth), wie im Bild der Pe (bei Denon) die Göttin zwischen Füssen und Armen sieben Zonen umschliesst.

[2] Rehua figurirt daher auch als der Erstgeborene (s. Shortland) unter den Kindern Rangi's mit Papa tua nuku. Der höchste Himmel ist Rangi-tihi. Auf Tahiti heisst der zehnte Himmel (Rewa) Te rai haamama no Tane (der luftige Himmel Tane's). Re-hu (s. Taylor), a flute (dissolving away, fainting, hazy, soft, mellow, dying away), Rehu-rehu, the evening twilight (bei den Maori).

[3] Der oberste der von Parmenides als Grenze bezeichneten Kreise befand sich in einem Feuerring. Stephanen appellat continentem, ardore lucis orbem, qui cingat coelum, quem appellat deum (Cicero). Das höchste Wesen nennt die Snorro Edda (s. Wilken), „den, der die Wärme ausgehen liess“ (med krapti thess er til sendi hit ann).

Zu S. 51. [1] Bei Grey in der Form der Volksdichtung gegeben: Nachdem das durch Tawhaki's Ruhm (als Besieger der Ponaturi) zu ihm niedergezogene Himmelsmädchen Tango-tango mit ihrer Tochter zum Himmel zurückgekehrt war, stieg Tawhaki an den bei seiner (von Blindheit geheilten) Ahngreisin Uatakerepo herabschwingenden Schlingen hinauf, die Gestalt eines Alten annehmend, und dann wieder seine eigene, nach dem Auffinden seiner Gattin, worauf er als Gott der Blitze im Himmel lebt und seine Fusstritte dröhnend als Donner ertönen lässt. Die Xu (Intelligenz) geht zum Hirt als (im Gegensatz zu Pet oder unterer) oberer Himmel, und das Permhara führt die Seele (Pra) zum Axemou ouerdou oder Oberhimmel, mit dem Schatten (Sar) in Nutercherteт (verschieden vom unterweltlichen Duat). Nicht als Schattenbilder, sondern in lebenden Körpern bewohnen Menelaus und Rhadamanthys die elysischen Gefilde.

[2] Taki (Maui's Bruder) kletterte an Spinngeweben (wie Tezcatlipoca in Mexico) zum Himmel (s. Yate), und mit Tawhaki, der den Menschen Nachricht vom Himmel brachte (wie aus dem Reinga Zurückkehrende von dort), wird auch Rupe (buddhistischer Rupe-Himmel) oder Maui-mua mitunter identificirt, der, seine Schwester Hinauri suchend, schliesslich den Gedanken fasste (s. Grey): that he would ascend to the heavens to consult his great ancestor Rehua, who dwelt there at a place named Te Putahi-nui-o-Rehua, and in fulfilment of this design he began his ascent to the heavenly regions.

Rupe continued his ascent, seeking everywhere hastily for Rehua; at last, he reached a place where people were dwelling, and when he saw them, he spoke to them, saying: „Are the heavens above this inhabited?“ and the people dwelling answered him: „They are inhabited.“ And he again asked them: „Can I reach those heavens?“ and they replied: „You cannot reach them, the heavens above these are those, the boundaries of which were fixed by Tane.“

But Rupe forced a way up through those heavens, and got above them, and found an inhabited place; and he asked the inhabitants of it, saying: „Are the heavens above these inhabited?“ and the people answered him: „They are inhabited.“ And he again asked: „Do you think I can reach them?“ and they replied: „No, you will not be able to reach them, those heavens were fixed there by Tane.“

Rupe, however, forced a way through those heavens too, and thus he continued to do until he reached the tenth heaven, and there he found the abode of Rehua. When Rehua saw a stranger approaching, he went forward and gave him the usual welcome, lamenting over him; Rehua made his lamentation without knowing, who the stranger was, but Rupe in his lament made use of prayers, by which he enabled Rehua to guess, who he was.

When they had each ended their lamentation, Rehua called to his servants: „Light a fire, and get everything ready for cooking food.“ The slaves soon made the fire burn up brightly, and brought hollow calabashes, all ready to have food placed in them, and laid them down before Rehua. All this time Rupe was wondering whence the food was to come from, with which the calabashes, which the slaves had brought, were to be filled; but presently he observed that Rehua was slowly loosening the thick bonds which enveloped his locks around and upon the top of his head; and when his long locks all floated loosely, he shook the dense masses of his hair, and forth from them came flying flocks of the Tui birds, which had been nestling there, feeding upon insects, and as they flew forth, the slaves caught and killed them, and filled the calabashes with them, and took them to the fire, and put them on to cook, and when they were done, they carried them and laid them before Rupe as a present, and then placed them beside him that he might eat, and Rehua requested him to eat food, but Rupe answered him: „Nay, but I cannot eat this food; I saw these birds loosened and take wing from thy locks; who would dare to eat birds that had fed upon insects in thy sacred head?“ For the reasons he thus stated, Rupe feared that man of ancient days, and the calabashes still stood near him untouched [Arnarkuagsak für Fische]. At last, Rupe ventured to ask Rehua, saying: „O Rehua, has a confused murmur of voices from the world below reached you upon any subject regarding which I am interested?“ And Rehua answered him, yes, such murmuring of distant voices has reached me from the island of Motu-tapu in the world below these (worauf Rupe, in einen Vogel verwandelt, dorthin fliegt, seine Schwester findend).

[3] Ishtar's Besprengung mit Lebenswasser fand in der Unterwelt statt. Am Schlusse der Schöpfung (zur Verjüngung von Sonne und Mond) liess Tane-mahuta das Lebenswasser (Wai ora Tane) hervorsprudeln, also als Gott der Bäume aus den Wurzeln derselben, wie sich unter Ygdrasil's zweiter Wurzel als Urquell (s. Lüning) der Brunnen Mimir's findet. Im Hinblick auf die stete Erneuerung des Mondes im verjüngenden Bade sagen die Maori (s. Taylor): Man dies and is no more seen, but the moon dies and plunging into the living waters springs forth again into life (als Bild der Wiedergeburt, wie bei den Hottentotten, Eskimos u. s. w.). Andere Gemüther sind gleichgültiger, und dass mit dem Tode alles zu Ende sei, haben Reisende vielfach als Sprichwort bei Negerstämmen berichtet, und dabei lässt sich an die während der Festmahle der Aegypter kreisende Mumie erinnern, als Memento mori, das Leben zu geniessen, so lange es sich beut. Von der Schöpfung, heisst es, könne man nichts wissen, weil niemand dabei gewesen, und auf seine kosmogonischen oder sonst religiösen Fragen erhielt Dobrizhofer unter den Abiponern die Antwort, dass man sich um solche Dinge nicht gekümmert habe. In Westfalen gilt es (nach Weddigen)

als Sprichwort „wie der Baum fällt, so bleibt er liegen" (da die religiösen Lehren über Unsterblichkeit und ewiges Leben nur dazu dienten, die Leute im Zaume zu halten). „Dennoch wird ein künftiger Historiker von den Deutschen des 18. Jahrhunderts berichten, dass der Glaube an die Unsterblichkeit allgemein gewesen" (setzt Klemm hinzu), und dies liesse sich in vielen Tonleitern singen.

[4] So gilt Nout, sous la forme d'une femme courbée au-dessus de la terre, als Schutzgöttin der Eingeweide im Sarkophag der Mumie, und sie wird auch dargestellt dans un sycamore versant aux âmes l'eau céleste qui les renouvelle (Pierret). Ihr gegenüber ist Seb, das Symbol der Erde, männlich, also im umgekehrten Verhältniss wie bei Uranos oder Gaea (mit dieser als Mutter jenes) und auch Here, mit Deutung auf eine Erdgöttin (s. Schömann) steht, als untere Luft, tiefer als Zeus. Im „Wechsel männlicher und weiblicher Gottheiten" (s. Grimm) werden die bei Wuotan als Erntegott angeführten Formeln und Reime in andern norddeutschen Gegenden geradezu auf eine Göttin übertragen (als Fru Gode). Die Sonne wird weiblich betrachtet (bei den Maori), der Mond männlich. Die Germanen nannten den Mond hermon, lunum dominum (der hêr Mân). Wie Mani (Sol's Bruder in der Edda) auf Mann, führt der polynesische Name des Mondes (in Hine) auf die Frau. Sin (der Mond) ist weiblich zur Sonne und männlich zur Erde (s. Lenormant) bei den Chaldäern, und Men (der Phrygier) androgynisch.

Zu S. 52. [1] Hel besitzt Gewalt über neun Welten. Hel steht zu Loki, Sohn Farbautr's, aus dem Riesengeschlecht der Asen zwischengeschoben, als Tochter, „während man in dieser Erdgöttin doch eher eine Mutter (wie die Grendel's im Beov.) oder Grossmutter (wie die des Teufels) vermuthen sollte" (Wilken), und so findet Maui (dunkler Herkunft) in der Unterwelt seine Ahnmutter, um mit ihr seine gefährlichen Possenstreiche zu treiben. Den übrigen Göttern (mit himmlischer Herkunft verknüpft) gegenüber macht sich oft ein feindliches Verhältniss fühlbar, wie bei den Giganten als γηγενεῖς.

[2] Hinter dem Tempel der unterirdischen Demeter (bei Hermione) galt ein Erdschlund auf einem mit niedriger Mauer umfriedigten Platz (des Klymenos) als der kürzeste Weg zum Hades (nach Strabo), neben den unterweltichen Eingängen zu Troezen und Lerna, während Herakles am Vorgebirge Tänaron oder an der Küste des pontischen Herakleia in die Unterwelt gestiegen, Theseus und Peirithoos in Kolonos am Sikelia-Hügel (beim Eumeniden-Hain). Mit den Wanderungen nach Hesperien rückte das (von Odysseus bei den Kimmeriern erreichte) Todtenreich weiter westlich (zum

ägyptischen Amenthes), nach Tartaros oder Tartessos, bis die Inseln der Seligen im grossen Meere gesucht wurden (s. E. Hofmann). Auf Mangaia fand sich bei Aremauku der Eingang zur Unterwelt. Wenn derselbe aber nicht deutlich ist, so treiben sich die Seelen in Höhlen umher, bis sie einen Verständigen unter sich als Psychopompos gefunden, und folgen dann unter seiner Leitung dem Laufe der Sonne, um da, wo sie niedergeht, gleichfalls durch die Oeffnung in die Unterwelt einzuschlüpfen. Cette grande porte de la région du Netor-xer (lieu funèbre), qui est mystérieuse pour les humains, les mânes n'en connaissent pas le chemin, ceux qui sont parmi les morts ne l'atteignent pas, c'est celle où passe le soleil pour voir les deux mondes dans la région d'Ager, où l'a accompagné cet Osiris (s. Devéria). Die Eskimos geben einen Spürhund mit zum Führer (oder doch seinen Schädel).

[3] Das Seufzen der vorüberstreifenden Seelen (s. Claudian) wurde in Armorica gehört, wo die Einschiffung stattfand (nach Procop), um sich dem irischen Todtenrichter Samhan vorzustellen.

Zu S. 53. [1] Die weibliche Form Miru in der Unterwelt Mangaia's erscheint als die männliche Milu's (eines, gleich Minos, niedergestiegenen Königs) in der Hawaii's, und die dort unter ihrer Herrschaft stehenden Seelen ziehen in Tahiti zu den Himmelshöhen auf Meru, der sich in Indiens Mythologie als Berg erhebt, wie in der Geographie Ostafrikas, wo für das weit gebietende Meroë (auf persische Grundlagen unter Kambyses bezogen) der alte Name Saba (bei Josephus) überliefert ist, auf Südarabien deutend und fernere Seezüge. In Babylon führt Merodach, Herr der Geburten (der Wiedergeburt aus dem Ableben) den Titel eines „gerechten Fürsten der Götter", wie mancher Todtenrichter (wenn auch aus naheliegenden Gründen eher streng und grausam gescholten), und wenn (bei Euripides) μέρος für μοῖρα (fatum) steht, so lag das Gerechte in der Nothwendigkeit. Ehe Maruduk der Merodach, als Gott der Hauptstadt, an die Spitze des Pantheon gestellt wurde, wanderte er im Auftrage seines Vaters Hea (Herr der Tiefe) auf der Erde umher, Erkundigungen einziehend (die dann beim Todtengericht Zeugniss ablegen würden) und Merat wird von den Töchtern Krok's bei seinem Tode gebeten, ihn leuchtend zur Ewigkeit zu geleiten (s. Hageck). Mit dem Reich Urukh's in Sumir (Su-Mir) beginnt (an Akkad angeschlossen) die Geschichte Babyloniens. Als Gemahlin des Aethiopierkönigs Merops ergab sich Klymene dem Helios, um Phaethon zu gebären, der sonst als Kind des Klymenes gilt mit der Okeanide Merope (während Merope, Tochter des Atlas, mit Sisyphus, der den Thanatos fesselt, vermählt, sich in den Plejaden verbirgt). Dionysos wurde zum Μηῤῥαφής, als von Zeus aus den seine Mutter verzehrenden Flammen gerettet und Apollo bewahrt in dem Leichenbrand der (wegen Ehebruch mit Ischys durch Artemis getödteten) Coronis, Tochter des Phlegyas, seinen Sohn Aesculap, dessen Jünger für ihre priesterärztlichen Geheimschulen einen Mittelpunkt auf Kos fanden, in ägäischer Inselwelt. Dort lag Lesbos in der Macariagruppe, wohin Macar flüchtet, Sohn des Helios, und Merops, der Seherkönig von Rhyndakos, war Macar oder Macareus beibenannt. Als Sohn des Poseidon seinen Charakter als Seefahrer bekundend, gründet Triopas die Stadt Triopion in Karien, und dem bei Sundas als Aegypter oder Kreter (karischer Färbung) aufgefassten Xanthus (Sohn des Triopas mit Oreasis) wird pelasgische Ansiedelung zugeschrieben auf Lesbos oder Mitylene, wo mit der ionischen (oder javanischen) Einwanderung Macareus (der seine Tochter mit Lesbos vermählt) zuerst feste Gesetze in Schrift gebracht habe. Und solche walteten milde auf den Μακάρων νῆσοι, den Inseln der Seligen, bei denen sich die Vorstellungen des westlich entschwundenen Todtenreichs mit den in der Höhe ersehnten, vermengten, ἔτειλαν Διὸς ὅδον παρὰ Κρόνου τύρσιν, ἔνθα μακάρων νῆσος ὠκεανίδες αὖραι περιπνενέοισιν (Pindar), die rechtschaffenen Seelen. Pythagoras fand die makarischen Inseln in den Sternen und in Sterne verwandeln sich die guten Seelen (bei den Nagas), während die schlechten (nach mannichfachen Wandelungen) zu Bienen werden. Aehnlich mit Αἶσα (als Theil eines Ganzen im Begriff der Gleichheit) ist auch die Ableitung der Μοῖρα (s. Friedreich) mit dem ursprünglichen Begriff des Zugetheilten (von μείρομαι). Zeus vertheilt „die Schicksale der Menschen nicht immer nach eigener Willkür, sondern nach dem Gesetz des Schicksals“, durch die τάλαντα, worin (die Richtung des Karma zu bestimmen) die Folgewirkungen (des Kuson und Akuson) abgewogen werden (unter dem Dharma), und die praktisch-nüchternen Japaner mögen in Aeschylos' ψυχοστασία bereits die lebenden Körper wägen, über dem Abgrunde des Tempelbezirkes schwebend (wie abconterfeit zu sehen).

[2] Im griechischen Schattenreich gähnten unter den Asphodeloswiesen (wohin man an Persephone's dürrem Hain und dem Haus des Hades vorüber gelangte) die Tiefen des Erebus bis zum Tartarus. Der von Lucian an Aeakus übergebene Schlüssel hiess später der Höllenschlüssel (um ihn von dem des heiligen Petrus zu unterscheiden). Awakea (Vakea) öffnete (in Hawaii) die Thore der Sonne. O Avakea ka mea nana i wehe ke pani o ka la, kahi i noho wi o kanonohiokala: Avakea war es, der die Thore des Tages öffnete, wo Kanonohiokala (Augenball der Sonne) weilt. Dagegen wird von dem verhassten Fürsten Milu gesagt, dass er, in die Unterwelt gegangen, ein Reich zu gründen, als He alii no lalo o ka po, ka

haku o ka pouli (der Häuptling in der Tiefe der Nacht, der Fürst des Nachtdunkels), als Minos (neben blondem Rhadamanthys).

[3] Da der beim Begräbniss mitgegebene Taro dort nicht weiter angebaut werden konnte, blieben nur Motten zur Nahrung oder (wie im Compartment Pairau auf Mangaia) Fliegen. Auch von Excrementen als Speise erzählten aus der Unterwelt Zurückgekehrte, und dem auf Alatana (in den Neu-Hebriden) für einen Abgeschiedenen gehaltenen Matrosen wurde Urin zum Trinken angeboten. Für das Wohlbehagen der Abgeschiedenen ist richtige Erkenntniss der Leichenceremonien, wie sie Veetini, der zuerst auf Mangaia gestorben, bei der Rückkehr aus der Unterwelt lehrte, unerlässliche Vorbedingung, niedergelegt im ägyptischen Per-m-hara (sortir du jour). So finden sich minutiöse Leichenceremonien, wie bei den Mongolen, nach den Jahrzehnten geregelt, noch sonst überall, im Volksglauben überlebend, und auch bei den Pythagoräern (s. Plutarch) bedurfte es eines richtig angestellten Begräbnisses als Vorbedingung zum künftigen Wohlergehen.

[4] In Mangaia's Unterwelt kocht Miru die Seelen, deren sie habhaft wurde, im Ofen, um sie so zu essen, und bei der Alten im Eisenwald (jarnvidr) nährt sich der Wolf Fenrir vom Mark erschlagener Männer (in der Voluspa). Das Abschaben der Knochen durch die Götter zur (seelischen) Reinigung des Verstorbenen bedingt in Polynesien die Heiligkeit der dazu gebrauchten Muschel, während der Dämon Eurymenos einer solchen nicht bedarf, da er (mit seinen Hauerzähnen, als Rakshaki) das Fleisch der Todten im Hades (wie Pausanias von den Fremdenführern in Delphi hörte) abnagte bis auf die Knochen. Bei den Apalachiten haust Cupai in der Unterwelt, und sonst kennen die Indianer die Todesgöttin Ataentsie, die den zu ihr niedersinkenden Gestorbenen das letzte Blut aussaugt. Die Knochenreinigung oder Hahunga wurde von den Ngapuhi schon beim Begraben beobachtet, sonst dagegen (unter den Nachbarn) beim Wiederaufgraben (Ruka tanga tuarua oder Wakanoa tanga tuarua). Das εἴδωλον, worin (nach dem Tode des Kriegers) die Seele lebendig bleibt (bei Pindar), trat dann mit dem nächsten Schritt in das Idol (oder Tiki) über. Wenn die Seelen, wie in Tahiti, von dem Atua verschlungen wurden, geschah es zur Reinigung, wogegen der Araber jede schmerzhafte Todesart der durch Hängen vorzieht, bei der sich die ausfahrende Seele verunreinigen könnte.

[5] Die dortigen Seelen konnten also nicht so lieblich riechen als wie im Paradies des „duftenden“ Rohutu (Rohutu Noanoa) der Areoï, καὶ καλῶς Ἡράκλειτος εἶπεν, ὅτι αἱ ψυχαὶ ὀσμῶνται καθ᾽ ᾅδην (Plutarch), und jetzt selbst im Leben. Als Feinriecher war Jamblichos berühmt, doch scheinen die Seelen, die er gerochen, nur

todte gewesen zu sein, weil mit einem Leichenzug verknüpft, wogegen allmählich sich selbst lebende Seelen der Nase und ihrer Weisheit aufzudrängen beginnen. Die aus dem von Prometheus zum Formen des Menschenvolkes in Phokis gebrauchten Lehm übriggebliebenen Backsteine bei Panopleus rochen den Priestern (zu Pausanias' Zeit) nach Menschenhaut.

Zu S. 54. [1] Nachdem die aus den Würmern der Schlingpflanze auf Tangaroa's Fels entstandenen Menschen durch Naio gegliedert waren, brachte Turi die Seele (s. Heath). Waren die Seelen zur Reinigung von einem Atua gefressen, so galten die Neugeborenen als Götterkoth, bis sie (in Samoa) durch die Weihe von dem Schutzgeist ihre Seele erhalten und Todtgeborene auf Tahiti bleiben Tiataeatua (Excremente der Götter). So konnte in den Depositen auf dem Grab des Tuitonga der gute Wille ausgepresst liegen, ihm, dem in dem Ueberfluss der Inachifeste Verwöhnten auch in der andern Welt noch eine genussreiche Mahlzeit zu bereiten. Lorsqu'un indigène vient d'expirer, son âme demeure sur les branches des arbres qui environnent la case, et chante d'un ton lamentable comme un oiseau blessé, jusqu'à ce qu'elle soit recueillie par un passant. Dès que l'on apprend qu'une âme voltige ainsi de branche en branche, plusieurs sauvages viennent à la file, courbés en deux, frappant deux petits morceaux de bois l'un contre l'autre en disant à demi voix: Pst, pst, pst. L'âme quelquefois demeure sur l'arbre sans répondre à l'invitation, le plus souvent elle entre dans la bouche du premier de la file, sort par l'autre extrémité, entre dans la bouche du suivant, en sort de la même façon et ainsi de suite jusqu'au dernier, où elle reste définitivement, erzählt (aus West-Australien) le P. Salvado (s. Bérengier).

[2] Ellis erwähnt, dass, den Göttersagen der Polynesier zuhörend, er oft gedacht habe, dass, wenn aufgeschrieben, „they would furnish ample materials for legends rivalling in splendour of machinery and magnificence of achievements the dazzling mythology of eastern nations."

[3] In White's Lectures etc. findet sich die folgende Version: A man called Patito having died, left a son, who was a very brave man and a report of his bravery having been carried to the world of spirits by some of the departed, it roused the martial ardour of the father, who in his time was considered to be a most expert spearsman, and he therefore visited the earth with a determination of testing the ability of his son by a contest with him, during the engagement. The son was unable to ward off his father's thrusts, who being satisfied in having thus overcome his son, returned to the other world.

[4] Achilleus dagegen freut sich der ruhmvollen Thaten seines Sohnes, als er im Hades durch Odysseus davon hört. Unter epischer Ausschmückung kann dann wieder Mythisch-Religiöses durchscheinen, wenn in Rangi's goldenem Zeitalter, um den Tod in die Welt zu bringen, der aus Rono's Unterwelt aufsteigende Tukaitana den unberührbaren und bis dahin unbesiegten Heros Matoetoea im Kampfe erschlägt und dann die Kunst der Waffenverfertigung gelernt wird (auf Mangaia). Das (wie Ukko's Reich unter den Finnen) friedliche Gulladr wird (bei Snorri) erst durch die Riesinnen aus Iotunhein zerstört.

[5] Und wie in Australien Kriege besonders aus dem Streit um Frauen entstehen, so oft in Neuseeland, wo, wie Taylor erzählt, die schöne Helena von den um sie kämpfenden Taua oder Kriegsparteien zuweilen in Stücke zerrissen wird. Sonst ähnelten die Fürsten der Maori den Homerischen, in ihren Ansprachen und Wechselreden, nicht nur, sondern auch in der Schlacht, denn „the battle was chiefly a treat of skill and strength between the principal chiefs", indem die mitziehenden Sklaven (als Knappen) selten am wirklichen Kampfe theilnahmen.

[6] Zur Erduldung des schmerzhaften Moko wirkte das Motiv mit, dass, wenn in die Hände des Feindes fallend, ein schön tätowirter Kopf auf dem Turuturu (oder Kreuzpfahl) der Bewunderung Aller ausgestellt sein würde (s. Taylor).

[7] Die im Vollgefühl der Gesundheit sich selbst gewisse Persönlichkeit kümmert wenig das einstige Geschick, das den vagen Seelenhauch betreffen möchte, und wenn auch Herakles als Scheinbild (ein ägyptischer Schatten der Mumie) im Hades gesehen wird, mochte (in Homer's Gesängen) er selber (αὐτός) doch im Kreise seliger Götter weilen. Ob grausig oder lustig wählt Jeder gern den eigenen Theil, wie der Friesenkönig Radbod den angebotenen Tausch zurückwies. Puisque nos pères y sont, nous ne voulons pas mieux qu'eux, nous pouvons bien y aller aussi (en Enfer), wie der Caraibe antwortete (s. De Brosses).

Zu S. 55. [1] Den Druiden (nach Lucan) war der Tod der Mittelpunkt eines langen Lebens, und sie glaubten (nach Caesar) „non interire animas, sed ab aliis post mortem transire ad alios", also eine Seelenwanderung oder (wie den Chaldäern Diog. Laert. in der Auferstehung zugeschrieben) eine Unsterblichkeit (Val. Max.), „animas hominum immortales esse". Dagegen mati, mati sudah (mit dem Tode alles zu Ende) heisst es auf den Aru (s. Kolff) und „Our bodies rot in the grave and there is an end of it, who knows more" bei den Nagas (nach Hunter).

[2] In der ersten Nachtstunde betritt der in Ouernes eingehende

Sonnengott das Feld Nte-mu-ra (im untern Himmel) der Götter Henba-v-ah-u (den Leichenceremonien entsprechend), in der zweiten das der Bau-Sebau (âmes du ciel inférieur), in der dritten das der Bau-steta-u (âmes mystérieuses), in der vierten (für den in die Mysterien Eingeweihten) die Region Anx-xepera (vie des transformations), in der fünften die Region Ament, in der sechsten das Feld Ua-u-nte-uaa-n-Ra, in der siebenten (unter Rücktreibung der Schlange Haher) durch die Schlange Mehen (als achter), in der neunten durch die Felder (neu erwachenden Lebens) unter Horse-u-neter-u's (l'Horus des bassins des dieux) Schutz, in der zehnten durch Xeper-anx (production de vie), in der elften durch die R-dod-gerer-t-apet-a-xau-t-u genannte Localität, in der zwölften (aus der Tiefe hervortretend) zur Vereinigung mit dem Körper Nut's (l'éther personnifié), naissant de lui-même (s. Devéria). Ceux qui sont dans cette composition eux-mêmes se joignent au dieu Soleil dans le Ciel (ce mythe est le mystère du serpent de la vie des dieux à sa demeure du ciel inférieur). So wurde in den Mysterien die Idee des Fortlebens magisch mit dem Sonnenlaufe verknüpft, und in diesem praktischen Interesse tief eingreifendster Bedeutung lag der Kern des Solaren-Cultes, während die aus abirrenden Strahlen durch gelehrte Tändeleien gedeuteten Mythen dem geräuschvollen Volkstreiben weder Aufmerksamkeit, und noch viel weniger Hingabe, abgewonnen haben würden. Eine Doppelverknüpfung mit dem Monde, in dessen sichtbare Wandlungen die Bewegungsquelle hervortretender Erscheinungen verlegt wurde, brachte dann, nur der Priesterweisheit verständliche, Rechnungscomplicationen zu Wege.

[3] Die Sonnenflecken sind für die Maori die Schatten kämpfender Krieger, die dort, wie bei den Natchez (welche die übrigen Seelen in Thierleiber verbannten) eingezogen sind. In Hawaii wurden die Fürstenseelen an Kaonohiokalo (Augenball des Luftkreises) zugeführt.

[4] Wenn allein genannt, ergab sich die Vorstellung eines einsamen Himmelsbewohners, wie in Enos, wogegen Khasisatra oder Xisuthrus im Silberhimmel von denjenigen Seelen (Utukku oder Seelendämon) vergesellschaftet wurde, die durch die an Ea geweihten Gebete vom Hinabsteigenden in die Unterwelt (kur nude oder matla tayarti) bewahrt waren. Auf Izdhubar's Gebet beauftragt der Gott Ea seinen Sohn Mardouk, den (vor der Heilung durch Khasisatra gestorbenen) Eabani aus der Unterwelt in den Himmel zu versetzen.

[5] Die bei Taranaki wohnenden Stämme hatten die Unsterblichkeitslehre systematisch ausgebildet, und wurden hier, nach Aufhängen der bei dem Wiederausgraben reingeschabten Knochen, die ent-

sprechenden Karakia gesprochen, um durch die verschiedenen Himmelshallen aufzusteigen, womöglich bis zur achten, da sich dort erst Befriedigung einstellt (s. Taylor). Whakaira ata to araki te rangi (Steig auf, den Weg zum Himmel). Als Tekauae in der Hölle (Aitataki's) durch die auf den Magen gebundene Kokosnuss das halbgeformte Scheusal Miru (wie Hel halb fleischfarbig, halb leichenblau gemalt wird) im Essen der Centipeden getäuscht hatte und auf die Oberwelt zurückgesandt war, lehrte er die Unsterblichkeit im lieblichen Lande Joa unter Tukataua's Schutz (s. Gill). Dieser kritische Umbildungsprocess der Religionen findet seine Parallelen in allen Erdtheilen, wie früher vielfach, wo sie sich boten, hervorgehoben.

[6] Auf Rarotonga gehen die Seelen der in der Schlacht Gefallenen zu Tiki (dem zuerst so Gestorbenen), der, an der Schwelle seines langen Hauses sitzend, sie dort empfängt, um in Odin's salir (mit coelorum palatinae sedes) zu schwelgen. Auf Puka Puka gehen die Geister nach Reva's Haus zum Tanze. Auf Mangaia werden die herabgestiegenen Seelen von der schrecklichen Miru, der Rothen, oder Miru Kura (einarmig, einbeinig, einbrüstig) durch Kava betäubt, um im Ofen gekocht und gegessen zu werden, während die der in der Schlacht Gefallenen, als Grillen zirpend (wie bei den Czechen als Vögel hüpfend), wenn nicht verschlungen von dem gelegentlich aus der Tiefe steigenden Rongo (der sie dann wieder von sich gibt, wie Kronos seine Kinder), in die Weite springen (kura rere kite meneva), um als Wölkchen (in Tiairi oder Poepoe) mit den Lüften zu treiben. Wenn die Seelen zu besserm Geschicke einem Ἀρχέμορος als Erstgeborenem (einem zuerst so Gestorbenen) folgen, freuen sich die Nachgebliebenen in den Kampfesspielen der Akaoa, wie sie die Fürsten in Nemea zu Ehren des Opheltes (s. Appollodor) einrichteten, als stehendes Institut, während im Ta-i-te-Mauri oder Geistertödten (auf Mangaia) die Freunde (Akaoa) zur Bekämpfung der Dämone (Mauri) von District zu District zogen. Das leitet weiter zu der langen Reihe von Reinigungsceremonien, in Cuzco, Delos, Mexico, Sibirien, Arabien und Polynesien, wie bereits oft genug angedeutet, um es diesmal beiseite lassen zu können.

[7] Im Zerreissen der Götter, des Osiris, Dionysos u. s. w., oder ihres Propheten (wie Orpheus) sollte das Seelische plötzlich und lauter frei gesetzt werden, ohne sich im Ansaugen des letzten Losringens im Körperlichen zu imprägniren, und zugleich völlig fortgeschafft, da es, als seinem materiellen Bestandtheile nach nicht in ein Nichts verkehrbar, sonst nicht hätte zerstört werden können. Ἀφθάρτους (bei den Celten) τὰς ψυχὰς καὶ τὸν κόσμον ἐπικρατήσειν δὲ ποτε καὶ πῦρ καὶ ὕδωρ (Strabo).

[8] Die Fürsten Samoas schwelgen in einem jenseitigen Glads-

heimr an der Tafel Saveasuileo's und schon im Leben weihen sie den Göttern den Ava-Trank (ein vedisches Soma), gleich den (zu St.-Columban's Zeit) auf Wodan's Ehre trinkenden Alemannen. Auch im hawaiischeu Todtenreiche Milu's (im Gegensatze zu dem ascetischen Wakea's) gab es (wie auf Kailasa trotz der Büssungen des Maha-Rüsi) allerlei Freuden, und sein Bestehen datirt seit dem Niedergange des alten Königs, wie das Reich des Hades erst mit der Aemtervertheilung unter Zeus, als Sieger in der Titanenschlacht, begründet wurde, da es zu den Zeiten des Uranos und Kronos noch nicht existirte, obwol sich damals bereits der Tartarus auf dem untern Theile des Gewölbes als Berg erhob (s. Flach), als Unterlage für den weitern Aufbau eines indischen Centralberges in Meru. In Rom, wo früher Vestalinnen (einst Dienerinnen des Rex) als Beispeise der Opfer nur die liba buken (wie die Sonnenjungfrauen die Kuchen des Inca), wurde der Wein von Numa (s. Plinius) zugefügt (als sacrima an Winzerfesten). Der Guttus zum tropfenweisen Verschütten wiederholt sich in peruanischen Formen unter zugefügten Stimmen des heiligen Thieres.

[9] Die aufwärtsgehende Tendenz wurde erleichtert, indem die Keltiberer die Leichen der Gefallenen auf dem Schlachtfelde liegen liessen (s. Sil. Ital.), eine Beute der Geier, von denen sie aufwärtsgetragen werden konnten (und so bei Parsen).

Zu S. 56. [1] In Californien verbannte der grosse Geist Niparayan, weil (dem Nipan zugewandt) die Kriege hassend, die in der Schlacht Gefallenen aus dem Paradies, sodass diese nun bei Tuperan (Wac) Aufnahme zu suchen hatten. Auf Nuhwa dagegen war Gott Tupa, wie die bei Hau Tupa in der Bai Collet zurückgelassenen Treppenstufen beweisen (s. Egriaud de Vergnes), zum Himmel gestiegen, und dort verklärt sich Tawhaki (in Transfiguration) zum blitzenden Donnergott (gleich dem Gott Tupan brasilischer Tupi).

[2] Unter friedlichen Verhältnissen war die gewaltsam dem Leben entrissene Seele als unstet schweifend gefürchtet, weshalb man sie auf den Mariannen in Chaysi's Gefängniss einschloss, wie die zwischen ehernen Wänden eingeschlossenen und mit Eisenketten gefesselten Titanen Hesiod's von den Hekatoncheiren bewacht wurden. Früher sassen diese stumpf hinbrütend in Dunkelheit, bis sie der, durch Zeus vom Olymp gebrachte, Nektartrank belebte, und der von Cook zuerst ausgetheilte Rum hiess (bei den Eingeborenen der Maori-Inseln): Te wai toki a rangi (Cook's sweet water of heaven).

[3] Die Folge der Weltentstehungen und Weltzerstörungen, sowie der ganze Cyklus des Werdens kann nie das buddhistisch negirte Ursein berühren, weil nur innerhalb eines jedesmaligen Schöpfungskreises verlaufend, in welchem, wie bei Empedokles

(als ϑεὸς ἄμβροτος begrüsst), die Seelen verschiedene Geburtswechsel durchwandern, wenn im Himmel bevorzugt, als langlebige (nicht jedoch unsterbliche) Götter weilen, auch unter Reinigungen (in Dichtern, Aerzten, Fürsten besonders, wie er meint) höher [zu Rupa- oder Aripa-Terrassen] aufsteigen mögen (in 30 bis 40 Himmel, im persischen Gnosticismus auf 365 vermehrt), aber nur in dem himmlischen Ideal des Sphairos sich von dem (im Buddhismus allem Zusammengesetzten anhaftenden) Verfall der Mischung und Scheidung des Gemischten (μίξις τε διάλαξίς τε μιγέντων) loslösen könnten. Da die ἄρχαι als Elemente (in den Körperbestandtheilen auf Zahlenbestimmungeu zurückgeführt) auch seelisch festgehalten werden (in nebeneinander bestehenden Seelen), so würde das den vier Seelenbündeln entsprechen mit der Rupakhanda als fünftem. Neben dem Cirkel der Leere, wo nur Gott (Duw) existirt, fand sich (in den Lehren der Druiden) der Cirkel der Umwandlungen (Abred), sowie der Cirkel der Glückseligkeit (Gwnfyd). Bei den Kukis werden die guten Seelen unter Triumphgesängen zur Gottheit geleitet, die schlechten fallen den Qualen anheim. Isokrates preist den Nachruhm.

[4] Hesiod's Zeitalter schliessen, ohne weitere Hoffnung, mit der Klage: κακοῦ δ'οὐκ ἔσσεται ἀλκὴ, wogegen die Edda nach dem Götteruntergang in der Weltdämmerung als Ragnarökr bereits eine neue Aussicht eröffnet (des Regindomr) auf dem Idavällr. Im letzten (achten) Saeculum der Etrusker (bei Vegone) geräth mit Verrückung der Grenzsteine alles in Verwirrung.

[5] Les druides (nach Strabo) enseignaient, que le monde aussi était impérissable, mais qu'il viendrait des époques, où le feu et l'eau prévandraient à leur tour (Belloguet). Nach den Soubbas wurde die Welt von Alaha in drei Perioden durch Feuer, Krankheit und Wasser zerstört (bei den Tolteken durch Feuer, Sturm, Hungersnoth und Wasser). Und ähnlich in den κοσμοποΐιας der Stoiker (s. Simplicius).

[6] Das erwähnte Lied enthält die beim Abschneiden des Nabelstranges beobachtete Taufceremonie (He-Toh), hier eines Knaben, und eine Beschreibung seines Lebens als Krieger endet es mit der Trauerklage am Grabe, die Frage zufügend: ob ich schliesslich werde fortgerissen werden von dem Feuer aus kairo-roa am fernen Strande, gänzlich verschwindend? Ateo wai hoki ka kite (ich weiss nicht wohin). In demselben Manuscript fand ich die folgenden Erklärungen niedergezeichnet, die, als von Judge Manning kommend, dem Leser nicht vorenthalten werden dürfen: What precedes the existence of man (organisation or creation). Te Po: Chaos, darkness, confusion, during which nothing had any form. The expressions „the first", „the second" etc. to infinity only means

that this condition of Chaos existed for a length of time inexpressible.

Ko te Kore: nothingness, means void, nullity, also Te Rapunga: existed for an immense space and was another expression, I think, for the Po, only differing from utter Chaos in that it was, after an immense duration accompanied by the searching, seeking or inquiry, meaning the tendency of matter to organize itself, by its own inherent nature, and which it is said to have accomplished at last. This power or tendency rebelled against the Kore and Chaos, and is expressed by Te Rapunga te kimihanga. The expression the first Rahunga, the second etc. only means, that the struggle continued for an immense duration and it is further indicated that it only succeeded by slow degrees.

After the successful struggle of matter for organization, came the heavens, the earth, water, land and sea. They appeared as a result and are personified as Gods, after these the various natural processes, such as vegetation, the gradual progression of animal organization from pins to wings and feet (but of all kind, of insects, reptiles etc.) is expressed or symbolized by the appearance of minor Gods, such as „he of the fins“, „he of the feet“, wings etc. Gods of destruction also, and at last demigods and men, amongst the minor gods is the earthquake, but this only means a condition of the world in ancient time, also floods, and it is remarkable, that in the description of the eternal war existing between the land and the sea, that the land floods of fresh water are part of the forces of the sea.

Te Po also means another state of (future) existence, teru Po, a future life.

Zu S. 58. [1] Wie Numa (bei Lactanz) „deos per familias descripsit“, in Ehen, sexum et generationes deorum (s. Varro), während im Uebergange zu den Heroen (wenn auch in Analogie des an Romulus geknüpften Mythus, sich Scipio seinen Vater in Jupiter wählen wollte) eine (griechische) Theogonie fehlt, wie sie sich dagegen unter der Aristokratie Hawaii's entwickelt hat. Die Zufügung des Gottes Argentinus, als Sohn Aesculanus' (s. Augustin) war speculative Ueberlegung, weil das Kupfergeld älter. Aus der auf die Kosmogonie folgenden Theogonie ergibt sich die Theokosmogonie, wie die javanische (bei Raffles), genannt ist. Nach Göttling waren die Lieder der Salier (bei Horaz) eine Theogonie und Herodot verzeichnet, an persische Götter gerichtet (s. Welcker) die Gesänge der Magier als Theogonie.

[2] Rehu (Rehua) gilt auch als ältester Sohn Rangi's, nämlich:

Von Te Po (Nacht) kam

Te Ao (Licht)
Te Ao tu roa (langdauerndes Licht)
Te Ao marama (Lichtschein)
Te kore (Nichts)
Te kore te whiwhia (Nichts im Besitz)
Te kore te Rawe (Nichts in Vergänglichkeit)
Te kore te tamaua (nichts Gebundenes)
Te kore matua (Nichts als Erstes)
Maku (Feuchtigkeit) vermählt mit
Mahora nui atea (geradaufsteigende Klarheit) und aus dieser Ehe entspringt
Rangi (der Himmel), der mit Papatu-anuku (weitgebreitete Fläche) die Kinder Rehua (Nebel), Tane (männlich) und Paia zeugt, worauf Paia (mit Tane vermählt) den Menschen (Ti Tangata) gebiert (bei den Maori).

Zu S. 59. [1] Der Fliegengott Tupavaunui benachrichtigte die Verwandten von den Leichen ihrer erschlagenen Freunde (als Beelzebub).

[2] Canens, Gemahlin des Picus, ist die Seele der aus dem Dickicht ertönenden Stimme (s. Klausen), als singend.

[3] Ru, der alte Erderschütterer, wurde auf Tahiti mit einem ursprünglich höchsten Charakter bekleidet, hinter Tangaroa stehend, als der Repräsentant eines verdrängten Göttergeschlechtes. Während Ru-mia frühesten Zeugungen zu Grunde liegt, wird Ruanuu, auf Aitutaki, wegen seiner Hässlichkeit in Verborgenheit gehalten, als Kahlkopf sich nicht nur buddhistisch den andern Mönchen anschliessend, sondern auch an Aesculap (als σπανός) und dem durch Rede siegenden Herakles oder druidischen Ogmius. Rua (in Tahiti) zeugt mit Wahine ia ereere fanua) den Boden, dann das Zwielicht, dann das Dunkel, und weiter mit Wahine ia taonui die Sterne und den Mond.

Zu S. 62. [1] Wie der lapis manalis schloss der Dillenstein (s. Grimm) den Helligrund.

Zu S. 67. [1] Grey bemerkt (1845), dass die ihm noch im letzten Augenblicke geglückte Sammlung neuseeländischer Traditionen kaum je von einem andern würde wiederholt werden können, bedauernd, sagen zu müssen, „that most of their old chiefs and even some of the middle-aged ones, who aided me in my researches, have already passed to the tomb". So gingen Ueberlieferungen verloren, wie sie Isis ihrem Sohne Horus mittheilte, als Erbgut von dem Grossahn Kamephes her, die Hermes (Vater Tat's) in den durch Thoth beschriebenen Pfeilern unterrichtet. Die Wäle oder Wala (der Voluspa) „hat die ersten Geschicke der Welt von ihren Erziehern, den urgeborenen Riesen, erfahren" (s. Simrock), und wenn dann ein halbes Leben, wie bei den Druiden (nach Caesar), auf das Auswendiglernen verwendet wurde, mochte ein noch nicht, gleich dem griechischen (in Ansicht ägyptischer Priester), durch Viellesen oder Vielschreiben verdorbenes Gedächtniss (s. Plato), die Schöpfungssänge (wenn durch ein deshalb dann selbst wieder in den Vedas geheiligtes Metrum fixirt) von Alpha bis Omega festhalten. Das Metrum (bei den Maori) ist schwierig zu beschreiben (bemerkt Taylor). The chief object is to make the lines suit their tunes, which a musical gentleman described as reminding him of the Gregorian chants. Weiteres bei Grey (On the native songs of New Zealand). Die mündliche Fortpflanzung der Traditionen findet sich in Rig-veda-pratisakhya beschrieben. Celebrant carminibus antiquis Tuistonem Deum, terra editum, et filium Mannum originem gentis, conditoresque (und Irmin, Mannus' Sohn, in Heroengeschlechte überleitend), wie der Gallier Vogesus (bei Sil. Ital.) patrio divos clamore salutat. So auch in ihrer Art bei den Areytos der Cariben (nach Oviedo), tahitischen Areois angenähert, und so immer, in einer oder andern Weise, wenn sich Thiasoten oder Orgeonen (s. Max. Tyr.) zu speciellen Culten zusammenfinden (in vielfachster Mannichfaltigkeit in Dekkan). Σοφώτατοι δ' ἐξετάζονται τῶν Ἰβήρων οὗτοι καὶ γραμματικῇ χρῶνται, καὶ τῆς παλαιᾶς μνήμης ἔχουσι συγγράμματα καὶ ποιήματα καὶ νόμους ἐμμέτρους ἑξακισχιλίων ἐτῶν, ὥς φασι (s. Strabo) die Turditaner, als gleichen Stammes (συγγένεια) mit den Celten (s. Polybius).

[2] Es fehlte damals ein Saemund, die nationalen Traditionen der Heidenzeit auch neben dem Christenthum zu bewahren, als dasselbe (1000 p. C.) durch Volksbeschlusss in Island eingeführt wurde.

[3] Sein erster Band ist voll von neuem und wichtigem Material, untermischt mit Theorien, in denen, wie so oft, das Princip zu Tode geritten wird. Es liegt aber mancher Tropfen guten Vollblutes darin, und bei richtiger Trainirung mag ein edler Renner daraus aufgezogen werden. Man vergleiche, wie nahe seine etwas wolkignebeligen Kuschiten auf historische Kreuzungspunkte kommen, wo sie sich mit denjenigen Wanderungen berühren würden, welche, ausgerüstet mit vielseitiger Gelehrsamkeit, solch hohe Autorität auf dem Gebiete altitalischer, classischer und ägyptischer Studien, wie sie in dem Verfasser der nubischen Grammatik (1880) auftritt, mit sorgsamem Vorbedacht in den kuschitischen Zügen verfolgt. Und doch sind beide Bücher, in völligster Unabhängigkeit voneinander, durch himmelweite Unterschiede getrennt, von diametral entgegengesetzten Standplätzen ausgehend. Aber wenn in der Zeit der Reife die Samen sich ausstreuen, dann greift man

die Ideen aus der Luft, wie Strauss bemerkt, weil sie darin liegen und fluten.

Zu S. 68. [1] Hu, the mighty, who first adopted vocal song to the preservation of memory and record (s. Roberts) wird in den Triaden als Begründer des Bardenthums gepriesen, unterstützt durch das Coelbren y Bardd (Stave of the bardic Symbols) genannte Alphabet (gomerian characters). Solon ordnete die Gesänge der Rhapsoden zur Recitation bei den Panathenäen.

[2] Nach Stewart (bei Crook) sind auf den Marquesas die Traditionen (s. Dumoulin) „continués dans les hymnes sacrés odes Tahounas" oder Priester (neben welchen die Hoki oder Kaioa als Sänger erwähnt werden) von erblicher Fortpflanzung wie bei der Priesterklasse der Ishtohollo unter den Indianern (s. Adair).

[3] The Maori (bemerkt Taylor) are very proud of their genealogies and generally those of great men are traced up to the gods. Galli se omnes ab Dite patre prognatos praedicant, idque ab Druidibus praeditum dicunt (Caesar).

Zu S. 69. [1] Auch Whitmee bemerkt über die von ihm in Polynesien gehörten Nationallieder, dass sie manches in Form sowol wie Worten Veraltetes enthalten, und deshalb oft bereits für die gegenwärtige Generation unverständlich geworden sind.

Zu S. 70. [1] Hier bietet sich ein Beitrag zur Lösung der in der Gnosis mit Verschwendung von so viel Scharfsinn behandelten Schwierigkeit, die „in tunica maculam" zu erklären, und ihr Woher; die Frage (bei Irenäus) zu beantworten, wie der Bythos habe zulassen können: in sinu suo maculam fieri? Denn, um das Untere als Schatten des Obern aufzufassen, würde im Schatten Körperliches vorauszusetzen sein (s. Baur), „mit dem Geistigen aber kann nichts Verdunkelndes gedacht werden" (weil im vollen Licht des Pleroma). Bei dem Umschwunge der Welten liegt der Kern des Schattens indess bereits in dem Reflex aus der Vergangenheit, und ist nur durch das Dunkel der Urnacht umhüllt. Die neue Einwendung, dass der Schatten, wie in vollem Licht, auch in der vollen Dunkelheit unmöglich sei, entschwindet in der naturgemässen Auffassung solchen Dunkels, als das bekannte der Mystiker, in deren Versenkung sich dies Dunkel gerade mit der Ueberfülle des Lichts identificirt, als Blendung durch dasselbe, für die irdischen Augen, die so in die Geheimnisse des Jenseits nicht einzudringen vermögen.

[2] There were cycles on cycles of nonentity, cycles of chaos, cycles of thick darkness, cycles of twilight, then came light. Prior to the creation of light man was made of clay, but had no innate power of life. His form was allowed to be on the surface of the earth, and certain ones went forth in search of the created man.

They unsuccessfully traversed the whole world; then heavenly messengers, seventy in numbers, were commanded to go forth. They found man destitute of animation, they pressed with their hands the crown of his head where life was said to exist, and called fourth. From a prostrate position they lifted him to a sitting posture, one taking him by the right hand, one by the left, another standing at his feet, and another at his head, finally they raised him to his feet, a living man (bei den Maori). Order did not exist till after the creation of reptiles, fishes, birds and trees (s. Davis).

[3] Noun bezeichnet (im Koptischen) ἄβυσσος „die unergründliche Tiefe der Urgewässer oder das Chaos" und aus Nun (oder Chaos) entspringt Ra (im Todtenbuch).

[4] Ὁ δέ γε Ἡσίοδος καὶ σιγῇ πολλὰ σέβει καὶ τὸ πρῶτον ὅλως οὐκ ὠνόμασιν (Proclus). Unter den Eleaten lehnte Melissus (s. Diogenes Laert.) jede Aeusserung über die Götter ab (wie Confucius). Nec deos negavit aut tacuit (Anaximenes).

[5] Im Anfang war Ginnungagap, der gähnende Abgrund (s. Lüning) und aus dem Schmelzen der erstarrten Elivagar oder Sturmfluten entstand Ymir, aus dessen Leib (wie aus dem Puntan's in Mikronesien) die Welt gebildet wurde, ὄχλος und hiuhma (πλῆθος), als Chaos (s. Holder), umyo (bei Vulfila). „Ginnun gagap (später Luft) bezeichnet den leeren Raum zwischen Niflheim und Muspell", als tiefe klaffende Kluft oder der Abgrund, ein Chaos, das vor der Schöpfung des Himmels und der Erde da war (s. Berger), im Bild von Hegel's absolutem Sein (nach Wiborg). Nach dem Rigveda existirte im Anfang nichts als das Wasser im tiefen Abgrund, worin der Eine athmete (ohne Tageslicht in der Nacht). Rinck leitet Chaos, „als ursprüngliche Weltkeime" von χάζειν ab. Der Centralpunkt, aus welchem die drei Weltkreise hervorwallten (im kosmologischen System der Druiden) nannte sich Annwn (Announ), qui signifie abime (s. Panchaud). Nach den Orphikern (bei Damaskus) entstand aus Χρόνος das Χάος (und das πελώρων χάσμα) durch kreisende Bewegung zum Ei (σφαῖρα oder Kugel) gebildet, woraus Φάνης als Μῆτις hervorging. Aus einem dunklen Lufthauch (ἀὴρ ζοφώδης καὶ πνευματώδης) oder aus dem dunklen Hauch und dem trüben Chaos (πνοὴ ἀέρος ζοφώδους καὶ χάος θολερὸν ἐρεβῶδες) durch die Liebe (πόθος) des πνεῦμα zu seinen eigenen Urelementen (ἰδίων ἀρχῶν) und seine Vermischung mit ihnen wird (bei Sanchuniathon) der Urschlamm (ἰλύς) oder Μώτ in Gestalt des Ei gebildet. Erebus wird vom Chaos und Caligo geboren. Nach Manetho war ὕλη der Anfang, woraus die vier Elemente geschieden wurden, und dann die Götter (Diog. Laert.). Aus Mummu oder Mummu-Tiamat (See-Chaos) gingen zuerst die Manifestationen Lachma und Lachama, dann Kisar und Sar

(Assoros und Kisare) hervor, worauf Anu (Papsakul) oder Alalu (als Oben oder Himmel) und Anatu (Erde, als weiblich) folgen: „Das assyrische Mummu hängt wahrscheinlich mit dem hebräischen Mehuma Verwirrung zusammen, während sein Synonym Umun dem hebräischen Hamon (Gedröhn, Getöse) gleichzusetzen ist" (s. G. Smith). Ante mare et terras et quod tegit omnia coelum, Unus erat toto naturae vultus in orbe, Quem dixere Chaos, rudis indigestaque moles (Ovid). Und so νὺξ μέλαινα.

[6] Ex Caligine chaos, ex Chao et Caligine Nox, dies, Erebus, Aether (Hyginus). In orphischer Theogonie ist Νύξ der Urgrund, aus dem Alles hervorgeht (θεῶν γενέτειρα καὶ ἀνθρων). Nach dem Hikayet der Malaien verbreitet sich aus dem Urwesen das Licht zum Chaos in der See verschwimmend, und See wie Erde werden in sieben Etagen getheilt (s. Newbold).

[7] Hanau ist ἐγένετο (bei Hesiod), ἤτοι μὲν πρώτιστα χάος γένετ, wogegen ἀγένητον ἐὸν καὶ ἀνωλεθρόν ἐστιν, das reine Sein (bei Parmenides) und in Heraklit's Werden ist das Κοινὸν ὑποκείμενον allein das Ungewordene. Ζεὺς πυθμὴν γαίης τε καὶ οὐρανοῦ ἀστερόεντος, Ζεὺς πάντου ῥίζα, Ζεὺς ἥλιος ἠδὲ σελήνη, Ζεὺς πνοιὴ πάντων, Ζεὺς ἀκαμάτου πυρὸς ὁρμή (im orphischen Gedicht).

[8] Nach Epikur waren die Thiere in Verwandlungen auseinander hervorgegangen (bei Plutarch). Anaximander liess die Menschen von fischähnlichen Wesen stammen (nach Censorinus). Bei Philoponus werden anfangs Gliedmaassen geschaffen (Köpfe, Hände, Füsse u. s. w.), die sich zum Leibe ergänzen. Xenophanes erklärte die Versteinerungen für Abdrücke der Seethiere im Schlamm aus frühern Weltzerstörungen, ταῦτα δε φησι γενέσθαι, ὅτε πάντα ἐπηλώθησαν πάλαι, τόν δε τόπον ἐν τῷ πηλῷ ξηρανθῆναί (s. Origenes).

[9] ψυχῇσι θάνατος ὕδωρ γένεσθαι, dem Wasser Tod die Erde, aus Erde Wasser, aus Wasser Seelen (bei Heraklit).

Zu S. 71. [1] In Mangaia heisst die Urmutter Vari-ma-te-takere (vari, beginning) aber in Rarotanga: this word no longer means beginning but „mud" (s. Gill) und der Schöpfungsbaum erwächst (bei Hesiod) auf „niedriger und modriger" Schwelle, ῥίζησι διηνεκέεσσιν ἀρηρὼς ἀυτοφυής, wo die Titanen wohnen, πέρην χάεος ὀφεροῖο. Bei den Aegyptern bestand die Urmaterie in Schlamm (ὕδωρ καὶ ψάμμος).

[2] In der valentinianischen Gnosis vertheilt sich, gleichsam im Zusammenjochen (Diodor) durch einen Sabazius, die ganze Aeonenwelt in männliche und weibliche Aeonen (nach den Syzygien), als Bythos und Ennoia, Monogenes und Aletheia, Logos und Zoe, Anthropos und Ecclesia, während der Urvater (αὐτοπάτωρ) mannweiblich (ἀῤῥενόθηλυς) bleibt. Der Nous erscheint als Monogenes, der,

allein den Vater erkennend, die Aeonen zu gleicher Erkenntniss zu führen strebt.

[3] Die Pflanzen waren (nach Empedokles) zur Zeit einer noch nicht ausgebildeten Welt (vor Scheidung von Tag und Nacht) entstanden, während die Thiere sich aus Ungethümen vervollkommneten und die Menschen aus dem Schlamm hervorwuchsen, zuerst ohne Sprache und Glieder. In Polynesien ist es vielfach Aufgabe der Tiki, oder auch der Maui, die anfangs formlose Masse des Menschenleibes im Detail der Einzelheiten zu gliedern. Bei den Leni Lenape verwandelt Manitu-Kichton die Seethiere in Landthiere, und diese dann in Menschen (wie ähnlich Anaximander). In ägyptischer Metempsychose (bei Herodot) durchläuft die Seele Thierleiber (auf Land und Meer), sowie Vögel (bis zur menschlichen Geburt). Nachdem Quawteaht die Schöpfung vollendet, verwandeln sich die Vögel und Thiere mit den Seelen von Menschen in diese (bei den Aht). Nach Diodor war der erste Mensch der Aegypter entstanden, als sich noch halbfertige Thiere im Nilschlamm zeigten.

[4] Thaumas (mit buntgeflügelter Nachkommenschaft), als Sohn des Pontus (bei Hesiod), während Phorkys, Ungethüme zeugend, sich mit Keto (der Wale) verbindet. „Alles Fliegende, vorgestellt in den Harpyien, Aello und Okypele (Heuschreckenschwärmen) stammt von Thaumas" (s. Rinck) im vielgestaltigen Proteus.

Zu S. 72. [1] Bei den Ophiten galt (nach Epiphanius) der Demiurg als Schöpfer, als ποιητὴς κοῦ παντὸς τοῦ κύτους (in Geburtswehen).

[2] Die epische Sage lässt das Schwein neben dem Hunde und einem Geflügelpaar schon in dem Canoe der ersten Ansiedler aus Kahiki nach Hawaii überbringen. Nach den Wandersagen der Maori werden in Turi's Canoe die Ratten, die Papageien, die Moeone-Käfer, die Awato-Motten, sowie Kumara und Calabasse nach Nukuroa oder (einem Utgardloki) Uku-rangi (Neuseeland) überbracht.

[3] Da in Polynesien die Auswahl unter den Säugethieren beschränkt ist, finden sich mitunter die Schweine unter den sonst in den Affen (oder dichterisch in Löwen, Bären u. s. w.) gesuchten Beziehungen zum Menschen (während sie indianische Mythen aus Biber, Schnecke, Schlange u. s. w. in allmählicher Vervollkommnung ascendiren lassen). Auf Aneiteum gingen die Schweine aufrecht und die Menschen auf Vieren, bis der Streit zwischen Vögeln und Reptilien anders entschied. Im Aufrechtgehen des Herankommenden belehrt Hine-nui (bei den Maori) ihre Sklaven, einen Dieb zu erkennen (s. Shortland), „but if he comes walking on his hands and feet, having his belly and face upwards, then know, he is an

Atua“ (und solche Stellung findet sich zwischen den mexicanischen Steinfiguren).

Zu S. 73. [1] Aus Ask und Embla als Meschine und Meschiane, während (gleich melischen Nymphen) in andern Versionen aus dem Schlamm (des Berosus) wie auch in den Clementinen (s. Baur). „Aus der Mischung von Erde und Wasser entstand der erste Mensch, welcher nicht gezeugt, sondern als Erwachsener gebildet, Achilleus genannt wurde“ (διὰ τὸ μάζοις χεἰλη μὴ προσενεγκεῖν) und mit ihm die Gefährten als Myrmidonen und Ameisen. Bei ungenannter Entstehung der beiden ersten Geschlechter, wird das dritte (bei Hesiod) ἐκ Μελιᾶν gesetzt. Nach den Sioux stand der erste Mensch, mit den Füssen dem Boden eingewachsen, als Baum, bis eine Schlange die Wurzeln abnagte. Kaiomorts ist doppelgeschlechtig.

[2] Der volle Text heisst:

Hanau kanaka e mehe lau (Geboren der Mensch, wie ein Blatt)
Hanau kanaka ia Wai ololi (Geboren der Mensch engen Wassers, d. h. der Mann)
Hanau ka wahine ia Waiolola (Geboren der Mensch breiten Wassers, d. h. die Frau)
Hanau ka pe akua (Geboren die verborgenen Götter)

(involuti dii et iidem superiores, im etruskischen Sinne, als amicti oder oscuri).

[3] Wogegen volksthümlich:

He weo ke kanaka
He pano ke alii.

[4] So heisst auf Mangaia (s. Gill) volksbeglückende Friedensherrschaft des Fürsten „Koina-ra“ (heller Glanz der Sonne). Nach Menu lagerte in der Dunkelheit Schlaf auf dem All, bis die selbstexistirende Kraft erschien, Glanz verbreitend.

[5] Als für die (während des Verschlusses von Hermes Trismegistos' Bücher) verdorrende Erde Gebete an die Gottheit gerichtet wurden, „le dieu sourit et il dit à la nature d'exister, et sortant de sa voix, le féminin s'avance dans sa parfaite beauté“ (s. Ménard). In solchem Lachen wird die Welt zum Spiel des Demiurg (als Krishna). In Java unterbricht San Yan Kaneka putra seine Büssungen bei der Schöpfung durch Gelächter.

[6] Tane (husband) means the generative principle of nature (s. Gill). Buri (der Zeugende) Vater Bör's (des Gezeugten) wurde durch die Kuh Audumbla aus den salzigen Eisblöcken hervorgeleckt, also im Thiermythus, wie Tane (als Tane mahuta) im Pflanzlichen. Tanen est le Sam d'Osiris (nach dem Ritual). Les Mari-u du Tanen devinrent le symbole du ciel et de la terre (s. Chabas). In den hermetischen Büchern wurden die wohlthätigen und schädlichen

Tanes von den Dämonen auf die Erde ausgestreut, wie das von Mören und Keren (Klotho, Lachesis und Atropos) den Menschen bei der Geburt gut und bös Gespendete. Die (meist weibliche) Schutzgottheit Tanit in Tanit-penê Baal (la face de Baal) wird (von Ganneau) mit Hathor in Beziehung gesetzt (vor dem Angesicht Gottes). Ueber die etruskischen Formen von ϑανα (ϑανια, Tana u. s. w.) s. Deecke (1879). In Tahiti fliegt Tane langgeschweift und funkensprühend durch die Luft, wie der einzahnige Rakobatindua auf Fiji (und Tomagata bei den Chibchas).

Zu S. 74. [1] Worin Prometheus das Feuer bringt (ἐν κοίλῳ ναρϑήκι). Seiner Mutter Buataranga in die Unterwelt folgend, zwang Maui den dortigen Feuergott Mauike (unter Auslöschen der erhaltenen Glimmbrände) das Geheimniss des Reibens durch Hölzer mitzutheilen und diese durch die Tauben (Rupe) als Träger gerettet, bewahrte er (nach Erlöschen des angezündeten Weltenbrandes) in seiner Wohnung, um (wie Aoao maraia mit Mahuie's Reibholz auf Tahiti) den Mitmenschen (auf Mangaia) die Kunst des Speisekochens zu lehren (s. Gill), die den Nachkommen des langnägeligen Riesen Maero, als Nga-ti-mamoe, nicht bekannt war (auf Neuseeland). Auch bei den Maori wird die Urahnin Mahu-ika (in der Unterwelt) unter stets wiederholtem Verlangen, durch Maui zum Ausreissen aller ihrer Nägel (von Koito oder Kleinfinger bis zum letzten der Zehen) getrieben, um schliesslich dem Geheimniss der Feuererzeugung auf die Spur zu kommen. Als von den zur Löschung des Brandes (wie Typhoeus vor seinem Tode die Welt ansteckt) herabgebeteten Wasserfluten verfolgt, die Feuersamen bis zum Haarknoten auf Mauika's Kopf geflüchtet, retteten sie sich schliesslich in die Bäume. Neben dem Feuer war Maui (in der jüngsten Form als Tiki-Tiki vom ersten Maui-mua her, gleich Horus, „le vieillard, qui redevient jeune“ bei Rougé) noch die Sonnenregelung zu danken, als Ra's mächtiges Kind mit dem Kinnbacken (durch eines Simson's Kräfte) bezwungen war, dann die Himmelsstütze und viele andere Wohlthaten (der Widerhaken an der Angel, die Thür an den Aalkörben u. s. w.), sodass er die Erde den Menschen bewohnbar machte, wie es Diodor Sicul. von dem, mit der Sonne (nach Plutarch) umherfahrenden Herakles (Djom oder Sosis) oder Moui (Sou oder Shu, als Träger des Himmels, wie Atlas) erzählt. Neben Atmu (Sonne der Nacht) und Mentu oder Mentu-Ra (Tagessonne) findet sich Mu (more oder Glanz); als Si-Ra (Sohn Ra's), von der Göttin Tewnout (Tefret) begleitet, sowie mit dem Federschmuck des Atew (Atua) auf dem Haupte, tritt Meui (Maui) oder Moui (als Sohn Athor's) im Zwillingspaar mit seiner Schwester Tafne zusammen (wie Maui's Zwillingsschwester Adidi bei der Himmelsaufrichtung hilft). Vor dem jüngsten Maui (als Maui-nukurau oder Potiki) traten seine ältern Brüder (Maui-i-mua, Maui-i-roto, Maui-i-taha, Maui-i-pai, Maui-i-tiki-tiki-a-rangi) in Vergessenheit zurück (s. Taylor), als Ware-ware (die vergessenden oder vergessenen). Ausgefragt über die Richtung, woher er gekommen, lässt Maui den Westen für sich übrig (sonst auch den Osten), und als Verification des Westwindes erscheint Manabozho, dessen Sagenkreis (s. J. G. Müller) „fast an die Arbeiten des Hercules und Thor, Vischnu u. s. w. erinnert“ (bei den Chippewas).

[2] Nach Antiphanes (bei Irenäus) entsprang aus der Nacht und der Stille das Chaos, aus Chaos und Nacht der Eros, aus diesem das Licht und weiter der Rest des ersten Göttergeschlechts (s. Bauer). „Nach diesem rede er von einem zweiten Göttergeschlecht und der Entstehung der Welt und erzähle von den zweiten Göttern die Entstehung der Menschen.“ Die bei Anaximander in der Mitte der Weltkugel freischwebende (μετέωρος) Erde, die bei Thales auf dem Wasser schwimmt, wurzelt bei Xenophanes im unterweltlichen Abgrund (τὸ κάτω τῆς γῆς εἶναι φάσιν, ἐπ' ἄπειρον αὐτὴν ἐρρίζωσθαι λέγοντες). Anaximenes lässt die Bewegung der Gestirne um die Erde ganz herum (περὶ γῆν) vor sich gehen (auch unter der Erde). Die Hawaiier fingirten einen Tunnel in den Grundvesten der Erde zum Durchgang. Nachdem die von dem Burchan Diwong Chara hervorgebrachte Welt vergangen, entstand die jetzige (welcher die Maidari's folgen wird), indem der Wirbelwind (Doroki-mandral) verdickte Finsterniss (Chubi-Sajagar) zusammentrieb, und bei dem unter den assarischen Tänggri ausbrechenden Streit wanderten aus dem Reich sieben Stämme (Aimak) fort. Als sich dann unter Gestürm die goldige Herzwolke Altan Dschirükerii zusammengezogen, entstand aus dem Regen das Meer (Uissun-mandral) und der darauf angesammelte Schaum schlug sich auf der goldenen Schildkröte (Altan Malakä) nieder, worin einst der Geist des Burchan Mansuschari (als Göttervater) über die Tiefen geschwebt (bis zur Erhebung des Berges Sümmer-Oola) bei den Mongolen (s. Pallas).

Zu S. 75. [1] La famille des Daïri (Ten-si ou fils du ciel) est censée descendre des divinités qui anciennement gouvernaient le Japon (als Mikado). Leur race passe pour impérissable et le peuple croit que quand un Daïri n'a pas d'enfans, le ciel lui en procure un (neben einem der dem Palast beigepflanzten Bäume gefunden). In Hawaii wird die himmlische Herkunft der Fürsten in der Piolani genannten Vermählungsfeier bewahrt, ähnlich jenem ἱερὸς γαμός, worin Apollo (bei Pindar) das Herrscherpaar besingt. Geschwisterehen (gleich denen der Inka) werden auch auf den Marquesas (als für 35 Generationen fortdauernd) erwähnt (s. Gracia). Nach arabischen

Dichtern (bei Ibn Abd Rabbihi) ist ein Held nicht aus Vetterschaft geboren, da nahe Verwandtschaft schwache Früchte bringt (s. Goldzieher) u. s. w. in den Erörterungen über endogamische und exogamische Ehen. Heliogabalus erwartete, dass aus seiner Ehe als Hoherpriester mit der hohen Vestalin (Severa) gottähnliche Kinder (θεοπρεπεῖς) gezeugt werden würden (s. Herodian). Der Shajrat-ul-Atrak, Stammbaum der Türken und Tataren, geht auf den von den Engeln (Gabriel und Israfael) verehrten Adam (in übermenschlicher Gestalt) zurück. Die nordischen Könige stammten durch Jarl vom Gott Heimdall ab. Hiro, in dessen Tempel geraubte Sachen niedergelegt wurden, stammte durch seinen Vater (Heahi, Sohn Urun Matamata's) von der Sonne (Raa) und nahm zuerst den Titel Arii (König) an (in Opoa auf Raiatea). Von seinen Söhnen gründete Haneti die Dynastie Maro-Ura (ceinture rouge) und Ohatatama die Dynastie Maro Tea (ceinture blanche), deren letzter Spross Terii Marotea eine Tochter (Tetua-ni) in Bora-bora (Vaiotea oder Fuanui) hinterliess, die sich mit dem siegreichen König des Rothen Gürtels vermählte (während der weisse Gürtel Zeichen des Oberpriesters blieb). Nach 14 Generationen von Haneti herrschte Tamotoa I., Vater Tamotoa's II., dem sein Sohn Pomaré III. folgte, Bruder der Königin Pomare (Aimata oder Pomare-vahine) in Tahiti (s. Cuzent).

Zu S. 76. [1] Wie Heraklit's ἄνθρωποι ἀθάνατοι (s. Max.) als θεοί (bei Clem.)

[2] Von den fünf Elementargöttern (neben Sonne und Mond) stammten die irdischen Götter, die zum Theil als Könige in Aegypten herrschten und dann nach dem Tode unter die Unsterblichen eingingen (Diodor).

[3] Die Ideen der Maori (in their traditions of the creation) „in some respects are not so puerile as those even of the most civilized heathen nations of old" (meint Taylor).

Zu S. 77. [1] Eine Eintheilung der Schöpfungsperioden bei den Maori wird, (wahrscheinlich in der Reihenfolge verschoben), von Taylor gegeben: First Period:

From the conception the increase,
From the increase the thought,
From the thought the remembrance,
From the remembrance the consciousness,
From the consciousness the desire.

Second period:

The word became fruitful;
It dwelt with the feeble glimmering:
It brought forth night:
The great night, the loftiest night,

The lowest night, the loftiest night
The thick night to be felt,
The night to be touched,
The night not to be seen,
The night of death.

Third period:

From the nothing the begetting,
From the nothing the increase,
From the nothing the abundance,
The power of increasing
The living breath.

It dwelt with the empty space and produced the atmosphere above.
The atmosphere which floats above the earth;
The great firmament above us dwelt with the early dawn,
And the moon sprung forth;
The atmosphere above us dwelt with the heat,
And thence proceeded the sun;
They were thrown up above, as the chief eyes of Heaven.

Oder im Maoritext, für dessen Uebersetzung ebenfalls manche Vorbehalte gelten, auf welche einzugehen sich wol bei späterer Gelegenheit die jetzt mangelnde Musse bieten wird:

Na te kune te pupuke
Na te pupuke te hihiri
Na te hihiri te mahara
Na te mahara te hinengaro
Na te hinengaro te manako.

Ka hua te wananga
Ka noho i a riko riko
Ka puta ki woha ko te po,
Ko te po nui, te po roa,
Te po i tuturi te po i pepeke,
Te po uriuri te po tangotango,
Te pa wawa, te po te Kitea,
Te po te waia,
Te po i oti atu ki te mate.

Oti atu koutou ki te Po-e.
[During this period all was dark—no eyes]
Na te kore i ai
Te kore te wiwia
Te koro te rawea

Ko hotupu, ko hauora,
Ka noho i te atea,
Ka puta ki waho te rangi e tu nei,
Ka noho i Hawaiki,
Ka puta ki waho ko tapora pora,
Ka tauware nikau, ko kukuparu
Ko wawauatea, ko wiwhi te rangiore,
Ko Ru no Ru ko ou hoko
Na ouhako, ko ruatupu,
Ko rua tawito, na rua tawito
Rua kaipo na rua kaipo
Ko ngae, ngae nui ngae roa,
Ngae pea, ngae tuturi, ngae
Pepeke, ko Tatiti ko Rua
Tapu, ko toe ko rauru
Ko tama rake i ora ko etc.
Ko te rangi e tere ana
I runga o te whenua
Ka noho te rangi nui e tu nei
Ka noho i' a ata tuhi, ka puta
Ki waho te marama, ka noho.
Te rangi i tu nei, ka noho i a
Te wero wero, ka puta ki waho
Ko te ra, kokiritia ana
Ki runga, hei pukanohi
Mo te rangi, ka tau te
Rangi, Te ata tuhi, te
Ata rapa, te ata ka
Mahina, ka mahina
Te ata i hikurangi.

Then the Heavens became light,
The early dawn, the early day,
The mid-day. The blaze of from the sky.

The fourth period:

„The sky above dwelt with Hawaiki, and produced land.
Taporapora, Tauwarenikau, Kuku-paru, Wawau-atea,
Wiwhi-te Rangiora.“
(names of islands)

Fifth period: (the land being thus formed, then were produced the gods) —

Ru-ou-hoko Ruatupu, Ruatawiti Rua-Kaipo etc.

The sixth period (when men were produced):

Ngae, Ngaenui, Ngaeroa, Ngaetuturi, Ngapepeke.
Tatiti, Ruatapu, Toe Rauru-tama-rakei-ora."

Zu S. 100. [1] In anderer Version ergibt sich die Anordnung folgendermassen: Im unbegrenzten Raum des Chaos oder

Taka-mano-hala (des hohen Himmels Felder)

bildeten sich Gott Ameno-mi-naka-nusino-kami

neben Taka mi musu bino kami
und Kamu mi musu bino kami

als die (drei) Stammgötter (Hasirano-kami) unenthüllt.

Als mit Scheidung des Chaos der Himmel gleich Rauch aufstieg, während die Erde einem Mondscheinbilde ähnlich schwebte, sprosste die Knospe des Schilfes Asi und mit ihr trat

Umasi asi kabi hiko dsino kami ins Leben, sowie (als Baumeister)
Ameno-soko-tatsino-kami.

Während der Verborgenheit dieser Fünfgötter des Himmels (Amatsu Kami) entsprang der aufblühenden Asiknospe der Schöpfer Kuni soko tatsino-miko (100,000 Millionen Jahre herrschend), dann folgte Kuni-sa-tsutsino-mikoto, darauf Tojo kumu suno mikoto, nach ihm Wu-hidsi-nino-mikoto mit der Gehülfin Su-hidsi-nino mikoto, dann Oo-to-tsino-mikoto mit der Gehülfin Oo to beno mikoto, weiter Omo-taruno-mikoto mit der Gehülfin Kasiko-neno-mikoto, bis Izanagi no mikoto mit seiner Frau Iza na mino mikoto, auf die aus Schaumtropfen verdickte Insel Ono koro sima hinabsteigend, um die Insel Awadsi und dann die übrigen Inseln Japans zu gebären.

Nachdem die Inseln geboren waren, rief Izanagi die Jaho jorodsuno kami (3 Millionen Götter) ins Leben, die Vegetation (Awohito-kusa) zu zeugen, und schuf die Jorodsuno mono (10,000 Dinge), während Izanami den Feuergott (Fo-musu bino kami) schuf, dann Kana jama bikono kami kana jama bimeno kami (als Zwillingspaar der Metalle), und weiter die Wassergöttin (Midni hano meno kami), den Keim der Mose (Kahana) legend (mit dem Emporsprossen der Ranken) und durch Hani jama himeno kami die beginnende Erde bedeckend. Dann wurde zur Beherrschung des Ganzen

Oo hiru meno mikold (Göttin der grossen Sonne) geboren

und nachdem der Gott Sinatsu-hikino-kami mit seiner Freundin Sinatsu himeno kami (als Fürstin der Winde) ausgehaucht war, wurde die älteste Tochter

Ama teram-oo-kami oder Ten-sjoo-dai sin zur Thronerbin eingesetzt, mit ihrem Bruder Tsuku jo mino mikoto (als Nachtmond) herrschend, dann auf dem Berge Taka-tsi-ho das Reich ihrem Neffen Amano osi ho mimino mikoto übergebend, Vater des

Nini-gino mikoto (378,533 Jahre regierend), dann
Hiko hobo de mino mikoto (637,892 Jahre regierend), dann

Wukaja fuki awasenino mikoto (von Tojo tama hime, Tochter des Seegottes Watatsu-kami geboren), und

diese setzte ihren jüngsten Sohn

Kamu-jamato-iha-re-bikono-mikoto (Sa-nono-mikato) oder Zinmu tenwoo

(mit Tamo jori hime, Tochter des Drachengottes Liuzin) zum Nachfolger ein (seine Eroberungen ausdehnend).

Zu S. 104. [1] Die Gottheit erscheint bei ihrer Schöpfung in einer Art Eber-Avatara:

Niederliegt die Frau für Ka Pokanokano
Und Kanokano jetzt im Schnabelküssen, mit der Schnauze im Boden grabend,
Liebkosend im Stehen, beim Umdrehen, in brünstiger Schwellung
Auf und nieder, nieder auf den Rücken
Auf und nieder mit dem Antlitz
Und die Nachkommen der Schweine (puaa) sind jetzt geboren.

Zu S. 105. [1] Nachdem im Po das Nichts (kore) aufgetaucht, wirkt dann: kime hanga (searching in wonderful amazement), Rapunga (imagination rising in search), Habau-nga (hurriedly searching on all sides), Tangi hanga (exclamatory demand), Mote marama Mote marama, mehr Licht, um die Schöpfung zu gestalten (bei den Maori).

Zu S. 106. [1] Die Constellation des Orion (aus der Osiris mit seiner im Monde wiedergeborenen Seele neubelebt wird) heisst Astre, d'où étaient censés partir les germes corporels (bei Devéria). Matariki is the great winter star and Rehua that of the summer (bei den Maori).

[2] Ein anderes jener Schöpfungslieder, das mir beim Durchblättern der königlichen Manuscripte zufällig unter die Augen kam, schien auf die Ausschmückung des Himmelsgewölbes durch die Gestirne Bezug zu haben, und ich finde als Abschrift der ersten Zeilen:

Lu ka ano ano Makalii ano ano ka lani
Lu ka ano ano Akua he Akua ka la
Lu ka ano ano a Hina he wale wale o Lono muka
Schleudert die Samen umher Makalii, die Samen des Himmels
Schleudert die Samen der Gott, Gott ist die Sonne
Schleudert die Samen der Mond, getäuscht durch Lono muku u. s. w.

Dann folgt eine längere Aufzählung von Sternbildern (eine Art Katalog derselben). Auf Mangaia werden die Plejaden (Makarii) durch die von Tane geschleuderten Mere (Sirius) oder Keule in ihre vielen Stücke zertrümmert. Es sei noch beiläufig erwähnt, dass Lono-

18*

muka (das Gesicht Lono's oder Rongo's) den Mann im Monde darstellt, nach der bekannten Version des Aufnehmens desselben unter Abreissung eines Reiserbüschels. Tangaroa zeugt mit Sina (Hina, als Mond) den Sohn Lono (auf Samoa). In Mangaia wird die schöne Ina als fleissige Hausfrau in den Mond aufgenommen, wo (in Timor) die alte Spinnerin sitzt.

[3] Sie könnten diese Ehre auch nach der Terminologie beanspruchen dürfen als Acarina (ἀ-κείρω ungetheilt), also gleichsam (organische) Atome.

Zu S. 107. [1] Kiai ia, indem Kiai (bewachen oder hüten) das passivische Annex (ia) erhält, also bewacht durch (e), z. B. Hanau ka Akiaki noho i kai-Kiai ia e kamanienie noho i'uka.

Geboren das Seegras, wohnend im Meer
Bewacht durch das Schilfgras, wohnend am Lande.

(Uka, als Binnenland, bezeichnet den Strand im Gegensatze zu Kai, der See.)

[2] Maui, der den Himmel und Erde umklammernden Tintenfisch im Meere zerhaut, ist die Sonne (nach Schirren), und was nicht alles in Dupuis' Fussstapfen folgend. „Mit tausend Armen kriecht es heran", gleich hülfreichen Ungethümen der Centimanen vorweltlicher Gestaltung (γαίης ἐν κευθμῶνι), wobei der Rand der Erde, von dem die Titanen bewacht werden, auf das Meer führt, wenn zum Niveau erhoben. Bei Kupé's Entdeckung des Patea-Flusses (wo er keine Bewohner findet, als die beiden Vögel Kokako und Tiwaiwaka) liegt im Wirbelstrudel Awa-iti's (oder Tory-Channel's in Cooks-Strait) der tückische Kraken für ihn auf der Lauer. Bei Rohutu trifft Manaia an der Mündung des Whaitora die (von ihm erschlagenen) Eingeborenen, nachdem er den ersten Landungsplatz dem, sich als früheres documentirenden, Canoe überlassen (im peguanischen Streit um die Zeichen). Japan war ursprünglich nur von geflügelten Riesen-Insekten bewohnt bei Ankunft der Entdecker (s. Titsingh) und erhielt seinen Namen von der Form des Insektes Akitsi-mousi.

[3] Der riesige Orychotheuthis unter den Dibranchiaten (der Cephalopoden) bietet, als wegen seiner Krallen gefürchtet (s. Owen), in der polynesischen Sage ein Seitenstück zu dem nordischen Kraken bei Olaus Magnus (s. Pontoppidan) im Micrococosmus marinus (bei Linné). Die Druiden betrachteten die Welt (s. Davies) „as an enormous animal, ascending out of the abyss" (der Stadt des bösen Gwarthawn in der Tiefe).

[4] Gott Fee (in der Tiefe) mit den Unterweltsfelsen kämpfend und durch sie besiegt, diese erliegen den Hochfelsen, diese den Flachfelsen, diese den Bodenfelsen, diese der Erde, diese den Stei-

nen, diese den Gräsern, diese den Schilfen, diese den Kräutern, diese den Büschen, diese den Bäumen, diese den Schlingpflanzen, und dann beginnt das Reich des Menschen (auf Samoa). Ψυχῆσι ὁ θάνατος ὕδωρ γένεσθαι, dem Wasser Tod die Erde, aus Erde Wasser, aus Wasser Seele (bei Heraklit).

[5] Während der Herrschaft des Okeanos-Agathodaemon (s. Röth) gab es nur Götter, noch keine Menschen, τὸ δὲ πρότερον τῶν ἀνδρῶν θεοὺς εἶναι τοὺς ἐν Αἰγύπτῳ ἄρχοντας, οὐκ ἐόντας ἅμα τοῖσι ἀνθρώποισι.

[6] Aurgelmir's (Ymir's) Sohn ist Thrudgelmir und dessen Sohn wieder Bergelmir, d. h. der erste Schmutz (Aurgelmir) wurde fortgesetzt und befestigt (Thrudgelmir) und wuchs endlich zu dem ersten Berg (Bergelmir) in allegorischer Fassung (s. Wiborg).

Zu S. 108. [1] Die dem Schweine auch sonst erwiesene Achtung bewiesen genugsam die χάλκεα εἴδωλα (s. Dionysios) der Sau mit ihren 30 Ferkeln als Symbol des latinischen Bundes (nach Lykophron) auf dem Markt von Lavinium, und grundules lares dicuntur Romae constituti ob honorem porcae (s. Nonius).

[2] Die Ratte (als iole nui in Hawaii) wurde (s. Taylor) zuerst in Neuseeland 1844 gesehen. Von der einheimischen Ratte, kiore, heisst die eingeführte kiore Pakeha (in der auf Fremdes bezüglichen Bedeutung Pakeha's). Die von Cook gebrachte Kartoffel wurde im Norden Kapuna genannt, am Thames-Flusse Riwai und im Süden Taewa (mit ähnlichen Wechseln, wie bei Schwein und Hund).

[3] Daraus folgt dann im Volksglauben die sympathische Verknüpfung des Menschen mit dem Baume in Meleager's Geschick sowol wie bei den Dualla an afrikanischer Westküste, und bei den Maoris gleichfalls. Bei dem Begraben des Nabelstranges (Te iho) wurde ein Schössling darüber gepflanzt, der als Tohu-oranga (Lebenssymbol) des Kindes aufwuchs, und bei der Taufe (He Tohi) steckte der Priester das Ende des aus dem Holze gefertigten Idols in das Ohr, damit sich die Mana (Kraftessenz) mittheile. Aehnlich wird in Mangaia erzählt, dass Maui in der Unterwelt neben seiner blinden Ahngrossmutter Ina porari die Nano-Bäume (morindo citrifolia) seiner Brüder findet und dann den seines eigenen Lebens (s. Gill). Die Chinesen glauben „that each living woman is in the unseen world represented by a tree“ (Dennys). Beim Verfolgen dieser Vorstellung würde rasch wieder ein dichter Baum erwachsen, von dessen Zweigen ich an verschiedenen Stellen schon so viele niedergelegt habe, dass ihre Zahl kaum vermehrt zu werden braucht (wenigstens nicht bei dieser Gelegenheit).

Zu S. 109. [1] In der babylonischen Schöpfung werden zwei Rassen (s. H. Rawlinson) unterschieden, die dunkle als Adamu oder (nach G. Smith) Zalmat-gaggadi und die helle oder Saoku.

[2] Unter den Maori some have woolly hair, other brown or flaxen, some are many shades darker, than other, als Schwarze (ki wakiwa oder Pango pango) bezeichnet, oder spöttisch als Pokere kahu, a very black kind of kumara (s. Taylor).

[3] Zu Aphrodite oder (bei Cicero) Venus prima, Caelo et Die nata, gesellt sich (wie später Hermes und dann Hephästos) bei ihrer Schaumgeburt Eros (bei Hesiod). „Das Amt, das ihm früher obgelegen, hört nun insofern auf, als keine kosmischen Entstehungen aus den von ihm angeregten Elementarkräften mehr erfolgen, sondern nur noch Verbindungen zwischen Mann und Weib" (s. Schömann). Als Unruhestifter compensirt sich Eros mit Eris.

[4] Bei den Maori wird die Sonne als Wahine, der Mond als Tane bezeichnet am He pa genannten Monatstage, wo beide (der Mond noch beim Aufgang der Sonne) am Himmel sichtbar sind (s. Taylor).

Zu S. 110. [1] Unter Annehmung ihrer Formen, wie es scheint, in „Doppelgeschlechtigkeit der assyrischen Istar" (s. H. Delitzsch).

[2] Als solche Anticipationen werden in Hesiod's Theogonie die Schmerzen und Leiden (s. Flach) als Kinder der Nacht und Eris geboren, weshalb Mützell das Entstehen des Menschengeschlechts vermisst und andere Ausleger die darauf bezügliche Stelle gestrichen glauben. Anger, grief, joy are all included (s. Nicholas) im theogonischen System der Maori. Auf Mowhee ranga ranga, als höchsten Gott, folgt Ti-Pokoh (Gott des Zornes und des Todes) dann Heekotoro, Gott des Kummers und der Thränen u. s. w. Später werden in der hawaiischen Theogonie ähnliche Klagen über Arbeit und Noth ausgestossen, wie sie vom eisernen Zeitalter (Hesiod's) dem Dichter ausgepresst werden, und auch unter den indischen Yuga bezeichnet das Kali Yuga, das der Plagen und Krankheiten.

Zu S. 111. [1] Maaru (in Rarotonga) erzeugt (zur Nahrung für seinen Sohn Kationgia) aus seiner Leiche die Schweine (e iro no Maaru oder Maaru's Würmer), während sonst (in Tahiti, wie am Orinoco) auf dem zu gleichem Zweck begrabenen Kopfe die Kokosnuss erwächst. In Ymir's Fleisch entstehen die Zwerge, als Würmer. Die Körper der Elemente verwandeln sich in den Leib der Pflanzen, die Leiber der Pflanzen in die der Thiere, das erhabenste Thier ist dann der Mensch (nach den Ihwan-as-safa). Die Form der Pflanzen ist der nach unten gebogene Pfad, der des Thieres geradeaus, der des Menschen, „die gerade Linie zwischen dem Paradies und Feuer" (s. Dieterici), nach oben (aber deshalb zugleich von der Gefahr des Sturzes bedroht). La nature sourit d'amour car elle avait vu la beauté de l'homme dans l'eau et son ombre sur la Terre (s. Ménart) in Poimandros (der hermetischen Schriften), wie (bei Hesiod) ἐκ δ'ἔβη αἰδοίη καλὴ θεός (als Aphrodite).

[2] Nach den Chinesen gab das Essen der goldglänzenden Früchte in Fusang (wo die aus dem Thale von Yang kou aufgehende Sonne sich täglich zu schmücken pflegte) die Lust und Fähigkeit zum Fliegen. In Waitatora lebten die Nachkommen einer „winged race of men" (s. Taylor) unter den Maori. Von dem aus seinen in das Wasser geworfenen Nabelstrang geborenen Whanau Moana (Sohn Turi's) entstanden die geflügelten Menschen, die erst durch Tara pu-whenua zu festen Wohnsitzen (im Pa) veranlasst wurden (in Waitatora). Nach Berosus entstanden zuerst flügelige Menschen (wie auf den assyrischen Sculpturen zu sehen).

[3] Bei den Maori war die kumara, als essbarer Knollen von dem Gesicht des Himmels, die Farrnwurzel von Rangi's Rücken hergebracht, und dann entstand Tane (als Tane-mahuta), Vater der Bäume und Vögel, sowie Tiki, der Vorfahr der Menschen, dem durch Arahi-rohi (quivering heat of the sun and the echo) seine Frau (Masikosiko oder Zwielicht) aus der Erde geschaffen wurde, die Tochter Kauatata gebärend (s. Taylor). Von Tonga nach Niuie schwimmend, stampften Huanaki und Fao (gleich den Gründern Zimmay's) erst das Land, und dann die Pflanzen hervor, worauf aus der Tii-Pflanze die Menschen entstanden. In Fakaafo kamen die Menschen aus einem Stein hervor, gleich dem Deucalion's (als Sachsen).

[4] Aphrodite (in homerischen Hymnus) erregt das süsse Liebesverlangen nicht nur bei den Göttern und Menschen, sondern auch bei den geflügelten Vögeln und allen Thieren.

[5] Auch bei Hesiod gilt bereits der erste Eros (λυσιμελής) als die „Glieder erschlaffend" und weise Beschlüsse bekämpfend, und er ergibt sich, in seinem Anschluss an Tartaros und Gaea, als die Folgewirkungen materieller Einstrebungen, wodurch die Vollkommenheit der Urzeugungen, welche von Chaos aus zunächst durch Nyx und Erebos emanirend weiter gehen, von Anfang an ihre Schädigung erhalten. Auch in hawaiischer Kosmogonie wird die Erde von vornherein als daseiend gedacht, in der hier gegebenen Form stillschweigend, während sich sonst die weitern Ausführungen der Geburt Papa's (als Mutter-Erde) finden, in den Inseln und andern Naturobjecten. Die aus Kumulipo und seiner Hälfte weiblichen Princípes emanirenden Schöpfungskräfte rufen dagegen wieder die organische Natur (wie Zeus die ζῶα im orphischen Hymnus, das Leben als ζῆν bezeichnend) hervor, in Thieren und Pflanzen, und dann im Menschen neben den Göttern, obwol diese auch bereits als in den ersten Thätigkeitsäusserungen wirkend gedacht werden.

Zu S. 112. [1] Nach der Trennung von Rangi und Papa stellen ihre Kinder vier Stützpfeiler auf, als

Toko hudu rangi
Toko hudu nuku
Raka-u-tuku
Raka-u-koki

in der Mythologie der Maori. Die Bezeichnung des Himmels als hebhan (alts.) oder heaven führt auf heben, häven u. s. w. (s. Grimm), wie Gott Atlas, der die Tiefen des Meeres kannte und die Säulen hält, die ringsum Erde und Himmel festigen (in der Odyssee).

[2] Bei den Dayak wird der Himmel durch Tana-Compta's Tochter emporgehoben, und in den Veda stützt ihn Soma auf Pfeilern. Auf Mangaia heben Maui und Rua gemeinsam den Himmel, erst auf den Knien, dann auf dem Rücken und höher mit den Händen, während sonst erzählt wird, dass der auf den breiten Blättern der Teva-Pflanzen aufliegende Himmel (sodass, wie auf andern Gruppen, das Mehlstampfen gehindert sein musste) anfangs durch Rua in Stützung mittels kleiner Stöckchen etwas höher geschoben sei, bis er dann selbst, in dem kürzern Process Maui's, mit hinaufgeschleudert sei. In Tahiti wird der von der Teva-Pflanze (draconitum polyphyllum) emporgedrängte Himmel vom Gott Rua höher geschoben.

[3] Seine Meeresheimat führt auf die Seezüge Whiro's oder Wiro's (Hiro's oder Viro's), der als Diebesgott die Beraubung der Feinde heiligt, und, um zu den hohen Wata hinaufzureichen (oder um die Fussspuren zu verbergen) auf den (in den Marquesas gebräuchlichen) Stelzen marschirt, wie Tama-te-Kapua unter den Leitern der Einwanderung nach Neuseeland.

[4] In Samoa, wo Opolu in Tati's linke Hand gelegt, lässt sich auf ein Fortbestehen erst vertrauen, seit Tiitii den rechten Arm Mafuie's abgedreht hat. Tane (s. Ellis) in älterer Form erscheint auf Hawaii als Kane ruru honua (der Erderschütterer oder Erdbebengott).

Zu S. 113. [1] In Mangaia dagegen werden Tangaroa und Rongo als Zwillinge gepaart, und dort tritt Tangaroa auf die helle Seite, die Blondhaarigen beanspruchend, während die Dunkeln Rongo im finstern Hades als Avaiki gehören.

[2] In David Malo's handschriftlichem Werke fand ich in einem der letzten Kapitel des noch nicht übersetzten Theiles die Erzählung über den Häuptling Konikonia, der nach dem Raube der Fischfrau Lalohana (bei Hilo) durch die Wogen der Flut verfolgt wurde bis zu der Schwelle des dem höchsten Baume des höchsten Berges

aufgebauten Holzkastens. Wenn mir die in eiliger Kürze gemachten Aufzeichnungen wieder zu Händen kommen, werde ich sie anfügen.

[3] Γενετυλλίς zu nennen, wie Aphrodite bei Aristophanes, als Venus genetrix, und Venus galt als Stammmutter der Römer.

[4] O Nuumea ka aina o Nuu papa kini ka honua
Laha Haumea ina Moo-puna
Io kio pale ka mai, kaa ka lolo
Oia wahine hanau manawa i na keiki
Hanau keiki puka ma ka lolo (Geboren der Kinder Reihe aus dem Gehirn)
Oia wahine noo jili po o Nuumea
I noho io Mulinaha
Hanau Laumihae hanau ma ka lolo
O Kaha Kanakoho hanau ma ka lolo
O Haumea o ua wahine la noia
Noho ia Kanaloa akua
O Kauaka hiakua no a ka lolo
Hoolole ka hanauna aia wahine
Haae wale ka hanau na lolo
O Papahuli honua
O Papahuli lani
O Papanui hanau moku
O Papa i noho io Wakea
Hanau Haalolo ka wahine
Hanau inaina ke keu
Hoo piuuni ia Papa e Wakea
Kauoha i ka la i ka malama

Es folgt später eine Aufzählung verschiedener Bestimmungen über kapu (tapu).

[5] In Tahiti wird Apuvaru (Hina's Tochter) durch den Anblick ihres Vaters Taaroa geschwängert, eine im indo-chinesichen Himmel wohlbekannte Zeugungsmethode, während dem indischen Brahma durch verliebtes Umherblicken seine vier Köpfe wachsen. Wenn Zeus, ehe er ἐκ κεφαλῆς γλαυκώπιδα γείνας Ἀθήνην (auch stürmisch im Waffenschmuck vortretend, wie Kartikeja) geboren, Metis als Mücke verschluckt hatte, würde sich für Ishl der Koloschen eine Parallele finden lassen oder auch für Koridwen (celle qui retient toute science dans la nuit première), indem sie unter Verschlucken Gwyon's, als Samenkorn, Taliesin gebiert, aller Weisheit voll. Aus Tarisso's Hirn wird (auf Ulea) Ulifat geboren, der nach eigenem Abbeissen des Nabelstranges sogleich umherlief (als Aussätziger zum Himmel steigend), und aus Dhyau's Stirn entsteigt

Ushas, die Morgenröthe (bei den Brahmanen). Auf Mangaia wird Tangaroa (der seinem Zwillingsbruder Rongo das Recht der Erstgeburt abtrat) aus Papa's Scheitel geboren, oder, wie in anderer Version, aus einer am Arm aufschwellenden Beule, eine in den Antillen sowol wie im Malaiischen und Mikronesischen Archipelagus bekannte Nebenform der skandinavischen, wenn Ymir unterm linken Arme Mann und Weib hervorwachsen, als Stammältern der Hrymthurssen. Daran reihen sich buddhistische Seitengeburten, die, wie in Aegypten, aus Rhea oder Nut's Flanke brechend, als Set oder Typhon (s. Plutarch), in Tahiti auch Rua wählt (um dann, in weiterer Nachahmung Phralaong's, sogleich zu stehen und zu schreiten), und dieser für Bewachung unbefleckter Jungfräulichkeit (wenn, wie Hina auf Tahiti, durch den Schatten eines Brotfruchtbaumes geschwängert) empfehlenswerthe Weg lag unter einfachern Verhältnissen insofern schon in der Natur der Sache begründet, weil der ätherische Leib himmlischer Mädchen die durch irdische Vermischung in ihnen gezeugte Frucht nur schwer (oft nur auf Kosten der Mutter) zur Welt zu bringen vermochte. Als deshalb die liebliche Fee (Tapairu) der Quelle von Ati auf Mangaia geschwängert war, verlangte sie von ihm den Kaiserschnitt (s. Gill), um sich von der Bürde zu befreien (und Aehnliches vielfach). Die Tapairu spielen dann auch wieder in den zum Tanz an Taui's Feste heraufkommenden Elfen, als Miru's schöne Töchter, die aus der Unterwelt zur Verlockung Ngaru's heraufgesandt werden, wie die aus Mara's Sinnenhimmel zum Angriff auf den Büsser unter dem Bodhi-Baume, und dass die auch in Siwa's Form, dem Herrn lustigen Tanzes, auf dem Berge Kailassa forterhaltene Gestalt des Büssers ihren Schatten bis in das Todtenreich Wakea's (des vom obern Hawaii niedergestiegenen Fürsten) wirft, wird, im Gegensatz zum dortigen Miru's, sich später erweisen. Als erster Tuitonga wurde Ahoeitu von der Jungfrau Vai (Fuss) geboren (oder Ilakewa), und von ihm zählte man dann weiter bis auf Momo. Wunderbare Geburten in Rom gehen auf zeugende Naturkraft zurück, wie bei Romulus (s. Plutarch), dann Servius Tullius (s. Dionysius), Coeculus, Gründer Praeneste's (s. Virgil) u. s. w. Die Heroenzeugung (s. Ambrosch) geschah durch die in der Herdasche in der Gestalt eines Phallus erscheinenden dii conserentes oder durch einen Funken.

[6] Auf Raiatea leitete König Tamatoa (zu Bennet und Tyerman's Zeit) seinen Geschlechtstammbaum bis auf Tangaroa zurück.

[7] An einer andern Stelle werden die Hirngeburten dadurch gerechtfertigt, weil der Weg nach Unten noch nicht geöffnet gewesen (und auch bei den Caraiben der Antillen bedurfte es dafür erst der Beihülfe des Vogels), während sie sich sonst mit

dem Himmel als Hirnschale verbildlichen lassen, wie in Vafthrudnismal:

Or Ymir holdi
var jörd umsköpud
en or beinum björg
himinn or hausi
ino krimkalda sjor
Aus Ymir's Fleisch
Ward die Erde geschaffen
Aus den Knochen die Berge
Der Himmel aus der Hirnschale
Des frostkalten Riesen
Aus dem Schweisse die See
Aus Ymir's Hirn entsteht das Geschlecht der Riesen
(Grimmism.).

Als Schatten solcher Hirngeburten schwebt dann der Atua über den Haupthaarknoten (wie dessen Genius in Birma) und in seiner Verletzung durch Berührung oder Erniedrigung wiegt der Etikettenbruch als Sünde, und zwar weil nicht die Handelnden, sondern die Leidenden treffend, von diesen im Ausgleiche zur sühnenden Busse die Rache verlangend. Indem Zeus die Metis, die mehr weiss als Götter und Menschen (πλεῖστα θεῶν τε ἰδῦια καταθνήτων τ' ἀνθρώπων), verschluckt, um sie in seinem Unterleib, der drohenden Gefahren wegen, gefangen zu halten (ἀλλ' ἄρα μιν Ζεὺς πρόσθεν ἑὴν ἐγκάτθετο νηδὸν), so wäre damit die Erklärung geliefert für die „Worte im Bauche“, wie polynesische Sprachen die Gedanken bezeichnen. Waiungare, der an seinem in den Himmel geworfenen Speer hinaufkletterte, war (bei den Warringeri) „produced by his mother excrements without any father“ (s. Taplin). Während die früheren Götter Japans aus sich selbst erscheinen, zeugten Izanagi und Izanani, durch Bewegungen des Vogels Isi-tataki (Motacilla lugubris) belehrt, Kinder in Begattung. Vor Trennung des O und Me schwamm der Urstoff in Konton.

Zu S. 114. [1] Ὡς ὁμόθεν γεγάασι θεοὶ θνητοί τ' ἄνθρωποι
χρύσεον μὲν πρώτιστα γένος μερόπων ἀνθρώπων
ἀθάνατοι ποίησιν Ὀλύμπια δώματ' ἔχοντες (bei Hesiod)
und ὁμόθεν meint (nach den Scholiasten) ὁμοῦ ἐκ τοῦ ἀυτοῦ γένους ἐκ τῆς ἀυτῆς ἀιτίας καὶ ὕλης, ἀπὸ τῆς ἀυτῆς ῥίζης.

Zu S. 115. [1] Aehnlich zeugt (bei Hesiod) die Nyx, gleichsam androgynisch (wie Siva's Formen in der indischen Mythologie) weiter fort, indem sie nach den durch die Verbindung mit Erebos veranlassten Geburten, später ihre Nachkommenschaft „ohne Gemahl“ (s. Welcker) hervorbringt.

[2] Erebos, allgemeiner Ausdruck für die Unterwelt, als das dem

Tageslicht entgegengesetzte Dunkel (s. Flach), bezeichnet (nach Schömann) das unterirdische Dunkel im Gegensatz zu Nyx, als überirdischem (und abwechselndem). Anchises (im Erebus wohnend) erscheint (bei Virgil) dem schlafenden Aeneas vom Himmel herab (s. Klausen). Im Gegensatz zu Tartarus, als Aufenthalt (oder Gefängniss) der Bösen, wurde Erebus als der der Guten angesehen (als tiefste Schicht des Orcus).

[3] Pano, black, deep blue, deep dark coloured, as heavy clouds, dark, as the appearance of a fathomless abyss (s. Andrews).

[4] Nach dem Auftreten Lalai's kehrt sich die Reihenfolge um, und in den Emanationen der Clementinen geht in den Syzygien das Bessere voran, bis sich von den Menschen an die Ordnung umkehrt (wie auch Fornander in den von ihm gesammelten Sagen bemerkt).

Zu S. 120. [1] Wie Hesiod's Klagen über Mühe und Noth, γένος ἐστὶ σιδήρεον, ad tolerandum labores nocte dieque (s. Lennep) im Rückblick auf goldene Zeit.

Zu S. 122. [1] In dem von Shortland mitgetheilten Stammbaum finden sich von dem in Maketu siedelnden Makahae, als Sohn Tapuikanui-a-Tia's, Enkel Tia's, der die vom Arawa-Canoe geführte Flotte als Schiffseigenthümer begleitete, her, nach der Abzweigung unter Korokui, 17 Generationen durch Rangi tunaeke und 16 durch Panui-o-marama bis auf Te Pukuatua (1854 noch am Leben). Nach Taylor werden meist 20—30 Generationen gezählt, „and high families carry theirs back even to the beginning of all things", von Nichts zu Etwas (na te kore i ai) aussetzend. Die Waka paparanga oder genealogischen Ahnentafeln werden auf den He waka paparanga rakau eingekerbt, von denen ich schön verzierte sah und den mir gemachten Versprechungen werde vertrauen dürfen, für die Sammlungen des königlichen Museums davon zu erhalten. In Hawaii erwähnte mir der König einiger Zeichen, auf Zeuge aufgedruckt, zur Unterstützung des Gedächtnisses, und gab ein paar Umrisse davon. Eine der überraschendsten Entdeckungen ist die neuerliche Auffindung der australischen Schrifthülfen, nicht Bildernachahmungen, wie grösstentheils die der Osterinsel, chinesischer Mosso oder der aus der Minahassa publicirten, sondern bereits symbolischer Charaktere. Zuerst hörte ich davon in einem zufälligen Gespräch mit einem Beamten der eingeborenen Polizei, auf meiner diesmaligen Durchreise durch Cooktown (Januar 1880) leider (weil kurz vor Abgang des Postdampfers) zu spät, um genauere Nachforschungen anzustellen, ausser dass ich noch eben Zeit hatte, einen der schwarzen Soldaten, der mir als dazu fähig bezeichnet wurde, einen Brief einkerben zu lassen. Da mir diese Frage natürlich in Gedanken blieb, brachte ich sie, beim Anlaufen in Brisbane, während eines Besuches Herrn Bartlett's zur Sprache, und hörte von ihm über den Schriftstock, der (nach der Confiscation von dem Gefangenen, dem damit eine Mittheilung hatte gemacht werden sollen) durch seine Vermittelung an Herrn Smyth eingesandt sei, und als ich dessen so eben publicirtes Werk in Sydney sah, fand ich dort seine Abbildung, ausserdem aber auch Originale, ähnlich den gleichfalls abgebildeten Message-sticks von Western-Australia in der Ausstellung. Sie lagen dort nur unter dieser Bezeichnung, und niemand vermochte eine weitere Auskunft darüber zu geben, weder der Aufseher in der Halle, noch die für ethnologische Forschungen Gestimmten unter meiner dortigen Bekanntschaft. Da kein besonderer Commissionär für die Colonie Western-Australia ernannt war, an den ich mich hätte wenden können, ersuchte ich unsere deutschen Vertreter, dahin zu wirken, dass bei der Auflösung der Ausstellung einige dieser merkwürdigen Stöcke für das königliche Museum gesichert werden möchten. Ob dies geschehen, ist mir bisjetzt noch nicht bekannt geworden, doch fand ich zu meiner Freude bei der Rückkehr nach Berlin bereits drei dieser Message-sticks an die Ethnologische Abtheilung eingeschickt, als ein der von Herrn Guerard in Melbourne angekauften Sammlung beigefügtes Geschenk Fräulein Palmer's, deren Vater Gouverneur in Westaustralien gewesen war. Diese so unerwartet, und gleich so vielfältig, aufgetretene Illustration des australischen Wilden, wie man ihn bis dahin genannt hat, wird voraussichtlich gar bald zu neuen Entdeckungen weiter führen müssen.

[2] Da ich zugleich gebeten hatte, von den auf der Insel Mokoia begrabenen und, wie es heisst, nur von Sir George Grey (in dessen Besitz sich eins der Originale finden soll) gesehenen Idolen eine Abbildung zu verschaffen, war durch freundliche Bemühung eine solche beigelegt. Sie entspricht genau der Haltung des Priesters, wenn er durch ruckweises Anziehen des Taues (das auch bei den Fetischen des Muata-Yamo zur Communication dient) sein Idol auf die Karakia aufmerksam machen will, indem er in einiger Entfernung dasitzt; „leaning against a tuahu, a short stone pillar, stuck in the ground, in a slanting position" (s. Taylor). Für den Rapport mit der Gottheit ergriff der Priester den Pahau oder den an das Kinn des Idoles gebundenen Federbart, der an den Götterbildern so vieler anderer Religionssysteme gleichfalls zu sehen ist.

[3] Auch rückläufig, wie in der Legende vom Fluche Manaia's, indem das Ueberbringen der Götter (Maru, Ta-Iho-o-te-rangi, Rongamai, Itupowa und Hangaroa) durch Kuiwai und ihre Frauen (ausser den Göttern der Knollen und Fische, die schon in dem ersten Canoe mitgenommen waren) nach dem See Roto-rua den

Kriegszug Ngatoro's (des von dem Stelzenläufer Tama-te-kapua fortgeführten Priesters) von Maketu nach Tara-i-whenua in Hawaiiki veranlasste.

Zu S. 123. [1] Als Ammenon, der Chaldäer, in Babylon herrschte, tauchte der abscheuliche Annedotos aus dem Meere auf, während unter Euedorochos, der (nach dem Hirten Daonos) in Pantibibla herrschte, der fischmenschliche Odakon auftauchte (s. Apollodor).

[2] Sohn Kahiko's oder Kahiko laumea's (als Aeltester oder Urgreis), dem Owe zur Mutter gegeben wird, und in Owe oder dem Mond liegen auf Fiji die Wurzeln der Schöpferbildungen, auch des Menschen (und Misbildungen).

Zu S. 124. [1] Waiho, der Name der Osterinsel, findet sich in Neuseeland an derjenigen Localität, die am wahrscheinlichsten von dort bei den vorwaltenden Strömungen erreicht werden würde (bemerkt Taylor). In der Bai von Taiohae (auf den Marquesas) wurde der von Tiki bei erster Ankunft auf Nukahiva gepflanzte Hau (hibiscus) gezeigt (s. Gaussin). Korika, Vorfahr des Stammes Makea auf Rarotonga, kam von Manuka (Manua).

[2] In den Gesängen Tahiti's wird Hawaii erwähnt, als O Hawai Hea uka (Hawaii, das weit entfernte). In Hawaii gab es (nach Dumont d'Urville) Traditionen über „divers voyages a Noou Hiva et Tahouata (Nuka-Hiva oder Nuku-Hiva und Tao Wati oder Tahuata) et même jusqu'à Tahiti.“

[3] Bei der auf Hawaii lagernden Dunkelheit, da der König von Tahiti die Sonne zurückgehalten, schritt der Riesenbruder des Riesen Kana durch das Meer nach Tahiti, um die Sonne von Kahea-Arii (Meister der Sonne) zurückzuerhalten, worauf er sie am Himmel befestigte. Als sich in dem durch den Sampo beglückten Lande Kalewala Dunkelheit verbreitete, weil Louhi und Pohjala Sonne und Mond vom Himmel abgebunden, und in einem Felskasten (wie es bei den Koloschen geschah) verborgen hatten, erlangte sie Wäinämöinen durch Kraft seiner magischen Kunst zurück.

[4] Auch Whiro, der Weitgewanderte, ist (wie Viracocha) im Meeresschaum geboren, bald flüchtend, bald Flüchtige jagend. Und so vielfach anderswo. Der Prophet Ramini (créé de dieu à la mer, soit qu'il l'ait fait descendre du ciel et des étoiles ou qu'il l'ait créé de l'écume de la mer) begab sich, nachdem er (zum Rothen Meer verschlagen) in Mekka mit Mohammed zusammengetroffen, nach dem östlichen Lande Mangadsini oder Mangaroro (mit Manguelor), wo der (von seiner Frau Rafateme geborene) Sohn Rahouroud mit seiner Schwester Raminia die Söhne Rahadzi und Racoube oder Racouatsi zeugte. Als Rahadzi von seinen Seezügen zurückkehrte (ohne, aus [Theseus'] Vergesslichkeit, die rothen Segel durch weisse zu ersetzen),

flüchtete der in seiner Abwesenheit zum König eingesetzte Racoube nach Comoro und von da (durch Rahadzi verfolgt) zum Fluss Harengazavai auf Madagascar (als Mananzari), und nach der Ankunft Rahadzi's (der darauf, aus seiner Vermählung im Lande die Zaffer amini genannten Weissen zurücklassend, nach Mangororo zurückkehrte), über Hombes bis Azonringhet aufsteigend, wo er sich mit einer Tochter des Landes vermählte (s. Flacourt). Nach Agatharchides brachten die Sabäer die Gegenstände des indischen Handels in die Emporien an der Malabarküste, bis (mit der Eröffnung des Weges von Koptos nach Berenice) die Alexandriner nach Yemen segelten. Nach Arrian (der Schildkrötenschalen von einer Insel jenseits des Chersones bringen lässt) wurde Pfeffer, Seide, Weihrauch u. s. w. in den Handel des Chersones gebracht, indem die in Taprobane vereinigte Flotte nach der Mündung des Kristna segelte und dann zum Chersones. Die äthiopischen Reisen von Ocelis aus dauerten fünf Jahre (nach Plinius). Nach Cosmas handelten die Römer mit den Sinitsae (jenseits Malabar und Ceylon). Nach Ibn Said (bei Abulfeda) waren die Comr der (mit den Mondbergen gleichnamigen) Insel Comor (oder Madagascar) oder (bei Albyruni) ohrdurchbohrende Komair (indischer Religion) den Chinesen verwandt, von den Inseln der Menschenfresser stammend, im fernsten Süden der Zendj (nach Jacut), und (nach Masudi) jagte der König von Zabedj (aus Java) den Kopf des Königs von Comor (der Khmer), der (mit buddhistischer Strenge) weder Rauschtrank, noch Wein (nach Edrisi) erlaubte, sodass zu Ibn Bathuta's Zeit Komara zum Reiche Moul-Java gehören konnte, im Handel mit Aloes aus den Bergen von Camrou, die (nach Abulfeda) zwischen Indien und China gesetzt werden, und schiffbrüchiger Handelsschiffe aus China wegen sandte der Kaiser Chinas (zu Polo's Zeit) eine Gesandtschaft nach Madagascar oder Malaicassar (Madeigascar). Les Comrs, frères des Chinois, sont probablement de Malays (Codine). Nach Edrisi residirte der König der Insel Comor in der Stadt Malai (auf der Insel Comor-Malay bis über das Cap Comorin). Comayr (Name der Comoren-Inseln) bezeichnet (nach Reinaud) ein Diminutiv.

Zu S. 126. [1] Quant à l'Inde ou à la Chine, bemerkt Chabas, les Égyptiens les ont plus ou moins distinctement connues, sous le nom de Toou-Neterou ou pays divins (in Bezug auf Sesostris' Flotte nach Indien und die See-Expedition der Königin Hashepsou). Nach der Inschrift von Nysa (bei Diodor) hatte Osiris die bewohnten Länder bis nach Indien durchwandert (und so Herakles). Durch den hieroglyphischen Namen Kefa (s. Lepsius) verknüpfen (erythräische) Phönizier (punischer Punt) äthiopische Κηφῆνες (bei Strabo) mit babylonischen und (nach Herodot) persischen. Apud

Erythram insulam in Asia ipsa inventa sunt carmina (s. Servius) der erythräischen Sibylle, von der Varro die römischen Bücher ableitet, statt von der cumanischen (bei Virgil). Für die durch die Gefangenschaft Alexander Polyhistor's in Rom (s. Klausen) bekannt gewordenen Ueberlieferungen der Sibylle (aus Tarquinius' Zeit) wurde (78 a. D.) eine Gesandtschaft nach Erythrae geschickt. Homer's Entlehnungen aus der Sibylle wurden von Apollodor auf die erythräische zurückgeführt, Tochter der Nymphe Hydole mit dem Hirten Theodoros in der von Erythros, Sohn des Rhadamanthys, zwischen den Bergen Mimas und Corycus gegründeten Colonie. Aus Mira-Laut (dem Rothen Meer) führt die javanische Sage ihre Einwanderung her und das Grab des Kriegsgottes bei den Pandiern Mathura's verknüpft die Alexandersage aus Badakschan mit Padang, nach dem Islam von Iskander weitergetragen. Taylor führt (polynesisches) Kava zurück auf Kahweh, das später auf Kaffee übertragene Wort (bei Lane) für Wein im Altarabischen und die Bezeichnung der Ava begegnet sich von Chili bis Brasilien. Von der im Jahre 1839 im District von Wangeree unter den Wurzeln eines Baumes (s. Taylor) gefundenen Bronzeglocke, deren Inschrift auf Thompson's Veranlassung als tamulisch entziffert worden, besitzt das Museum in Wellington einen Abguss, doch fehlen für die entsprechende Fixirung dieses Unicums noch immer diejenigen Daten genauer Nachweise, die von dem Besitzer zu liefern sind. Die tamulischen Inschriften aus Sumatra haben sich im Museum Batavias vermehrt, und den Namensformen der Tamol oder (ceylonischer) Damila liesse sich durch Mikronesien nachgehen.

[2] Ausser diesem Σάβαι (bei Steph. Byz.) oder Σαβᾶς (bei Agatharchides), als Residenz der Königin Belkis in dem (nach Plinius) Hauptstadt bezeichnenden Mariaba (Malayala's) könnten sich bis zu den Σαβαῖοι βωμοί am Kaspischen Meer (als Feuertempel) weitere Zwischenstationen finden, von den bei Sumatra gesuchten Menschenfresserinseln (Σαβαδείβαι νῆσοι) an, nicht nur in Ptolomäus' Σάβη oder Sabbaä (bei Niebuhr), in Sabae oder (nach Reichert) Massova, dann in Strabo's Saba, sondern auch auf dem Chersones in Σαβάρα am Σαβαροκός Κόλπος oder Σαβάνα (bei Ptolemäus), in den an Gangariden grenzenden Σαβᾶραι, den Indusmündungen (Σαβαλαέσσα oder Σαβαλάσσα), der indoskythischen Seestadt Σαβάνα u. s. w. Nach Alexander (bei Marinus) lag die Stadt Zabae zwischen dem goldenen Chersonesus und Cattigara (und weiteres dann bei den arabischen Reisenden). Zaba oder Zubaja (als Batu Sabor am Flusse Jehor) bildete ein Emporium der Malaien auf der Halbinsel Malacca. Jawa-Jawaka ist Kleinjava zum Unterschied von Jawa oder Jawi (in Uebertragungen auf Borneo und Sumatra).

König Sabus herrschte (zu Gallus' Zeit) in Ararene. Aus dem Lande meroitischer Steininschriften, kuschitischer Einflüsse aus Arabien, wo (nach Plinius) der Gott Sabis (Sab, als letzter Prophet der Sabier in Chuzistan) verehrt wurde und (s. Theophrast) Sabis in Sabatha als Sonnengott vermuthet werden mag, zog von Meroë oder (bei Josephus) Zaba, König Sabacon (Σαβακῶς oder Σαβακῶν) den Nil abwärts bis zum Zusammenstoss mit Sanherib, aus dessen Ländern von Accad der Dienst des Mondgottes Sin als Aku (Akua oder Atua) sich verbreiten konnte. Der fromme (von σεβεσθαι bei Varro) Sabinerkönig Titus Tatius „addidit Saturnum, Opem, Solem, Lunam, Vulcanum, Lucem" (s. Augustin) den römischen Culten in ihren (statt etruskischer Quadrattempel) in der Kuppelform gewölbten Kapellen, und der samnitische Sabus, als (ein Djovis filius vom Himmel oder Sancus stammend) Sancus (Dius Fidius) oder Sanctus Semo (der Semihomines oder Semones) deutet in seiner Beziehung zu Herakles auf dessen Wanderzüge. Den Sabinern (Sabeller oder den Samnitern) eignete als „ein Volk grosser Wanderlust" (s. Forbiger), „infolge derselben die Sitte des Ver Sacrum und der Aussendung in Colonien auf gutes Glück." Joqtan, Vater der Sabäer, war Bruder Peleg's (wandernder Pelasger). Regio thurifera Saba appellata, quod significare Graeci dicunt mysterium (Plinius). Primi commercium Thuris fecere (die Minäer). Nach Theophrast wird Weihrauch, Myrrhe Cassia und Zimmt im Lande der Araber bei Saba erzeugt (und von den Sabäern im Sonnentempel verhandelt). In Unterscheidung zwischen den von Ichthyophagen oder Sabäern bewohnten Inseln stellt Plinius die „Fischesser zu den handeltreibenden Sabäern in Gegensatz" (s. Sprenger) Sabaei insulae multae, emporium eorum Acila, ex quo in Indiam navigatur. Südarabien (mit Nagara, Baraba u. s. w.) insulas autem complures habet per utrumque proximas mare (bei Amm. Marcell). Nach Philostorgus war Saba Hauptstadt (rother) Himjariten und Sabas oder (bei Steph. Byz.) Sabo der Sabäer (bei Agatharchides), als Concurrenten der Gerrhäer auf den Märkten Petras. Der Handel der Maken in Oman ging später auf Ormuzd über. Als Tanuch (der Θανιται) vereinigten sich die Araber Bahreins. Κάνη, βασιλείας, 'Ελεάζου χώρας λιβάνω τὸ φόρον (im Periplus) gehörte (nach Sprenger) dem in Sabbatha residirenden König. Die (bei Strabo) den Nabathäern benachbarten Sabäer (bei Joel in ein fernes Land gesetzt) Syrien und Aegypten mit Spezereien im Alterthum versehend, sind zur Zeit des Islam (in arabischen Quellen) durch den Ruhm der Himjariten zurückgedrängt (s. Sprenger). Der König der Malaien residirte in Medinet el Zabedsch (des Malaienreichs auf Sumatra) unter dem Titel Maharadscha (nach Abu Zeyd) mit der Insel Kalah. Zu Soleiman's Zeit wurden die Waaren in Syraf (am Persischen Meerbusen) auf (chinesischen) Djonken verschifft. Nach Edrisi wanderten chinesische Kaufleute (infolge einheimischer Unruhen) nach der Insel Zanedz (bei Zanzibar). Die im Periplus noch unbekannten Gewürze der Molukken kommen zur Zeit des Commodus in Zolllisten aus Alexandrien zur Erwähnung (die Muscatnüsse indess bereits bei Plautus).

Zu S. 127. [1] Es werden in diesen Ausdrücken Schlitzungen vermuthet, gleich dem „oblique eye" (s. Taylor) der Maori, während auch eine Beziehung auf das Augenrollen im Tupeke oder Kriegstanz (der Maori) vorliegen mag. Rotundantur autem oculi eorum, qui vehementer furore agitantur, bemerkt Schömann (zur Namenserklärung von Κύκλοπες).

[2] Die Hawaier unterscheiden verschiedene Zonen der See (von Kai, dem Strande, ab), als Aekai, Berührung des Wassers mit dem Lande, Poanakai, Beginn der Wellenbrechung, Kai papau, flache See, zum Stehen (Kai hele ku), Kai opua, zum Waten, Ku a au, tief, Kai au, strömende See, oder Kai malolo, auf der Brandung reitend, Kai uli, blaue See (See der fliegenden Fische), Hiaku, See der Boniten, Kai Kohola, See der Wale, Moana, der Ocean, als Waholilo (weit entfernt) oder Lipo (dunkelblau).

[3] Das durch Kupe Kupe von Hawaiki abgetrennte Festland Tuawhenua war von den (durch Turi später ausgerotteten) Kahuitoka bewohnt, die sich nur von Farrnwurzeln nährten (in den Sagen der Maori).

Zu S. 128. [1] So gewinnt (wie der Chutiafürst mit der Königstochter der Pal) der Seekönig der Phokäer mit der Tochter seines Wirths den Boden zur Ansiedlung in Massilia und Dardanus (im Schlauch bei der Flut in Samothrake hereingeschwommen) tritt als Stammvater der Troer (von Tros) auf, indem er sich mit Batea vermählt, Tochter des Königs Teucer, mit der Nymphe Idäa durch Skamandros gezeugt, im Dienste des Apollo Smintheus aus Kreta. Da das Wohl und Wehe des Feldbauers von dem richtigen Schutz gegen die in der Sage nicht nur, sondern auch in nüchterner Wirklichkeit auftretenden Mäuse- oder Rattenheere abhängen mochte, wurde auch bei den Aegyptern ein solcher Apollo Sminthiorum pernicies murium wichtig genug geachtet, um die von Herodot gesehene Königsstatue aufzustellen mit der (dann parteiisch gedeuteten) Maus in der Hand, wie sie sich als Ratte neben Esus findet (s. Panchaud), und in den Mäusesagen des 15. Jahrh. (s. Diefenbach) sind alle Ratten und Mäuse in die Gewalt der Sancta Kakukilla gegeben.

[2] Bei den Maori scheitert Maui, dem so viele Thaten gelungen, in seinem letzten Versuche, zur Lebensquelle, worin sich Sonne

und Mond verjüngen, durchzudringen, und für die Menschen Unsterblichkeitstrank zu schlürfen, da sich Hine nui te po's Schlund zu früh über ihn schliesst.

Zu S. 129. [1] Nach Anaxagoras sinkt das Schwere nach unten, zu Stein verdichtet, während das nach oben Schwebende im Aether zu Gestirnen verbrannt wird (aus dem Gegensatze der Natur). Der Himmel allez uf get, diu helle siget allez ze tal. In der bei Shortland erhaltenen Kosmogonie der Maori entspringt Rangi aus der Ehe Maku's und Mahora-nui-atea's, ein Kind der Feuchte (als neblig rollender Dunstmassen) in dem weit gebreiteten Aetherraum. Von dem Götterpaar ὕψιστος und βηρούν wurde (bei Philo) Himmel und Erde geboren. Anu (Papsukal) oder [Lalo, unten im Pol.] Alalụ (als Oberes oder Himmel gegenüber seiner weiblichen Form in Anatu oder Erde) manifestirt sich (in Babylon) als Lachma oder Lachama (aus dem ursprünglichen Chaos hervorgehend), und dann folgten (als weitere Manifestationen) Sar und Kisar (Assoros und Kissare). Nach den im Palast Assurbanipal's gefundenen Inschriften hiess im Anfang das Oben noch nicht Himmel, das Unten noch nicht Erde, sondern ein unendlicher Abgrund war der Ursprung, noch ohne Dasein der Götter, worauf zuerst die grossen Götter hervorgingen, Gott Lakmu (und Lakamu), dann die Götter Assur und Kissur (s. G. Smith).

Zu S. 130. [1] Kronos (von der hochgewölbten Gestalt der Erde) gekrümmt, sinnend, verschlagen, ἀγκυλομήτης, ward auch leiblich gekrümmt und daher alt gebildet (s. E. von Schmidt).

[2] In diesem Schattenreich wiederholt sich dann die Anordnung bei Aristoteles, der den Tartarus unter den Hades (die Unterwelt) verlegt (νέρθεν Ἀΐδου).

[3] Die gütige Natur der Tropen erspart den Göttern mit ihren Assistenten manche Arbeit, und Rongo bleibt von so demüthigenden Diensten verschont, zu denen sich, um des täglichen Brotes oder Opfers wegen, selbst Baal-Kronos bequemen musste. Dem alten Saatgott Saturn (s. Macrobius) „Romani etiam Sterceutum vocant, quod primus stercore fecunditatem agris comparaverit“ bis Picus das Amt übernahm, als „Sterquilinius“ (bei Servius) oder „Sterecuti filius“, dem im Faunus ein „Stercuti pater“ (bei Plinius) zur Seite steht, ein Latii cultor amoeni (s. Rubino). Ut taceam de crepitu ventris inflati, quae Pelusiaca religio est (Hieronymus). Eine Venus Cloacina wäre niemals zu verachten und manches würde in der Verwaltung gespart sein, wenn man sie auch heute noch verwenden könnte: „quasi minusculos vectigalium conductores“, wie Augustin, der Heilige, sie nennt, und einiges allerdings ist durch die Heiligen suppliirt, auch die Eifersucht zwischen den verschiedenen Formen Jupiter's in denen der Marien. Bei der zunehmenden Zahl der Fest-

tage hält man sich mit dem zerschnittenen (endotercisi) nicht mehr auf, da sie einige Arbeit einschliessen, wie im Q. St. D. F. (quando stercus delatum fas) in Rom (zum Reinigen der vestalischen Wohnungen).

Zu S. 131. [1] Die als Dei penates oder publici bezeichneten Jünglinge sind (nach Rubino) Picus oder Faunus (als Laren der Aboriginer). Pilumnus et Picumnus fratres fuerunt dei (bei Servius). So werden Modi und Magni zusammen genannt, und bei Dioscuren oder Alces ist die gepaarte Geburt ausgedrückt. Nachdem Tane mit Taaroa Wasser, See, Wind, Himmel, Nacht hervorgebracht, zeugte er mit Mahanua die Sonne und die Mannesgestalt Oeroa Tabua (auf Tahiti).

Zu S. 132. [1] Gleich jenem Indianer, der, von unsagbarer Angst gefasst, dem grossen Geist Taback ins Feuer wirft: „Hier ist Taback für dich, thue mir nichts!" Der Naturmensch fühlt um sich herum jene „umbras" (incorporales, inanimales etc.), die die Römer, wie die Kirchenväter meinten, aus allzu gieriger Göttersucht dem Pantheon noch zugefügt hätten.

Zu S. 133. [1] Quatuor dies faciunt rem divinam, Telluri, Tellumoni, Altori, Rusori (*Varro*), den Pontificen vor Einführung der Götterbilder, während numina und nomina deorum in den Indetigamenta (nach Censorinus) verzeichnet waren (s. Ambrosch).

[2] An Yankompon wenden sich Fantee (s. Cruikshank) bei Segnungen oder Flüchen, „but in either case their invocation amounts simply to an ejaculation and is not attended by any formal act of worship."

Zu S. 134. [1] Für die Eingriffe, die er des Lebensunterhaltes wegen in die ihm grauend gegenüberstehende Natur wagen muss, übernimmt er die Gelübde oder (in Loango), Mokisso und so ist mit dem individuellen Fetisch der Goldküste als Souman (s. Cruikshank) auch an sich schon das Gelübde verknüpft.

Zu S. 135. [1] Um in allgemein durchwaltender Unendlichkeit das Göttliche in Gottheitsbegriffen zu fixiren, wurde das, als natürliches am Himmel, durch Auspicien bestimmtes auf der Erde, und unterirdisches (s. Varro), unterschiedene templum durch den Krummstab der Auguren (in den Linien der Regiones) umschrieben, und zur Vertheilung der im Norden (bei den Etruskern) wohnenden Götter wurde der Himmel (nach Martianus Capella) in 16 Regiones getheilt, templa tectaque me (mihi) ita sunto, als „templum inaugurabatur" (s. K. O. Müller), in individueller Schöpfung (quisquis est quam me sentio dixisse). So findet sich auf Fiji der Buro als locus septus und zugleich zum Gespräch mit den Göttern, als locus effatus (ein fanum der Augurn und dann von Pontificen consacrirt).

„Da der Gott nichts war und nichts sein durfte, als die Vergeistigung seiner irdischen Erscheinung, so fand er eben in diesem irdischen Gegenbild seine Stätte (templum) und sein Abbild“ (s. Mommsen). Die Beobachtungen durch Auspicien, um an deren Zeichen den Willen der Gottheit, des höchsten Jupiters (bei Cicero), zu lesen (zunächst durch Vögel, wie bei den Dayak) lagen dem höchsten Magistrat (ursprünglich also dem Priesterkönig) auf, dem dann zur erklärenden Beihülfe die Augurn zur Seite standen.

[3] Und dann kann wieder eine in Allegorien erhobene Ansicht abgeleitet werden: Κελτοὶ σέβουσι μὲν Δία ἄγαλμα δὲ Διὸς Κελτικὸν ὑψηλὴ δρῦς (Max. Tyr). Von den Irokesen werden die bemalten Steine, welche die Dacota als Grossväter getragen, als Oiaron oder Behausung (des Geistes) bezeichnet.

Zu S. 136. [1] Pontifices (a posse et facere, ut potifices) a ponte (s. Varro), nam ab his sublicius est factus, ut primum, et restitutus saepe (sacra et uls et cis Tiberim), religiosum est (s. Plinius). Dass der Fluss unwillig ein Joch trägt, weiss man von Peru bis Ostasien, πολύγομφον ὅδισμα ζυγὸν ἀμφιβαλὼν αὐχένι παντοῦ (Aeschylus).

[2] Latebras autem ejus, quibus arcuerit senem id est cohibuerit et celaverit sanctitate dignas esse visas ideoque Argea appellata (Festus). Bei der Hungersnoth nach dem gallischen Brande, indem man die Sechzigjährigen, die früher, als unnütz, in den Tiber geworfen wurden, seitdem der Greis seinem Sohn durch Rath genützt, leben liess (zum Berathen). Juniores exclamaverunt, ut de ponte dejicerentur sexagenarii, qui jam nullo publico munere fungerentur (Festus), depontani senes appellabantur, qui sexagenarii a ponte dejiciebantur (s. Nonius), bis zur Ankunft des Herakles (bei Macrobius). Bei der grössten der Reinigungen, ὁ μέγιστος τῶν καθαρμῶν (Plutarch), wenn die Binsenmänner der Argäer, statt früher Menschen, als Duo corpora (bei Ovid) in den Tiber geworfen wurden (durch die Vestalinnen), erschien die Flaminica dialis mit dem Zeichen der Trauer. Solche Menschenopfer, wie sie auch die Aboriginer dem Saturn (als Dis Pater) gebracht (bis auf Herakles oder Garanus, als Sancus oder Dius Fidius), seien später dann gemildert worden, wie Numa, als Jupiter (und Chuko-Liang Brotmenschen) Menschenköpfe verlangte, Kohlköpfe substituirt. Die Gephyräer verrichteten die Ceremonien auf der Kephisosbrücke im Pfahldorfe (σχεδία κώμη) wohnend (als Ausleger des Rechts). Die Sühnen der Flüsse ergeben sich in vielfacher Verschiedenheit, aber dennoch verlangt die Pleisse ihr jährliches Opfer und der Rhein um Johannis. Amnes transeunt auspicato (Cicero). Beim Uebergang des Strymon wurde gebetet (nach Aeschylos), am Ismenos geopfert. Der auch im Norden hervortretende Hass des Flusses gegen Eisen (oder Metall), bedingte die Her-

stellung des Pons sublicius einzig aus Holz (robore) und so ἱερᾶς γεφύρας (Dionysios), ξυλίνης (Plutarch).

Zu S. 138. [1] Unter Aufruhr der Elemente (Donner und Blitz) entstehen die lebenden Wesen (bei Sanchuniathon), βρονταί τε ἀπέτε λέσθησαν καὶ ἀστραπαί.

[2] Nach aufwärts bei Trennung des Chaos in ein Oberes, als ausbreitende Erde, und ein Unteres, in finster herabsinkenden Tartarus, dazwischen dann der gewaltige Schlund (χάσμα μέγα) καὶ νυκτὸς ἐρεμνῆς οἰκία δεινὰ ἕστηκεν (wo Θύελλα wirbelt). Beim Auffassen des Tartarus als Gegenhimmel wird die Erdscheibe in der Mitte freischwebend gedacht. Nach Plutarch habe Hesiod das Chaos als Raum (χώραν τινὰ καὶ τόπον τοῦ παντὸς) untergelegt, bemerkt Welcker in Abweichung von Empedokles (πᾶν ἐν πάντι μέμυκται). Ins Dunkel Lokantarika's dringt nur bei dem aus des von Tuschita niedersteigenden Buddha's Haupt hervorbrechenden Glanz ein momentaner Lichtschimmer.

Zu S. 139. [1] Die auf dem Helikon dem Hirten singenden Musen, damit er „das Werdende und Gewesene" (s. Welcker) preise und „das Geschlecht der immer daseienden Götter", sind von Mnemosyne geboren (als aus der Erinnerung des Frühern). Bei Sophokles lehren die ehrwürdigen Göttinnen (Πότνιαι σεμναί) den Sterblichen die Mysterien und (von Hesiod) werden die Moiren als Töchter der Nacht und des Erebos, aus früherer Weltordnung, in der spätern den Erinnyen als Schwestern nebengestellt.

[2] Les âmes allaient être emprisonnées dans les corps, les unes gémissaient et se lamentaient, ainsi quand des animaux sauvages et libres sont enchainés au moment de subir la dure servitude et de quitter les chères habitudes du désert, ils combattent et se révoltent, refusent de suivre ceux qui les ont domptés, et si l'occasion s'en présente, les mettent à mort. La plupart sifflaient comme des serpents, telle autre jetait des cris aigres et des paroles de douleur (s. Ménard) in den Worten der κόρη κόσμου (an ihren Sohn Horos).

[3] In polynesischen Sprachen bezeichnet Manu aus der, sonst überall auf den Menschen weisenden, Wurzel den Vogel, und Meropes, als Menschen, führen auf Merops. Die bei Kriegszügen in Tahiti getragenen Federn, Manutaki no Tane (oder der einzige Vogel Tane's), genannt, bezogen sich auf die am Mittelpunkt der Erde wohnenden Fare papa oder Zwischengötter, als Vögel oder Haie zur Botschaft gesandt. In Mangaia sind die Manu Schutzgötter. Manou mit der Göttin Mamit préside au sort (s. Lenormant) bei den Chaldäern, und daher die assyrischen Mamit als Talismane, oder (im Accadischen) Sagba.

Zu S. 141. [1] Die Ariki waren kraft theogonischer Herkunft

mit der Würde der Priesterfürsten bekleidet, welche, trotz aller Ehren, gefährliche oder doch unbequeme Macht (afrikanischen Regenmachern oft tödlich oder dem chinesischen Kaiser manchmal lästige Bussen auferlegend) ein aus dem Volke durch den Erfolg von Waffenthaten erwachsener Herzog von sich abzuwälzen suchte, um ihnen die bedenklichen Operationen des magischen Cultes allein zu überlassen, und so liess man ihnen auch in Rom die Verantwortung für das oft erörterte Recht der Todesstrafe. Als sich in späterer Zeit die Criminalgesetzgebung in Rom von der Theologie zu trennen begann, „la société condamnait et mettait à mort le coupable, puis reconnaissant, qu'il n'appartient qu'aux dieux de disposer d'une vie humaine, elle se purifiait à la façon de ceux, qui avaient commis un homicide involontaire par le sacrifice d'un belier (s. Bouche-Leclerq)“, während im Mittelalter die Kirche nach Verurtheilung des Ketzers die Hinrichtung der staatlichen Verantwortung zuschob. Und gleichzeitig bewahrte sich dann der katholische Pontifex, als der aus semitischen Lehren begründeten Religion die Hierarchie des damals weltbeherrschenden Roms zugefügt wurde, seine Oberhoheit über die Könige, die sich in der römischen Geschichte gerade umgekehrt zur Befestigung der republikanisch reformirten Staatsgewalt entwickelt hatte. In Griechenland bewahrten sich die priesterlichen Functionen des Basileus auch nach der Abschaffung des Königthums, und so in Rom. Le sacerdoce royal, particulièrement consacré à Janus, fut conféré à un prêtre décoré du titre de Roi (Rex sacrorum), et qui dut à ce titre imposé par la tradition, mais chargé des malédictions de tout un peuple, d'être tenu en tutelle et retranché pour ainsi dire de la société politique (Bouché-Leclerq). Βασιλεῖ ἐξῄρητο τάδε τὰ γέρα, πρῶτον μὲν ἱερῶν καὶ θυσιῶν ἡγεμονίαν ἔχέιν καὶ πάντα δι' ἐκείνον πράττεσθαι τὰ πρὸς θεοὺς ὅσια (Dionysios). Mit dem Vollwachsen des politischen Lebens in Rom verlor das Schattenhafte des Priesterlichen seine Anziehung, und Quintus Fabius Pictor, Valerius Flaccus u. a. m. waren nicht die Einzigen, die gegen die Ernennung zum Flamen protestirten. Das Pontificat wurde von Numa geschaffen, ex patricibus (s. Livius), den Sacris (s. Cicero) vorgesetzt, und nach Abschaffung der Königswürde erwählte sich das Colleg (im Conclave), einen Vorsteher als Pontifex maximus, dem dann wieder der (degradirte) Rex sacrorum (für den Dienst des Janus beibehalten) untergeordnet wurde. Regem sacrificulum creant, id sacerdotium pontifici subjicere (*Livius*), um (im Namen des Königs) am Neumond Tagesbestimmungen des astronomischen Kalenders (wie von den Pontifices festgesetzt) zu verkünden. Indem Augustus (s. Dio Cassius) die Ehre des Oberpriesters zurückgewiesen hatte das Haus des Opferkönigs den Vestalen schenkend), so fand bei der Klärung des Bodens durch spätere Umwälzung in religiöser Revolution die Entwickelung despotischer Priestergewalt (den von ihr bekehrten Barbarenkönigen gegenüber) um so weniger Hindernisse auf der freigelegten Bahn. Janus von χάσκειν, als Chaos (s. Festus) Apollinem Janum esse Dianamque Janam (Varro). Janus (als deorum deus im saliarischen Liede) führte die Schlüssel als Aufschliesser (s. Septimius), cui reserata mugiunt aurea claustra mundi. Und im Anschluss an theogonische Herkunft: Janum, quem ferunt Coelo atque Hecate procreatum in Italia regnasse primum (s. Arnobius), dann zweiköpfig (und vierköpfig, wie Brahma).

Kge tohi oe G Tur Toga

[1] Koe fuofua fonua o Toga ni ko Ata bea ko h fuofua akau koe fue bea nae vaa ua, bea alu hifo a Tagaloa o haeua bea bala ae tefito oe fue, bea tubu ai ae manu, bea hau ae kui o tosi, bea tubu ai ai ogo tagata e tokoua, bea liaki e he kui ae manu, bea tubu ai a Momo, aio ko h. toko tolu ia oe tubu mei he manu, bea ko h. uhiga o Momo.

Koe Momo oe manu
Bea koe fuofua Tui o Toga ni ko Kohai
Koe tagata ia nae tubu mei he Fue
Bea toko ia mo koau koe tokoua ia nae tubu mei he Tue (u. s. w.)
Kohai
Koau
Ahoeitu
Lolofa kagala
Faga oneone
Lihau
Kofutu
Mauhau
Kaloa
Kaliou
Ligoligoa
Kilukilua
Abunea
Afuluga
Momo (Toki hoko ia Momo aia ko h. toko tolu ia oe Tui Toga Uaga, aia nue tubu mei he Tue)
Lomiaitubua
Haavakafuhu
Tuitogailebo
Buibuikifatu
Tuitogaibuibui

Kauulufonua motua
Tabuoji
Talakaifaiki
Haavakafuhu
Talafata
Tuitatui (Bea ko h. fale o Tuitatui nae fata aki ae fehi noe tuu i Beketa ko h. uhiga ia oe nau higoa aki oe Fatafehi)
Fatafehi
Talatama
Tuitoganui koe
Tama Tou
Talaihaabebe
Tabuosi
Fatafehi
Havea
Kauulufonua
Tabuosimonu
Takalaua
Kauulufonua (fekai nae taka tau)
Tabuooi
Telea (Bea koia oku toki ilo mai h. hako kimui ni ko ene fae ko Naenobo koe ofefine o Ahomee),

unter Verzweigungen der Familien weiter bis Mumui, die 48. Generation von Tagaloa durch Kohai u. s. w.).

[3] In andern Mythologien treten solche Baumenschen wieder in die untergeordnete Stellung irdischer Aborigines, wenn das höhere Fürstengeschlecht von Oben herabgestiegen ist, himmlischer Herkunft in Rangtsa der Cachari (mit Kolita, als Barman), wie die Birmanen aus dem Byammahimmel (und sonst die Seelen der Fürsten aus Tuschita) wiedergeboren waren. Trotz des scheinbaren Widerspruchs in dieser Anschauung wird gerade dadurch, wenn man in den Gedankengang tiefer eindringt die Regel gleichmässiger Auffassung bestätigt, diese Himmelsgeburten vollziehen sich innerhalb der bereits befestigten Weltperiode, indem z. B. die Byammahimmel, die bei der Flut (die im Aufsteigen nur bis zu ihrer Schwelle reichte), übriggebliebenen Terrassen darstellend, sich also nur auf eine partielle Weltzerstörung beziehen, innerhalb welcher sich dann wieder relative Gegensätze markiren. Die Wurzeln der polynesischen und anderer Schöpfungsbäume (wie auch im Buddhistischen bei Zusammenfassung der Gesammtperiode) liegen dagegen über ursprünglichen Anfang hinaus und vielleicht im chaotischen Gewirbel jener Sturmgebrause, worin die Trümmer vorangegangener Welten um-

hergetrieben worden, um in dem Reflex schattenhafter Umrisse temporäre Vorbilder der neuen Weltgestaltung zu anticipiren. In ähnlicher Weise wie jene birmanischen Himmelskinder in unerreichbarer Höhe bei der aufsteigenden Flut bewahrt werden, überdauern Balder und Höder, für Bevölkerung der neuen Erde, die Feuerzerstörung in der Unterwelt, wie mexicanische Bilderschriften die den Weltenbrand Ueberlebenden in einer Höhle eingeschlossen zeigen.

[4] Als ῥιζώματα τῶν πάντων (bei Empedokles). Die Wurzeln (πηγὴ καὶ ῥίζωμα) der ewig strömenden Schöpfung (φύσις ἀέναος) liegen (bei Pythagoras) in der Tetraktys. In ägyptisch-pythagoräischer Lehre ist das Weltall die entwickelte Gottheit (s. Baltzer), während Aristoteles bei dem κινοῦν ἀκίνητον (Unbewegt — Bewegenden) stehen bleibe.

Zu S. 142. [1] In der Einförmigkeit der Wüsten bildet sich dem Araber, wie in der der Prairien dem Indianer, eine in gleichmässiger Umgebung verschwimmende Einheit, aber wie dieser sich stets von seinen (durch Manitu gesandten) Traumgeistern umschwirrt findet, so drängen sich dem semitischen Bruder jenes die Efrit so dicht, dass kein Glas Wasser ausgeschüttet werden kann, ohne einen derselben zu begiessen, und ebenso wenig fehlen die Ginnie, wie dem mohammedanischen Malaien seine Hantu, statt früherer Deva. Auch in Australien ist beständig das unbekannt Gefürchtete nahe, sodass in der Dunkelheit niemand sich vom Lagerfeuer wagt, doch schafft die Phantasie hier wie in Brasilien nur ungestalte Gespenster an Stelle jener gottverklärten Gestalten, die die Umgebung des Hellenen verschönten. Wie diese Weltanschauungen in poetischen Schöpfungen, erfüllten sich die des Römers mit juristischer Regelung der Beziehungen zu den Göttern in Vota, Sacramenta, Consecrationen oder Expiationen, und in beiden Fällen liegt der Geistesdrang eines hochbegabten Volkes vor, das in seinen eigenen Denkproductionen, und dadurch im Uebersinnlichen, die Beschäftigung und Befriedigung sucht, die später auf gesicherterer Grundlage in dem Studium einer sinnlich verständlichen Naturwissenschaft geboten wurde. Wenn die Gottheit des Monotheismus, also die Trias des Schöpfers, Erhalters und Vernichters der Welt, sich mit dem Wirbelwind einer Staubsäule oder in dem Riesenirrwisch einer Feuersäule auf enger Ecke des Erdbodens herumtreibt, so dürfte das ein kunstsinniges Gemüth viel mehr verletzen, als wenn in einem gut organisirten Polytheismus die Aemter ausgetheilt sind, da der oberste Herr wieder die Einheit symbolisiren mag, wie ein „unus Jupiter“ oder Zeus, dessen Name (in dialektischen Formen) „Gott überhaupt“ bedeutet (sive quo alio nomine fas est nominare). Der monotheistische

Gott schliesst die Möglichkeit anderer Götter deshalb aus, weil die Eifersucht des Priesters, der die Würde ertheilt hat, keinen Rivalen duldet, und dafür werden Beispiele genug in Indien geliefert durch den stets nur auf die jedesmalige Prädilection gerichteten Cultus, sei es eines Siwa oder Wischnu, sei es eines Ganesha, Krishna, Vithoba u. a. m., von reichem Hofstaat umgeben, dessen auch Allah in den Engeln nicht entbehrt. Bei höherer Auffassung dagegen steht im Hintergrunde stets eine durch metaphysische Operationen geschaffene Einheit, die für philosophische Gemüther dann wieder ebenso gut ihre physische Existenz hat, wie der Gott die seinige für das Volk.

Zu S. 144. [1] Dass die Culturvölker so oft in ihrer vollsten Blüte am geschichtlichen Gesichtskreis auftauchen, ist erklärlich genug. Es war das die Zeit des höchsten Glanzes, sodass die dann aufspriessende Literatur das Frühere verdunkelnd, sich selbst als Anfang setzte. Auch „la société romaine au moment où elle apparaît dans l'histoire a dejà pris sa forme définitive" und wir haben also von dem hier bereits fertig Gegebenen auszugehen, um im Verfolg der weitern Entwickelungsgesetze den Zusammenhang der Weltauffassung zu verstehen. Allerdings mag dann später in der Untersuchung zurückgeschritten werden auf elementare Constituenten in latinischen, sabinischen, etruskischen Anfängen, aber dann handelt es sich um eine Untersuchungsweise so verschieden von der frühern, wie die analytische Chemie von der technologischen.

Zu S. 145. [1] In geschichtlich gesunder Entwickelung sind Religion und Staat so eng ineinander verschlungen, um Eins zu sein (wie in China, das durch seinen langen Bestand eine im allgemeinen normale Grundlage bekundet), und in dem weltbeherrschenden Rom (wo der Priester nur einen sachkundigen Beistand der fungirenden Beamten bildete). Comme la religion n'avait de forme propre et de réalité extérieure que dans la cité, il en résulta, qu'elle devint partie intégrante de l'État et s'absorba en lui; les Romains ne connaissaient que la religion de l'État, toutes les formes du sentiment religieux autres que celle-là leur paraissaient du superflu (superstitio), une superfétation qui troublait l'ordre établi (s. Bouché-Leclerq). Nachdem unter den Accumulationen incongruenter Einflüsse eine Trennung eingetreten, geht die Entwickelung des gesetzlichen Naturtriebes fort in dem Staat, während dann die Religion als complementirendes Menschenwerk hinzutritt, zwar höher (weil aus hoher Potenz des Naturwirkens entsprungen), aber eben deshalb auch grössern Irrungen, und selbst wildesten Verirrungen, ausgesetzt, die das westliche Staatsleben, weil darin aufgenommen, oft zerrüttet haben (während sie in China von der Staatsreligion getrennt blieben).

Zu S. 147. [1] À quelque degré de philosophie abstracte qu'en viennent nos sociétés, la complexité des choses humaines ne sera jamais explicable, si l'on ne remonte aux faits antiques, qui seuls renferment le secret des idées, des institutions et des mœurs de ceux mêmes, qui en ont le plus complétement perdu le souvenir (Renan).

Zu S. 150. [1] Hanau ka Moa kau i ke Kua o Wakea
Geboren die Moa (-Vögel) auf dem Rücken Wakea's,
Alina ka Moa i ke kua o Wakea
Beschmutzend die Moa auf dem Rücken Wakea's,
Lili Wakea Kahilihili
Aergerlich Wakea, mit Staub umherbeworfen,
Lili Wakea inaina uluhua
Aergerlich Wakea, voll bösen Zorns;
Papale i ka Moa lele i kau paku
Fortgescheucht die Moa, fliegen sie auf das Hausdach,
O ka moa i koupaku
Der Moa auf den Giebelpfeilern.

[2] The genealogical tree was composed of the hue (calabash), the main shoot or stem of which is called the tahuhu and the branches Kawae (bei den Maori).

Zu S. 151. [1] sodass damit eine anständige Bekleidung geboten war. Die Kiri-waka-papa, die durch die Einwanderer aus Hawaiki in das Innere Neuseelands getriebenen Autochthonen, erhielten ihre Namen, weil halbnackt gehend. Bei den Maori wurde Waitutureiarua als Erfinder der Brotbereitung aus Hinau (Elaeocarpus hinau) gefeiert.

[2] In einem andern Zweig aus Opuupuu's Geschlecht figuriren, als Söhne Kaluanuumo kuhaliikaneikahalau's (mit Hikihina kamalino) die Brüder Hinaku, Kukuihaa (der Priesterarzt oder Kahuna lapaau), Kekukuialii, Ololoihonuamea (als Ololo honua der Sohn Loloi honuamea's) und Paliku, und in der Abstammung von Paliku wird Haumea durch Kahakauakoko (mit Kukalaniehu) gezeugt, und vermählt sich mit Kanaloa-akua (als Mutter Kukauakahi's). Nach 30 Generationen folgt Kupulana-kehau (mit Kahiko laumea vermählt), als Mutter Wakea ke alii's, von (seinem Priester) Lihauula ke Kahuna begleitet. Dann folgt Laloihonuameo, Vater Olohonua's, und dessen Sohn Kumuhonua zeugt (mit Haloiho), neben den Zwillingssöhnen Kane und Kanaloa, seinen Nachfolger Ahukai (Vater Kapili's). Darauf werden 25 Generationen aufgeführt bis Welaa hilani nui, Vater (durch Owe) des Sohnes Kahiko luamea, und ihm werden von Kupulanakehau die Söhne Wakea, Lihau und Makulu geboren. Dieser Wakea (also als zweiter, ein jüngerer oder späterer)

vermählt sich mit Papa und zeugt mit ihr die Tochter Hoohoku kalani, die ihm wieder den Sohn Haloa gebiert (während andere Genealogisten diesen Incest bestreiten und Haloa zu einem Sohn Papa's, als Bruder Hoohokukalani's machen).

Zu S. 152. [1] As in geology there is a reptile age, so there was one in the mythology of New-Zealand. At one period there seems to have been a mixed offspring from the same parents. Thus whilst Tawaki was of the human form, his brethren were lizards and sharks, and there were likewise mixed marriages amongst them (s. Taylor). In Tavaki's Karakia wird der höchste Himmel durch (gleich denen der Eidechsen) am Deckboden klebende Füsse erklommen, und unter den mit Mara's Stämmen im Whare Kura Versammelten finden sich die Eidechsengötter gleichfalls aufgeführt.

Zu S. 153. [1] Spatia omnis temporis non numero dierum sed noctuum fiunt (Cäsar), die Gallier, als Göttersöhne (s. Dieffenbach). Auch in den Genealogien der Maori figurirt Po (wie in der von Taylor gegebenen).

Zu S. 155. [1] Moa wird auch für die allgemeine Bezeichnung des Geflügels verwandt. Die Frage in Betreff der als Moa bezeichneten Riesenvögel (Dinormis) in Neuseeland, ob noch zur Zeit der Einwanderung vorhanden, findet sich verschiedentlich behandelt in den Transactions of the Philosophical Society (in Wellington).

[2] Als Tawaki aus Reinga zurückgekehrt, bei Mischung seines, durch die Natur hindurch vergossenen, Blutes wieder belebt ist, wurde er von seinem Ahn Kaiaia im Vogelgeschrei vor der aufsteigenden Flut gewarnt.

Zu S. 157. [1] Bei solchen Begegnungen denkt man an die Etrusker und ihre (durch Portenta eingeleiteten) Saecula, als dem längsten Menschenalter der Zeit gleichkommend, mit dem Tode desjenigen geschlossen, der von allen beim Beginn des Saeculum Geborenen am längsten gelebt, und so wurden die mit dem Cultus des Ditis und Proserpina's (des Mantus und der Mania) auf dem Terentus verbundenen ludi Terentini „der Idee nach gefeiert, wenn der letzte Mensch des Saeculum zur Unterwelt hinabgegangen, wenn nun das Reich des Todes das ganze Geschlecht hat“ (s. K. O. Müller). Ein derartiges Saeculum wird in Hawaii bald geschlossen sein, und zwar als letztes der einheimischen.

Zu S. 158. [1] In the Arawa were the ancestors of the Ngapui and of the Rarewa, who sat at the head, the Ngate-wakaua behind them and the Nga-te-roinangi at the stern (Dieffenbach). Dann kam Waikato in dem Kotahi-nui-Canoe und schliesslich die Nga-te-awa im Matataua-Canoe.

Zu S. 159. [1] Also Kahiko, Schwiegervater Papa-nui's, in dem Geschlechtsbaum Kumu-uli und Kapapaiakea vergleichbar.

[2] „Göttliches und Menschliches, Erdichtetes und Erlebtes ist in den Mythen so vermengt, dass ihre Deutung äusserst schwierig wird. Vieles davon ist gänzlich dunkel und selbst für den gelehrtesten unter den einzelnen Priestern nicht mehr verständlich. Eine Kenntniss dieser Mythen kann nur noch bei den ältesten Männern vorausgesetzt werden, die junge Generation kümmert sich nichts mehr um den Aberglauben der Väter" (1858), neben andern Aeusserungen Von Hochstetter's (in Betreff der Maori).

Zu S. 160. [1] Sonst geschieht der Einführung des Kumara durch E Pani, der mit seiner Gattin E Tiki von Tawai nach Neuseeland auswandert (s. Dieffenbach).

Zu S. 173. [1] Nachdem zur Consecration des Tempels (s. Becker) von dem Pontifex maximus, verhüllten Hauptes, die solennia verba der Dedication gesprochen waren, fasste er mit der Hand den Thürpfosten des neuen Tempels (postem tenere), während der Magistrat, ebenfalls den Thürpfosten fassend, die Worte nachsprach (manu dedicare). Auf die Frage des Magistrats an den Augur: dicito, si silentium esse videbitur, antwortete dieser: Silentium esse videtur, dann gefragt: dicito si addicunt, wurde geantwortet: aves addicunt (neben: alio die). Tum ille: dicito si pascuntur, pascuntur (s. Cicero). Wenn bei dem Bau eines neuen Tempels der richtige Baum für Verfertigung des Gottesbildes gefunden war, versammelte sich dort das Volk, mit Priester und König, für die Weiheceremonien, und ehe das Fällen begann, richtete der Priester an den Häuptling die Frage: (peha) Kaaha a kaua (sind die Vorzeichen günstig?) Erfolgt die Rückantwort: Ua maikai ka aha (günstig die Vorzeichen) so konnte die Arbeit beginnen, sonst wurde sie verschoben (in Hawaii).

[2] vigila, wie die Vestalinnen dem Könige zuzurufen hatten.

Zu S. 174. [1] Nach Xisuthrus' Verschwinden ermahnte eine aus der Luft erschallende Stimme seine Nachkommen zur Gottesfurcht und Aufsuchung der Schriften in Sispara (nach Berosus).

Zu S. 175. [1] Für die mit einheimischer Legende verknüpfte Entdeckung Hawaii's, die auf Anson's Karte niedergelegt sein sollte, werden (von Paao's Namensform als Paulo abgesehen) Steinfiguren in vermeintlich altspanischer Tracht angeführt, und darf ich, nach den mir freundlich zugesagten Verwendungen, vielleicht die Hoffnung bewahren, dass es möglich werden wird, sie im königlichen Museum dem Studium der europäischen Ethnologen zugänglich zu machen.

www.ingramcontent.com/pod-product-compliance
Lightning Source LLC
Chambersburg PA
CBHW060809310726
48980CB00002B/283

9783846083246